구남친이 내게 반했다

단글

구남친이 내게 반했다 3

초판 1쇄 인쇄 2018년 5월 18일
초판 1쇄 발행 2018년 5월 25일

지은이 강하다
발행인 오영배
기획 박성인
책임편집 박주애
표지 디자인 모라에
제작 조하늬

펴낸 곳 (주)삼양출판사 · 단글
주소 서울시 강북구 도봉로 173
대표 전화 02-980-2112 **팩스** / 02-983-0660
출판등록 1999년 3월 11일 제9-00046호

ISBN 979-11-283-9462-1 (04810) / 979-11-283-9459-1 (세트)

+ 이 도서의 국립중앙도서관 출판시도서목록(CIP)은 서지정보유통지원시스템홈페이지(http://seoji.nl.go.kr)와 국가자료공동목록시스템(http://www.nl.go.kr/kolisnet)에서 이용하실 수 있습니다. (CIP제어번호: 2018014429)

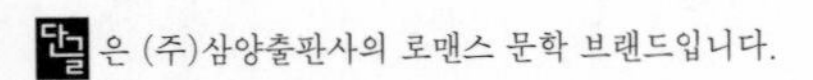

강 하 다

장편소설

구남친이 내게 반했다

vol.3

단글

차례

11.
동정하는 순간조차 사랑이었다

"전화 받아도 되는데."

나봄은 아까 전화벨이 울렸던 태오의 휴대폰을 보며 말했다. 벨소리가 울리기가 무섭게 수신 거부 버튼을 눌렀던 태오는 살짝 짜증이 밴 목소리로 대답했다.

"술 먹자는 연락이야."

"아, 그래?"

그런 거라면 오늘처럼 중요한 날엔 거절하는 게 맞긴 하지만…….

지잉—

그러기가 무섭게 도착한 메신저는 왠지 전화를 거부당한 그 사람 같았다.

지잉— 지잉— 지잉—

연달아 이어지는 메신저 진동은 너무나도 다급해서, 흡사 전화 올 때의 진동 같다.

"혹시 급히 널 찾는 건 아닐까?"

괜스레 중요한 약속이 있었는데 방해하고 있는 건 아닐까, 걱정스러워진 나봄은 조심스럽게 물었다.

"찾든 말든."

하지만 단칼에 대답하는 태오의 목소리엔 왠지 날이 서 있었다. 상대가 누군지는 몰라도 어지간히 비호감을 사고 있는 모양이었다.

나봄은 그런 태오를 의아한 눈빛으로 바라보다가 다시 영화로 시선을 돌려놓았다.

―안아 줄까?

―……뭐?

바로 그때, 타이밍 좋게 등장한 영화 '파혼은 어떻게 할까요'의 노래방 키스신.

―안겨요. 등 토닥토닥해 줄게.

이미 술에 취한 여자 주인공이 남자 주인공에게 빨개진 얼굴로 비틀비틀 걸어가는 순간, 나봄은 느슨하게 풀어졌던 허리를 꼿꼿하게 바로 세웠다.

"태오야, 저거 봐. 여자 주인공 눈이 어쩜 저렇게 예쁘지 모르겠어."

그러고는 혹시나 싶어 딴생각을 하고 있을지 모를 태오를 집중시켰다.

하지만 태오는 그 말에 보고 있던 텔레비전에서 눈동자를 옮겨 그녀의 얼굴을 깊은 시선으로 들여다보며 말했다.

"아닌데. 니가 더 예쁜데."

"아냐, 지금 그럴 때 아니야. 얼른 영화 봐."

작전을 흩트리고 싶지 않았던 나봄은 능청을 떠는 태오의 얼굴을 무심한 손길로 돌려놓았다.

—얼른 오라니까요.

그러기가 무섭게 터져 나온 여자 주인공의 나른한 목소리.

—……니가 먼저 오라고 했다.

이어지는 남자 주인공의 박력 넘치는 멘트.

머지않아 그의 입술이 그녀의 입술을 한껏 머금었다. 깊숙이 얽히는 두 남녀의 호흡은 보는 이로 하여금 심장을 날뛰게 만들었다.

"크흠!"

점차 짙어지는 키스신이 부끄러운지 태오는 괜히 헛기침을 했다.

바로 지금, 태오가 그들의 키스에 동요했을 때. 이때가 나봄이 첫 번째 대사를 날릴 때였다.

"우리도 노래방에서 첫 키스했던 거 기억해?"

"아…… 어, 기억하지."

나봄의 질문에 태오는 떨리는 목소리로 대답했다. 나봄은 그런 그를 바라보며 생글생글 미소 지었고, 오늘따라 더욱더 빛나는 눈동자를 고정시켰다.

"그땐 내가 널 좋아하는 줄도 몰랐었는데."

그리고 흘러나온 두 번째 대사.

태오의 동공이 미친 듯이 흔들리기 시작했다. 그녀가 그 당시에도 그에게 마음이 있었다는 얘기는 오늘 처음 듣는 소리이니.

“그, 그러냐.”

태오는 잔뜩 동요한 시선을 어긋 낸 채 대답했다. 나봄은 그런 그를 속으로 열심히 응원했다.

태오야, 부끄러워서 그런 식으로만 반응하지 말고.

“크흠!”

괜히 한 번 더 헛기침하지 말고 묻고 싶은 걸 물어! 자, 어서!

“……그럼 지금은.”

됐어!

드디어 다가온 고백 찬스에 나봄의 얼굴에 생기가 돌았다.

갑작스레 신이 난 그녀의 모습은 태오를 어리둥절하게 만들었으나, 나봄은 한껏 밝아진 미소를 띤 채 입술을 열었다.

“응! 지금은……!”

하지만 중요한 그 말을 시작하기도 전에.

지잉—

한 번 더 울린 메시지 진동이 그녀의 신경을 앗아 갔다.

슬쩍 어긋난 그녀의 시선이 태오의 휴대폰에 떠오른 메시지 내용을 순식간에 읽어 버렸다. 팝업창은 금세 사라졌지만 글자는 나봄의 머릿속에 콱 박혀 또렷이 기억되어 버렸다.

[지금 당장 나한테로 안 오면 우린 끝이야.]

아니, 누구신데 내 남자 친구한테 그런 협박을…….

“방금 누구야?”

나봄이 0.1초 만에 딱딱해진 목소리로 물었다.

그녀의 입술 새로 나올 대답을 기다리는 데 여념이 없던 태오는 어리둥절한 표정으로 되물었다.

"뭐가?"

"지금 톡 보낸 사람 말이야."

"그런 게 왔어?"

뒤늦게 휴대폰을 확인하는 태오는 시치미를 떼는 것 같지는 않았다. 그래서 더 이상 그를 추궁하진 않고 가만히 그의 반응을 지켜보고 있으니.

"아, 허유리…… 이게 미쳤나."

나봄의 신경을 날카롭게 만드는 이름 하나가 툭 튀어나왔다. 그녀만큼은 무시할 수 없었던 나봄은 예민한 반응을 보였다.

"유리 씨가 이 밤중에 왜 보고 싶다고 그래?"

"어?"

"메시지 다 봤어. 얼버무릴 생각하지도 마."

물론 그녀가 중요한 순간에 그런 메시지를 보낸 게 태오 잘못은 아니었으나, 슬슬 열이 오르기 시작한 나봄은 뾰족한 말투로 물었다.

어차피 유리 혼자 일방적으로 매달리는 관계. 딱히 숨길 생각은 없었던 태오는 무심하게 대답했다.

"오늘 여직원 회식 날인데 우리 동네까지 멋대로 찾아와서 술 사달라고 조르는 거야. 어차피 이게 술버릇이라 대꾸도 안 할 거니까 신경 쓰지 마."

"뭐? 여기로 찾아왔다고?"

그러나 그녀의 만행을 전달받은 나봄의 눈빛은 점점 더 타오르는가 싶더니.

"그래서, 유리 씨 어디래?"

"어?"

"나 유리 씨 잠깐 좀 보고 와야겠어."

"어, 어?"

이윽고 비장한 결투 신청을 내뱉기에 이르렀다.

싸움과는 매우 거리가 멀어 보이는 나봄의 호기로운 모습에 놀란 태오의 눈동자가 눈에 띄게 휘둥그레졌다.

* * *

"뭔 일 생기지는 않겠지……."

집에 홀로 남은 태오가 불안한 듯 혼잣말을 중얼거렸다.

방금 전까지만 해도 자신과 달콤한 데이트를 즐기고 있던 나봄이 집 근처까지 찾아온 유리를 만나러 가겠다고 나선 게 벌써 10분 전.

지금쯤이면 그녀는 우드레일 퍼니쳐팩토리 여직원들의 회식 장소에 도착했을 터였다. 그걸 깨달은 순간부터 온갖 걱정에 휩싸인 태오는 지금 마치 물가에 애를 내놓은 심정이다.

'그래서, 유리 씨 어디래?'

'어?'

'나 유리 씨 잠깐 좀 보고 와야겠어.'

'어, 어?'

유리의 메시지를 우연히 확인한 직후, 그저 웃음기만 가득하던 나봄의 눈동자는 일순 딱딱하게 굳어 버렸었다.

'넌 신경 쓰지 마. 내가 확실히 거절할게.'

그녀의 분노를 눈치챈 태오는 제 선에서 해결을 해 보려 했으나, 나봄의 눈빛은 그 말에 더욱 활활 불타오르기 시작했다.

'안 돼. 이건 유리 씨와 나의 문제야.'

'그래도…….'

'지금까지 다 받아 줘서 이렇게 나오는 게 아니잖아.'

단호하게 딱 잘라 말한 나봄은 그 길로 자리에서 일어나 현관으로 향했다. 현관문을 열기 전, 신발장 거울을 보며 립스틱을 덧바르는 그녀의 모습은 호기로워 보이기까지 했다.

하지만 지금 이 순간 그녀가 아무리 비장하다 해도, 태오가 알고 있는 나봄은 싸움과 거리가 먼 사람이었다.

반면에 평소엔 호탕하다가도 성질이 나면 불같아지는 허유리는 나봄이 상대해야 할 사람치고는 너무 드셌다.

아마 둘이 맞붙는다면 겁 많은 나봄은 만신창이가 되고 말 거다.

'아무래도 안 되겠어. 너 혼자는 절대 못 보내.'

태오는 현관문 잠금장치를 푸는 나봄을 서둘러 따라나서며 말했다. 그러자 나봄은 깊은 한숨을 쉬며 태오를 마주 보았고, 도리도리 고개를 저었다.

'나 못 믿어?'

그러고서 묻는 질문엔 차마 그렇다고 대답할 수가 없었다. 그래서 그저 일렁이는 눈빛으로 그녀를 내려다보고만 있으니.

'읍!'

갑작스럽게 다가온 그녀의 손바닥이 그의 입술을 꾸욱 눌렀다. 그러고는 떼어 내자마자 촉감이 가시기 전에 제 입술로 옮겨 가져갔다.

쪽—!

'뭐, 뭐하는 거야.'

'에너지 충전! 이거라면 이기고 올 수 있을 것 같아!'

'아니, 한나봄 잠깐만…….'

'다녀와서 꼭 사랑한다고 말해 줄게! 태오야!'

'……어?'

나봄은 그렇게 파격적인 선전포고만을 남겨 두고 벌새처럼 재빠르게 문 밖으로 나가 버렸다.

붙잡아야 했었지만 그녀의 입에서 '사랑'이라는 단어가 나오자마자 얼어붙어 버렸던 태오는 끝내 나봄을 따라나서지 못했다.

사실 충격은 지금도 아직 가시지 않아서, 그때를 떠올리기가 무섭게 태오의 얼굴은 다시 뜨거워지고 있었다.

"아…… 이럴 때가 아니다. 정신 차리자."

태오는 붉어진 뺨을 두어 번 때리며 심각함을 유지하려 애썼다.

그러자 그녀를 향한 걱정은 다시 피어오르기 시작해서, 그는 아예 앉아 있던 소파에서 벌떡 일어서 버렸다.

그 순간 갑자기 그리 멀지 않은 날의 기억이 떠올랐다.

'유리 씨.'

'전 아니라고 분명히 말씀 드렸어요.'

'태오는 제가 보고 싶어서 찾아왔어요. 전 연애하고 싶은 사람한테 이렇게 대하거든요.'

그때, 유리를 상대하던 나봄은 제법 씩씩했던 것 같지만.

"……그래도 혹시 모르니까 근처에라도 가 있어 볼까."

걱정이 많은 태오는 주섬주섬 겉옷을 챙겨 입기 시작했다.

오늘 그녀가 어떤 고백을 하려는 건지 알아 버린 이상, 여기서 더 분위기를 망쳐 버릴 수는 없으니.

*　*　*

드륵—!

하도 외진 골목에 있어 손님이 뜸한 조개구이집의 문이 열렸다. 애타게 기다리는 사람이 있던 유리는 물론이고 여직원들의 시선까지도 단숨에 가게 문으로 모여들었다.

"태오……!"

성질 급한 유리는 간절한 그의 이름을 섣불리 꺼냈으나 그녀의 얼굴에 피어오른 화색은 그리 오래가지 못했다.

"어머, 나봄 씨……?"

"그러네! 진짜 나봄 씨네!"

뜻밖의 등장으로 여직원들을 놀라게 만든 인물.

"안녕하세요, 다들 이런 자리에서 뵙는 건 처음이네요."

가게로 들어오자마자 정중한 인사부터 건네는 그녀는 다름 아닌 비장한 표정의 나봄이었다. 그녀를 이곳에서 만날 거라고는 상상조차 하지 못했던 여직원들의 눈이 토끼처럼 동그래졌다.

"어머! 이런 데서 만날 줄이야! 나봄 씨도 여기 술 마시러 온 거야?"

가장 싹싹한 성격을 지닌 여직원 한 명이 나봄에게 물었다.

'여기에 술 마시러 왔겠냐.'

나봄을 보자마자 삽시간에 표정이 굳어 버린 유리는 당장이라도 내뱉고 싶은 대답을 애써 삼켜 냈다. 태오와 통화할 때 초인종 소리가 들리는가 싶더니, 아무래도 그게 한나봄의 기척이었던 모양이다.

지금껏 나봄이 태오네 집에 있었다는 사실을 알게 된 유리는 굉장히 기분이 불쾌해졌다.

그러나 그걸 사람들 앞에서 드러내 놓을 수는 없었기에, 유리는 애써 표정 관리를 하며 입을 열었다.

"아, 아까 태오가 갑자기 누가 찾아오는 바람에 여기 오기 곤란해졌다고 하더니. 그게 나봄 씨 때문이었구나."

그건 자신이 해 놓은 거짓말에 대한 수습이었다.

여직원들은 단태오가 먼저 유리를 이 동네까지 부른 줄로만 알고 있는데, 사실은 그가 한나봄과 은밀한 데이트를 즐기고 있었다는 사실이 드러나게 된다면 꼴이 우스워지는 건 한순간이었다.

"그런데 태오는 어쩌고 나봄 씨 혼자 왔어요?"

유리는 나봄에게 웃는 낯을 유지한 채 물었다. 그러자 어느새 그들의 곁으로 성큼성큼 다가온 나봄은 한 자리를 차지하고 앉았고, 이내 사뭇 진지한 눈빛으로 대답했다.

"태오는 나오고 싶지 않아 해서 혼자 나왔어요."

왠지 뼈가 느껴지는 나봄의 대답은 여직원들로 하여금 심상찮은 기색을 눈치채게 만들었다. 그 싸한 분위기에 덩달아 신경이 날카로워진 유리는 비웃음 섞인 대꾸를 내뱉었다.

"나오고 싶지 않아 하다니 그게 무슨 소리야. 우리가 단태오 하나 때문에 여기까지 왔는데."

"……."

"나봄 씨 예전부터 나랑 태오 사이 은근히 질투하더니, 그거 신경 쓰여서 안 보내는 거 아니야? 하하."

장난 거는 것처럼 호탕하게 웃으며 나봄을 건드리는 건 유리의 주특기였다. 그런 그녀의 묘수에 놀아나고 싶지 않았던 나봄은 맘먹고 있던 말을 내뱉어 버리기로 했다.

"아니라고 대답은 못 하겠네요."

"……."

"여자 친구로서 오밤중에 술 먹자고 불러내는 여자 동료 신경 쓰는 건 당연하잖아요."

이로써 결국 만천하에 드러내 버리고 만 단태오와의 연인 관계.

딱히 비밀로 한 적은 없었지만 절대 눈치는 못 채고 있었던 여직원들의 눈동자가 휘둥그레졌다.

지금껏 무의식적으로 철벽남 단태오와 엮일 수 있는 여자는 오로지 유리뿐이라고 생각했던 그녀들에게 나봄의 발표는 경악스러운 일이 아닐 수 없었다.

"여자…… 여자 친구?! 어머! 나봄 씨! 단 팀장님이랑 사귀어요?!"

한 직원의 놀라움이 담긴 질문에, 나봄은 찬찬히 고개를 끄덕였다.

"네. 만나는 중이에요."

"언제부터?"

"아, 그게……."

하지만 솔직하게 대답하려다 말고 말을 멈추었다. 짧은 교제 기간 때문에 그와의 사이가 가볍게 보이진 않을까 싶어서였다.

나봄은 유리에게 책잡히지 않도록 정신을 똑바로 다잡고, 잔뜩 힘을 준 목소리로 대답했다.

"대학교 때 사귀었다가 헤어지고 다시 만나는 거예요. 어렵게 재회한 만큼 두 번째 인연은 소중하게 이어 나가 보려구요."

순간 그녀에게 향한 유리의 눈동자가 매서워졌다.

그 옛날, 술에 취한 태오에게서 나봄과의 과거사를 들었던 유리는 그녀의 말이 아름다운 추억보다는 이기적인 욕심으로 느껴질 뿐이었다.

말이 좋아 사귀었다가 헤어진 거지, 사실은 일방적으로 내다 버린 거였으면서.

이제 와서 본인 아쉬우니까 되찾아 가겠다고 하는 건 대체 무슨 낯짝이야. 그 애가 자기 장난감도 아니고.

"하, 듣자 듣자 하니까 정말 너무하네."

결국 이성을 붙잡지 못한 유리는 날 선 한 마디를 뱉어 냈다.

"파, 파트장님……?"

그녀의 분노를 읽어 낸 여직원들은 한순간에 서늘해진 분위기에 당황했으나, 나봄은 오히려 차분해진 눈빛으로 그녀를 마주했다. 유리의 이런 반응은 충분히 예상하고 있었기 때문이었다.

"어렵게 재회한 만큼 소중하게 인연을 이어 나가겠다니. 초반에 본부장님한테 딱 붙어 있던 나봄 씨가 할 말은 아니지."

유리는 머지않아 늘 그래 왔듯 차준의 존재를 꺼냈고, 그와 나봄의 관계를 트집 잡았다.

초반에 차준의 곁에 딱 붙어 있었다는 말.

불편하지만 반박할 수 없는 사실이긴 했다. 나봄은 자그마치 10

년 동안 첫사랑 차준만을 잊지 못한 채 살아왔고, 차준과 재회한 뒤부터는 그에게 온 신경을 쏟아붓고 지냈었으니까.

그러나.

"그래서요?"

그렇게 지내는 동안 태오와의 인연을 철저히 외면한 채 지내 왔다고 해도.

"뒤늦게 소중함을 깨달은 만큼 이제라도 더 잘해 주고 싶은데……."

"……."

"그러면 안 되는 건가요?"

나봄은 그 시절들이 새로운 사랑을 할 자격마저 앗아 간다고 생각하진 않는다.

말 그대로 새로운 사랑이라는 건 모든 과거를 다 잊고 새롭게 인연을 만들어 나간다는 뜻이니까.

하지만 나봄의 당돌한 대답을 들은 유리는 가슴이 터질 듯이 답답해져 오는 기분이었다. 태오가 너무 과분해서 감히 욕심도 내지 못하고 뒤에서만 머물러 있었던 유리는 그에게 상처를 준 나봄이 그의 사랑을 가져가는 걸 도저히 용납할 수가 없었다.

"안 될 건 없지만 나봄 씨같이 구는 걸 뭐라고 부르는 줄 알아?"

"……."

"헤프다고 하는 거야. 그런 행동이 싸 보이게 만드는 거고."

그래서 굳이 숨기지 않고 적나라하게 드러내 버린 불쾌한 심정.

"파, 파트장님! 왜 이러세요!"

"진정하세요! 파트장님!"

험한 욕설에 놀란 직원들은 모두 유리를 말리기 시작했다. 그러나 막 터져 나오기 시작한 그녀의 막말은 도무지 막을 길이 없었다.

"솔직히 말해서, 난 나봄 씨한테 양심이 있는 건지 없는 건지도 모르겠어. 태오를 그렇게 피 말리게 할 땐 언제고 지금 와서 사랑 타령이야? 이기적이라는 생각 안 해?"

"……."

"게다가 창립 기념 파티 때 보니까 본부장님이랑도 심상찮은 사이인 것 같더니만. 허리에 손 휘어 감고 이리저리 소개시키고 다니고."

"……."

"그런 꼴이 본부장님은 결혼 상대고, 태오는 엔조이로 갖고 놀겠다는 것밖에 더 되냐고. 몸 더럽게 굴리는 것도 정도가 있지."

쏟아지는 폭언들은 뒤틀린 관계를 돌이킬 수조차 없게 만들었다. 어떻게 하면 나봄에게 더 공격적인 말을 할 수 있는지, 유리는 오랜 시간 연구라도 해 온 모양이었다.

그런 그녀의 돌발 행동은 직원들마저 얼어붙게 만들었으나 나봄은 표정 하나 변하지 않았다.

유리의 매서운 눈초리에도 기죽은 기색 하나 없이, 그녀는 가만히 비난의 화살들을 받아들이고 있었다.

"저런 년한테 놀아나는 단태오만 불쌍하지……."

반응 없는 나봄에게 퍼붓기도 지친 유리는 비난 섞인 혼잣말로 끝을 맺었다.

"하아."

그러자 나봄의 입술 새로 새어 나오는 건 짧은 한숨이었다. 그건 얼핏 동요한 것처럼 보였으나, 유리가 마주 보고 있는 그녀의 눈동자는 조금의 흔들림도 없었다.

"지금껏 쌓아 두신 말씀은 다 하셨나요?"

이내 나봄이 흥분한 유리에게 물었다.

가치 없는 질문에 대답하고 싶지 않았던 유리가 그저 살벌한 눈초리로 나봄을 노려보고만 있으니, 나봄은 다시 입술을 열어 본격적으로 제 할 말을 하기 시작했다.

"그럼 이제 태오한테는 괜한 얘기 꺼내지 마세요. 저에 대한 뒷말도 삼가 주시구요."

"뭐?"

"그리고 다 큰 성인들 인간관계에 대해 왈가왈부할 건 아니지만…… 유리 씨의 감정이 친구 이상이라면, 앞으로는 태오하고 사적인 친분을 유지하는 걸 가만두고 볼 수는 없을 것 같아요."

그건 태오와 유리의 사이에 여자 친구로서 간섭하겠다는 의미였다.

나봄도 마음에 안 들어 죽겠는 이 와중에 태오와의 사이까지 훼방당하게 생긴 유리는 결국 마지막 이성의 끈조차 놓아 버리고 말았다.

"이 미친년이 뚫린 입이라고!"

유리는 험한 욕설과 함께 앞에 있던 물잔을 들었다. 그러고는 직원들이 그녀를 만류하기도 전에 나봄의 얼굴을 향해 찬물을 자비없이 뿌려 버렸다.

"꺄악! 파트장님!"

예상치 못한 공격에 아연실색이 되어 버린 건 곁에서 상황을 지켜보던 직원들의 얼굴이었다.

"파트장님! 이러시면 안 돼요!"

"제발 진정해요! 대화로 풀자구요!"

직원들은 길길이 날뛰는 유리를 필사적으로 붙잡았지만 유리는 두 팔을 포박당한 와중에도 좀처럼 진정하지 못했다.

불같이 타오르는 눈동자도, 숨 쉬듯 쏟아져 나오는 욕설도. 평소 직원들 앞에서의 쿨한 모습과는 거리가 멀었다.

"이거 놔! 한나봄 주둥이 뭉개 놓으려면 아직 멀었어!"

그렇게 소란이 더욱 커지는가 싶던 그때.

뚝뚝 떨어지는 물을 채 닦아 내지도 않은 나봄이 별안간 자리에서 벌떡 일어섰다. 물세례를 맞았어도 눈썹 하나 일그러트리지 않은 나봄은 오히려 차분한 표정이었다.

직원들은 그런 그녀에게 조용히 집중했고, 유리는 그녀를 잡아먹을 듯 계속 주시했다.

하지만 그 살기도 오래가진 못했다.

촤아악—!

다른 사람들이 막을 새도 없이, 나봄이 유리의 얼굴에 냅다 끼얹어 버린 복수의 물세례 때문에.

"꺄악!"

유리의 옆에 있다가 괜히 물을 맞은 직원들은 혼비백산이 되어 테이블에서 물러났다.

그 덕에 붙잡혔던 유리의 몸은 자유를 찾았으나, 그녀는 아까처럼 분노에 날뛰며 나봄에게 달려들지 않았다. 오히려 폭발하던 열이 찬물에 식어 버린 듯, 눈빛마저도 싸늘하게 가라앉힐 뿐.

그 모습은 얼핏 사태가 진정된 것처럼 보였다.

하지만 오랜 시간 유리를 지켜봐 온 직장 동료들은 알고 있었다. 유리는 울화가 극에 달하면 달할수록 오뉴월에 서리라도 내릴 기세로 매서운 한기를 띤다는 사실을.

그래서 이젠 더 이상 나서서 말리지도 못하고 모두들 낯빛만 하얗게 질린 채 숨죽이고 있으니.

"유리 씨."

그 가운데서 홀로 태연한 나봄의 목소리가 들렸다.

"저는 유리 씨 말대로 태오한테 너무 많은 상처를 준 사람이에요. 그래서 이렇게 다시 만난다는 것 자체가 과분한 일일지 몰라요."

이어지는 말은 방금 전의 공격이 무색할 만큼 담담한 고해성사였다.

그러나 나봄은 죄책감이 아닌, 흔들림 없이 단호한 눈빛을 띠고 유리에게 진짜 하고 싶었던 말을 이어 나갔다.

"하지만 그걸 유리 씨가 비난하고 훼방 놓을 이유는 없다고 생각해요. 이건 말 그대로 태오와 저 사이의 일이잖아요."

"……뭐?"

"그러니까 앞으로는 오늘처럼 무례하게 굴지 말아 주셨으면 해요. 이만 가 보겠습니다."

그리 말한 뒤에 까딱 고개를 숙여 인사하는 나봄은 누가 봐도 영락없는 승자의 모습이었다.

항상 주눅이 들어 있고 긴장해 있던 평소의 모습은 어디로 갔는지. 새어 나오는 숨소리마저 고요하고 차분하기만 했다.

반면 휘몰아치는 모멸감과 분노를 추스르지 못한 유리는 제 입술을 사정없이 깨문 채 나봄을 노려보았다.

하지만 뒤돌아서는 나봄에게 아까처럼 날뛸 수는 없었다.

이럴수록 비참해지는 건 제 마음뿐이었기에.

*　　*　　*

대체 무슨 정신으로 맞섰는지 모르겠다. 앞으로 어쩔 작정으로 냅다 물을 뿌려 버렸는지 모르겠다.

하지만 그 한 가지는 확신할 수 있었다.

나봄은 오늘 태어나서 처음으로, 누군가와 전력을 다해 싸웠다.

관자놀이가 뻐근해질 만큼 화가 차올랐지만 폭발시키는 대신 오히려 가슴을 차갑게 식혔던 건, 준비한 말을 전부 꺼내 놓지 못할까 봐서였다.

예전부터 애매모호한 차준과 나봄의 관계를 빌미로 태오에 대한 진심을 깎아내렸었던 유리.

나봄은 오늘 그런 그녀에게 반드시 전하고 싶었다.

자신이 차준과 어떤 인연으로 얽혀 있든, 태오에게 얼마나 큰 잘못을 저질렀든.

'그걸 유리 씨가 비난하고 훼방 놓을 이유는 없다고 생각해요.

이건 말 그대로 태오와 저 사이의 일이잖아요.'

"하아……."

나봄은 그래도 그 한 마디는 똑바로 전했던 것 같아서 뒤늦게 안도의 한숨을 내쉬었다. 물론 유리와의 싸움은 이것으로 끝이 아니라 시작이었으나, 나중 일은 나중에 걱정하기로 했다.

지금은 첫 싸움을 무사히 마쳤다는 뿌듯함보다, 생각하기도 두려운 후사보다, 멀쩡한 모습으로 나가서 쫄딱 젖은 채 돌아온 이 모습을 태오에게 어떻게 설명해야 할지에 대한 고민이 가장 컸다.

"큰일이네. 태오가 또 자기 때문이라고 생각하고 괜히 미안해하면 안 되는데."

나봄은 축축이 젖은 블라우스를 털어 말리며 주변 화장실을 찾았다. 핸드 드라이기로 대충 수습하고 갈 수 있지 않을까 싶어서였다.

하지만 가게들이 하나둘 문을 닫은 주택가 상가 거리엔 꺼진 간판 불이 더 많았다.

그래서 근심 걱정만 커져 가고 있던 그때.

"……한나봄?"

호랑이도 제 말하면 온다고 했던가.

미처 신경 쓰지 않고 있던 뒤편에서 익숙한 목소리가 들려왔다. 깜짝 놀라 고개를 돌려 보니, 그녀를 놀란 눈으로 내려다보고 있는 사람은 어김없이 태오였다.

"태, 태오야. 나오지 말라니까 뭐하러……."

나봄은 당황한 와중에도 어색한 미소를 유지한 채 말했다.

그러나 태오의 얼굴은 웃음기 하나 없이 차갑기만 했다. 흔들리는 그의 눈동자가 지그시 내려다보고 있는 곳은 다름 아닌 나봄의 젖은 머리카락과 블라우스였다.

"누가 그랬어."

태오는 낮디낮은 목소리로 물었다. 나봄은 그 쉬운 질문에 곧바로 대답하지 못하고 괜히 시선을 피했다.

"그런 거 아니야. 세수 좀 하고 왔어."

그러고는 서툰 거짓말을 꺼내 놓으니 태오의 숨소리가 한층 더 차가워졌다.

"화장 다 번져 있는데 그게 세수라고?"

"아…… 그래? 깔끔하게 못 지웠나 보네."

"말이 되는 소리를 해. 대체 무슨 짓을 당하고 온 거야."

그리 말하는 태오는 금방이라도 유리에게 달려갈 기세였다.

하지만 나봄은 태오가 괜한 감정싸움에 휘말리는 걸 원치 않았다. 불같은 단태오 성격이라면 옛정이고 직장 동료고 상관없이 유리와 대판 벌일 게 뻔했다.

"나 정말 괜찮아, 태오야."

나봄은 정말 별일 아닌 것처럼 어색하게 웃어 보이며 말했다. 그러나 태오의 두 눈은 그 말에 더욱 흔들리기 시작했다.

"아니, 너 지금 전혀 안 괜찮아."

"어?"

"허유리 아직 거기 있지. 여기서 기다려. 다시는 너한테 그딴 짓 못 하게 해 줄게."

태오는 살벌한 한 마디를 끝으로 나봄에게서 등을 돌렸다. 그가 향하는 곳은 나봄과 큰 싸움이 벌어졌던 바로 그 조개구이집이었다.

"태오야, 진정해! 정말 신경 쓸 거 없다니까!"

가슴이 철렁 내려앉은 나봄은 필사적으로 태오를 붙잡았다. 그러자 태오는 그 손을 거칠게 뿌리쳤고, 사납게 언성을 높였다.

"그 꼴을 하고 왔는데 어떻게 신경을 안 쓰냐!"

"태오야……."

"그러니까 내가 같이 가겠다고 했잖아! 내가 옆에 있었으면 적어도 이렇게 될 때까지 당하고 있진 않았을 거 아냐!"

태오는 화를 내고 있었지만 나봄에게는 그 모습이 다른 표정, 다른 목소리로 들려왔다.

'나 때문이야. 또 나 때문이야…….'

잔뜩 일그러진 눈빛으로 절망하며 그는 또다시 버릇처럼 스스로를 자책하고 있다.

하지만 이 순간 정말 죄책감에 마음이 미어지는 사람은 나봄이었다. 불안에 떠는 태오는 그녀가 일방적으로 떠나오던 날과 비슷한 모습을 하고 있어서, 그녀는 그의 진심을 알아주지 못했던 시간들이 후회스럽고 또 후회스럽다.

이럴 때마다 턱 끝까지 차오르는 건 너에게 너무나 미안하다는 말.

그러나 뒤늦은 사과가 태오한테 도움이 되지 않는다는 건 그녀 스스로가 가장 잘 알고 있었다. 그가 약해질수록 오히려 더 마음을 단단히 다잡기로 한 나봄은 동요하던 눈빛을 지워 내고 올곧은 시선으로 태오를 마주 보았다.

"단태오."

나봄이 단호하게 그의 이름을 부르자, 태오는 보다 사정없이 눈빛을 일렁였다. 그건 꼭 그녀가 이어 낼 뒷말을 두려워하는 듯 보였다.

나봄은 그 가슴 아픈 모습에도 흔들리지 않고, 두 팔을 뻗어 그의 허리를 그를 꼬옥 끌어안아 주었다.

"나 바보같이 당하고 있지 않았어."

"……."

"나도 같이 싸웠어. 이긴 것까지는 모르겠지만 적어도 지고 오진 않았어."

그런 뒤 이어 내는 말은 태오가 예상하지 못하고 있던 승전보였다.

태오는 아무런 대답이 없었으나 듣고 있기는 하는 모양이었다. 짐승처럼 거칠던 숨이 차차 잦아드는 걸 보면.

나봄은 품 안의 그를 토닥이기 시작했다. 그 느린 템포에 맞춰 마저 흘려보내는 말은 보다 다정했다.

"그러니까 아무 걱정 안 해도 돼. 나 정말 잘 해결하고 돌아왔어."

"하아……."

순간 태오의 입술 새로 긴 한숨이 흘러나왔다. 그 숨결은 모든 불안을 새어 보내는 것처럼 차분하고 고요했다.

지금 당하지 않았다는 말보다, 지고 오진 않았다는 말보다, 그의 가슴에 안정제처럼 스며들어 간 건 그녀의 돌아왔다는 한 마디.

평범한 인사와 다름없는 그 한 마디는 태오가 가장 기다려 왔던 말이었다.

그녀가 떠났던 순간부터 하루도 빼놓지 않고, 그는 그녀가 다시 돌아와 자신에게 한 번만 더 기회를 주기를 간절히 바라 왔다.

하지만 품고 있는 와중에도 이뤄질 리가 없다고, 모두 부질없는 미련이라고 스스로를 체념해 왔었는데…….

"……한나봄."

"응."

"나봄아……."

"응, 태오야."

너는 정말 내 품으로 돌아왔구나. 오늘 하루가 엉망이 되었어도 우리의 인연이 잘못된 거라 탓하지 않고.

그 사실을 깨달은 순간 안개 속에 있는 것처럼 뿌옇던 태오의 눈앞은 거짓말처럼 선명해졌다.

이제야 똑바로 바라보게 된 우리의 앞길은 생각했던 것보다 탄탄하고 평온했다. 작은 돌부리에도 겁먹었던 순간들이 우습게 여겨질 만큼.

"하아……."

드디어 꽉 막혔던 숨을 제대로 쉴 수 있게 된 태오는 두 팔을 들어 나봄의 몸을 마주 안았다.

"……나봄아, 사랑해."

"응?"

그리고 오늘 나봄이 준비해 두었던 고백을 먼저 꺼내 놓았다. 나봄은 가슴 설레는 와중에도 먼저 하지 못한 게 아쉬워서 장난스럽게 툴툴거렸다.

"그 말 내가 하려고 이벤트까지 준비했는데."

"싫어. 내가 더 오랫동안 참고 있었어. 그러니까 내가 먼저 말할 거야."

"하하."

"나봄아, 사랑해."

"……."

"정말 사랑해. 죽을 만큼 사랑해……."

계속 해서 쏟아지는 태오의 고백은 참고 있었던 시간만큼 절절하고 달콤했다.

나봄은 그의 벅찬 사랑을 오롯이 느끼며 그의 가슴팍에 더욱 얼굴을 파묻었다.

"나도……."

그러고는 그와 전혀 다르지 않은 제 마음도 꺼내 보여 주려던 그 때.

"안 돼. 넌 지금 하지 마."

태오는 나직한 음성으로 그녀의 고백을 가로막았다.

이내 나봄의 몸을 좀 더 제 품 안으로 끌어당긴 그는 그녀의 귓가에 입술을 바짝 가져다 대었다.

"우리 둘만 있을 수 있는 곳에서……."

"……."

"나만 들리게 말해 주라."

이내 귓가에 흘려보내는 그 말은 뜨거운 숨결과 섞여 더욱 자극적으로 들려왔다. 나봄은 심장보다 본능이 더욱 달아올라 버려서 온몸에 번진 열을 진정시키지 못했다.

아마 이 은밀한 욕심은 너도 나와 같은가 봐. 날 품고 있는 너의 몸이 점점 더 뜨거워지는 걸 보면.

*　　*　　*

은은한 스탠드만이 불을 밝히고 있던 태오의 집.

급히 문을 열고 들어온 두 남녀는 신발을 벗자마자 서로를 끌어안고 입을 맞췄다.

입술이 닿기가 무섭게 깊숙이 파고드는 숨결은 연인을 향한 간절한 마음을 짐작케 했다.

오늘 밤, 그녀를 향한 욕망을 아낌없이 풀어 놓기로 마음먹은 태오는 평소보다 거칠게 키스를 리드했다.

나봄은 그 마음을 받아들일 준비가 되어 있다는 대답대신 두 팔로 그의 허리를 끌어안았다.

그녀가 가장 좋아하는 그의 허리는 오늘도 단단하고 아름다워서, 나봄도 점점 달아오르는 본능을 억제할 수가 없게 되어 버렸다. 나봄은 지금 자신을 탐하고 있는 그로 인해 이성을 잃어버릴 지경이다.

"하아…… 사랑해."

숨을 고르기 위해 잠깐 입술이 떨어진 순간 흘러나오는 고백은 아까보다 더 절실했다.

나봄은 그 말에 기꺼이 화답해 주려 했으나, 목소리를 꺼내기도 전에 그는 그녀의 목덜미를 집요하게 빨아들였다.

더욱 야릇해진 혀끝의 움직임에 나봄의 몸은 넘치는 희열로 젖어들기 시작했다.

"아……!"

결국 폭발하는 감각을 참아 내지 못하고 내뱉어 버린 신음.

그 음성을 들은 태오는 다시 입술을 떼어 내고 그녀의 시선을 깊이 마주했다. 똑바로 맞닿은 그의 시선은 영원히 꺼지지 않는 초처럼 일렁이며 타오르는 중이었다.

"한 번 더 말해도 돼? 사랑한다고……."

"태오야……."

"나 이제 너한테 원하는 만큼 사랑한다고 해도 돼?"

태오는 그리 물으며 나봄의 이마, 그리고 코에 연신 입을 맞추었다.

나봄은 적극적인 그의 입술을 느끼며 붉게 물든 얼굴로 수줍게 고개를 끄덕였다.

그러자마자 숨도 못 쉴 만큼 꽉 그녀를 껴안는 태오는 열병이라도 걸린 듯 뜨거운 목소리로 재차 고백한다.

"사랑해."

"……."

"사랑한 지 너무 오래됐어……."

그가 그녀를 얼마나 사랑했는지. 아무도 몰라주는 그 마음이 얼마나 오래됐는지.

이제는 나봄도 알고 있다. 그래서 그녀는 그에게 더 몸을 맡긴 채 고개를 끄덕인다.

"……나도 사랑해, 태오야."

드디어 입 밖으로 새어 나온 나봄의 고백은 태오의 마음을 불꽃놀이처럼 화려한 빛으로 물들였다.

사랑한다는 이 한 마디를 듣기 위해 얼마나 치열하게 버텨 왔는지.

여기까지 달려오는 9년간의 시간은 조금도 아름답지 않았지만 이 순간의 행복이 그 모든 아픔을 달래 주는 듯했다.

"그 말…… 더 해 줘."

"……."

"침대에서 밤새도록."

태오는 그녀의 귓가에 입술을 가져다 붙이며 속삭였다. 그런 뒤 귓불을 머금는 혀끝은 전신이 떨릴 만큼 자극적이었다.

그 촉촉한 감촉에 몇 번이나 힘이 빠질 뻔한 나봄은 그를 꼭 붙잡았다.

"그럼 이제 데려가, 바보야……."

수줍어하면서도 물러나지는 않는 그녀는 미치도록 사랑스러웠다.

태오는 그런 그녀를 단단한 두 팔로 가뿐히 안아 들었고, 오직 나봄에게만 허락된 방으로 부드럽게 이끌었다.

문은 일부러 닫지 않았다. 은은하게 비치는 스탠드 조명 빛 아래서 사랑을 속삭이는 너는 그 어디서도 볼 수 없는 절경일 테니.

"한나봄……."

나봄을 침대에 내려놓은 태오는 열기 오른 음성을 흘려보냈다. 그가 불러주는 그녀의 이름은 언제나 심장을 요동치게 만들었다.

그런 태오를 한껏 품고 싶었던 나봄은 그의 얼굴로 손을 뻗었다.

손끝에 느껴지는 그대의 온도. 점점 농익어 가는 그대의 눈빛. 검붉은 입술 사이로 새어 나오는 달콤한 숨결.

당신은 그저 지켜만 보기엔 너무나도 탐스러운 사람이다. 그래서 부끄러움도 잊은 채 조금 더 나를 안아 달라 애원하게 만든다.

"가까이 와."

"……."

"조금 더 가까이……."

나봄은 태오의 턱선을 매끄럽게 쓰다듬으며 사랑을 보챘다.

그 말에 이성을 전부 지워 버린 태오는 그녀의 와이셔츠를 풀었고, 하얀 브래지어마저 망설임 없이 벗겨 냈다.

훤히 드러난 그녀의 가슴은 긴장한 그녀의 눈빛과 달리 무방비해서 더욱 자극적이었다.

덕분에 본능을 억누르지 못하게 된 태오는 그녀와 눈을 맞춘 채로 제 옷을 하나하나 벗어 내기 시작했다.

무채색 옷가지들이 침대 아래로 떨어질 때마다 점차 모습을 드러내는 그의 은밀한 나신.

잘 다듬어진 조각상처럼 아름다운 그의 허리는 달빛 아래 펼쳐진 절경과 다름없었다.

힘이 들어갈 때마다 각 잡힌 잔근육이 얼마나 야릇하게 움직이는지, 정작 주인인 그는 절대 상상할 수 없을 것이다.

그렇게 탐스러운 모습을 하고, 다시 나봄을 끌어안는 태오는 아까보다 훨씬 뜨거워진 상태였다.

"태오야……."

나봄이 젖은 목소리로 그를 부르자마자 기다렸다는 듯 그녀의 젖꼭지를 머금는 입술.

젖은 혀끝이 유륜을 따라 움직일 때마다 온몸에 기분 좋은 소름이 끼쳐 올렸다. 농염한 키스가 짙어지면 짙어질수록 그녀는 터져 나오려는 신음을 견뎌 낼 수가 없다.

"아……."

결국 조용한 가운데 그녀의 달뜬 목소리가 새어 버리자, 태오는 잠시 검붉은 입술을 떼어 냈다.

그러고는 두 팔에 힘을 주고 보다 위쪽으로 거슬러 올라왔다. 닿을 듯 말 듯 가까워진 은밀한 부위는 솟구치는 본능만큼이나 단단하게 부풀어 있었다.

나봄은 멈춰 있는 것도 버거워 보이는 그의 목에 팔을 둘렀고, 야릇한 주문을 귓가에 속삭였다.

"……들어와 줘."

그 말을 들은 태오는 부드러운 손길로 그녀의 허벅지를 매만졌고, 곧이어 나봄의 깊숙한 곳까지 파고들었다.

시작은 말 잘 듣는 아이처럼 자상하게. 하지만 그리 머지않아 그녀를 탐해왔던 마음만큼 강렬하게.

태오가 그녀의 예민한 부분을 자극할수록 그를 끌어안은 나봄의 신음도 커져만 갔다. 점차 빠르게 움직이는 두 사람의 허리는 서로

가 서로를 얼마나 원하는지 적나라하게 보여 주고 있었다.

"아아……!"

태오는 그녀의 쾌감 섞인 목소리가 가장 크게 터져 나오는 부위를 끊임없이 자극하며, 뜨거운 몸을 끌어안은 팔에 힘을 더했다.

그러고는 애닳는 음성으로 같은 말을 끊임없이 반복했다.

"사랑해. 내가 너무 많이 사랑해……."

"나도…… 태오야, 나도……."

"아니, 내가 더."

"아……!"

"너는 상상도 못 할 만큼…… 정말 미칠 만큼 사랑해."

사랑한다는 고백은 그가 주는 강렬한 자극과 맞물려 나봄을 절정으로 치닫게 만들었다.

휘몰아치는 쾌락을 견디지 못한 나봄은 고개를 뒤로 젖히며 태오의 등에 날카로운 손톱자국을 냈다.

하지만 이 순간만큼은 그녀가 주는 고통이 가슴 벅찰 만큼 기쁘기만 했던 태오는 그녀의 머리카락을 부드럽게 쓰다듬으며 말했다.

"아직."

"하아, 하아……."

"나는 아직 모자라."

"아……!"

"그러니까 조금 더……."

태오는 나른하게 벌어진 나봄의 입술을 다시 격정적으로 머금었다. 또 한 번 나봄을 욕심내려는 태오의 혀끝은 그녀의 호흡마저도 앗아 가려는 듯 거칠었다.

"태오야…… 태오야……!"

나봄은 끊임없이 몰아붙이는 태오에게 안긴 채 연신 그의 이름만 불렀다. 이 순간, 내가 당신과 함께하고 있다는 걸 각인시켜 주기 위하여.

이불이 젖어 가도록 길게 이어진 밤은 심장이 아릴 만큼 달았다. 그리고 서러웠던 지난 시간들을 지워 내려는 것처럼 필사적이었다. 적어도 그 시간의 태오는 그랬다.

내 품에 안긴 니가 날 바라보고 있는 게 맞나. 정말 나를 원하고 있는 게 맞나. 너를 안으면서 몇 번이나 확인해 봤는지.

다행히도, 넌 나를 보고 있었다. 촉촉한 너의 눈동자에 담긴 사람은 다른 누군가가 아닌 너를 사랑하는 나였다.

그래, 그거면 됐어. 니가 나를 알아줬으면 됐어.

나봄의 온기에 그대로 녹아든 태오는 가빴던 숨을 고르며 천천히 눈을 감았다. 코끝을 스치던 그녀의 향기가 더욱 짙어졌다.

겨우 진정됐던 심장박동이 사춘기 소년처럼 다시 요동치기 시작했다.

* * *

아무도 모르게 잠적한 지 얼마나 지났더라.

차준은 요즘 들어 발코니 소파에 멍하니 앉아 있는 것밖에 할 일이 없었다.

딱히 드넓은 서울 야경을 보는 건 아니었다. 그의 발코니는 짙은 암막커튼으로 하루 종일 뒤덮여 있었으니까.

가정 관리사가 몇 번 방문하긴 했으나 차준은 현관문 잠금장치 배터리를 빼 둔 채 절대 열어 주지 않았다.

그러고 며칠을 더 있었더니 생사를 확인하겠답시고 관리인이 찾아왔고, 그땐 겨우 기척을 내어 목숨이 붙어 있음을 알렸다.

그것이 마지막이었다. 그 이후로 그의 펜트하우스를 방문하는 사람은 단 한 명도 없었다.

'끼익—'

가끔은 복도에서 들리는 쇳소리에 심장이 철렁 내려앉고는 했다.

그때가 차준이 유일하게 고개까지 돌려 반응하던 순간이었으나, 뒤이어 '쿵!' 소리까지 이어지면 그제야 문소리였구나 하고 서러운 한숨을 내쉬기 일쑤였다.

꼭 발소리 대신 쇳소리를 내는 누군가의 기척이 아니라서 실망한 사람처럼.

차준은 그런 자신이 끔찍이도 싫었다. 자꾸만 약해지는 독기도, 그가 딱 한 번 보여 준 매정한 모습에 상처받은 마음도 전부 혐오스럽기 짝이 없었다.

'양심이 있으면 죽은 사람처럼 골방에 틀어박혀 살아! 멀쩡한 사람 너 때문에 불쌍하고 비참해 보이게 만들지 말고!'

'그 꼴을 하고서 누구 형 노릇을 하려고 들어!'

'나는…… 진심으로 니가 죽어 버렸으면 좋겠어.'

난 더 심한 말도 많이 했잖아.

'그렇게 생각하면 속이 편해?! 전부 내 탓으로 돌리고 나면 니 인생이 나아질 것 같아?!'

'착각하지 마! 아무리 날 원망하고 증오해도 애초부터 망가져 있던 게 멀쩡해지지는 않아!'

그런 말씀은 들어도 싸잖아.

계속 스스로를 다그치며 감정들을 죽이던 차준은 드디어 가슴속이 공허해졌음을 깨닫고 오랜만에 휴대폰을 들었다.

아예 사라지겠다고 작정한 순간부터 꺼 두었던 휴대폰.

전원을 켜자마자 쏟아지는 메일과 부재중 전화 알림이 몰아닥쳤다. 하지만 지칠 대로 지쳐 버린 차준은 일일이 스트레스 받을 기운조차 없었다.

그 덕에 무미건조한 표정으로 그를 찾는 메시지들을 훑어 나가고 있는데.

[서재균 회장님]

좀처럼 직접 연락하는 일이 없는 그에게서 메시지 한 통이 도착해 있었다. 자신이 저질러 놓은 일이 있는 만큼 내용은 충분히 짐작되었다.

그 메시지만큼은 다른 것들처럼 무시하지 못한 차준은 옅은 눈동자로 메시지를 확인했다.

[내가 너에게 이 이상으로 실망하기 전에, 얼굴을 비치는 게 좋을 게다.]

그가 전한 말은 짧고 간결했다. 그리고 그만큼 숨이 막혔다. 그가 쏜 화살촉들이 내게로 꽂혀 들어오는 게 훤히 보이는 것 같아서.

전화든 메시지든 뭐라도 답신을 줘야 했으나 얼어붙은 손가락은 뜻대로 움직여 주지 않았다.

하는 수 없이 차준은 메시지를 닫고 그대로 휴대폰 전원을 꺼 버렸다. 무시해 버린 수많은 연락들과 함께 휴대폰 액정이 새까매지자 어둠은 다시금 그를 집어삼켰다.

"하아……."

차준은 입술 새로 흘러나오는 한숨으로 겨우 제가 아직 살아 있음을 실감했다. 그것은 결국 그의 체스 말 신세를 벗어나지 못했다는 의미와 같았다.

그렇다면 내일부터는 아파하는 일도 멈추고 순순히 그의 뜻대로 움직여 줘야 할 터.

차준은 힘이라곤 조금도 느껴지지 않는 손으로 제 얼굴을 매만졌다.

늘 반들반들했던 얼굴이 많이 거칠어진 걸 보니 꼴이 엉망인 모양이었다. 나는 괜찮지 않아도 괜찮아야 하고, 멀쩡하지 않아도 멀쩡해야 하는데…….

큰일이다. 이젠 모든 사람들이 내가 얼마나 볼품없는 불량품인지 알아채 버릴 것 같아.

*　　*　　*

"한나봄."

지난밤의 여파로 아직 잠에서 깨어나지 못한 토요일 아침.

부드러운 태오의 목소리가 나봄의 귓가에 스며들었다. 그때까지는 대답할 정신도 없었으나.

"나봄아, 계속 잘 거야?"

이불에 채 덮이지 못한 쇄골에 촉촉한 감촉이 닿자, 나봄은 두 눈을 번쩍 뜰 수밖에 없었다. 밤새도록 그렇게나 물어 댔으면서 이 짐승 같은 남자는 아직 지치지도 않았나 보다.

"하하, 간지러워."

나봄은 푹 잠긴 목소리로 말하며 태오를 밀어냈다. 그러자 태오는 고개를 들어 장난기 어린 시선으로 나봄을 마주 보았고, 야릇한 질문을 꺼내 놓았다.

"간지럽기만 해?"

"응?"

"어젠 그렇게 좋아했으면서."

"무, 무슨 소릴 하는 거야. 부끄럽게!"

나봄은 아침부터 짓궂게 구는 태오의 이마에 살짝 꿀밤을 먹였다. 그건 거의 톡 치는 것과 다름없었으나 태오는 눈썹을 찡그리며 엄살을 부리기 시작했다.

"아아, 아프다."

"그렇게 세게 때리지도 않았거든?"

"나 혹 났나 좀 봐 주라."

"참나, 그럴 리가 없잖아."

"그러지 말고 한 번만."

태오의 보챔에 못 이긴 나봄은 하는 수 없이 그의 얼굴을 붙잡았다.

얼마나 약하게 건드렸는지, 그의 이마는 빨간 손자국 하나 없이 깨끗하기만 했지만 봐 주는 척이라도 해야 엄살을 멈출 것 같아서였다.

하지만 그녀의 얼굴이 가까워지자마자 홱 고개를 들어 올린 태오는 그대로 나봄의 입술을 덥석 집어삼켰다.

"읍!"

놀란 나봄은 토끼 눈이 된 채 얼어붙었으나 태오는 입맞춤에서 그치지 않고 붉은 혀끝을 밀어 넣었다.

이젠 어느덧 익숙해진 그의 감촉.

능숙하게 리드하는 그의 키스는 갑작스러운 와중에도 그녀의 가슴을 설레게 만들었다.

깊숙이 파고드는 그의 숨결은 또 어찌나 달콤한지. 그를 받아들이는 나봄의 혀끝도 아릿해질 지경이다.

한참을 그에게 자극당한 나봄은 턱 끝까지 벅찬 숨을 몰아쉬기 위해 잠시 입술을 떼어 냈다.

"하아……."

그 달아오른 숨소리를 들은 태오의 입꼬리가 예쁘게 휘어 올라갔다.

"한나봄 그거 알아?"

"……."

"넌 숨소리까지도 예뻐."

예쁘다는 칭찬이 이렇게 야릇하게 들리는 건 그의 검붉은 입술 때문일까. 아니면 날 보는 뜨거운 눈빛 때문일까.

확실한 건 그 때문에 내 심장이 남아나지 않게 생겼다는 것이다. 가만히 있어도 섹시한 내 남자는 아마 스스로 철벽만 치지 않았더라면 이 세상 모든 여심을 휘어잡고도 남았다.

나봄은 어느새 새빨개진 얼굴로 배시시 웃었다. 태오는 그런 그녀를 따라 눈웃음을 지으며 다시 한 번 입술을 가져가 보려 했다.

바로 그때.

♩♪♬♩♪♬—

침대 머리맡에 놓여 있던 나봄의 휴대폰이 전화 수신을 알렸다.

혹시나 또 한 번의 외박에 분노한 한 사장일까 싶었던 나봄과 태오는 동시에 깜짝 놀란 표정으로 하려던 모든 행동을 멈추었다.

"아버님이셔?"

"그, 그렇겠지?"

나봄은 잠시 머뭇거리다가 마지못해 휴대폰을 들었고, 긴장한 눈빛으로 발신자를 확인했다. 덩달아 굳어 버린 태오는 초조하게 그녀를 지켜보았다.

하지만 휴대폰을 들여다보던 나봄의 표정은 이내 의아함으로 물들었다.

당연히 한 사장일 거라고 생각했건만 막상 휴대폰 액정에 떠오른 건 저장조차 되지 않은 낯선 번호였다.

이건 굳이 받지 않아도 될 연락일지도 모르나, 어쩐지 익숙한 마지막 네 자리 숫자는 왠지 다른 의미로 불안하게 만들었다.

망설이던 나봄은 결심한 듯 힘주어 통화 버튼을 눌렀다.

"여보세요."

그리고 조심스러운 목소리를 흘려보내니.

—아…… 나봄 씨?

누군가와 닮았지만 그보다 더 성숙한 음성이 귓가를 파고들었다.

—주말인데 갑작스럽게 연락해서 죄송해요. 나봄 씨 회사에서 멋대로 휴대폰 번호 물어본 것도…….

"태준…… 씨?"

전혀 예상치 못했던 연락에 놀란 나봄이 그의 이름을 입에 담자 그녀를 마주 보고 있던 태오의 눈빛이 파르르 떨려 왔다.

"선우태준? 본부장 형? 그 사람이 왜 너한테……."

"잠깐만, 태오야."

나봄은 순식간에 사나워진 태오를 진정시키고 휴대폰을 바로 잡았다.

"안녕하세요, 태준 씨. 저에겐 어쩐 일로……."

그러고는 조심스럽게 용건부터 꺼내 물으니.

—지난번에 나봄 씨한테 이기적인 부탁을 했던 일, 사과하고 싶어서요.

죄책감 가득한 태준의 대답이 이어졌다. 그 말을 들은 나봄은 단번에 태준과의 만남을 떠올렸다.

'제발 우리 차준이 곁에 있어 주세요.'

'그 사람들이 그 애를 더 비참하게 무너트리지 못하도록…… 나봄 씨가 지켜 주세요.'

나봄의 첫사랑은 사라졌다는 걸 어렴풋이 깨달을 때쯤 그가 꺼내 놓았던 애절한 부탁.

태준은 그녀에게 차준 곁에 있어 주기를 당부했으나, 나봄은 그래 주지 못했다.

그에게 더 이상 남아 있는 마음이 없음을 매정하게 고했고, 자신을 필요로 하는 그에게서 온전히 등을 돌렸으니까.

결국 그의 뜻대로 따라 준 건 하나도 없는 나봄은 부드럽지만 단호한 목소리로 말했다.

"저는 태준 씨한테 사과 받을 게 없어요. 태준 씨가 원하는 대로 차준 오빠 곁에 남아 있어 주지 못했거든요."

—…….

"앞으로도 그렇게는 못 할 것 같아요. 그러니까 혹시 제게 비슷한 걸 기대하신다면 죄송……."

—아니요, 그런 일로 연락드린 거 아니에요.

하지만 그 말에 곧바로 부인을 한 태준은.

—나봄 씨를 만나고 싶어요.

"네?"

—꼭…… 남겨 두고 싶은 게 있어요.

의미심장한 한 마디를 꺼내 놓았다.

전해 주고 싶은 것도 아니고 대신 전달해 달라는 것도 아닌, 떠나는 사람처럼 무언가를 남겨 놓고 싶다는 말.

"태준 씨…… 어디 먼 데라도 가요?"

나봄은 태준에게 나직이 물었다.

—……네.

찰나의 틈을 두고 흘러나온 그의 대답은 매우 짧았으나, 그 안에 어린 불안감만큼은 확실히 느낄 수 있었다.

본능적으로 그를 외면해선 안 된다는 걸 느낀 나봄은 눈앞의 태오를 마주했다.

"나오기 편하신 장소를 말씀해 주세요. 그럼 제가 찾아갈게요."

그러고는 태오의 손을 꼭 잡으며 대답했다. 불안한 표정으로 나봄을 바라보고 있던 태오의 눈동자에 의아함이 맺혔다.

* * *

오랜만에 찾아온 우드레일 본가.

"오셨습니까, 이사님."

거대한 대문 안으로 들어선 차준에게 경호원들이 90도로 허리를 숙여 인사를 건넸다.

그들을 차가운 시선으로 훑어본 차준은 인사를 받아 주는 대신 메마른 목소리로 물었다.

"회장님은."

"화원에서 이사님을 기다리고 계십니다."

"화원이라……."

거대한 우드레일 본가 가장 구석에 자리 잡고 있는 유리 화원은 오로지 서 회장만이 출입 가능한 장소였다.

하필 그곳으로 차준을 부른다는 것은 확실히 불길하고 위험한 징조였다.

하지만 일방적인 잠적에 대한 뒷감당이 녹록지 않을 것이라는 건 이미 예견하고 있던 사실이니.

"안내해드리겠습니다."

"아닙니다. 혼자 찾아가죠."

차준은 최대한 담담하게 그를 찾아가기로 결심했다. 어차피 여기까지 온 이상 발버둥 쳐 봤자 나아질 건 없었다.

공허한 시선을 유리 화원 쪽으로 고정시킨 차준은 침착한 걸음을 움직였다.

그리고 지난 며칠간의 흔적을 필사적으로 지워 나갔다. 가슴에서 썩어 문드러진 상처도. 손 쓸 수 없을 만큼 새까맣게 물든 절망도. 서재균 회장 앞에서는 전혀 드러나지 않아야 했다.

그렇게 지니고 있는 모든 감정을 닦아 내고 여느 때처럼 빈껍데기밖에 남지 않게 되었을 무렵.

드디어 화원의 유리문이 눈앞에 드러났다. 오늘따라 더욱 섬뜩하게 느껴지는 이곳의 어두운 기운은 서 회장을 꼭 닮아 있었다.

내가 지금 화원으로 들어가고 있는 것인지, 그에게 집어삼켜지고 있는 중인지 분간이 안 갈 정도로.

"차준이냐."

"……네, 회장님."

"그래, 조금 더 안쪽으로 들어오거라."

몸을 들이자마자 화원 안쪽에서부터 서 회장의 음성이 들려왔다. 순간 차준을 둘러싼 공기는 버티기 힘들 정도로 탁해지는 듯했으나, 그는 더욱 깊숙한 곳으로 발걸음을 움직였다.

머지않아 시야에 들어온 서 회장은 아끼는 난을 닦아 내고 있던 중이었다.

"안녕하십니까, 회장님."

"이게 얼마 만인지 모르겠구나."

서 회장은 인사를 하는 차준에게 시선도 두지 않은 채 뼈 있는 한 마디를 건넸다.

그 말에 차준은 곧바로 허리를 숙였다.

"큰 심려를 끼쳐드려 죄송합니다."

"됐다. 너도 휴식이 필요했겠지."

"……."

"본가 사람이 된 뒤로 하루도 쉬지 못했잖아."

본가 사람이 된 뒤.

그것은 다시 말해 선우태준이 제 역할을 하지 못해 버려지고 난 후를 의미했다.

이런 얘기에 무슨 반응을 보여야 할지 알지 못했던 차준은 결국 아무 말도 하지 못하고 침묵을 유지했다. 그건 서 회장이 평소 거슬려 하는 태도였으나 그는 어찌된 이유에서인지 오늘만큼은 차준을 책망하지 않았다.

"이 난, 너의 눈엔 어떻게 보이니."

대신 꺼내 놓은 질문은 난데없었다. 평소 잡담을 즐기지 않는 서 회장의 성격을 알고 있는 차준은 살짝 경직된 목소리로 대답했다.

"보기 좋습니다. 회장님께서 늘 신경 써서 관리해 주시고 계시니까요."

"그래, 신경 쓰고 있지. 덕분에 꽃봉오리도 맺혔고 말이야."

서 회장은 그리 말하며 길게 올라온 난촉을 가리켰다. 차준은 그걸 가만히 들여다보며 필사적으로 머리를 굴렸다. 그가 내게 하고 싶은 말이 무언지, 조금이라도 일찍 파악하기 위하여.

곧 서 회장의 낮은 목소리가 이어졌다.

"그런데 말이다. 병원 신세 동안 돌봐 주지 못했던 탓인지, 난촉 상태가 영 시원치 않아. 이대로는 꽃이 피어도 그리 아름답지는 못할 것 같구나."

"……."

"아무래도 잘라 내는 게 좋겠지? 이 녀석에게는 소중한 것이라고 해도."

그러한 물음 후에 서 회장은 고개를 들어 차준을 바라보았다. 그의 서늘한 눈빛은 차준에게 무의미해 보이는 대화 속 '난'이 누굴 뜻하는지 짐작할 수 있었다.

더 나아가, 그 난이 소중하게 여긴다는 시든 난촉까지도.

“하시고 싶은 말씀이 무엇입니까.”

본론이 드러난 이상, 돌려 말하고 싶진 않았던 차준은 단도직입적으로 물었다.

그러자 서 회장은 난초 위로 다시 눈길을 끌어 내렸고, 푸른 이파리들을 마저 닦아 내기 시작했다.

그 모습은 무겁게 내려앉은 분위기와 달리 평화로워 보였으나, 뒤이어 꺼내진 명령은 잔혹하기 그지없었다.

“너의 썩은 난촉도 어서 잘라 내야 하지 않겠니.”

“…….”

“네 손으로 직접.”

서 회장이 내민 서슬 퍼런 칼날을 앞에 둔 차준의 눈동자가 파르르 떨려 왔다.

하지만 이어지는 서 회장의 말은 보다 노골적인 악의를 품고 있었다.

“제 스스로 가치를 포기해 버린 놈이니, 어렵게 생각할 것 없다. 이곳에 해충처럼 달라붙어 너까지 시들어 버리게 만드는 꼴을 더는 두고 볼 수가 없구나.”

“…….”

“물론 내 손으로 처리해 버리는 쪽이 가장 빠를 수도 있지만…… 내 눈엔 그놈을 증오하는 너의 모습도 다른 의미로는 매달리는 것처럼 보여서 말이야.”

"……."

"내가 섣불리 손댔다가 니가 나를 적으로 돌려 버리면 어쩌니."

그 말은 다시 말해 차준을 신뢰하지 못한다는 말이었고, 이 기회에 그의 충성도를 시험해 보겠다는 뜻이었다.

한때 태준을 태양처럼 여기던 차준의 마음은 그들을 곁에서 지켜본 서 회장이 그 누구보다 잘 알고 있었다.

그래서 기꺼이 준비해 둔 질긴 인연의 낭떠러지.

서 회장은 이미 만신창이가 된 형제를 벼랑 끝에 세워 두었고, 천륜을 거스르는 악독한 명령을 내렸다.

"그러니…… 니가 직접 선우태준을 처리해."

직접적으로 흘러나온 그의 존재에 차준의 손끝이 얼음장처럼 차가워졌다.

"이번에도 미련하게 굴었다간, 너도 함께 끝을 보게 될 게다."

이미 하얗게 질려 버린 머리는 자신에게도 겨누어진 협박을 인지하지도 못하게 만들었다.

차준은 숨까지 멈춘 채 가만히 굳어 있다가 질식하기 직전에야 겨우 입술을 떼어 냈다.

"회장님……."

하지만 흐린 목소리로 서 회장만 부를 뿐, 그가 원하는 대답을 곧바로 꺼내 놓진 않았다.

역시나. 그의 예상대로 아직 제 형에게서 벗어나지 못한 나약한 모습이었다.

그 사실을 확신한 서 회장은 차준을 똑바로 직시했다. 그를 애타게 바라보는 차준의 시선은 평소보다 더욱 형편없는 꼴이었다.

하지만 그런 그를 붙잡아 줄 수 있는 존재가 무엇인지도 잘 아는 서 회장은 또 다른 이름을 입에 담았다.

"한나봄이라고 했나. 니가 원하는 여자."

"……."

"이번 일만 잘 끝낸다면 그 여자 정도는 손에 넣을 수 있게 해 주마. 다른 사람에게 있는 걸 내가 직접 빼앗아 와서라도."

아니나 다를까.

무너져 내리던 차준의 눈빛이 잠시 떨림을 멈추었다. 아직 일그러진 표정은 정리하지 못했으나, 그는 나봄의 등장으로 인해 겨우 이성을 다잡아 가고 있다.

"한나봄……."

"그래, 그 애."

서 회장은 효과가 확실한 그녀의 존재에 흡족해하며 차분히 말을 이었다.

"그러니까 넌 내 뜻대로 성장하기만 하면 돼. 그래야만 살아남을 수 있는 이 난초처럼."

그의 뜻을 따르기만 하면 된다. 그래야만 살아남을 수 있고 원하는 사람을 곁에 둘 수 있다.

다 바스러져 버린 이성으로 생각해도 해야 할 선택이 명확한 제안.

차준은 고개가 아래로 힘없이 떨구어졌다. 그건 절대 수락의 뜻이 아니었으나.

"순순히 따라 주겠다니 다행이구나."

그의 의사 따위는 상관없었던 서 회장이 그리 대답해 버린 순간부터 벗어날 수 없게 되어 버렸다.

한 사람이 죽지 않으면 두 사람 다 목숨을 잃게 되는 잔인한 러시안룰렛에서.

* * *

청담동에 위치한 고급스러운 카페.

끼익—

앤티크한 나무 문이 열리는 소리와 함께 긴장한 표정의 나봄이 모습을 드러냈다.

안으로 들어오자마자 앉아 있는 손님들의 얼굴부터 훑어보는 그녀는 이미 도착해 있다는 태준을 만나러 온 참이었다.

"나봄 씨, 여기에요."

그런 그녀를 먼저 발견한 태준은 손을 들어 그녀를 불렀다. 그때까지만 해도 태준의 눈동자엔 반가운 기색이 담겨 있었으나.

"아! 태준 씨! 좀 늦어서 죄송해요!"

"……."

나봄이 가까이 다가오면 다가올수록 그의 미소엔 점차 당황감이 어리기 시작했다. 나봄의 뒤에 서서 저승사자처럼 살벌한 분위기를 풍기고 있는 단태오 때문이었다.

혹시 저 남자가 지금 나봄 씨가 만나고 있다는 그 사람인가.

"아…… 처음 뵙겠습니다. 선우태준이라고 합니다."

자신을 노려보는 눈빛만으로도 그의 정체를 대충 파악한 태준은 먼저 제 소개를 하며 악수를 청했다.

그러자 태오는 내밀어진 태준의 손끝을 싸늘히 무시하고는 딱딱한 목소리로 인사했다.

"우드레일 퍼니쳐팩토리 소속 단태오입니다."

"현장팀 소속이시군요. 반갑습니다."

"글쎄요, 우리가 반가울 사이는 아니지 않나."

그리 말하는 태오의 태도는 결코 호의적이지 못했다. 아무래도 나봄을 차준 문제로 불러냈다는 걸 알고 있는 모양이었다.

태준은 하는 수 없이 제 손을 거두어 갔고, 미안한 기색이 가득 담긴 사과부터 꺼냈다.

"제가 너무 갑작스럽게 불러냈죠? 주말이라 쉬고 계셨을 텐데 죄송해요."

"알면 됐습니다."

"태오야, 그러지 마."

나봄은 태준에게 매정하기 그지없는 태오를 조용히 진정시켰다. 태오는 그런 그녀를 불만 가득한 눈빛으로 바라보았으나, 그녀가 태준 맞은편에 자리를 잡고 앉아 버리자 마지못해 합석했다.

그렇게 불편한 분위기 안에서 모인 세 사람.

"……나와 줘서 고마워요."

먼저 입을 연 건 태준이었다. 나봄은 진심이 담긴 그의 시선을 마주한 채 담담히 대답했다.

"그렇게 절박한 목소리로 저를 찾는데 어떻게 외면해요."

"……."

"태준 씨한테 무슨 일 있는 거…… 맞죠?"

휴대폰 너머로 옅게 떨리던 태준의 목소리를 기억하고 있는 나봄은 확신에 찬 질문을 던졌다.

그러나 태준은 천천히 고개를 가로저었다.

"아니요, 아무 일도 없어요."

그의 눈빛은 무언가를 숨기는 눈빛이 아니었으나 목소리에서 느껴지는 불안감은 여전했다.

나봄은 그런 그를 재촉하기보단 조용히 이어질 말을 기다리기로 했다. 그러자 태준은 마른침을 삼켜 넘기며 마음을 다잡았고, 이미 불편한 공기를 더욱 불편하게 만들 이름 하나를 꺼내 놓았다.

"차준이랑은 연인 관계가 아니라고 들었어요. 만나는 사람이 있는 줄도 몰랐구요."

"아아……."

"그런 것도 모르고 무리한 부탁을 해서 미안해요. 다시 한 번 사과하고 싶어요."

"괜찮아요. 차준 오빠랑 워낙 대화가 없으셨잖아요."

그 부분에 대해선 충분히 이해한 나봄은 죄책감이 가득한 그를 달랬다.

하지만 태오는 '무리한 부탁을 했다'라는 그 말을 쉽사리 넘기지 못했다. 그게 정확히 어떤 부탁인지는 몰라도, 차준과 나봄 사이의 관계를 연인으로 오해하고 한 것이라면 자신의 기분을 더럽게 만들 게 뻔했다.

"대체 뭔……."

태오는 아무 말도 않는 나봄을 대신해 그에게 따져 물으려 했다.

그러나 나봄은 태오가 첫 마디를 꺼내기도 전에 테이블 아래 놓인 그의 손을 꽉 붙잡았다.

어차피 나봄은 애초부터 태준의 사과를 들으러 이곳에 온 게 아니었다.

"남겨 둘 게 있다고 하셨죠. 그게 무슨 뜻인지 여쭤 봐도 될까요?"

그래서 태준의 눈을 똑바로 바라보며 단도직입적으로 꺼낸 본론.

잠시 머뭇거리던 태준은 이윽고 천천히 입술을 떼어 냈다.

"말 그대로예요. 제가…… 더는 차준이 곁에 있을 수 없을 것 같아서……."

"……."

"그 애한테 전해 주고 싶은 걸 나봄 씨한테 잠시만 맡겨 두려구요."

태준은 그 말끝에 전동 휠체어 옆에 놓여 있던 종이봉투 하나를 테이블 위로 올려놓았다. 그 안에 들어 있는 건 손바닥 두 개만 한 크기의 상자였다.

"이게…… 뭐예요?"

나봄은 의아한 눈빛을 띤 채 그에게 물었다. 그러자 태준은 상자를 그녀 쪽으로 밀어 두며 간절함 묻은 음성으로 말했다.

"오래 전에 차준이한테 전해 줬어야 하는데 그러지 못했어요."

"……."

"무리한 부탁을 한 걸 사과하고 나서 또 다른 부탁을 하는 게 염치없고 미안하지만 나봄 씨가 대신 그 애한테 전달해 주셨으면 좋겠어요."

흘러나오는 그의 목소리는 애원과 다름없었다. 그건 곧 사라질 사람처럼 불안해서, 그녀는 한층 더 초조해지기 시작했다.

"어딜 가는 건데 그래요. 정말 무슨 일 있는 거 아니에요?"

"그런 거 아니에요."

"그럼 태준 씨가 전해 주면 되잖아요. 왜 태준 씨는 그럴 수 없는 거예요?"

그래서 꺼내 놓은 다급한 물음.

순간 급격히 일렁이기 시작한 태준의 눈빛이 제 손끝으로 떨어졌다. 그렇게 한참을 굳어 있다가 겨우 다시 떼어 낸 입술은 아까보다 메말라 있었다.

"더 이상은 그 애 앞에 나타나고 싶지 않아요."

"태준 씨……."

"제가 말씀드릴 수 있는 이유는 그게 전부예요."

차준의 앞에 나타다고 싶지 않다는 그 말은 그를 떠나겠다는 의미와 같았다. 하지만 그대로 받아들이기에는 그에게서 느껴지는 서러움이 너무나도 짙었다.

지금 그는 스스로 꺼내 놓는 얘기와 달리 원치 않은 발걸음을 떼어 내야 하는 사람처럼 보인다.

그런 그가 더욱 불안해진 나봄은 더 이상 그를 추궁하지 못했다.

마음 같아서는 복잡한 머릿속이 정리될 때까지 캐묻고 싶지만, 그러기엔 늘어진 태준의 어깨가 너무 지쳐 보여서 선택한 침묵이었다.

하지만 그들을 날카로운 시선으로 지켜보고 있던 태오는 그녀의 배려에 동참해 주지 않았다. 돌아가는 상황을 전혀 모르는 태오가 봐도 태준은 지금 모든 것을 포기하기 직전의 모습으로밖에 비치지 않았다.

"……혹시 죽으려는 겁니까."

태오는 훤히 드러난 위험한 기운을 외면하지 않고 똑바로 물었다.

같은 질문을 품고 있었으나 차마 입 밖으로 꺼내지는 못하고 있던 나봄은 옅게 떨리는 눈동자로 태오를 바라보았다.

하지만 태오는 여기에서 그치지 않고 더욱 거침없는 목소리를 이어 나갔다.

"그럴 생각이라면 이런 부탁하지 마십쇼. 아무 상관도 없는 사람 불러내지도 마시고요."

"……."

"곧 죽을 사람하고 얽히는 거, 괜히 죄책감 들고 재수 없어서 싫습니다."

거절만큼은 돌려 말하는 법이 없는 태오는 태준의 부탁을 단칼에 끊어 냈다.

"한나봄, 가자."

"어, 어?"

그러고는 태준이 무슨 대답을 하기도 전에 나봄의 손을 붙잡고 먼저 자리에서 일어서 버렸다. 태오처럼 단호하지 못한 나봄은 얼떨결에 끌어당겨지면서도 좀처럼 태준에게서 눈을 떼어 내지 못했다.

이렇게 가면 안 될 것 같은데. 혼자 남겨진 그는 더 큰 절망으로 가라앉아 버릴 것 같은데.

"태, 태오야……."

결국 아무래도 안 되겠다는 생각에 태오를 붙잡아 보려던 그때.

"잠깐만…… 잠깐만요."

태준의 낮은 음성이 먼저 태오의 발길을 멈춰 세웠다. 다시 그를 되돌아보는 태준의 눈빛에 날카로운 날이 섰다.

하지만 태준은 노골적인 적대감에도 굴하지 않고, 애절한 음성을 이어 나갔다.

"이런 몸으로는 내 마음대로 죽을 수도 없어요. 죽는 게 얼마나 어려운지는 한 번 실패해 봐서 잘 알아요."

"……."

"그러니까 도와주세요. 나는 그냥 그 애가 찾을 수 없는 곳으로 조용히 사라지기만 할 테니까……."

"……."

"차준이한테 이거 하나만 전해 주세요. 그럴 수 있는 사람은 아무리 생각해 봐도 나봄 씨밖에 없어요."

눈앞에 내어진 태준의 손끝은 안쓰러울 만큼 떨리고 있었다. 그 손을 물끄러미 내려다보던 나봄은 이내 태오 쪽으로 시선을 돌렸다. 차준과 관련된 일이라면 경기 일으키듯 기피하는 그의 반응이 걱정스러워서였다.

"하아……."

태오는 여전히 심기 불편한 표정으로 태준을 내려다보다 깊은 한숨을 내쉬었고.

"그 새끼랑 한나봄이 엮이는 건 내가 싫어."

이내 거친 욕설이 섞인 거절 의사를 밝혔다.

태준은 그의 완강한 태도에 절망스러움을 감추지 못하고 아랫입술을 꽉 깨물었으나, 머지않아 이어진 태오의 한 마디는 뜻밖이었다.

"그러니까 나한테 줘. 그 새끼 안 받겠다고 하면 입에라도 쑤셔 넣어 줄 테니까."

"태오…… 씨가요?"

"더 이상 말 섞기 싫으니까 얼른."

태오는 예상치 못한 도움에 놀란 태준에게서 상자를 낚아챘다. 그런 뒤 뒤도 돌아보지 않고 카페 문을 향해 걸음을 옮겼다. 그 모습은 아무리 봐도 절대 호의적이라고 할 수 없었다.

그래서 불안한 시선을 좀처럼 거두지 못하는 태준에게, 나봄이 차분한 목소리로 말했다.

"거짓말하는 사람은 아니에요."

"네?"

"태오 말이에요."

"아……."

태준의 눈동자가 그제야 다시 테이블 위로 되돌아갔다. 나봄은 차준과 꼭 빼닮은 그의 얼굴을 물끄러미 바라보았고, 태오가 없는 틈을 타 걱정 가득한 물음을 던졌다.

"정말 차준 오빠 곁에 있어 줄 수는 없는 거예요?"

"……."

"두 사람의 마음을 전부 알지는 못하지만, 태준 씨가 무슨 생각으로 사라지려는 건지도 모르지만…… 그래도 이렇게 끝을 내 버리면 안 될 것 같아서요."

나봄은 그리 말하며 가슴 속에 가득 찬 말들을 꺼내 놓으려 했다.

당신을 밀어내는 차준의 속마음은 증오가 아닐 거다. 지금 누구보다도 당신을 필요로 하고 있을 거다. 그런 당신이 그의 곁에서 사라져 버린다면 그는 여기서 더 무너져 버리고 말 거다.

그건 형 이야기를 꺼내던 과거의 차준과 형 이야기를 필사적으로 피하려 하는 지금의 차준의 모습이 조금도 달라 보이지 않기에 확신할 수 있다.

하지만 그 얘기를 풀어 놓기도 전에 태준은 메마른 입술을 움직였다.

"전부 나 때문에 생겨난 문제들이에요."

"……."

"어떻게 해야 할지는 내가 가장 잘 알아요."

그의 쓰디쓴 목소리는 자신의 결심을 흔들지 말아 달라는 애원처럼 들렸다. 그래서 더 이상 태준을 말리지도 못하게 된 나봄은 하는 수 없이 입술을 닫았다.

"제발 행복해졌으면 좋겠는데……."

짧은 침묵 끝에 새어 나온 그의 마지막 한 마디는 차준을 향한 것이 분명했다.

그의 눈앞에서 영영 사라지겠다는 사람의 안쓰러운 소망.

나봄은 그 마음을 차준에게 고스란히 전해 줄 수 없다는 것이 가슴 아플 뿐이었다. 물론 상처로 뒤덮인 차준은 그의 이런 마음도 고통으로 느낄 뿐이겠지만.

*　　*　　*

제 성질을 못 이기고 먼저 나와 버린 지 얼마나 지났을까. 뒤늦게 열린 카페 문으로 나봄이 빠져나왔다.

태준에게서 빼앗다시피 받아 낸 상자를 들고 서 있던 태오는 제 앞에 선 나봄을 물끄러미 바라보았다.

힘없이 처진 어깨. 잔뜩 가라앉은 눈빛. 가까이 다가오면서도 다른 생각만 하고 있는 듯한 표정.

태오는 그녀의 머릿속에 누가 들어 있는지 알고 있다. 그건 끔찍이도 싫은 존재라서 태오는 한시라도 빨리 나봄의 정신을 되가져오고 싶었다.

"한나봄."

"……응?"

"선우차준 생각하지 마."

돌려 말하는 게 익숙지 않은 태오는 불편한 심기를 노골적으로 드러냈다.

그제야 제대로 담기는 너의 눈동자 속의 내 모습.

다행히 넌 내 한 마디에 오롯이 나를 담아 주었지만 그래도 나는 아직까지 신경 쓰인다. 너의 마음 한편에 자리 잡고 있을 동정심이.

예전에 그 새끼가 그랬잖아. 넌 동정심이 많은 애라고. 아무리 고양이를 좋아하지 않는다 해도 그냥 지나치지 못하고 손길을 내어 주고 만다고.

"아, 미안……."

태오의 가시 돋친 마음을 눈치챈 나봄은 곧바로 사과를 꺼내 놓았다.

여기까지 그를 데리고 온 것도 미안한데 괜한 숙제까지 떠맡게 해 버리다니. 태오에게는 정말 생각하면 생각할수록 면목이 없었다.

"하아……."

그런 나봄을 보며 태오는 긴 한숨을 내쉬었고 이내 시선까지도 애먼 곳으로 돌려 버렸다.

그건 얼핏 화를 내는 것처럼 보였으나.

"그런 얼굴로 사과하면 좀 더 서운해하지도 못하잖냐……."

이어지는 태오의 목소리는 오히려 누그러져 있었다. 제 잘못에 겁을 먹은 어린아이를 달래듯이.

"태오야……."

그래도 무거운 마음을 거두지 못한 나봄은 그의 이름을 불렀다. 그러자 태오의 입술 새로 마저 쏟아져 나오는 건 너무나도 솔직한 그의 속마음이었다.

"사실 난 니가 선우차준 일에 엮이는 거 싫어."

"……."

"니 귀에 선우차준 이름 넉 자 들어가는 것도 싫고, 그 새끼가 죽든 살든 니가 신경 쓰지도 않았으면 좋겠어."

"……."

"나는 너의 첫사랑까지 품어 줄 만큼 속 넓은 남자가 못 돼."

나봄은 태오가 한 마디 한 마디 꺼내 놓을 때마다 고개를 숙였다. 그가 싫다고 읊은 건 전부 방금 전 태준을 만나며 했었던 일이었으니까.

하지만 염치가 없어서 미안하다는 말을 거듭하지도 못하고 있던 그때.

부드러운 태오의 손길이 나봄의 굳은 등을 감싸 안았다. 빈틈없이 밀착된 몸에서는 단태오 특유의 포근한 향기가 났다.

이윽고 들려오는 그의 목소리는 피부에 닿는 품의 온도만큼이나 따듯했다.

"그래도 넌 나랑 다르게 마음이 착해서, 그 새끼 잘못되면 혼자 걱정하고 있을 게 뻔하니까……."

"……."

"조금은 도와줘도 돼. 오늘처럼 나랑 같이 간다는 조건으로."

어리광 섞인 태오의 허락은 그러니 더는 우울해하지 말라는 위로와 같았다.

그 마음이 어찌나 예쁜지, 미처 지워 내지 못한 안쓰러움도 차차 녹아드는 듯하다.

어느새 내쉬는 숨결마저 편안해진 나봄은 태오의 허리를 꽈악 끌어안아 주었다. 그러고는 벅찬 진심을 완벽하게 표현할 수 있는 한 마디를 나직이 속삭였다.

"내가…… 정말 많이 사랑해, 태오야."

그녀의 고백을 들은 태오의 숨소리에 달콤한 미소가 배어들었다.

"충분히 알고 있어."

그리 화답하는 그에게선 다행히 예전과 같은 불안이 느껴지지 않아서.

나봄은 남몰래 안도했다. 모두가 각자의 상처로 가슴 아파 하고 있는 지금, 한 사람이라도 나아가고 있어서 다행이라고.

그 한 사람이 바로 나에게서 상처 입었던 너라는 게 다른 무엇보다도 정말 잘된 일이라고.

*　　*　　*

'제 스스로 가치를 포기해 버린 놈이니, 어렵게 생각할 것 없다.'

'이곳에 해충처럼 달라붙어 너까지 시들어 버리게 만드는 꼴을 더는 두고 볼 수가 없구나.'

서 회장의 목소리가 귓가를 자꾸 맴돈다.

'니가 직접 선우태준을 처리해.'

아무리 무시해 보려 해도 그가 내린 잔혹한 명령은 가슴속에서 고요히 요동친다.

더 이상 은신처에 숨어 있지 못하고 찾아온 자신의 집무실.

자신의 책상 앞을 간신히 지키고 있는 차준은 잔뜩 엉켜 버린 머릿속을 정리하려 애썼다.

하지만 생각이라는 걸 거듭하면 거듭할수록 더욱 더 굳어 가는 이성은 이 상황을 이해하는 것조차 거부하는 듯했다.

그토록 증오하던 태준을 몰아내면 간절히 원하는 나봄을 곁에 둘 수 있게 해 줄 거라는 서 회장의 제안은 기회나 다름없는데.

그 말을 들은 순간부터 차준의 숨통은 질식할 듯 조여 들어 이때까지 풀어질 줄을 모른다.

'그냥 받아들이면 편해. 받아들이면…….'

차준은 평소 하던 대로 서 회장의 명령을 최대한 따라 보려 했다. 어차피 거절할 권리 따위 없는 선택지였으니 고민하는 일 자체가 무의미했다.

아직 정리되지 못한 가슴속의 불안감을 억지로 우겨 넣은 차준은 태준의 존재를 지워 버릴 방법에 대해 고민하기 시작했다.

하지만 저항도 제대로 하지 못하는 그를 몰아내는 건 개미 한 마리 죽이듯 쉬운 일이라서, 별다른 계획은 필요치도 않았다.

이대로 적당한 하수인을 찾아 아무도 찾지 못할 곳으로 그를 치워 버리라는 명령만 내리면 끝날 일이다. 그렇게만 하면 선우태준도, 무책임한 그 여자도 내 인생에서 끊어 낼 수 있겠지.

"하아……."

차준은 무겁게 차오르는 숨을 나직이 토해 냈다. 그러고는 그 대가로 얻을 수 있는 얼굴을 필사적으로 떠올렸다.

언젠가부터 아무리 손을 뻗어 붙잡으려 해 봐도 자꾸 멀어지기만 하던 그녀.

하지만 이젠 그런 그녀를 내 곁에 묶어 둘 수 있다. 어차피 부서트려야 했을 존재만 내 손으로 부서트린다면, 그녀는 더 이상 나 혼자 남겨 두고 떠나려 하지 못할 것이다.

그렇게 억지로 동기를 부여하며 절망 가득한 눈빛을 진정시키고 있던 그때.

똑똑똑—!

다소 거친 노크 소리와 함께.

"본부장님! 본부장님 계세요?!"

어디서 들어 보긴 했으나 딱히 친근하진 않은 목소리가 들려왔다. 기억을 되짚어 보건대, 이 목소리는 요 며칠간 계속 쓸데없는 연락을 취해 왔던 우드레일 퍼니쳐팩토리의 허유리 파트장이 분명했다.

그녀와는 얽히고 싶지 않았던 차준은 기척을 죽인 채 대꾸하지 않았다.

"이러시면 안 됩니다! 이사님은 오늘 안정을……!"

"정말 중요한 일이라구요! 한나봄 씨하고 연관되어 있다고 전해 주시면 무슨 얘긴지 아실 거예요!"

하지만 의미심장한 얘기로 소란을 피우는 그녀를 가만히 놔둘 수는 없었다. 나봄은 곧 내 사람이 될 여자인데, 그녀 때문에 허튼

소문이라도 돈다면 불쾌한 일이 생길 게 뻔하다.

"들여보내세요."

결국 무기력함보다 짜증이 앞선 차준은 낮게 가라앉은 목소리로 유리를 불러들였다.

"들어오라잖아요!"

벌컥!

그러자마자 신경질적으로 열린 집무실의 문.

어찌나 급히 달려왔는지 씩씩거리는 숨을 미처 고르지도 못한 유리가 차준을 똑바로 바라보았다.

"안녕하세요, 본부장님. 오늘부터 복귀하신다는 소식 듣고 곧바로 찾아왔습니다."

"……."

"긴히 해야 할 얘기가 있는데 잠시 대화 가능하실까요?"

가능하고 말고는 애초부터 중요하지도 않았으면서.

회의적인 마음과 달리 차준은 형식적인 눈웃음을 띠었다.

"얼마든지요."

그런 뒤 꺼내 놓는 대답은 부드럽고 나긋했다. 집무실 책상에서 일어나 커피 테이블로 향하는 그는 얼핏 보기에 유리를 반기는 것처럼 보인다.

드디어 가슴 속에 쌓인 울분을 헤아려 줄 상대를 만났다, 라는 생각에 유리의 눈동자가 날카롭게 번뜩였다.

유리는 차준이 소파에 자리를 잡기가 무섭게 건너편 소파에 마주 앉았고.

"본부장님, 한나봄 씨가 요즘 어떤 상태인지 전혀 모르시고 계신 것 같아서 알려드리려고 찾아왔어요."

"……상태?"

"네. 본부장님하고 단태오 팀장을 두고 어장 관리 하고 있다는 소문이 돌고 있는데 본부장님 입장을 봐서라도 조치를 취하셔야 하지 않을까……."

그녀는 비서가 나가기도 전에 자신의 본론을 꺼내 놓았다. 그 입을 미처 막지 못한 차준의 시선이 애꿎은 비서에게로 매섭게 향했다.

"성호 씨."

"예, 예!"

"눈치껏 문 닫고 나가 주셨으면 하는데."

"아…… 알겠습니다, 이사님."

비서는 차준의 싸늘한 목소리에 황급히 집무실 밖으로 빠져나갔다.

끼익— 쿵!

무거운 나무 문이 닫히는 소리가 들리자마자 차준은 유리와 시선을 맞추었다. 그 눈빛은 예전에 보았던 것보다 어둡게 가라앉아 있었지만.

"유리 씨, 앉아서 마저 얘기하시죠."

유리는 아직 그의 입가에 미소가 떠나지 않았으니 마음을 놓아도 된다고 생각했다. 바로 그 미소가 적대감의 크기와 같다는 것도 모르고.

"갑자기 이곳으로 찾아와서 놀랐어요. 오늘 별 스케줄이 없으셨나 봐요?"

곧바로 커피 테이블 앞 소파에 자리를 잡은 차준은 유리에게 부드러운 음성으로 물었다. 그 안에 가시를 눈치챈 유리는 서둘러 그의 맞은편에 앉으며 구구절절한 사과부터 건넸다.

"선약도 없이 무작정 올라온 건 정말 죄송합니다. 하지만 계속 연락을 해도 받으시질 않아서 어쩔 수 없었어요."

차준은 그녀의 말에 아무 대꾸도 하지 않고 시종일관 미소만 지어 보였다.

"그래서, 한나봄 팀장님에 관해 할 이야기가 뭐죠?"

그러고는 특유의 나직한 음성으로 본론을 물었다.

이때만을 기다렸던 유리는 조금의 지체도 없이 곧바로 가벼운 입술을 움직였다.

"얘길 하기 전에 꼭 확인해야 할 게 있어요. 본부장님이랑 한나봄 씨는 대체 무슨 사이인가요? 창립 기념 파티 때 모습은 꼭 연인 같았는데."

"꼭 취조당하는 것 같네요."

"정확히 짚고 넘어가야 해서 그러니, 실례가 되더라도 대답해 주셨으면 좋겠어요."

그건 나봄의 입장을 정확하게 파악하기 위해 반드시 들어 둬야 할 진실들이었다.

하지만 지극히 개인적인 사항이라 불쾌할 수도 있을 테지만 의외로 차준은 조금의 지체도 없이 또렷하게 대답했다.

"제가 사랑하는 사람입니다."

"역시 그럴 줄 알았어……."

순간 유리의 두 눈은 먹잇감을 찾은 악어처럼 살벌하게 번뜩였다. 예상대로 차준과 정리도 하지 않은 상태에서 태오를 갖고 논 게 맞았으면서 감히 고결한 척을 했고, 나를 방해물 취급했다.

지난번 나봄과의 전쟁에서 큰 수모를 당했던 그녀는 그런 나봄을 도무지 용서할 수 없었다.

"그렇다면 확실히 말할 수 있겠네요. 한나봄 씨, 지금 단태오 팀장 상대로 어장을 치고 있어요."

"……."

"몇몇 사람들은 한나봄 씨가 본부장님 버리고 아예 태오한테 간 줄로만 알고요. 또 몇몇 사람들은 본부장님이랑 단태오 사이에서 양다리 걸치는 줄 알아요."

"……."

"이건 순진한 태오는 물론, 본부장님 얼굴에까지 먹칠하는 거잖아요. 안 그래요?"

그 울분을 가득 담아 꺼내 놓은 나봄을 향한 악감정.

점점 격양되어 가는 유리와 달리 차준은 표정 변화 하나 없었다. 입가에 머금은 부드러운 미소도, 유리를 향한 시선에서 느껴지는 온화함도 전혀 일그러지지 않았다.

유리는 그런 차준에게 보다 감정을 섞어 불만을 토로했다.

"얼마 전에 그러지 좀 말라고 지적했더니 물까지 끼얹으면서 상관하지 말라고 하더라구요. 그게 무슨 뜻이겠어요?"

"……."

"본부장님이 걔 그러고 다니는 거 모른 척 눈감아 주고 있으니까, 그거 믿고 기만하는 거예요. 완전히 갑처럼 구는 거라구요."

유리를 물끄러미 바라보던 차준은 느리게 입술을 떼어 내 물었다.

"결론적으로, 저한테 원하는 게 뭐죠?"

그러자 유리는 제 욕심을 가득 담은 부탁을 당당하게 꺼내 놓았다.

"한나봄 문제를 본부장님 선에서 정리해 주세요."

"……."

"더 이상 순진한 사람 갖고 놀지 못하게, 본부장님이 무슨 수를 써서든 한나봄 고삐 잡아 주셔야 해요."

"……."

"본부장님도 한나봄이 단태오 팀장이랑 연인처럼 구는 건 가만 두고 보기 힘들잖아요. 안 그래요?"

어느새 나봄의 직함까지 생략해 버린 채 열변을 토하는 유리는 어느새 차준의 편에서 그녀를 비난하고 있었다.

물론 그는 태오의 적수이자 나봄의 아군이었으나, 그래도 그녀에겐 이 답답한 상황을 함께 분노할 수 있는 같은 처지라는 생각에서였다.

그 말을 가만히 듣고 있던 차준은 그녀의 감정에 함께 공감해 주듯 부드러운 목소리를 흘려보냈다.

"네, 보기 힘들어요."

하지만 그 뒤에 이어지는 한 마디는 주변 공기를 순식간에 얼어붙게 만들었다.

"그래도 그 사람의 선택이니까 기분 엿 같아도 겨우 참고 있는데, 주제도 모르고 도움 구걸하는 거지새끼 한 마리가 지 마음대로 쳐들어왔네."

"……예, 예?"

완전히 방심하고 있었던 유리는 제 귀에 들려온 차준의 말을 믿을 수가 없었다.

그래서 당황한 눈동자만 치켜뜬 채 그를 마주 보고 있자, 어느새 습관처럼 어려 있던 미소를 지워낸 차준은 독기 서린 음성을 이어나갔다.

"누구 이름을 함부로 불러."

"보, 본부장님……."

"나도 입에 담는 게 어려운 그 이름을 니가 뭔데 내 앞에서 깎아내려."

"그게……."

"내가 사랑하는 사람이라는 말…… 귓구멍에 안 박혔어?"

그리 묻는 차준은 가슴 속에 휘몰아치는 분노를 오롯이 드러내고 있었다. 하지만 그건 눈앞에 앉아 있는 유리를 향한 것이 아니었다.

그렇게 소중한 사람을. 누구 곁에 있든지 간에 원망할 수도 없는 사람을.

잠시나마 빼앗으려 했고, 억지로 제 곁에 묶어 두려 했던 스스로를 향해 쏟아 내는 분노였다.

"죄, 죄송합니다……."

그 사실을 전혀 알지 못하는 유리는 빳빳이 들고 있던 고개를 푹 숙인 채 잘못을 빌었다.

그러나 정작 차준이 다그치고 있는 자신은 아직도 정신을 차리지 못하고 애원했다.

'그래도 곁에 두고 싶어.'

'내 옆에 머물러 있어 줬으면 좋겠어.'

거짓말.

사실은 그녀를 원하는 게 아니라 외로움을 벗어나고 싶은 것뿐이면서.

"……쓰레기 같은 새끼."

차준은 낮은 욕설을 흘려보내며 주먹을 꽉 쥐었다. 그것마저 저를 향한 비난인 줄 알았던 유리는 어깨를 바들바들 떨었다.

이렇게나 금세 겁먹을 거면서 대체 무슨 배짱을 부리고 있었던 건지. 고작 이 정도의 각오로 그 막대한 존재감을 몰아낼 수 있을 거라 생각한 건지.

차준은 맞은편에 앉은 제 모습을 지그시 바라보았다. 그건 스스로가 혐오스러워질 정도로 초라하고 볼품없는 꼴이었다.

하지만 그 역겨운 자괴감까지 느끼고 나서야 이성은 제자리로 돌아왔고, 혼란스럽던 마음에 대한 올바른 결정을 내릴 수 있었다.

"……꺼져, 그 사람 눈앞에서."

그래, 이기적인 욕심 때문에 사랑하는 사람 인생까지 외롭게 만들지 말고.

"발악한다고 해서 손에 넣을 수 있는 건 아무것도 없어."

모든 말을 마친 차준은 나른 숨을 내쉬며 눈을 감았다.

그림자처럼 차준을 따라다니는 절망은 욕심을 내다 버린 순간부터 무섭게 불어나 있었으나, 아까처럼 불안하고 위태롭게 느껴지지는 않았다. 꽉 막혀 있던 숨통이 이제야 비로소 느슨해졌으니.

이걸로 됐다고 여길 때쯤, 맞은편에선 황급히 그의 곁을 떠나는 기척이 들려왔다.

울음기 섞인 그 발소리는 집무실 문을 향해 빠르게 옮겨 갔고.

끼익— 쿵!

이내 거칠게 문이 닫히는 소리와 함께 흔적 없이 사라져 버렸다.

"하아……."

홀로 남은 차준은 입술을 벌려 흐린 한숨을 내쉬었다.

그 안엔 지칠 대로 지친 그의 절망이 고스란히 담겨 있었지만, 그래도 그 끝에 지친 미소라도 곁들일 수 있는 건 강제로라도 행복해지기를 포기하고 가만히 불행해지는 쪽을 택했기 때문이었다.

정말 아이러니하게도.

* * *

"보고서 챙겼고, 수정된 부분 확인했고, 제품 사진 자료도 제대로 가져왔고…… 좋아, 놔두고 온 건 없네."

서울 중심부의 호텔 라운지.

우드레일 사업부와의 미팅을 앞둔 나봄은 가방 안을 확인하며 초조한 마음을 추슬렀다.

차라리 태오라도 함께 있었다면 긴장이 덜 됐을 텐데, 혹시나 해서 이번 사업 미팅에 참석하냐고 물어봤더니 그는 생전 처음 듣는 소리처럼 반응했다.

'사업 미팅? 그런 거 처음 듣는데.'

'아아, 그래? 넌 안 오나 보네.'

'그런데 협업 업체가 왜 사업 미팅을 나가?'

'응?'

'누가 불렀는데. 혹시 선우차준이 불러낸 거 아냐?'

선우차준에 대한 불신이 가득한 태오는 괜한 의심을 시작했다.

하지만 오늘의 미팅 일정과 내용을 공식 메일로 상세히 전달받았던 나봄은 그 말에 헛웃음을 쳤다.

차준의 성격이라면 말도 없이 불쑥 찾아왔으면 찾아왔지, 이런 얄팍한 속임수까지 써서 자신을 불러낼 리가 없었다.

'쓸데없는 걱정하지 말고 오늘 일이나 열심히 하세요. 나는 미팅 끝나고 전화할게.'

나봄은 태오의 의심을 진정시키기 위해 일부러 여유를 부리며 전화를 끊었다.

그러고 나서 부지런히 찾아온 미팅 장소.

알림문에 써져 있는 그곳으로 잘 도착하긴 했는데, 엘리베이터에서 내린 나봄의 얼굴엔 당황스러운 기색이 역력했다.

거대 기업 우드레일이라서 그런가.

번쩍이는 샹들리에와 유럽 귀족이나 쓸 법한 앤티크 테이블, 그리고 정중앙에 놓인 대리석 분수대까지. 사업 미팅이 잡힌 호텔 라운지 바는 무척이나 화려하고 고급스러운 분위기를 풍기고 있었다.

'내가 잘 찾아온 게 맞나?'

그런 의문이 들 때쯤 정장을 깔끔하게 차려입은 웨이터가 나봄에게 다가왔다.

"한나봄 씨 되십니까?"

"네? 아, 네."

가장 먼저 그녀의 이름부터 확인한 그는 정중한 묵례를 건넸고.

"기다리고 있었습니다. 안내해드릴 테니 따라오시죠."

이윽고 그녀를 라운지 안쪽으로 조심스레 안내하기 시작했다. 꼭 귀빈을 모시는 듯한 그의 태도에 나봄은 더욱 어리둥절해질 수밖에 없었다.

"저…… 우드레일 업체분 만나러 가는 거 맞죠?"

나봄은 순순히 그를 따르면서도 혹시나 싶은 마음에 질문을 던졌다. 그러자 그는 형식적인 미소를 입가에 띤 채 곧바로 대답했다.

"네, 프라이빗 라운지에서 한나봄 씨를 기다리고 계십니다."

"회사 미팅을 프라이빗 라운지에서도 하나요?"

"내용에 따라서는요."

"아아……."

웨이터의 설명을 들은 나봄은 고개를 끄덕였다.

얘기하는 걸 들어 보니 우드레일과의 미팅이 있는 건 확실한 것 같고. 아마 오늘 회의 내용이 엄청 비밀스럽고 중요한 안건인 모양이야.

그렇게라도 상황을 정리하고 난 나봄은 긴장한 표정을 정리했다.

준비하라고 한 자료들은 전부 가져왔고, 혹시나 있을지 모를 브리핑을 위해 소리 내어 읽어 보기까지 했으니 떨지만 않는다면 이런 부담스러운 미팅도 무탈하게 마무리할 수 있을 터였다.

"한나봄 씨, 이쪽입니다."

때마침 라운지 바 가장 안쪽에 위치한 은밀한 룸 앞에 멈춰선 웨이터가 원목으로 된 문을 열며 말했다.

"네, 네!"

마음을 가다듬은 나봄은 움츠렸던 어깨를 풀고 씩씩한 발걸음을 내딛었다.

하지만 룸 안에 있는 단 한 사람의 얼굴을 확인하자마자 겨우 풀어졌던 몸은 도로 딱딱하게 굳어 버렸다.

"이제 오니?"

냉철하고 정확한 비즈니스로 매스컴의 주목을 받고 있는 여성 기업인. 창립 기념회 파티에서 강렬한 첫 대면을 가졌던 우드레일의 대표이자…….

선우차준의 친어머니.

그녀를 알아본 나봄은 인사조차 하지 못하고 그대로 얼어붙어 있었다. 그러자 서 대표는 웃음기 하나 없는 건조한 표정으로 제 맞은편의 의자를 가리켰고.

"앉지그래?"

나봄을 가까이에 불러 앉혔다. 그리 권유하는 목소리는 잘 갈아진 칼날처럼 서늘해서, 나봄은 아직 듣지도 못한 그녀의 용건이 벌써부터 두려워지는 기분이었다.

그러나 나봄은 이럴 때일수록 정신을 똑바로 다잡고 신중한 걸음을 옮겨 의자에 앉았다. 일대일로 마주한 서 대표의 위압감은 연회장에서 봤을 때보다도 거대했다.

나봄은 그런 그녀 앞에서 움츠러든 내색을 하지 않기 위해 괜히 테이블 위에 놓인 물잔만 매만졌다.

물론 그런다고 해서 제 정수리에 닿는 그녀의 시선을 무시할 수는 없었다. 무슨 일로 은밀하게 불러낸 건지, 나봄은 충분히 짐작하고 있었다.

"연회장 때 보고 두 번째로 보네. 맞나?"

역시나, 서 대표는 창립 기념회 파티 이야기로 말문을 열었다.

나봄은 고개를 끄덕거릴까 하다가 그만두었다. 그녀가 기억하는 바로는 그때 서 대표와의 만남이 그리 좋지 못했다.

'이런 식의 감정싸움으론 아무것도 해결할 수 없다고 생각해요. 이럴수록 비참해지는 건 폐가 될까 봐 여기 오지도 못한 그 사람뿐이잖아요…….'

'뭐……?'

'그걸 조금이라도 알고 계시다면 사람들 앞에서만큼은 감정 싸움을 자제해 주세요. 더 이상 엄한 사람 꼴만 우스워지지 않게…….'

'니가 그 애를 어떻게…….'

제대로 알지도 못하면서 다 아는 척, 맹랑한 소리를 했던 건 지금 생각해 봐도 참 무모한 일이었지. 이렇게 두려운 후사가 기다릴 줄 모르고.

"아…… 네, 그때는 여러모로 무례하게 굴어서 죄송했습니다."

나봄은 뒤늦게라도 상황을 수습해 보기 위해 사과부터 했다. 그러나 서 대표는 느리게 고개를 저으며 말했다.

"됐어. 너도 들은 게 있으니 할 말이 많았겠지. 무례한 말이라고 치부하기엔 꽤 그럴싸했어."

목소리는 시니컬하기 그지없었지만 그녀의 말이 진심이라는 건 알 수 있었다.

그래서 더욱 자신을 부른 이유가 의아해진 나봄은 조심스럽게 물었다.

"그럼 저는 무슨 일 때문에 불러내신 건지……."

순간 그녀를 똑바로 향한 서 대표의 눈동자.

"어디까지 알고 있니?"

"네?"

"우리 집안에 대해."

이윽고 꺼내지는 질문은 대답하기 난감했다. 나봄은 이미 서 대표의 민감한 가정사까지 전부 알고 있었기 때문이었다.

나봄은 입을 열기에 앞서 서 대표의 시선을 마주했다. 솔직하게 밝힐지, 아니면 되는 데까지 발뺌을 해 볼지. 그녀의 감정을 보고 정할 생각에서였다.

하지만 사막처럼 메마른 서 대표의 눈빛에선 그 어떤 것도 읽을 수 없었다. 나봄을 만나기 전에 이미 감정을 숨겨 놓은 사람처럼, 그녀는 그저 태연하기만 하다.

결국 나봄은 아무리 들여다보아 봤자 알 수 없는 서 대표에게 솔직해지기로 결심했다.

"창립 기념 파티 때 왜 그렇게 본부장님께 화를 내셨는지, 그 이유 정도는 짐작할 수 있을 만큼 알아요."

"하, 그렇겠지."

나봄의 대답에 서 대표는 헛웃음을 쳤다. 그건 결코 기분 좋아 보이는 미소가 아니라서 나봄은 다시 침묵을 택했다.

그 상태로 얼마나 정적이 흘렀을까.

"……이야기는 누구한테 들었는데?"

서 대표는 두 번째 질문을 꺼내 놓았다. 아까보단 조심스러운 걸 보니 나봄의 입에서 어떤 이름이 나올지 이미 예상하고 있는 듯했다.

그녀에게 그 사람이 어떤 의미인지 익히 아는 나봄은 머뭇거림 끝에 대답을 흘려보냈다.

"선우…… 아니, 태준 씨를 만났어요."

성은 저도 모르게 붙이려다 관두었다. 그녀는 그의 이름 앞에 '선우'라는 성이 붙는 걸 끔찍하게도 싫어한다고 했으니.

"정말 다 알고 있는 모양이네. 태준이 이름만 부르는 걸 보니까."

서 대표는 한숨 섞인 목소리를 내보냈다. 그런 뒤 덧붙이는 말은 나봄이 듣기에 곤란한 그녀의 진심이었다.

"그게 거슬려서 불렀어. 난 태준이 주변에 있는 인간들은 경계하는 편이거든."

"……."

"예전에야 그 애 곁엔 항상 사람들이 많았으니까 그게 당연하게 느껴졌었지만…… 지금 처지엔 옆에서 들러붙어 있는 게 이상하잖아, 사실."

정확히 말하자면 나봄이 태준의 곁에 들러붙어 있다고 할 순 없었다. 태준은 도움을 요청할 상대를 나봄으로 정했고, 그녀는 그를 뿌리치지 못해 만나 주었던 거니까.

나봄은 해명하기 위해 입을 열었다. 하지만 그럴 필요는 없었다.

"그런데 니 얘기 듣고는 조금 놀랐어. 태준이가 먼저 너를 만나게 해 달라고 부탁했다지?"

"네? 아……."

"사고 이후로 처음이야. 그 애가 누군가를 먼저 찾은 건."

그리 말하는 서 대표는 이미 알고 있었다. 태준이 얼마나 절실한 마음으로 나봄을 찾았는지. 태준이 그녀에게 어떤 부탁을 했었는지도 이미 짐작하고 있는 듯하다.

나봄은 더 이상의 설명은 필요 없을 것 같아 마른침만 삼켜 넘겼다. 그러자 서 대표는 테이블 위에 놓인 커피를 한 모금 들이켜며 목을 축였고.

"아직까지도 선우차준을 마음속에서 못 놓아서 그래."

뜻밖의 이름을 입에 담았다. 이 순간 그녀에게서 느껴지는 말투와 분위기는 태준에 대한 얘길 할 때와 달리 몹시도 회의적이었다.

나봄은 서 대표의 얼굴을 물끄러미 바라보며 태준이 해 주었던 이야기들을 생각했다.

'차준이는 새아버지하고 어머니 사이에서 태어난 자식이에요. 처음 그 애가 생긴 걸 아셨을 때, 어머니는 한동안 식음까지 전폐하셨어요.'

'심지어는 뱃속의 아이를 유산시키기 위해서 고의적으로 계단에서 굴러떨어지신 적도 있어요.'

'어머니는 아무 것도 모른 채 방긋 웃는 그 아이를 내내 증오했어요.'

그녀의 상처에서 배어 나온 차준을 향한 나쁜 감정들.

그것은 여자로서 어느 정도 이해되는 내용이었으나 공감해 줄 수는 없었다. 그녀가 겪어야 했던 아픈 과거들은 차준으로부터 비롯된 것이 아니었기에.

하지만 그 사실을 신경조차 쓰지 않는 서 대표는 부정적인 뒷말을 이어 나갔다.

"예전부터 그랬어. 태준이는 제멋대로 굴고 싶어서 가족이랑 혼자 연 끊고 나가 버린 동생한테 계속 마음을 주더라고."

"……."

"아마도 안쓰러워했던 것 같아. 그땐 태준이가 모든 걸 다 가졌었으니까."

서 대표가 말하는 안쓰러움의 다른 표현은 죄책감이었다. 그건 태준에게서 이미 익히 발견했었던 나봄은 가만히 고개를 끄덕였다.

그러나 이어지는 뒷말은 나봄의 고개를 멈칫하게 만들었다.

"그래서 너한테 도움을 요청한 모양이야. 내 앞에서는 선우차준의 이름도 꺼내기 힘드니까, 너한테 과거사까지 밝혀 가면서 그 애 얘기를 했던 거겠지."

지금 그녀가 짐작해서 꺼내 놓는 이야기는 진실과 미묘하게 다르다. 하지만 그 미묘한 차이는 확연히 다른 의미를 갖고 있어서, 나봄은 그녀의 말을 당장이라도 가로막고 싶다.

그 마음을 전혀 모르는 서 대표는 단호한 목소리로 본론을 내뱉었다.

"하지만 앞으로는 관여하지 않았으면 좋겠어. 그 애가 다시 찾아와 어떤 부탁을 하더라도."

"아……."

"불쌍한 사연 듣고 동정심에 이끌리지 말고 신경 끄라는 소리야."

그러고는 자리에서 먼저 일어섰다. 나봄의 흔들리는 눈동자가 그녀를 따라 위로 들어 올려졌다.

"이건 경고가 아니라 조언이니까, 잘 생각하고 행동하길 바란다."

서 대표가 마지막으로 꺼내 둔 말은 그들과 더 이상 얽히지 말라는 뜻과 같았다.

그녀의 말대로 이것은 경고가 아닌 조언이니 잘 새겨들어야 했으나.

"대표님."

나봄은 왠지 여기서 대화를 끝내고 싶지 않았다. 아무리 도망치고 싶을 만큼 부담스러운 자리라 해도, 그녀는 이곳에서 한 가지 사실 하나는 바로잡고 싶었다.

"말씀하신 내용 중에 한 가지 오해가 있어요. 저 태준 씨한테 차준 오빠에 관한 얘기를 들은 거 아니에요."

갑작스러운 나봄의 말에 서 대표는 움직이려던 두 발을 멈추고 그녀를 내려다보았다. 이윽고 나봄의 입에서 흘러나오는 이야기는 제법 오래된 것이었다.

"10년 전에…… 차준 오빠가 먼저 태준 씨에 대해 이야기해 줬어요. 형이 있다고. 언젠가 꼭 보여 주고 싶을 만큼 자랑스러운 사람이라고."

차준이가……?

순간 드는 의문은 그 당시 차준을 향한 서 대표의 무관심을 절절하게 실감시켜 주고 있었다.

모든 것이 서 대표의 뜻대로 흘러갔던 그때. 아니, 태준이 그녀의 뜻대로 완벽하게 빛나 주던 그때.

태준만을 위해 온 인생을 바치고 있었던 그녀는 차준의 존재 자체를 철저히 외면했었다. 그의 탄생과 관련된 모든 일을 부정이라도 하듯이.

가끔 태준이 그에 대한 이야기를 해 주곤 했지만 노골적으로 듣기를 거부한 탓에 소식 몇 가지 정도만 겨우 접했었다.

때문에 선우차준이라는 사람에 대해선 제 배로 낳아 놓고서도 조금도 아는 바가 없었다. 그냥 본가와 인연을 끊고 나가더니 제멋대로 생각 없이 사는구나, 하고 그 애는 역시 매정하다 혀를 찰 뿐.

"가족 얘긴 한 번도 꺼내지 않던 사람인데 태준 씨 얘길 할 때는 정말 행복해 보였어요."

그런데 그 애가 제 형에 대해 행복한 표정으로 얘기했다니.

"미국에 간 형의 연락을 혼자서 애타게 기다렸어요."

그 시절의 그 애가 멀리 떠난 제 형을 간절하게 기다리고 있었다니.

"제가 형제 없이 외동으로 태어난 게 아쉬울 만큼 그 사람은 형을 정말 좋아했어요. 그건 다시 떠올려 봐도 그래요."

나봄이 꺼내 놓는 이야기를 듣고 있는 서 대표는 혼란스러울 따름이었다.

서 대표가 알고 있는 선우차준은 아픈 형을 대신해 임시방편으로 앉혀 놨더니 태준이 재기할 틈도 주지 않고 모든 것을 앗아가 버린, 유일하게 저를 돌봐 주던 사람 하나 못 알아보는 비정한 놈에 불과했다.

"그래서 태준 씨를 도와준 거예요. 그 사람이 그렇게나 믿고 의지하던 사람이었으니까."

"……."

"그 사람이 저한테 태준 씨가 얼마나 착한 사람인지, 얼마나 좋은 형인지 말해 주지 않았었더라면 어떤 사연을 듣더라도 외면했을 거예요."

그러나 나봄은 그런 그 때문에 태준에게 스스럼없이 손을 뻗어 주었노라 말한다. 그건 정말 상상치도 못했던 일이라 서 대표는 머릿속이 새하얘지는 기분이었다.

그런 그녀를 똑똑히 마주한 채 잠시 심호흡을 하던 나봄은 정말 중요한 뒷말을 덧붙였다.

"태준 씨는 불쌍하지 않아요."

"……."

"어떤 모습이든 태준 씨를 가장 자랑스러워해 줄 동생이 있잖아요."

그래, 이 말을 꼭 해 주고 싶었다.

그는 절대 불쌍한 사람이 아니라고. 나봄이 기억하는 차준은 태준을 언제 어디서든 빛나게 만들어 줄 수 있는 사람이라고.

긴장한 와중에도 제 할 말은 모두 마친 나봄은 다시 그녀의 시선을 피했다.

"그러니까…… 차준 오빠를 너무 미워하지 말아 주세요."

그 뒤에 주눅 든 목소리로 흘려보낸 말은 유치하리만큼 직관적이었으나, 그 부탁 말고는 할 수 있는 게 없었다.

서 대표는 그런 나봄에게서 시선을 돌려 정면을 바라보았고, 이내 프라이빗 라운지 밖으로 걸음을 옮겼다.

끝까지 그러겠다는 대답은 해 주지 않았지만 나봄은 그녀가 부정하지 않은 것만으로 만족하기로 했다. 어쩌면 시간을 두고 조금이나마 고려해 볼 수도 있으니.

"하아……."

서 대표 없이 홀로 남은 공간에서 나봄은 흐린 한숨을 내쉬었다.

적막한 공간은 여전히 싸늘한 한기를 띠고 있었으나 그게 전처럼 두렵지는 않았다.

그냥 많이 서글퍼졌던 것 같다.

감춘다고 다 감췄을 텐데도 미처 지우지 못했던 그녀의 상처가 머릿속을 떠나질 않아서.

*　　*　　*

[지금 통화 가능해?]

퇴근하고 돌아온 집.

나봄에게 짧은 메시지 한 통을 보내 놓은 태오의 표정은 그리 밝지 못했다. 오늘 오후, 우드레일과 갑작스러운 사업 미팅을 하러 간 나봄 때문이었다.

사업 미팅이라면 현장팀장인 나를 빼 놓고 할 리가 없을 텐데.

찜찜한 마음을 쉽사리 추스르지 못했던 태오는 결국 본사 사업팀에 직접 확인 전화를 걸어 보았다.

그의 귀에 들려온 대답은 예상대로 '그런 스케줄 없다'라는 매정한 한 마디.

그때부터 속수무책 불어나기 시작한 태오의 걱정은 아직까지도 머릿속을 떠나지 못하고 있었다.

"분명 선우차준일 텐데……."

태오는 그녀를 이런 식으로 불러낼 사람이 차준밖에 없다고 생각했다. 무슨 말을 하려고 불렀는지는 몰라도 떳떳하게 얼굴 맞대고 만나서 할 말은 아닌 모양이었다.

그 사실이 무엇보다 기분 더러웠던 태오는 다시 휴대폰을 들었다.

[오늘 사업팀에 미팅 스케줄이 없었다는 얘기를 들었는데.]

아무것도 모른 채 끌려 나간 나봄에게까지 나쁜 감정을 드러내고 싶진 않아서 성질을 억누르고 한 번 더 보낸 메시지.

이번엔 전송 버튼을 누르고 얼마 지나지 않아 그녀로부터 답장이 왔다.

[서미란 대표님을 만났어. 자세한 건 내가 나중에 얘기해 줄게. 지금은 버스 안이라서 미안.]

그 안에 담긴 이름은 예상과 달랐으나 예상보다 더 위험한 인물이라, 태오의 심장은 그만 철렁 내려앉아 버렸다.

"뭐? 그 여자가 한나봄을 왜 만나."

서 대표가 차준의 친모라는 사실을 알고 있는 태오는 한순간에 혼란스러워졌다.

그녀가 나봄을 부를 일이라면 차준이나 태준에 관한 용건밖에 없을 텐데. 그건 태오로서 참아 주기 힘들 만큼 예민한 문제였다.

분노가 극에 다다른 태오는 곧바로 나봄에게 전화를 걸려 했다. 하지만 가까스로 붙잡은 이성은 그런 그의 손가락을 멈춰 두게 했다.

지금 통화가 곤란한 그녀에게 전화를 걸어 봤자, 태오의 불안감만 일방적으로 터트리고 통화를 끝낼 게 분명했다.

"자세한 얘기 들어 보고 말하자. 들어 보고……."

날뛰는 감정들을 애써 다잡은 태오는 휴대폰을 던지듯 내려놓았다. 그러고는 느리게 심호흡을 하기 시작했다.

더 이상은 불안에 휩쓸려 나봄을 걱정스럽게 만들고 싶지 않아서였다.

그러나 아무리 노력해도 쉽게 물러가지 않는 의문점들은 태오를 더 큰 혼란 속으로 빠트렸다.

대체 그 여자가 나봄이를 왜 찾았을까. 그 여자가 나봄이한테 무슨 용건이 있다고.

선우차준 때문인가. 하지만 선우차준은 이제 나봄이랑 전혀 상관없는 사람이잖아.

그럼 어제 나봄을 찾았던 선우태준 때문인가. 선우태준이 그 여자가 나서야 할 만큼 무리한 부탁을 했던 건가.

딱 거기까지 되짚었을 무렵. 태오의 머릿속에 태준의 한 마디가 생생히 떠올랐다.

'오래 전에 차준이한테 전해 줬어야 하는데 그러지 못했어요.'

'도와주세요. 나는 그냥 그 애가 찾을 수 없는 곳으로 조용히 사라지기만 할 테니까…….'

'차준이한테 이거 하나만 전해 주세요. 그럴 수 있는 사람은 아무리 생각해 봐도 나봄 씨밖에 없어요.'

그리도 절절한 표정으로 차준에게 전해 달라 부탁했던 물건.

찝찝해서 열어 보진 않았으나 문제가 생긴다면 그것이 화근일 게 뻔했다. 이렇게 된 이상, 그 상자 안에 있는 게 대체 무엇인지부터 파악해야만 했다.

"이 새끼가 진짜……."

이젠 차준이 아닌 태준에게로 분노가 옮겨 간 태오는 성급한 걸음을 제 방 쪽으로 옮겼다.

그러고는 책상 위에 고이 올려놨던 상자를 거침없이 뜯어 버렸다. 그 안에 있는 것이 혹시 나봄에게 해가 될 만큼 위험한 물건이라면, 그는 지금이라도 당장 태준을 찾아가 상자째 면상에 집어 던져 주고 올 생각이었다.

하지만 지나치게 힘을 줬던 탓에 거의 찢어지다시피 열린 상자에서 맥없이 떨어진 건.

"……이게 뭐야."

가죽이 바랠 대로 바랬으나 한 번도 신지는 않은 듯한, 함께 들어있는 편지 한 통에서 오랜 세월이 고스란히 느껴지는.

까만 가죽 구두였다.

지금으로부터 딱 10년 전.

'형, 그거 알아? 신발을 선물하면 이별이 찾아온다는 거.'

'그러니까 이거 안 받을래. 이 구두는 형이 다신 안 볼 사람한테나 줘.'

스무 살이 되는 동생에게 꼭 전해 주고 싶었으나, 그 아이의 장난스러운 한 마디 때문에 훗날을 기약하다가 끝내 전해 주지는 못했던.

'내 걱정은 하지 마. 앞으로도 계속 나한테는 형이 있어 줄 거잖아.'

먼 길을 떠나야만 하는 형의 마지막 작별 인사.

* * *

"불쌍해……."

동생이 태어나던 날. 아무도 찾아오지 않은 신생아실 앞에서.

태준은 간호사의 품에 안긴 동생을 보며 그렇게 말했다.

물론 그때의 태준은 자신의 마음이 동정심인 줄도 모를 만큼 어렸지만, 아무도 환영해 주지 않는 생명의 탄생이 얼마나 안타까운 일인지 정도는 짐작할 수 있었다.

간호사는 어른을 찾기 위해 주변을 두리번거렸으나 어머니는 끝내 모습을 드러내지 않았고, 곧 도착한다던 새아버지도 결국엔 오지 못했다.

오직 태준만이 그들을 대신해서 차준에게 손을 흔들어 줄 뿐이었다.

유리창에 딱 달라붙어서 환히 웃는 얼굴로.

"안녕, 내 동생."

하고.

처음엔 정말 동정심에 잘해 주었던 것 같다. 누가 시키지 않아도 어린 동생에게 관심을 주고 사랑해 주었던 이유는 그 아이가 너무나도 불쌍해서 가만두고 볼 수 없기 때문이었다.

그것이 잘못된 마음일지도 모른다고 생각한 건 차준이 떠오르는 생각들을 질문하기 시작할 무렵부터였다.

"형아, 엄마의 사랑을 받지 못한 아이는 불쌍한 거야?"

"갑자기 그건 왜 물어?"

"텔레비전에서 봤어. 어떤 애 엄마가 집을 나갔는데 사랑받지 못하고 큰 불쌍한 아이라고 했어."

"……."

"우리 엄마는 집에 있긴 해도 날 사랑해 주지는 않으니까…… 나는 불쌍한 거야?"

그리 묻는 차준은 태준의 정곡을 찌르는 중이었으나 태준은 차마 고개를 끄덕여 주지 못했다. 마주한 아이의 눈동자는 원하는 대답을 분명히 얘기해 주고 있어서, 태준은 한참 동안 고민하다가 억지로 고개를 젓고 말았다.

"아니."

"……."

"차준이는 내가 세상에서 제일 사랑하고 있으니까 괜찮아."

마음에도 없는 대답을 꺼내 놓자 움츠러들어 있던 그 아이의 눈동자가 어찌나 곱게 휘어지던지.

"맞아. 나는 형아가 사랑해 주니까 안 불쌍해."

차준은 형이 자신을 동정하지 않는다는 사실에 진심으로 기뻐했고, 태준은 그런 그 아이가 가여워서 견딜 수가 없었다.

하지만 그 애를 향한 감정이 동정이라는 사실을 실감하는 건 딱 그날까지만 하기로 했다.

불쌍해지고 싶지 않아 하는 동생을 위해, 그날부터 태준은 제 머릿속에 입력된 '동정'이라는 단어를 '사랑'으로 바꾸었다.

그래야 그 애는 누군가에게라도 사랑받는 사람이 될 테니까.

차준이 지옥과도 같은 저택을 떠나가던 순간도 마찬가지였다.

"짐은…… 빠짐없이 잘 챙겼지?"

"응, 다 챙겼어."

"필요한 건 그때그때 말하고, 혹시라도 카드 끊기거든 나한테 바로 연락하고. 그리고 또……."

"형, 혹시 지금 내 걱정하는 거야? 난 밖에 나가서 더 잘 지내는 거 알잖아.”

가족들 몰래 힘겹게 마련한 은신처로 차준을 보내며, 태준은 동정심에 몸살이 날 듯 했으나 끝내 그 심정을 드러내지는 않았다.

그저 새벽바람에 꽁꽁 언 그 아이의 손을 꼭 붙잡은 채.

“아니. 걱정 안 해.”

“…….”

“너한테는 형이 있잖아.”

가여워하는 대신 사랑해 주는 척을 했다.

“형 입으로 형, 형 그러지 마. 너무 느끼하다.”

겁에 질려 있던 그 아이의 눈동자가 그제야 편안해졌다. 나의 어쭙잖은 위로에 모든 불안을 내려놓은 듯이.

잘 감추고 있던 동정심이 겉으로 드러난 유일한 때는 모두의 기대를 뿌리치지 못한 태준이 차준을 홀로 두고 유학길에 오르던 날이었다.

“아아, 형은 좋겠다. 미국 홈 파티가 그렇게나 재밌다던데.”

출국 3시간 전.

학교 수업까지 과감히 빼먹고 고집스럽게 형을 배웅 나온 차준은 장난기 가득한 얼굴로 실없는 농담만 내뱉었지만, 태준은 그의 눈동자에 두려움을 발견했다. 입꼬리에 맺힌 미소도 그걸 숨기기 위해 필사적으로 남아 있는 것이 분명했다.

그 사실을 미리 짐작하고 있었던 태준은 그를 위해 준비한 선물을 내밀었다.

“아, 맞아. 너한테 줄 선물이 있는데.”

"선물? 그런 건 배웅하는 사람이 줘야 하는 거 아니야?"

"됐어, 고등학생한테 뭘 뜯어먹겠어. 자, 여기."

"오, 상자 크네. 꽤 무거운데?"

"바로 열어 봐. 마음에 안 들면 보증서 들고 가서 다른 거로 교환해와도 돼."

차준은 형에게 받는 선물이 너무나도 좋았다. 선물을 사겠다고 마음먹은 순간부터 전해 주는 순간까지 내 생각을 해 줬을 테니까.

그래서 웃음기 가득한 얼굴로 박스를 열고 그 안에 담긴 예쁜 구두를 반짝이는 눈동자로 들여다보며.

"구두잖아? 와아, 나 이런 거 처음 받아 봐."

차준은 진심으로 기뻐했다. 태준은 밝아진 그 아이의 표정을 보자 비로소 겨우 행복해졌다.

"졸업 선물이야. 너 졸업식 때 친구들이랑 정장 입고 갈 거라며. 그때 신고 가. 원래는 정장을 한 벌 맞춰 줄까 했는데 키가 더 자랄까 봐."

"졸업 아직 일 년 반이나 남았는데?"

"그때 맞춰서 귀국하기 힘들지도 모르잖아."

"그래도 이건 너무 이르지 않나."

"아, 필요 없으면 다시 돌려주든가."

"누가 필요 없대?! 그냥 그렇다는 거지."

태준은 그제야 두려움이 한결 잦아든 녀석에게 괜한 장난을 걸었다. 그러고는 늘 해 왔던 위로의 말을 건네려 했다.

"차준아."

"어."

"그거 알지?"

"뭘?"

"너한테는……."

하지만.

"……형?"

"너한테는……."

하지만 그날따라 '내가 있으니까 걱정 마.'라는 쉬운 한 마디가 어찌나 힘겹게 느껴지던지.

태준의 목소리는 숨통에 콱 걸려 좀처럼 꺼내지질 않았다. 뜻대로 움직이지 않는 그의 입술은 아무래도 이미 알아차려 버린 모양이었다.

내가 언제까지나 그 애 곁에서 함께해 줄 수는 없다는 걸. 내가 앞으로 나아갈수록, 그리고 니가 점점 더 자라날수록, 우리는 서로 다른 지옥을 향해 멀어질 거라는 걸.

"널 어떡하면 좋지……."

결국 태준이 흘려보낸 건 괜찮다는 말 대신 안타까움이 가득 담긴 한 마디였다.

"형…… 갑자기 왜 그래. 응?"

그런 태준을 바라보는 차준의 눈빛이 다시 옅게 흔들렸으나 태준은 제 마음을 쉽사리 추스르지 못했다.

"잘 있을 수 있지?"

"……."

"내가 없어도……."

부서지지 않고, 동정하기도 미안할 만큼 불쌍해지지 않고.

"차준아, 잘 버틸 수 있지?"

너…… 정말 괜찮을 수 있지?

답이 정해진 것만 같은 태준의 질문에 차준은 잠시 마른침을 삼켰다. 항상 강하고 단단하던 형의 손끝은 많이 떨리고 있어서 차준의 마음도 함께 불안해지고 말았다.

이 순간 차준의 머릿속을 어지럽히는 생각들은.

'그러게. 나 잘 버틸 수 있을까.'

형이 떠나 버리면 난 정말 혼자가 될 텐데. 아무도 나를 지켜 주지 못할 텐데…… 정말 난 형 없이 괜찮을 수 있나?

'아니. 절대.'

스스로를 향한 질문에 곧바로 나온 대답은 가히 절망적이었다. 이 솔직한 마음을 알아챈다면 그럼에도 불구하고 떠나야 하는 태준의 발걸음은 더더욱 무거워질 게 뻔했다.

짧은 고민 끝에 본심을 숨기기로 한 차준은 억지로 입꼬리를 들어 올렸다. 그러고는 태준에게 받은 구두를 다시 박스에 집어넣고 고개 숙인 그의 품에 억지로 안겨 주었다. 선물을 되돌려 받은 태준의 시선이 옅게 일렁이며 차준을 향했다.

"형, 그거 알아? 신발을 선물하면 이별이 찾아온다는 거."

"……."

"그러니까 이거 안 받을래. 이 구두는 형이 다시 안 볼 사람한테나 줘."

그리 말하는 차준은 마치 고집을 부리는 듯했다.

눈앞에 성큼 다가온 이별을 밀어낸다고 해서 떠밀려 가는 것이 아닌데, 서로 다른 두 갈래의 길을 애써 외면해 보려는 동생의 모습은 몹시 안쓰럽기만 하다.

하지만 차준은 그런 형의 시선을 똑바로 마주한 채, 부드러운 목소리를 흘려보냈다.

"내 걱정은 하지 마. 앞으로도 계속 나한테는 형이 있어 줄 거잖아."

이어지는 건 언제나 태준의 몫이었던 위로였다. 차준을 위해 건네는 척 해 왔지만 사실은 전부 태준 스스로를 세뇌시키기 위함이었던.

"그래…… 걱정 안 할게."

이번에도 효과가 좋은 그 주문은 태준의 불안감을 거짓말처럼 잠잠해지게 만들었다. 목을 조르던 걱정과 죄책감도 눈 녹듯이 사라져 버렸다.

다시 생각해 봐도 참 뻔뻔한 인간이었다. 나란 새끼는.

"푸핫, 평소엔 걱정도 안 하더니만 출국한다고 분위기 잡기는."

하지만 그 사실을 알 리 없는 차준은 소리 내어 웃었다. 그 아이의 웃음소리는 하염없이 밝아도 그저 슬펐다.

그땐 그게 내 마음을 더 무겁게 만들었지만…….

지금의 태준은 그날을 미치도록 그리워하고 있다. 그것이 차준이 들려주었던 마지막 웃음소리였으니.

태준의 머릿속에 있는 차준과의 행복했던 기억은 그것으로 끝이었다. 사실은 태준의 모든 기억이 그곳에서 끝이 났다.

홀로 남은 차준은 걱정하고 있을 형을 위해서라도 멀쩡하게 지내려고 노력했으나, 홀로 떠난 태준은 오히려 하루하루가 지옥이었다.

할 수 있는 건 그저 버티는 일뿐이었고 그마저도 끝이 보이지 않아 끔찍하기만 했다.

그렇게 삶이라고도 부를 수 없는 삶을 살던 어느 날 새벽.

결국 태준은 모든 것을 새까만 새벽하늘에 내던져버리기로 했다. 완벽해야 한다는 부담감. 그렇지 못하면 버려질 것이라는 두려움.

그리고 죽지 않고 다시 일어나야 할 단 하나의 이유, 나 없이는 세상에서 가장 가여워질 내 동생까지도.

그래서였을까. 손에 쥐고 있던 모든 걸 한 번에 잃어버린 건.

정말 그런 이유에서였을까. 끈질기게 남아 있던 하나가 하필이면 가치 없어진 목숨이었던 게.

'형…… 형, 괜찮아?'

'차준아…….'

다 부서진 몸을 차준에게 처음으로 보여 주던 날. 오랜만에 만난 차준은 형의 곁에서 눈물을 보였고, 태준은 푹 젖어 버린 동생의 눈을 닦아 주지도 못했다.

사실 진통제에 취한 그는 정신을 똑바로 차리지도 못해서 흐려질 대로 흐려진 목소리로.

'도와줘…….'

'형…….'

'제발…… 도와줘, 차준아.'

무작정 애원했다. 그건 멀쩡한 태준의 의지로는 절대 하지 않았을 행동이었다.

하지만 차준은 형이 처음으로 부탁이 너무 애절하고 슬퍼서. 자신이 감당해야 할 뒷일을 생각하기엔 눈앞에서 죽어 가는 그가 몹시도 절실해서.

'……응, 그럴게. 형. 형을 위해서라면 뭐든지 다 해 줄게.'

'…….'

'그러니까 살아만 있어 줘, 형…….'

'…….'

'난 형 없이 안 되는 거 알잖아…….'

스스로에게 맹세해 버렸다.

그를 위한 일이라면 뭐든지 다 해 주겠다고. 지옥 불에 몸을 던지는 일이라도 망설이지 않고 하겠노라고.

태준이 겨우 정신을 되찾았을 때, 차준은 이미 지옥의 한가운데로 깊숙이 빨려 들어간 상태였다. 구해 주기엔 너무 늦었었고, 고장난 그의 몸으로는 그럴 수도 없었다.

일평생 태준의 어깨를 떠나지 않았던 막대한 부담감과 두려움은 전부 차준에게로 옮겨 갔으나 그는 용케 태준의 앞에서 힘든 내색 한 번 하지 않았다.

사람들의 싸늘한 시선에 등짝이 너덜너덜해져도. 어머니의 소름 끼치는 냉기에 온몸이 얼어붙어도.

차준은 한숨조차 내쉬지 않았다. 그러다 죽을 만큼 고통스러워지면 신음을 흘려보내는 대신.

'형, 나 잘하고 있지?'

태준에게 확인받고는 했다. 태준은 절대 바란 적 없었던, 잠꼬대처럼 쓸데없는 혼잣말을 위해 바친 인생을 후회하지 않으려는 듯이.

'나…… 형 잘 도와주고 있는 거 맞지?'

니가 날 위해 살지 않길 바란다고 몇 번이나 고백하려 했었다.

하지만 막다른 길에 다다른 그 아이가 붙잡고 있는 유일한 삶의 이유를 차마 무색하게 만들 수는 없었다. 혹시라도 나처럼 잘못된 선택을 할까 싶어, 도무지 입이 떨어지질 않았다.

'……응, 항상 너무 고마워.'

그래서 무책임하게 고개만 끄덕였다.

차준은 그의 서툰 거짓말을 쉽게 믿었고 그렇게 진실 따위 없는 시간은 7년이나 흘렀다.

그사이 차준은 모두의 기대 그 이상으로 성장했으나 태준은 차마 그 모습을 기뻐하지 못했다. 예전의 생기를 찾아볼 수 없는 그 아이의 두 눈을 마주할 때마다 심장이 짓이겨지듯이 아파서, 스스로를 증오하는 날이 더 많았다.

그런 사실을 꿈에도 모르는 차준은 자신이 일궈 낸 모든 것을 태준에게 돌리기를 원했다.

'형, 내일 취임식에 오면 객석 말고 단상 옆에 있어.'

'왜?'

'그야 나한테는 형의 취임식이나 다름없으니까. 형이랑 같이 서고 싶어.'

순간 태준의 거짓말에 한계치가 찾아왔다. 아무리 뻔뻔한 낯짝을 가지고 있어도 그 순간만큼은 그를 속일 수 없었다.

'저…… 차준아.'

'어.'

'내일이 오기 전에 꼭 해야 할 말이 있어.'

그래서 그를 향해 고개를 끄덕여 주는 대신 가라앉은 목소리로 운을 떼고. 아직 아무것도 모르기에 나를 향한 동경만이 가득한 그 아이의 눈동자를 똑바로 마주한 채.

'사실…… 스스로 떨어진 거야.'

'스스로 떨어지다니? 뭐가?'

'7년 전 그날…… 사고가 아니라 전부 끝내 버리고 싶어서 떨어진 거였다고. 죽을 생각으로.'

드디어 숨겨 왔던 진실을 고했다.

'그럼…… 왜 그때 말하지 않았어?'

'미안해.'

그 아이가 믿고 있던 세계가 와르르 무너지기 시작했다. 혼란이 증오가 되는 데까지는 오랜 시간이 걸리지 않았다.

날이 갈수록 시들어 가던 그들의 인연은 머지않아 썩어 들어가기 시작했고, 푸릇하던 추억마저 끔찍한 악취를 풍기는 더러운 악몽으로 전락했다.

진실을 바로잡고 나니 돌이킬 수 없이 망가져 버린 우리의 관계.

그건 두 사람 모두 죽음보다 두려워하던 일이었으나 어느 누구도 이렇게 된 결과에 불만을 품진 않았다.

거짓이 사라진 모습이 이런 꼴이라면 이것이 우리 인연의 본질이라고. 그러니까 한 사람은 증오하고, 한 사람은 외면당하는 것이 당연하다고, 말없이 합의했을 뿐이었다.

그래, 생각해 보면 시작부터 끝을 예견했던 사이였다.

나의 곁엔 니가, 너의 곁엔 내가 영원히 함께하기를 소원했지만 갈가리 찢겨지는 게 당연했다.

하지만 감히 행복하려 했던 죄로 우리가 얻은 건, 애초부터 서로를 애틋하게 여기지 않았더라면 감당할 필요도 없었던 아픈 추억들. 행복했었기에 더욱 서러운 기억들.

'이미 끝났어. 이젠 그 끝을 받아들이기만 하면 돼.'

태준은 고통만이 남은 인연을 먼저 정리하기로 결심했다. 사실 미움받더라도 조금 더 곁에 있고 싶고, 어떤 모진 말을 퍼붓는다 해도 녀석이 나아가는 모습을 보고 싶지만, 그건 제 욕심일 뿐 차준을 위한 일은 아니었다.

그래서 원래 존재하지도 않았던 사람처럼 사라지기로 결심한 지금. 10년 만에 서 회장의 응접실을 찾은 태준은 떨리는 목소리로 그를 불렀다.

"회장님……."

그의 음성은 고요한 공간을 또렷하게 메웠으나 서 회장은 창밖으로 향한 시선을 좀처럼 건네주질 않았다. 하지만 그런 태도가 당연해진 태준은 담담히 본론을 흘려보냈다.

"원하시는 대로…… 사라지겠습니다."

"……."

"아무도 찾을 수 없게. 처음부터 없었던 사람처럼……."

그제야 서 회장의 고개가 그를 향해 틀어졌다.

그 눈동자에 어린 서슬 퍼런 날이 가차 없이 태준을 관통하는 순간, 미련스럽게도 오랜 시간 착각하고 있던 감정이 발버둥을 쳤다.

'형아, 엄마의 사랑을 받지 못한 아이는 불쌍한 거야?'

'갑자기 그건 왜 물어?

'텔레비전에서 봤어. 어떤 애 엄마가 집을 나갔는데 사랑받지 못하고 큰 불쌍한 아이라고 했어.'

'…….'

'우리 엄마는 집에 있긴 해도 날 사랑해 주지는 않으니까…… 나는 불쌍한 거야?'

그 애에게 건네는 위로조차 동정이라 믿었던 나날들.

하지만 다 늦어 버린 지금에서야 돌이켜 보면, 동정하던 순간조차 사랑이었다.

나는 불쌍한 내 동생을. 가만두고 볼 수 없을 정도로 가여운 그를.

정말 온 마음 바쳐 사랑했었다.

'아니, 차준이는 내가 세상에서 제일 사랑하고 있으니까 괜찮아.'

내가 그 아이에게 고백했던 그대로.

*　　*　　*

구두.

분명 나봄에게 위험할 거라 생각했던 태준의 물건은 오래된 구두 한 짝이었다.

그리고 편지.

태오는 함께 들어 있던 편지도 혹시나 싶어 읽어 보았으나, 12년 전쯤 쓰인 듯한 그 편지 안엔 단순히 형으로서의 걱정만 담겨 있을 뿐 해가 될 만한 내용은 없었다.

그렇게 태준에 대한 오해를 풀고 나니 어렴풋이 파악되는 선물의 의미는 떠나야 하는 자의 무거운 미련이었다.

그걸 전달해야 하는 역할을 맡게 된 태오는 머릿속이 복잡했다.

차준의 집안사는 옆에서 대충 훑어만 봐도 손쓸 수 없이 엉켜 있는데, 태준의 부탁을 받아 버린 태오는 본의 아니게 얽혀 들어가야 한다.

선우차준과는 사이도 안 좋은데. 이걸 대체 어떻게 전하냐.

고민스러운 와중에도 다행이라도 생각되는 건, 이 찜찜한 일을 나봄이 맡도록 내버려 두지 않았다는 것이었다.

아마 마음 약한 그 녀석은 제 일보다 더 끙끙거리며 걱정하다가 쓸데없는 참견까지 다 했을 게 뻔했다.

"그냥 자리에 던져두고 올까……."

지끈거리는 두통을 참지 못하고 사무실 책상에 고개를 떨어트린 태오는 혼잣말을 중얼거렸다.

하지만 선우차준 성격이라면 CCTV를 뒤져서라도 그걸 두고 간 사람을 찾을 것이 분명했다.

그러다 발견한 사람이 나라면 선우차준은 내가 분명 뭔가를 알고 있어서 수상쩍게 전달한 거라고 생각하겠지.

"……차라리 택배 기사처럼 무미건조하게 배달해?"

굳이 따지자면 이편이 덜 의심스러워 보였으나 여기에도 문제는 있었다. 애초에 다리가 불편한 태준이 일면식조차 없던 태오를 찾아와 중요한 물건을 맡길 리가 없었다.

어떻게 고민을 해 봐도 구두를 전해 줄 뾰족한 수는 떠오르지 않았다. 혹시 전달할 기회가 생길까 싶어 차 트렁크에 넣어 두긴 했지만 그 기회는 쉽사리 찾아오지 않을 것 같다.

결국 걱정만 깊어진 태오는 차가운 사무실 책상에 애꿎은 이마만 쿵쿵 찧어 댔다.

그래서 그의 이마 정중앙이 빨개질 무렵.

지이이잉— 지이이잉—

휴대폰이 길게 몸을 떨며 전화 수신을 알렸다. 태오는 계속 책상에 머리를 박아 둔 채, 휴대폰만 제 귓가로 가져와 전화를 받았다.

"네, 우드레일 퍼니처팩토리 현장팀장 단태오입니다."

—어쩐 일이냐? 니가 전화를 빨리 받고.

"……엄마?"

예상치 못한 박 여사의 연락에 태오는 천천히 고개를 들었다. 평소 안부조차 묻는 일이 없는 무뚝뚝한 박 여사는 항상 뭔 일이 터졌을 때만 전화를 걸곤 했다.

그 일이 분명 얼마 전 운전면허를 딴 아버지와 관련되어 있을 것이라고 확신한 태오는 불안한 목소리로 물었다.

"아버지 또 주차하다가 남의 차 긁었어요?"

—아니, 요즘 니 아버지 주차는 잘해. 멀쩡한 전봇대에 차 옆구리 긁어 먹었으면 긁어 먹었지.

"그럼 왜 어쩐 일로 전화를 다 하셨어요."

—어어, 오늘 언제 퇴근하나 하고.

"퇴근은 왜."

—오늘 너 생일이잖아. 지금 니 생일상 차려 주러 서울 가려고 하는데.

아…… 오늘이 내 생일이었나.

평소 제 생일을 잘 챙기지 않던 태오는 눈을 가늘게 떴다. 신경 쓸 게 너무 많아 오늘 할 일을 반도 끝내지 못한 태오는 빼도 막도 못하게 야근을 해야 할 처지였다.

"오늘은 시간 못 내요."

태오는 박 여사에게 아쉬움이라고는 조금도 없는 무뚝뚝한 목소리로 비보를 전했다.

그러자 박 여사는 태오에게 조심스러운 목소리로 물었다.

—왜? 혹시 여자 친구랑 생일 같이 보내기로 했어? 그런 거라면 내가 굳이 찾아갈 필요 없이 한우는 택배로……

"아뇨, 그냥 야근인데요."

—……뭐? 그냥 야근?

아무 생각 없이 내뱉은 태오의 대답에 박 여사의 말투가 돌연 날카로워졌다. 이어지는 그녀의 목소리는 도대체 어디서 욱한 건지 사자처럼 쩌렁쩌렁했다.

—뭐어?! 너 오늘 여자 만나는 것도 아닌데 지금 내 생일상을 마다하는 거냐!

"아, 깜짝이야."

—니가 언제까지 내가 차려 주는 생일상 얻어먹을 수 있을 것 같아?! 당장 내년에 장가가고 나면 이 호사도 끝이야! 나는 남의 집 식구는 안 챙기니까!

"아니, 장가는 무슨 장가요."

—시끄럽고! 아직 우리 집 식구일 때 잔말 말고 생일상 받아! 안 그러면 너희 회사 찾아가서 아주 쪽팔릴 만큼 성대하게 열어 버릴라니까.

태오는 자신이 한 말은 무슨 수가 있어도 지키는 박 여사의 쓸데없이 올곧은 성격을 잘 알고 있었다.

제 생일 파티를 회사에서만큼은 하고 싶지 않았던 태오는 깊은 한숨을 내쉬었고, 이내 진심이라고는 하나도 담겨 있지 않은 대답을 했다.

"알았어요. 일찍 가도록 노력해 보면 되잖아요."

아무리 노력해도 오늘 칼퇴근은 무리일 것 같지만 말이라도 예쁘게 하면 그녀는 보통 진정하니까.

"아, 혹시 일곱 시 넘게 되면 연락드릴게요. 그땐 먼저 식사하세요. 정말 눈물 나게 아쉽지만."

태오는 박 여사가 자신을 기다리느라 쫄쫄 굶지 않도록 미리 언지를 두었다. 박 여사는 그런 태오의 영혼 없는 연기력에 혀를 차면서도 한결 홍분을 가라앉힌 목소리로 대답했다.

—출발하면서 전화해라. 고기 굽고 있어야 하니까.

"네네."

그렇게 무뚝뚝하면서도 친근한 통화를 마친 태오는 휴대폰을 내려놓고 책상 위에 쌓아 두었던 보고서를 집어 들었다.

다행히 그를 괴롭히던 구두의 존재는 업무에 집중할 수 있을 정도로 흐려져 있었다.

그걸 어떻게 전해 줄지, 무슨 얘길 하면서 건네야 할지는 아직 정하지 못했지만 굳이 서둘러서 결정하진 않아도 되겠지.

그가 반드시 오늘 전해 달라 말해 두었던 것도 아니었으니.

* * *

"……으응?"

우연찮게 태오의 메신저 프로필을 확인한 나봄의 눈동자가 휘둥그레졌다.

동그란 프로필 사진 칸 위에 쓰여 있는 알록달록한 고깔모자.

이것은 오늘이 그의 생일이라는 뜻이 틀림없었다. 하지만 이 사실을 까맣게 모르고 있던 나봄은 심장이 철렁 내려앉는 기분이다.

생각해 보니까 나는 내 남자 태어난 날도 모르고 있었구나. 너무 오래전부터 알던 사이라 당연히 알고 있는 줄 알았어.

나봄은 읽고 있던 자료를 덮어 두고 황급히 시계를 확인했다. 시간은 벌써 퇴근이 더 가까운 오후 네 시. 지금까지 생일 축하를 해 주지 않은 게 충분히 섭섭해질 시간이었다.

선물이야 백화점을 열심히 돌아다니면 하나 장만할 수 있다고 해도, 그것만 덜렁 전해 주는 건 굉장히 성의 없어 보일 텐데.

대체 어떻게 하면 생일을 모르고 있었다는 사실을 들키지 않고, 마치 오래전부터 준비하고 있던 서프라이즈 파티처럼 생일을 축하해 줄 수 있을까.

"서프라이즈 파티라…… 그래, 서프라이즈 파티!"

고민하던 나봄의 머릿속에 반짝 해결책이 떠올랐다. 준비된 서프라이즈 파티처럼 그의 생일을 축하해 주고 싶다면, 지금이라도 생일상을 준비해서 그를 위한 서프라이즈 파티를 열어 주면 되는 문제였다.

그렇다면 오후 늦도록 생일 축하 메시지 한 통 보내지 않은 게 납득되겠지.

결심이 선 나봄은 벌떡 자리에서 일어섰다. 태오가 퇴근해서 집에 도착하는 건 오후 일곱 시쯤일 테니, 지금 출발해서 준비하기 시작하면 얼추 시간은 맞출 수 있을 터였다.

하지만 막 가방을 챙기려던 그때.

"오오, 한 팀장! 벌써 다 끝낸 거야?"

그녀의 수정 자료를 기다리고 있던 한 사장은 화색이 감도는 표정으로 다가와 물었다.

순간 당황한 나봄은 외부 업체 미팅을 나간다는 말로 둘러댈까

했지만, 예전부터 그녀의 거짓말 하나는 기가 막히게 잡아내던 한 사장인지라 솔직하게 대답하는 편이 낫다는 결론을 내렸다.

"아니요! 저 오늘 이만 퇴근해 보려고 합니다!"

"뭐?! 왜!"

"태오 생일이거든요!"

"아니, 그렇다고 이렇게 갑자기……."

당당한 나봄의 대답에 기가 찬 한 사장은 헛웃음을 치며 그녀를 붙잡으려 했다.

"대신 자료 수정은 오늘 밤을 새서라도 완성해 둘게요!"

그러나 두 눈을 반짝이며 호언장담하는 그녀는 벌써 마음을 콩밭에 두고 온 상태였다. 억지로 붙잡아 둔다고 해서 업무 효율이 있을 것 같지도 않았다.

"어휴, 내가 못 말려. 너 약속 꼭 지켜야 한다."

결국 나봄에게 지고만 딸 바보 한 사장은 오늘도 한 수 물러나고 말았다.

"네! 감사합니다! 돌아와서 정말 열심히 할게요!"

이제야 본격적으로 출발할 수 있게 된 나봄은 한 사장의 목덜미를 꽈악 끌어안았다.

잔뜩 신이 난 그녀의 밝은 얼굴은 확실히 그가 기다리던 수정 자료보다도 반가운 것이었다.

"아, 그리고 나가면서 직원들한테는 외부 미팅이 있다고 해."

"저 거짓말은 영……."

"그럼 내가 그렇게 둘러댈 테니까 넌 말없이 나가라."

한 사장은 조언 아닌 조언과 함께 나봄을 떼어 냈다. 나봄은 그 말에 두어 번 고개를 끄덕였고.

"알겠어요! 그럼 다녀올게요!"

손까지 흔들며 사무실을 빠져나갔다.

오늘 그녀가 준비한 파티 때문에 태오가 아닌 엄한 사람을 까무러치게 놀라게 하게 될 것이라는 사실은.

상상조차 하지 못한 채.

*　　*　　*

서재균 회장이 상주하고 있는 우드레일 로얄층의 엘리베이터 문이 열렸다.

그 안에서 건조한 표정으로 내리는 사람은 다름 아닌 차준이었다. 스리피스 양복을 정갈하게 차려입은 그는 빠른 듯한 발걸음으로 복도를 가로질렀다.

"오랜만에 뵙습니다, 본부장님."

복도 양 옆에 대기하고 있던 경호팀이 허리를 굽혀 인사했다. 하지만 서 회장의 직속 비서는 당황한 기색을 감추지 못하고 말꼬리를 흐리며 물었다.

"본부장님, 갑자기 회장님껜 어쩐 일로……."

"드릴 말씀이 있어서요. 회장님 안에 계십니까?"

"네, 계시긴 하십니다만……."

"그럼 따라 들어오지 마시고 여기서 대기하시죠."

그리 말하는 차준은 평소보다 싸늘한 한기를 띠고 있었다. 그래서 저도 모르게 제자리에 멈춰 버린 직속 비서는 불안한 시선으로 멀어지는 차준의 뒷모습을 지켜보았다.

바로 그때.

"회장님, 안녕하십니까."

차준이 향하고 있던 무거운 문이 열리고 위압적인 실루엣이 등장했다.

천천히 들어 올린 차준의 시선이 정면에 머물렀다.

언제 마주쳐도 소름이 끼쳐 오는 검은 기운. 차준은 그에 억눌려 제대로 호흡하기조차 버거웠으나, 간신히 정신을 붙잡았다. 오늘 그에게 중대한 용건을 전해야 하는 차준은 마음속에 잠자고 있는 나약함조차 숨겨야 할 처지였다.

떨리는 숨소리를 정리하기 위해 마른침을 삼켜 넘긴 차준은 천천히 입술을 떼어 냈다.

"회장님, 저는……."

하지만 제대로 된 첫 마디를 꺼내 놓기도 전에.

"아, 차준아. 안 그래도 널 부르려 했다."

평소보다도 부드러운 서 회장의 목소리가 말문을 가로막았다. 그와의 갈등만을 예상하고 있던 차준은 쉽사리 어떤 반응도 보이지 못했다.

그러자 서 회장은 그런 차준의 어깨에 손을 올리고는 조용한 음성을 말을 이어 나갔다.

"예상보다 일의 진척이 빠르더구나. 어떤 수를 썼는지는 모르겠지만…….”

“…….”

“오랜만에 마음에 드는 성과를 냈어. 그 점 하나는 높이 사마.”

만족감이 넘치는 그의 말은 이해할 수 없어서 차준은 더욱 불안해졌다.

최근 들어 그가 나에게 기대한 것은 단 하나, 태준을 집 안에서 사라지게 만드는 것.

하지만 그건 차준으로서는 도저히 해낼 수 없는 일이었다.

아무리 태준을 향한 감정이 증오뿐이라고 해도, 함께라서 행복했던 지난 시간들이 전부 빛바랬다고 해도.

한때나마 소중했던 사람을 벼랑 밑으로 떨어트리고, 그 대가로 또 다른 소중한 사람을 불행한 제 곁에 묶어 놓는 짓은 절대 하고 싶지 않았다.

그래서 서 회장의 명령에 제대로 된 거부 의사를 표하기 위해 이렇게 그를 찾아왔건만.

“우선 지금은 오찬 약속이 있어서 오래 얘기할 수가 없겠구나.”

“…….”

“나중에 본가로 찾아오면 그때 내가 들어주기로 한 부분부터 우드레일 사장직 얘기까지 천천히 나눠 보도록 하자.”

오히려 그는 원하던 바가 이뤄진 다음의 일을 이야기하고 있다.

“내가 원치 않는 걸 없애 주었으니, 나는 니가 원하는 걸 주는 것이 당연하지.”

그의 뜻에 반하려는 날 완전한 아군으로 대하고 있다. 마치 내가 돌이키고 싶었던 모든 상황이 이미 손쓸 수 없을 만큼 망가져 버린 것처럼.

"회장님, 잠시만……."

차준은 더 늦기 전에 서 회장의 걸음을 붙잡아 보려 했다.

"회장님, 차를 대기시켜 두었습니다."

"그래, 늦기 전에 출발하지."

하지만 더 이상 차준과 할 말이 남아 있지 않은 서 회장은 그럴 새도 없이 차준의 곁을 떠나 버렸다. 이성을 잃어버린 차준은 그 뒤를 따를 수도 없었다.

그저 혼란에 물든 눈빛으로 허공만 바라보며 멈춰 있을 뿐.

"하아, 하아……."

질식시킬 듯 차오르는 불안감이 그의 숨통을 꽉 조여 왔다.

똑바로 뜨고 있는 두 눈이 무색할 정도로 시야가 좁아지고, 끝없는 어둠에 갇혀 버린 듯 앞이 깜깜해졌다.

이대로 의식을 놓아 버리기 직전의 순간.

"형……."

그의 입술 새로 흘러나오는 건 오랜만에 불러 보는 그 사람이었다.

내뱉자마자 흔적도 없이 사라져 버리는 이 목소리처럼 그 사람도 흔적 없이 사라져 버렸을까 봐.

정말 죽을 만큼 겁이 난다. 그것이 내가 바란 현실인데도.

* * *

평창동 본가 차고 안으로 하얀 벤츠가 무자비하게 밀고 들어왔다.

벤츠의 주인을 알아본 경호원들은 전부 차 주위로 몰려들어 대열을 맞추었다.

철컥—

다급하게 열린 차 문에서 등장하는 사람은 역시나 차준이었다. 경호원들은 일제히 고개를 숙여 그에게 예의 차린 인사를 건넸다.

"오셨습니까, 이사님."

"저리 비켜."

하지만 그들의 어깨를 밀어내고 빠른 걸음으로 나아가는 차준은 반쯤 이성이 나간 상태였다. 흔들리는 눈빛도, 거칠게 몰아쉬는 숨도 그의 혼란스러운 마음을 대변해 주고 있다.

경호실장은 그런 그에게 가까이 다가서며 물었다.

"이사님, 무슨 일이라도……."

"꺼지라고……!"

그러나 차준은 그를 매몰차게 밀어내고는 저택을 향해 두 발을 재촉했다. 처음엔 빨리 걷는 정도였던 그의 걸음은 어느새 달리는 것과 비슷해져 있었다.

"이사님!"

이제야 그가 찾아온 의도를 어렴풋이 깨달은 경호실장은 급히 차준의 뒤를 따랐다.

그사이 저택의 현관 앞에 도착한 차준은 무거운 문을 열어젖혔고, 신발도 갈아 신지 않은 채 성큼성큼 집 안으로 진입했다.

성급한 그의 발걸음이 망설임 없이 향하는 곳은 그동안 그토록 외면해 왔던. 원망을 쏟아 낼 때를 제외하고는 단 한 번도 발을 들이지 않았던.

"선우태준!"

형의 방이었다. 문고리를 돌려 여는 순간 텅 빈 공간의 냉기와 어둠만이 그를 반기는, 더 이상 그의 흔적을 찾을 수가 없는 낯선 방.

"선우태준…… 선우태준……."

차준의 목소리가 불안정하게 떨려 왔다. 찾는 사람이 없어서 한 곳에 고정시켜 놓을 수 없는 시선은 이리저리 정처 없이 빈방만 헤맸다.

"이사님! 괜찮으십니까!"

뒤늦게 그를 따라 태준의 방에 들어온 경호실장은 위태로운 차준을 부축하려 했으나 차준은 그 손을 극구 거부했다.

"어디 있어……."

그 대신 흐릴 대로 흐려진 음성으로 물었다.

"예?"

"선우태준……."

"……."

"선우태준 어디 있냐고!"

금세 거칠어져 버린 그의 물음은 그간 숨겨 왔던 간절함을 띠고 있었다. 하지만 그 말을 들은 경호실장은 곧바로 시선을 떨어트려 버렸고, 이내 움츠러든 목소리로 대답했다.

"알려드릴 수 없습니다."

"뭐……?"

순간 차준의 가슴속 깊은 곳에서부터 올라오는 뜨거운 열기는 분노와 비슷했다. 두 주먹에 온 힘을 더한 차준은 자신이 원하는 답을 쉽사리 꺼내 주지 않는 그의 얼굴을 부서질 때까지 내리치고 싶어졌다.

그런 그가 팔을 휘두르기 직전.

"도련님의…… 명령이십니다."

경호실장이 덧붙인 한 마디는 차준으로 하여금 분노조차 폭발시킬 수 없게 만들었다.

자신이 어디 있는지, 알려 주지 말라는 형의 명령.

그동안 죽는 게 나을 만큼 그를 고문했던 차준은 그 이유는 충분히 예상할 수 있지만…….

"왜……?"

차준은 스스로에게 고집을 부리듯 물었다.

"대체 왜……?"

어느 날 갑자기 닥쳐온 현실을 도저히 받아들일 자신이 없어서.

"……죄송합니다."

경호실장은 더 이상의 대화가 불가능하다는 뜻으로 허리를 숙여 사죄의 말을 건넸다. 미처 분출시키지 못한 열기는 전부 차준의 왼쪽 가슴 쪽으로 모여들었는지, 심장에 찢어질 듯한 고통이 일었다.

"아아……."

왼쪽 가슴을 부여잡은 차준은 더는 서 있지 못하고 무너지듯 주저앉았다.

"이사님!"

경호실장은 다급히 그의 몸을 붙잡았으나 차준은 다시 일어나려 하지도 않았다. 그냥 하나뿐인 다리가 부러져 버린 허수아비처럼 무기력하게 무너져 있을 뿐.

그는 어디로 갔을까. 살아 있기는 한 걸까.

머릿속을 헤집어 놓는 숱한 의문들은 하나도 답을 찾지 못한 채 눈가에 고여 들었다. 흐려진 시야는 한 치 앞도 못 보게 만들었지만 이상하게도 그의 얼굴을 점점 더 선명해졌다.

그의 마지막 얼굴이 어땠더라. 나를 원망하고 있었던 것 같은데. 그는 내게 어떤 표정으로 무슨 얘길 했었더라.

차준은 방어기제로 최대한 잔인한 형의 모습을 떠올리려 했다. 하지만 비겁한 노력을 거듭하면 거듭할수록 선명해지는 건.

'그 꼴로 살고 싶냐.'

'…….'

'차라리 뒤져 버리지 그랬어.'

'……나중에 형이 꼭 놀러 갈게.'

차준이 끔찍한 증오를 띠고 있을 때조차도 웃으며 다가와 주던, 태준의 서러운 잔상이었다.

*　*　*

"자, 다 됐다."

태오만을 위한 생일상을 완성한 나봄이 뿌듯한 미소를 지어 보였다.

언제나 단태오 셰프의 따듯한 밥만 올라가던 2인용 식탁. 그 위는 나봄이 공수해 온 각종 디저트들로 가득 채워져 있었다.

태오를 닮은 매끈한 초코 무스 케이크부터 맹수 버전의 단태오를 떠오르게 하는 호랑이 모양 쿠키, 그리고 예전에 한 번 태오가 먹고 싶다고 했었던 연유 바게트까지.

비록 손수 만든 디저트는 아니지만 하나하나 태오를 향한 나봄의 애정이 가득 담겨 있었다.

게다가 식탁 위에 매달려 있는 'Happy Birthday' 가렌더는 또 어찌나 귀여운지!

"나름 예쁘게 잘 꾸몄는데?"

나봄은 흐뭇한 혼잣말과 함께 빙글 몸을 돌렸다. 이제 상을 차렸으니 남은 것은 선물을 그럴싸한 곳에 숨기는 일 뿐이었다.

오늘 그녀가 고심해서 고른 태오의 생일 선물은 다름 아닌 향수였다.

묵직하고 우디한 향은 그의 섹시한 이미지와 너무 딱 맞아서, 도저히 구입을 안 할 수가 없었다.

그렇게 선물을 사고 나니 그것만 덜렁 전해 주기 뭐해서, 나봄은 급히 편지까지 써서 포장에 함께 끼워 넣었다.

그 편지가 그에게 선물을 직접 전해 주기 부끄러운 이유가 되어 버렸지만, 생각해 보면 나봄이 처음으로 태오에게 써 준 편지는 너덜너덜해져 버렸었다. 그걸 소중하게 간직하는 태오를 보면 마음이 짠해져서 그녀는 오늘 손편지를 안 써 줄 수가 없었다.

"자, 이제 그럼 이걸 어디다가 숨겨 놓아야 하나."

뿌듯한 미소를 입가에 머금은 나봄은 향수와 편지가 든 쇼핑백을 든 채 거실부터 둘러보았다.

향수의 크기는 얼마 되지 않았지만 포장이 화려해서 지나치게 미니멀리즘한 태오의 거실에는 숨길 공간이 여의치 않았다.

거실 말고 다른 곳을 찾아보기로 한 나봄은 곰곰이 생각하다가 그나마 짐이 많은 드레스 룸을 떠올렸다. 퇴근한 태오는 겉옷을 벗기 위해 드레스 룸부터 직행할지도 모르지만, 은근슬쩍 가로막는다면 그는 순순히 식탁에 앉아 줄 것이다.

"그래, 저 안에 넣어 놨다가 생일 파티 다 끝나고 집에 가면서 전화로 알려 줘야지."

생애 첫 이벤트에 신난 나봄은 어깨를 으쓱이며 태오의 드레스 룸으로 향했다. 문을 열고 들어서자마자 코끝을 스치는 태오의 냄새는 언제나 나봄의 가슴을 설레게 했다.

나봄은 우선 태오의 선물부터 드레스 룸 행거 아래 감춰 두고, 본격적으로 그의 옷들을 구경하기 시작했다.

평소 스타일이 좋아 보인다 했더니만, 그가 가진 아이템들은 하나같이 세련되고 예뻤다. 하긴 태오의 몸이라면 뭘 입어도 태가 났겠지만.

그렇게 새삼 태오에게 반하며 그의 옷장을 구경하고 있던 그때.

삑삑삑삑—

현관문 비밀번호 누르는 소리가 갑작스레 들려왔다. 난데없는 인기척에 놀란 나봄은 두 눈을 동그랗게 뜨고 온 신경을 곤두세웠다.

머지않아 현관문 열리는 소리와 함께 집 안으로 자연스레 들어서는 발소리는 이 집의 주인임이 분명했다.

평소엔 빨라야 일곱 시 퇴근일 텐데, 어째서 오늘은 이렇게나 빨리 귀가했는지 영문을 모를 일이었다.

"아, 혹시 생일이라고 일찍 보내 줬나?"

나봄은 당황한 마음을 추스르고 선물이 잘 감춰져 있는지 다시 한 번 확인했다.

그러고는 드레스 룸 문고리를 붙잡았다. 이대로 문을 열고 짜잔! 등장하면 태오는 그녀의 계획대로 소스라치게 놀라며 감동받을 것이다.

이런저런 상상에 기분이 좋아진 나봄은 더 지체할 것도 없이 카운트다운을 시작했다.

"하나, 둘, 셋……!"

그를 보고 싶었던 마음만큼 빠르게 숫자를 세고, 자꾸만 삐져나오는 웃음을 애써 추스르며 화악! 문을 열어젖히자.

"에구머니나! 깜짝이야!"

예상치 못한 중년 여성의 비명 소리가 집 안을 메웠다.

"꺄악!"

처음 보는 낯선 이의 등장에 덩달아 놀라 버린 나봄의 얼굴이 백

지장처럼 새하얘졌다.

*　　　*　　　*

“저, 저기…… 커피라도 드시겠어요?”

태오의 거실 소파 오른쪽 귀퉁이에 앉은 나봄이 조심히 물었다.

“으, 응? 아니에요. 난 신경 쓰지 마요.”

같은 소파 왼쪽 귀퉁이에 앉은 박 여사가 그녀답지 않은 수줍음 가득한 목소리로 대답했다.

태오가 없는 태오의 집에서 까무러치게 놀랄 만큼 서프라이즈한 첫 만남을 가진 두 여자.

언젠가 만나야 하긴 했지만 그게 오늘이 될 줄은 몰랐다. 서로를 소개받는 자리가 어색하리라는 건 충분히 예상했지만 이런 식으로 낯 뜨겁고 민망할 줄은 몰랐다.

이런 상황에 태오라도 있었으면 참 힘이 되었을 텐데, 하필 이곳에는 태오만 없는 것이 문제라면 문제였다. 때문에 숫기 없는 나봄도, 태오의 첫 여자 친구가 당황스러운 박 여사도 어떤 표정으로 무슨 말을 해야 할지 좀처럼 감을 잡지 못하고 있는 이 순간.

“아깐 죄송했어요.”

나봄이 먼저 씩씩하게 입술을 떼어 냈다. 그녀의 사과를 받은 박 여사는 과하게 손을 휘저으며 대답했다.

“아냐, 아냐! 아가씨가 뭘 하고 있었던 모양인데 벨도 안 누르고 불쑥 들어온 내가 잘못했지! 난 태오가 아가씨랑 같이 사는 줄도 모르고…….”

“네, 네?”

그건 나봄의 긴장을 풀어 주기 위함이었으나 박 여사의 오해는 나봄을 더욱 당황하게 만들기에 충분했다. 아까부터 묘하게 눈을 마주치지 못하고 있다 싶더니, 아무래도 그녀는 나봄을 태오의 동거녀쯤으로 알고 있는 모양이었다.

어떻게든 해명해야 한다고 생각했던 나봄은 목소리를 한 톤 높여 말했다.

“아! 저 태오랑 사는 거 아니에요!”

“응?”

“저는 태오 회사랑 협업을 하고 있는 한봄 도어락의 팀장…….”

“…….”

“그게…… 그러니까 쉽게 말해서…….”

그러나 오늘 태오의 생일부터 어머님과의 만남까지, 모든 것이 당혹스럽고 난데없었던 나봄의 혀는 생각처럼 움직여 주지 않았다.

결국 똑 부러진 해명을 포기한 나봄은 자리에서 일어섰다. 그러고는 박 여사의 앞에서 90도로 허리를 숙이며.

“안녕하세요, 처음 뵙겠습니다. 아드님이랑 정식으로 교제하고 있는 한나봄이라고 합니다.”

자포자기하는 심정으로 제 소개를 했다. 순간 박 여사의 눈동자가 유리구슬처럼 반짝반짝 빛났다.

“만나서 반가워요! 어쩐지 목소리가 낯익더라니, 예전에 한 번 통화했던 그 아가씨구나! 그래도 멍석을 깔아 주니까 만나긴 만나는

가 보네!"

"네? 통화요?"

"아, 아니에요! 내 말은 신경 쓰지 마! 만나서 반가워요! 난 단태오 엄마 되는 사람이에요!"

박 여사는 그리 말하며 나봄의 손을 꼭 잡았다. 지금껏 태오가 평생 혼자 살다가 늙어 죽을 거라 확신했던 박 여사는 나봄의 존재를 신비롭고 귀하게 여기는 중이었다.

그런 박 여사의 모습이 호감이었던 나봄은 어색한 미소와 함께 조심스러운 목소리로 물었다.

"어머님도 태오 생일 때문에 내려오신 건가요?"

"응응, 그런데 이제 가 보려고! 아가씨가 왔으니까 난 빠져 줘야지!"

"아…… 태오 본가가 지방 쪽 아니었나요?"

"전주예요. 버스 타면 금방이지 뭐."

"전주면 이렇게 왔다 가기엔 너무 멀지 않나……."

나봄은 박 여사가 도착하고 나서 고작 10분밖에 흐르지 않은 시계를 바라보며 중얼거렸다.

그러나 아들의 연애를 방해하고 싶지 않았던 박 여사는 서둘러 소파에서 일어났다. 아무리 편하게 해 준다 한들 둘이 있는 것보다는 불편할 것이 뻔했다.

"아휴, 내 걱정은 하지 마. 난 냉장고만 채워 주고 가려고 했어."

"아……."

"지가 알아서 해 먹는다고는 해도 김치나 젓갈까지 담가 먹을 수는 없잖아? 그래서 가끔 이렇게 왔다 갔다 해요. 특별할 것도 없어!"

박 여사는 가지고 온 반찬들을 냉장고로 가져가며 특유의 호탕한 목소리로 말했다. 나봄은 그런 그녀에게로 다가가 옮기는 일이라도 도우려 했지만 그녀는 손사래를 치며 나봄을 밀어 두었다.

"괜찮아, 괜찮아! 소파에 앉아 있어! 내가 할게!"

"그래도……."

"손님으로 왔으면 편히 쉬어야지!"

그 모습은 얼핏 배려심 넘치고 인자해 보였지만 곧 이어지는 볼멘 목소리는 누군가를 선명히 떠올리게 만들었다.

"아니, 그러고 보니까 이놈 새끼는 이렇게 사람을 불러다 놓고 야근을 하네 마네 했네. 무심한 놈 같으니라고."

"……."

"애초부터 손님이 오면 온다고 하든가! 하여간, 여자가 싫어할 짓만 아주 골라서 하고 말이야……."

아무리 숨겨 보려 해도 살짝살짝 비쳐 나오는 저 욱하는 기질은 태오도 가지고 있는 그 성질머리가 분명하다.

게다가 성격뿐만이 아니라 큰 키와 사나운 이목구비, 그리고 까무잡잡한 피부까지도 어쩜 그리 똑같이 생겼는지. 누가 태오의 어머니 아니랄까 봐 그녀의 포스도 태오만큼이나 거칠고 세다.

이런 타입은 나봄이 예전부터 어려워하던 부류의 사람들이었다. 하지만 그런 사람과 연애를 하고 있는 지금, 어렵기는커녕 태오와 비슷한 그녀의 면모에 오히려 안심이 되었다.

그녀를 쏙 빼닮았을 태오가 그렇듯, 그녀 역시도 알아 가면 알아갈수록 좋은 사람일 거란 확신이 든다.

"자. 얼추 반찬은 다 넣었으니까 난 이만 가 볼게요, 아가씨. 혹시 미역국 재료 아직 안 사 놨으면 여기 양철통에 담긴 국 데워 먹어."

그사이 냉장고 정리를 다 마친 박 여사는 태오의 집을 한시바삐 떠나려 했다. 그건 어디까지나 나봄이 편히 머물도록 하기 위한 배려였지만.

"저기…… 어머님!"

나봄은 그녀를 조심스럽게 붙잡았다.

"응?"

"이따 태오 퇴근하면 식사 같이해요. 어머님을 이렇게 뵙게 된 것도 인연인데……."

"아……."

"참! 그보다 먼저, 제가 어머님이라고 불러도 될까요?"

성질 더러운 외아들 탓에 며느리는 절대 볼 수 없을 거라 확신하던 57세의 박미경 여사.

"어, 어머님……?"

그런 박 여사를 어머님이라고 부르고 싶어 하는 존재가 생겼다.

순간 그녀는 북받치는 감동에 목이 멜 지경이었으나, 그런 건 너무 주책이라는 생각이 들어 얼른 호탕한 웃음으로 대답했다.

"당연히 되고말고! 원한다면 어떤 호칭으로 불러도 괜찮아요! 엄마도 괜찮고, 맘도 괜찮고, 오카상도 괜찮고! 아, 이런 농담은 너무 올드하지? 내가 뭐라는 건지 나도 잘 모르겠네, 하하하."

긴장하면 더욱 실수가 잦아지는 모습 역시 태오와 똑같았다. 덕분에 남아 있던 긴장마저 스르륵 풀어 버린 나봄은 저도 모르게 그녀를 따라 웃어 버리고 말았다.

누군기와의 첫 대면이 이렇게 빨리 편안해져 버린 건 오늘이 처음이었다.

*　　*　　*

"예? 지금 승진이라고 하셨습니까?"

태오가 살고 있는 목동의 한 아파트 안.

엘리베이터에서 막 몸을 내린 태오가 믿지 못하겠다는 듯 되물었다.

그러자 휴대폰 너머 인사팀장은 건조한 목소리로 자세한 설명을 덧붙였다.

"네, 그렇습니다. 그동안 현장팀에서 특출 난 업무 성과를 보여 준 것을 높이 사, 회장님께서 직접 지시하셨습니다."

"'Lily' 라인 공식 판매는 아직 한 달 남았잖습니까. 소비자들 반응도 나오기 전인데 뭔 놈의 승진을 벌써……."

"예약 구매율만 확인해 봐도 어느 정도의 반응은 예상할 수 있습니다. 분명 이번 프로젝트는 대성공을 거둘 거예요. 그러니까 마음 편히 보상 받으셔도 됩니다."

인사팀장은 마음 편히 받아들이라 했지만 태오는 어쩐지 찜찜한 구석을 지워 내지 못했다.

아무리 예약 구매율이 높다고 해도 그건 프로젝트 결과의 포문을 여는 정도에 해당될 뿐, 완전한 성공이라고 평가하긴 어려운데.

깐깐하고 냉정하기로 소문난 우드레일 치고는 일을 안일하게 처리하고 있다. 성급한 호평을 하며 그를 추켜세워 주는 게 의심스럽게 느껴지기까지 한다.

제 현관문 앞에 멈춰선 태오는 생각할 시간을 갖기 위해 통화를 일단락 짓기로 했다.

"아…… 일단 제가 집에 손님이 있으니까 내일 본사에서 얘기합시다. 어차피 총 회의 때문에 그쪽으로 출근해야 합니다."

그러자 곧바로 흘러나온 인사팀장의 말은 더욱 의미심장했다.

"아니요, 내일 단태오 씨는 총 회의 말고 회장님과의 오찬을 가지게 될 예정입니다."

"오찬이요?"

"어차피 승진을 하게 되면 지금까지와는 전혀 다른 일들을 맡게 되실 겁니다. 사사로운 업무들은 앞으로 신경 쓰지 않으셔도 됩니다."

"갑자기 뭔……."

그 일방적인 통보는 도저히 상식선에서 이해가 불가능했다. 승진 못 시켜 줘서 죽은 귀신이라도 달라붙었는지, 번갯불에 콩 구워 먹듯이 급히 돌아가는 상황은 태오의 혼을 쏙 빼놓기에 충분했다.

"그럼 오찬이 열릴 장소는 메일로 보내 두겠습니다. 시간은 총 회의 시간과 동일하니 늦지 말고 참석 부탁드립니다."

하지만 쏟아지는 의문들을 꺼내 놓기도 전에 인사팀장은 일방적인 당부를 끝으로 통화를 마무리 지었다.

허망하게 끊어져 버린 휴대폰을 든 태오의 미간이 사납게 구겨졌다.

"이게 뭐하자는 거야, 대체."

어디선가 구린내는 스멀스멀 풍겨져 나오는데 그게 어딘지는 모르겠고. 못 들은 척 무시해 버리기엔 회장까지 개입된 상황이고. 대체 일이 어떻게 돌아가고 있는 거지.

순식간에 머릿속이 복잡해진 태오는 신경질적인 손끝으로 도어록 비밀번호를 눌렀다.

집에 태오의 생일상을 차려 주러 온 박 여사가 있는 만큼 최대한 기분 좋게 들어가고 싶었는데, 망할 놈의 전화 한 통 때문에 심기는 불편해질 대로 불편해져 버렸다.

"왔습니다."

그래서 하염없이 딱딱한 인사를 건네며 집 안으로 들어서자.

"아, 태오 일곱 살 때 이런 일도 있었다!"

"무슨 일이요?"

"태오한테는 형제가 없잖아. 그래서 항상 외로웠나 봐. 그 와중에 다섯 살짜리 동네 꼬맹이가 태오를 형아 형아 하면서 잘 따랐었는데……."

"네."

"어느 날은 진지한 얼굴로 나한테 와서는 이제부터 자긴 그 꼬맹이 집으로 가서 걔 형아로 살겠다고 하는 거 있지! 그 집 아줌마가 받아 주겠다고 했다고!"

"하하하, 정말요?"

"그래! 그때부터 무심한 구석이 있긴 했어. 나봄이 너한테는 안 그러나 몰라."

방금 전 인사팀장의 전화보다 더 뜬금없고 이해 안 되는 상황이 눈앞에 펼쳐졌다.

내 눈이 잘못된 게 아니라면, 부엌 식탁에 앉아서 하하 호호 웃고 있는 저 두 여자는 나봄과 박 여사가 틀림없었다.

한 번도 소개시켜 준 적이 없는데 대체 둘이 왜…….

"뭐야, 둘이."

깜짝 놀란 태오는 신발도 미처 벗지 못한 채 얼떨떨한 목소리로 물었다.

"어어, 아들 왔냐?"

"태오야, 어서 와!"

그러자 그제야 태오에게 관심을 보인 두 사람은 신이 난 표정으로 말했다.

"얼른 와서 밥 먹어라. 우린 배고파서 먼저 들었어."

"그래, 얼른 앉아! 어머님이 가져온 반찬 다 맛있더라."

"아니, 밥이 문제가 아니라 둘이 어떻게 같이 있냐고."

"너희 집 왔더니 참한 처자가 짠! 하고 저 방에서 나타나더라."

"뭐요?"

"아아, 그게! 너 생일인 거 알고 깜짝 파티 해 주러 여기 왔었는데 어머님이 먼저 들어오셨어!"

태오는 두 사람의 설명이 전혀 이해되지 않았으나 분위기가 나빠 보이지는 않으니 다행이라고 생각했다. 지나치게 들이대는 박 여사의 성격은 나봄에게 부담이 되었을 수도 있을 테니.

태오는 가방을 대충 내려놓고 나봄의 옆자리에 자리를 잡으며 물었다.

"괜찮아? 갑자기 엄마가 들어와서 놀라진 않았어?"

박 여사와 즐거운 시간을 보내고 있었던 나봄은 서둘러 고개를 저었다.

"아니야, 아니야! 재밌게 얘기하고 있었어!"

"무슨 얘기?"

"아, 그게……."

"단태오의 과거사 한 트럭 쏟아 냈지, 내가."

불쑥 끼어든 박 여사의 대답에 태오의 눈동자가 번쩍 빛났다.

명절 때마다 그러하듯, 이번에도 태오의 유년 시절 이야기를 놀림감 삼아 풀어놓았나 보다. 어쩐지 집에 들어오자마자 내 흉 보는 소리가 들리더라니.

"저 말 믿지 마. 다 거짓말이야."

태오는 나봄의 두 뺨을 부드럽게 부여잡고 말했다. 그러자 박 여사는 동조하는 척하면서 태오를 더욱 약 올렸다.

"그래, 나봄아. 몇 개는 잊어 줘. 태오 학예회 때 독창 사건이라든지."

"아, 그것까지 말했어요? 미치겠네!"

"뭐 어때! 연인 사이면 나봄이도 너 노래 최악인 거 알 거 아니야!"

"이게 누구한테 물려받은 유전자인데!"

두 사람은 얼핏 틈만 나면 싸우는 톰과 제리처럼 비쳤다. 하지만 그 모습은 친구처럼 친밀하고 편안해 보였기에 나봄은 그저 바라보는 것만으로도 흐뭇해졌다.

아무래도 이 세상에는 핏줄이 무색할 만큼 잔인한 가족사도 있다는 걸 알고 있기 때문인 것 같다.

요즘 들어 그런 이들 때문에 가슴 아파했던 나봄은 태오의 가족만큼은 안락하고 따듯해 보여서, 진심으로 다행이라고 생각하는 중이다.

* * *

"커피라도 한잔하시고 가시지 그러세요."

태오까지도 식사를 마친 직후.

나봄은 그러기가 무섭게 곧바로 떠날 채비를 하는 박 여사에게 말했다. 하지만 박 여사는 손을 휘저으며 서둘러 신발을 신었다.

"아니야, 저놈 장가보내려면 데이트할 시간 마련해 줘야지."

"그래도 아쉬운데……."

나봄은 그녀와의 이별을 진심으로 서운해했으나 태오는 미련 없이 고개를 끄덕였다.

"그래요, 가세요."

그리 말하는 그의 단호한 목소리엔, 기억도 하기 싫은 학예회 독창 사건을 시작으로 각종 흑역사를 까발려 버린 박 여사에 대한 분노가 가득 담겨 있었다.

하지만 그 말에 태오를 놀리는 박 여사는 조금도 아랑곳 않고 천연덕스럽게 대꾸했다.

"괜찮아. 나봄이는 너 귀엽다고 생각할 거야."

"아, 쫌."

마지막까지 티격태격하는 두 사람은 그들만의 방식으로 아쉬워하고 있는 중이라고, 나봄은 그렇게 생각하기로 했다. 하여간 이들은 만날 때마다 심심하진 않겠다.

"그럼 엄마는 진짜 갈게. 알아서 잘 가니까 따라 나올 필요 없어."

두 사람의 배웅을 받으며 현관을 나선 박 여사는 엘리베이터 버튼을 눌렀다. 나봄은 그런 그녀에게 고개 숙여 인사했고 곁에 서 있던 태오는 언제 심술을 부렸냐는 듯 걱정스레 물었다.

"밤인데 혼자 택시 잡을 수 있겠어요?"

"내가 애니? 진짜 따라 나오지 마. 나도 혼자 밤거리 걸어가면서 사색 좀 해 보자."

박 여사는 시니컬하게 태오의 걱정을 받아쳤다. 신경 써 주는 거 좋아하면서 항상 괜히 그랬다.

머지않아 태오가 사는 층까지 도착한 엘리베이터 문이 열리고, 박 여사는 망설임 없이 그 안으로 들어섰다.

그러고는 나봄에게만 손을 흔들어 인사했다.

"오늘 반가웠어. 우리 태오 잘 부탁해."

"네, 저도 반가웠어요! 어머님도 조심히 들어가세요!"

나봄의 입에서 나오는 어머님 소리는 언제 들어도 마냥 좋았다.

그래서 신이 난 박 여사는 엘리베이터 문이 닫히는 순간까지도 함박웃음을 거두질 못했다.

나봄은 사랑하는 사람과 참 많이 닮은 그 얼굴을 지그시 바라보다가, 그녀가 엘리베이터 문 너머로 완전히 사라지고 나서야 아쉬운 혼잣말을 중얼거렸다.

"커피까지 드시고 가셨으면 더 좋았을 텐데……."

"부담스럽지도 않냐."

태오는 다시 집 안으로 들어서며 물었다. 그러자 나봄은 그의 뒤를 따르며 스스럼없이 대답했다.

"어머님께서 편하게 해 주셔서 전혀 그렇지 않았어."

"하긴, 얼핏 보기에 나보다 더 친해 보이더라."

"아…… 그래?"

"어, 누가 보면 니가 딸인 줄 알겠어."

그리 말하는 태오에게는 별 뜻이 없었다. 그저 나봄이 그만큼 잘해 주었다는 칭찬이었는데, 나봄의 눈빛은 순간 살짝 움츠러들고 만다.

"왜 그래?"

태오는 그녀에게서 느껴지는 이질감을 놓치지 않고 캐물었다. 그러자 나봄은 애써 입꼬리를 들어 올린 채.

"다행이다 싶어서……."

복잡한 감정이 뒤섞인 듯한 목소리를 흘려보냈다. 뜻 모를 대답을 들은 태오의 시선이 더욱 의아한 빛으로 물들었다.

나봄은 그런 태오를 가만히 바라보다가 애써 담담한 목소리로 감춰 온 비밀 하나를 털어놓았다.

"사실 부모님이 아주 어릴 때 이혼하셔서 나한테는 엄마라는 존재가 낯설거든."

"……."

"한 번도 엄마를 가져 본 적이 없어서, 오늘 그런 티가 날까 봐 걱정 많이 했어. 아무리 아빠가 열심히 키워 주셨다고 해도 엄마랑은 느낌이 좀 다를 수도 있으니까……."

그 고백은 태오가 어렴풋이 짐작하고 있었던 것이었다. 그동안 나봄이 소개를 시켜 준 사람도, 얘기를 꺼냈던 사람도 언제나 아버지인 한 사장뿐이었다.

"아아……."

그래서 저도 모르게 눈빛이 먹먹해진 태오에게, 나봄은 무리해서 밝은 목소리를 냈다.

"어쨌든 딸처럼 잘했다니까 다행이다! 이제 걱정할 거 없겠어!"

이런 식으로 엄마에 대한 이야기를 성급히 마무리 짓는 건 그녀의 습관과도 같은 것이었다.

어떻게든 감추고 싶지만 그럴 수 없을 때. 들켜서든, 들킬 것 같아서든 어차피 그녀의 부재를 털어놓아야 할 때.

나봄은 항상 별거 아니라는 말투로 그 사실만 간결하게 전하고는 재빨리 화제를 돌리곤 했었다.

그래야 상대방은 어떤 것도 묻지 않고, 섣불리 궁금해하지도 못하고 깔끔하게 대화를 끝내 주었으니.

"우리 케이크 먹자! 내가 얼마나 맛있는 걸로 골라 왔는지 알아?

한 입만 먹어 봐도 깜짝 놀랄걸!"

태오도 그래 주길 원했던 나봄은 저녁상 때문에 잠시 넣어 두었던 케이크를 다시 꺼내며 말했다. 그러고선 커피도 타기 위해 정수기 쪽으로 몸을 틀었는데.

"어디 가. 잠깐 이리 와."

태오의 손이 떠나려는 그녀를 붙잡아 당겼다. 그대로 끌려간 나봄이 정착한 곳은 다름 아닌 그의 품 안이었다.

"태, 태오야……."

갑작스러운 온기에 당황한 나봄은 떨리는 목소리로 그의 이름을 불렀다.

그는 아픈 고백을 한 그녀를 달래 주려는 것이겠지만 그녀는 동정받기를 원하지 않았다. 상처가 더 드러나기 전에 여기서 제발 그가 모른 척해 주었으면 좋겠다.

그러나 그녀의 마음을 전혀 모르는지, 태오는 나봄을 끌어안은 두 팔에 힘을 더했다.

"……혼자서 무슨 걱정을 그렇게 많이 했냐."

이윽고 흘러나오는 말엔 아니나 다를까 안쓰러움이 잔뜩 묻어 있었다. 나봄은 이럴 때마다 어떤 반응을 보여야 할지 전혀 모르겠다.

그래서 한 번 더 괜찮은 척을 해 보려던 그때.

"앞으로는 내가 있어 줄게."

"……응?"

태오의 나직한 목소리가 귓가에 들려왔다. 뒤따라 이어지는 그의 말은 한 번쯤은 누군가 해 주길 원했던 다정한 위로였다.

"니가 불안해지고, 작아질 때마다 내가 니 곁에 서 있을게. 지금 처럼 이렇게."

"……."

"그러니까 앞으로는 혼자 걱정하지 말고 나한테 기대."

혼자 걱정하지 말고 기대라는 말.

그건 나봄이 감히 바라지 못했던 말 한 마디였다. 그동안의 나봄은 홀로 딸을 키우느라 고군분투해 온 아버지께 미안해서라도 공허한 티를 감추기 급급했었다.

어릴 땐 그게 무척이나 힘겨웠지만 나이를 먹을수록 점점 괜찮아지길래, 이젠 얼굴도 모르는 존재의 빈자리 따위 잊고 잘사는 줄 알았는데.

태오의 위안은 그녀가 외면하고 있던 중요한 부분들을 일깨워 주고 있다.

넌 잘 살고 있던 게 아니라, 용케 잘 버티고 있던 거라고. 그러니 이제는 누군가에게 기댄 채 잠시 쉬어 가도 괜찮다고.

나봄은 자신을 꼭 끌어안은 태오의 몸을 마주 안아 주었다. 그러고는 심장이 빠르게 뛰고 있는 그의 가슴에 얼굴을 포옥 파묻었다.

그제야 더욱 선명해지는 그의 온기는 모든 아픔과 걱정들을 다 녹여 버릴 수 있을 만큼 따듯했다.

"태오야."

나봄은 입술을 움직여 그의 이름을 나직이 불렀다.

"응."

곧바로 대답하는 태오는 예쁜 미소를 짓고 있는 게 분명했다. 그건 목소리에 맺힌 행복감만으로도 알아차릴 수 있다.

이 순간, 내가 너로 인해 기뻐할 때 너도 나로 인해 기뻐하고 있다는 것이 얼마나 큰 축복인지.

"……내가 정말 많이 사랑하는 거 알지?"

나봄은 소중한 마음을 오롯이 전할 수 있는 한 마디를 꺼내 놓았다.

태오는 그 고백에 가슴이 벅차오르는지, 숨결 같은 웃음을 흘려보냈고.

"모르겠는데."

능청스러운 대답과 함께 잠시 그녀를 품에서 떼어 냈다. 그런 뒤 다가오는 입술은 오늘도 어김없이 장미처럼 검붉었다.

"행동으로 보여 주는 게 더 좋아."

그의 혀끝이 집요하게 밀고 들어온다. 달아오를 때마다 힘이 들어가는 손끝은 그녀를 영원히 놓지 않을 것만 같다.

나봄은 오늘처럼 정신없는 하루도 사랑스럽게 만들어 주는 이 남자가 너무 좋아서.

자꾸만 욕심이 난다. 영원히 함께하는 사이가 되고 싶다는, 한 번도 가져 본 적이 없었던 행복한 욕심이.

12.
다시 빛나게 해 줘

벌컥—!

어느 누구도 쉽게 발을 들이지 못할 서 회장의 집무실 문이 열렸다.

분노 서린 걸음으로 성급히 들어오는 그녀는 다름 아닌, 태준의 실종 소식을 뒤늦게야 알게 된 서미란 대표였다.

"내 아들 어디 있습니까!"

서 대표는 집무실 책상에 앉아 있는 서 회장을 보자마자 서슬 퍼런 고함을 내질렀다.

"대표님! 고정하십시오!"

"회장님의 몸이 온전히 회복되지 않았습니다! 이러시면 곤란합니다!"

무작정 들이닥친 그녀를 말리기 위해 밖에서부터 따라온 경호원들이 아연실색이 된 얼굴로 사태를 수습하려 했다.

"……."

하지만 그 소란 속에서도 서재균 회장만은 태연했다. 마치 그녀의 분노와 자신은 전혀 상관없다는 듯이 검토하고 있던 서류에서 시선을 떼어 내질 않는다.

그 모습에 화가 치밀어 오른 서 대표는 보다 언성을 높여 소리쳤다.

"내 인생을 대체 어디까지 망칠 작정이야! 그 애만 건드리지 말아 달라는 게 비굴한 부탁처럼 들렸어?!"

"……."

"착각하지 마! 그건 내가 하는 마지막 경고였어! 태준이를 되찾아 오기만 하면 당신 앉아 있는 그 자리부터 없애 버리겠어!"

서 대표의 엄포는 단순한 협박이 아니었다.

대외적으로 중대한 업무를 전부 자신이 책임지고 있는 한 기업의 주도권은 아직 그녀의 영향력 아래 있었다.

그러니 가장 소중한 것을 건드린 그들의 죗값은 결코 잊지 않을 것이다. 태준을 매정히 도태시켜 버린 아버지도, 그의 밑에서 한순간에 등을 돌려 버린 선우차준도.

모두 태준의 발아래서 무릎 꿇도록 처참하게 부숴 버릴 것이다. 나는 내 아들을 위해 기꺼이 그리할 수 있다.

독기를 채워 넣은 서 대표는 크게 숨을 들이쉬었다. 그런 뒤 내뱉는 목소리에는 보다 날이 서 있었다.

"이런 식으로 빼돌려 봤자 내 명령 한 번이면 며칠 안에 찾아."
"……."
"당신네들은 그때부터 죽는 게 나을 만큼 비참해질 테니까……."
"……."
"차라리 도망쳐. 내 손에 잡히기 전에."
등골이 오싹해지는 경고를 마지막으로 떨리는 입술을 닫았다. 이윽고 매정하게 돌아서는 그녀는 그 어느 때보다 어두운 빛을 띠고 있었다.
서 회장은 그제야 서류에서 시선을 떼어 내고 제 딸의 뒷모습을 바라보았다. 예전부터 허황된 감정에 휩쓸려 가치 없는 존재들에게만 집착해 왔던 그녀는 여전히 미련하기 그지없었다.
그러니 아무리 커다란 힘을 거머쥐고 있어도 제 손엔 잡히는 게 없지.
서재균 회장은 가소로운 그녀를 향해 낮은 비웃음을 흘렸다. 그 웃음에 모욕감을 느낀 서 대표가 살벌한 눈빛을 띤 채 다시 그를 향해 돌아서자.
"아니, 찾을 수 없을 게다. 그 앤 내가 빼돌린 게 아니라, 스스로 사라져 버린 거니까."
서 회장은 확신 어린 소리로 그녀를 자극했다.
"원한다면 어디에 있는지 정도는 가르쳐 줄 수 있어."
"……."
"다만, 그편이 더욱 고통스러울걸. 손이 닿을 거리까지 다가가도 끝끝내 만날 수는 없을 테니 말이다."

서 회장의 그 말은 자식을 잃은 어미에게 독화살처럼 치명적인 고통을 선사했다. 그에 대한 원망을 이겨 내지 못한 서미란 대표의 주먹이 부들부들 떨려 왔다.

하지만 서 회장은 거세지는 그녀의 적의를 똑바로 바라보고 있으면서도 태연하게 뒷말을 이었다.

"죽었다고 생각해라."

"……."

"내가 널 그렇게 생각하듯이."

죽었다고…….

그 아이가 죽었다고…….

그렇게 믿느니 내가 죽어 버리는 편이 나을 것이다, 라고 그녀는 생각했다. 애초부터 그 아이는 캄캄한 지옥과도 같은 내 삶에서 유일하게 빛을 내고 있던 등불이었으니.

*　　*　　*

한봄 도어락 근처 카페.

"한나봄! 여기!"

근처로 외근을 온 김에 나봄을 만나러 온 소라가 구석 자리에서 큰 목소리로 외쳤다.

오랜만에 만난 그녀가 반가웠던 나봄은 밝은 미소를 띤 채 곧장 그녀에게로 다가갔다.

"미안, 오래 기다렸지! 회의가 생각보다 길어졌어!"

나봄은 푹신한 의자에 가방을 내려놓으며 사과부터 건넸다. 그러자 소라는 도리도리 고개를 저었고, 화통하게 웃으며 대답했다.

"하하하! 괜찮아, 오늘은 몇 시간도 기다릴 수 있어."

"왜? 무슨 좋은 일 있어?"

나봄이 두 눈을 반짝이며 묻자, 소라는 테이블 위에 놓여 있던 카드 한 장을 들었다. '프러포즈 in 제주 응모권'이라고 적힌 그 카드는 밑부분이 찢어져 있는 상태였다.

"이게 뭐야? 당첨됐어?"

나봄의 질문에 소라는 자랑스러운 표정으로 대답했다.

"당첨은 아니고 응모 기회를 얻었어. 아무나 주는 응모권이 아니라 오늘 매시 정각에 오는 사람한테만 주는 응모권이라고. 난 무려 정각 열두 시 오십오 초에 결제 찍어서 받았지!"

"우와, 딱 오 초 남기고 결제했었네? 이거 타면 제주도 여행 가는 거야?"

"그렇단다, 친구여! 업무에 찌든 나한테 찾아온 단비 같은 행운이지!"

단순히 응모했을 뿐이었지만 소라는 당첨 소식이라도 들은 양 진심으로 기뻐했다. 나봄은 그런 그녀를 보는 게 좋아서, 덩달아 신이 난 얼굴로 말했다.

"나도 볼래. 응모권 줘 봐."

"응, 여기. 거기 밑에 써 있는 호텔, 그거 5성급이다."

"진짜? 되면 정말 좋겠다! 여기 하루 묵는 데 오십만 원 돈이라고 들었는데."

나봄은 곱게 휘어진 눈으로 응모권에 적힌 내용을 읽어 내려갔다. 항공권은 물론, 5성급 호텔까지 무료로 지원해 주는 5박 6일 일정의 제주 여행은 그야말로 엄청난 기회나 다름없었다.

하지만 그 응모권의 세부적인 설명은 살짝 당황스러웠다.

"본 이벤트는 제주 H크루즈에서 주최하는 초호화 여객선 프러포즈 행사입니다……?"

"그래그래! 비싼 배도 탈 수 있다!"

"아니, 배가 문제가 아니라 이거 프러포즈 행사라는데? 커플들 대상이래."

어쩐지 하트가 가득하다 했던 그 응모권은 연인이 있어야 참여 가능함을 명시하고 있었다. 그 말은 즉, 아직 만나는 사람이 없는 소라는 참여할 수 없다는 뜻이었다.

그러나 소라는 여전히 반짝이는 두 눈으로 천진난만하게 되물었다.

"그래서 뭐?"

"그래서 뭐라니…… 너 남자 친구 없잖아."

"괜찮아, 괜찮아. 있다고 뻥쳐 놨어."

"이게 그렇게 눈 가리고 아웅 한다고 해서 될 문제일까?"

"정 뭐라고 하면 나는 나 자신과 연애한다고 하면 되지!"

예전부터 대책 없기로 유명했던 소라는 이번에도 얼렁뚱땅 상황을 넘길 모양이었다. 나봄은 그런 그녀의 훗날이 심히 걱정되었지만 딱히 들뜬 친구의 기분을 망치고 싶지 않아 애써 동조해 주기로 했다.

"하긴, 이미 된 걸 설마 취소하겠어? 일단 되기나 했으면 좋겠다."

"그러게. 이거 당첨되면 너랑 같이 가 줄게! 동반 1인이니까!"

"하하, 그래. 말이라도 고마워."

말은 그렇게 하고 있지만 나봄은 별 기대를 하지 않았다. 그녀가 아는 채소라는 예전부터 당첨 운이 지지리도 없기로 유명했으니까.

"나 그럼 커피 좀 시키고 올게."

나봄은 소라에게 응모권을 돌려주며 자리에서 일어서려 했다. 소라는 그런 나봄의 팔을 붙잡았고 옆 사람은 듣지 못하게 소곤거리는 목소리로 말했다.

"지금 말고 20분 뒤에 시켜."

"왜?"

"그때가 정각이니까. 이거 오늘 단 하루만 응모할 수 있는 거야. 혹시 알아? 니가 당첨돼서 단태오한테 성대한 프러포즈를 선물해 주게 될지."

"뭐, 뭐?"

소라의 입에서 툭 튀어나온 '프러포즈'라는 단어에 나봄의 두 눈이 휘둥그레졌다.

물론 태오는 그녀의 사랑하는 연인이긴 했지만, 연애 기간이 너무 짧아서 프러포즈까지는 한 번도 생각해 본 적이 없었다.

나봄은 붉어지려는 얼굴을 애써 수습하며 대답했다.

"돼, 됐어! 아직 그럴 때 아니야."

"왜?"

"아직 사귄 지 얼마 안 됐어. 태오한테 결혼 생각이 있는지도 안

물어봤고…….”

“흐음.”

수줍음 가득한 나봄의 대답을 들은 소라의 눈이 가늘어졌다. 그 눈초리가 왠지 찜찜해진 나봄은 뾰족해진 목소리로 추궁했다.

“왜 그런 눈으로 봐?”

“넌 단태오랑 결혼할 생각이 있구나?”

“뭐?”

“걔가 결혼하자 그러면 할 건가 봐. 태오 입장만 걱정하는 걸 보니까.”

아니라고 말하고 싶은데. 결혼은 나봄 역시 생각도 안 해 봤는데.

하지만 어쩐지 아무 대답도 할 수가 없어졌다. 커피포트처럼 금세 달아올라 버리는 얼굴은 부끄러운 그녀의 속마음을 적나라하게 드러내 주고 있었다.

소라는 그런 나봄을 보며 박수를 짝짝 쳤다.

“와아, 단태오 인간 승리다. 진짜.”

“태, 태오는 갑자기 왜?”

“몇 년을 끙끙 앓았던 첫사랑이 결혼까지 고려해 주고 있잖아! 내가 걔랑 조금만 더 친했어도 이 소식을 바로 전해 줬을 텐데!”

몇 년을 끙끙 앓았던 첫사랑.

태오의 마음을 너무 있는 그대로 표현해 주는 그 단어는 나봄을 괜히 찔리게 만들었다. 그가 몇 년을 끙끙 앓는 동안 나봄은 그를 마음에서 온전히 지워 버렸었고, 그건 오롯이 지금의 죄책감으로 자리 잡았다.

그 부분이 항상 마음에 걸렸던 나봄은 결심이 선 말투로 얘기했다.

"그래서 혹시 나중에라도 프러포즈를 하게 된다면 내가 먼저 할 의향이 있어!"

"응?"

"그런 건 더 오래 기다려 준 사람이 받아야 하는 거잖아! 그러니까 태오가 받아야 하는 게 맞아!"

의욕적인 나봄의 모습은 소라에겐 살짝 낯설게 비쳤다. 비록 나봄이 만났던 남자는 선우차준 한 사람밖에 없긴 했지만 그를 만날 때의 나봄은 소극적이고 소심하고 수동적인 사람이었다.

그런데 지금의 연인을 만난 뒤로는 사랑을 기다리는 것이 아니라 먼저 드러내 주려 하고, 상대가 원하는 대로 움직이기보단 자신이 해 줄 수 있는 일을 먼저 찾아서 해 주려 한다.

마치 예쁘게 피어 있기만 했던 한 떨기 꽃이 힘차게 뻗어 나가는 나무로 성장한 듯한 이 느낌.

'아무래도 제 짝을 만난다는 게 이런 건가 봐.'

나봄의 변화가 하염없이 흐뭇했던 소라는 휴대폰을 켰다. 그러고는 정각 1분 전에 울리도록 알람을 맞춰 놓았다.

태오와 친하진 않아도 그의 마음 정도는 절절하게 느낀 바 있는 소라는 지금 나봄에게 추진기를 달아 주려는 참이다.

"정각에 커피 사서 너도 응모권 받아."

"아까도 말했지만 프러포즈는 아직……."

"프러포즈가 결혼 프러포즈만 있어? 그냥 사랑한다는 고백만 해도 되는 거잖아.”

“그래도 좀 민망한데…….”

“그리고 어디까지나 이 이벤트는 내가 당첨될 거야. 그러니까 넌 기분 내기용으로 가서 내고 와.”

기분 내기용이라…….

소라의 말에 부담감이 좀 줄어든 나봄은 잠깐의 망설임 끝에 고개를 끄덕였다. 어차피 나봄도 이런 이벤트에 당첨된 역사가 별로 없었다.

“알았어. 응모하는 데 돈 드는 거 아니니깐.”

나봄은 하는 수 없다는 듯 지갑을 다시 내려놓았다.

그건 얼핏 소라의 부탁에 못 이겨 마지못해 들어주는 것 같았으나, 흘끔 시간을 확인하는 그녀의 모습은 무언가를 기대하고 있는 게 분명했다.

그 모습은 좀처럼 속마음을 숨기지 못하는 태오와 겹쳐 보였다. 그래서 웃음이 빵 터진 소라는 호탕한 목소리로 말했다.

“너네들 결혼하면 우리 집에서 살아라! 우리 집에 가둬 놓고 얼마나 귀엽게 사나 구경하게!”

“너도 참!”

결혼이라는 단어에 나봄의 두 눈이 또 다시 일렁이기 시작했다.

이래서 사랑하면 더 예뻐진다고들 하나 보다. 그의 얘기가 나올 때마다 반짝이는 나봄의 두 눈은 참 예쁘고 사랑스럽기 그지없었다.

*　　*　　*

"여긴가……."

커다란 한옥으로 되어 있는 고급 한정식 레스토랑.

돌담길을 걸어가는 태오의 얼굴은 잔뜩 상기되어 있었다. 그도 그럴 것이, 오늘은 우드레일 회장과 갑작스러운 만남이 잡힌 날이기 때문이었다.

중요한 행사 때 먼발치에서 얼굴만 몇 번 봤을 뿐, 시선조차 마주칠 일이 없었던 서 회장은 태오에겐 까마득히 높은 사람이었다.

그의 밑에서 일을 하고는 있지만 그에게 관심을 받은 적은 없었고, 우드레일 본사에서도 기뻐할 만한 성과를 몇 번 내긴 했지만 그의 귀에 단태오의 이름이 들어간 일은 없었다.

그런 와중에 들려온 승진 소식은 반갑기보다는 불안했다. 짧다면 짧고, 길다면 긴 인생을 사는 동안 대가 없는 호의는 없다는 걸 뼈저리게 배워 왔으니.

"예약은 하셨습니까?"

레스토랑 가장 안쪽에 위치한 VIP 전용 별채에 다다르자, 한복을 차려입은 점장이 다가와 말을 걸었다.

순간 저도 모르게 움츠러든 태오는 딱딱하게 굳은 표정으로 대답했다.

"우드레일 현장팀장 단태오입니다. 서재균 회장님과 미팅이 있어서 찾아왔습니다."

그러자 점장은 보다 친절한 미소를 띠었고, 그를 운치 있는 버드

나무 옆 화려한 별채 쪽으로 안내했다.

"아, 회장님께서는 이쪽에서 기다리고 계십니다. 따라오세요."

드디어 올 것이 왔구나.

태오는 어색한 걸음으로 그녀의 뒤를 따르며 생각했다. 서 회장이 무슨 소리를 할지 몰라서 아무런 대답도 준비해 오지 못한 지금, 그는 정신줄이라도 똑바로 붙잡고 있어 볼 참이다.

그래서 남몰래 심호흡을 고르고 있는 사이.

"들어가시죠. 즐거운 시간 보내시길 바랍니다."

점장이 미닫이문을 열며 말했다. 그제야 똑똑히 시선 끝에 담기는 서 회장의 모습은 먼발치에서 봤던 모습보다 위압적이었다.

태오는 숨통이 조여드는 걸 느끼며 그가 기다리고 있는 별채 안으로 들어섰다.

"아, 자네가 단태오 대리인가."

서 회장의 목소리가 낮게 울렸다. 느껴지는 한기와 달리 그의 표정은 부드러웠다.

하지만 입가에 어린 인자한 미소엔 탐욕이 가득하다는 걸, 태오는 단번에 눈치채지 못했다.

그리고 그건.

"아, 본부장님. 도착하셨군요! 오랜만입니다!"

"네. 오랜만입니다, 점장님."

"회장님은 별채에 계십니다. 회사 다른 직원분도 도착하셨어요."

"그렇습니까?"

"그럼 안내를……"

"아니요, 담배 한 대만 하고 가겠습니다."

표정이 좀처럼 정리되지 않아 쉽사리 주차장을 벗어나지 못하고 있는 차준 역시도 마찬가지였다.

두 남자가 원치 않았던 인연의 실이 손쓸 수도 없을 만큼 헝클어져 버리는 순간이었다.

*　　*　　*

고풍스러운 가야금 소리가 흘러나오는 별채.

안으로 들어선 태오의 표정은 딱딱하게 굳어 있었다. 최대한 정신을 똑바로 차리자고 그렇게나 다짐했는데, 막상 눈앞에서 서 회장과 마주하고 나니 머릿속이 하얗게 질리는 듯했다.

"아, 자네가 단태오 대리인가."

하지만 서 회장은 그저 여유로운 목소리로 태오를 맞이했다.

"네."

태오는 목소리가 떨려 올까 싶어 최대한 짧게 대답했다. 그러자 서 회장은 자신의 건너편 자리를 가리키며 그에게 말했다.

"일단 앉게나. 드디어 얼굴을 보게 되어서 반갑군."

태오는 순순히 테이블 앞에 자리를 잡았다. 넓은 상을 가득 채운 고급 한정식은 이 자리가 얼마나 부담스러운 자리인지를 여실히 드러내 주고 있었다.

그러나 서 회장은 긴장한 태오를 인자한 미소로 바라보며 뜻밖의 칭찬을 건넸다.

“자네의 업무 성과에 대해서는 익히 들었네. ‘Lily’ 프로젝트의 성공도 따 놓은 당상이라지.”

“모든 프로젝트가 그렇듯, 본격적으로 오픈하고 경과를 두고 봐야 객관적인 판단이 가능합니다.”

“단순히 예약 판매율이 좋게 나왔다고 이러는 건 아니야. 이번 프로젝트에 대한 대주주들의 평가도 아주 좋아. 조금은 자신감을 보여도 좋을 것 같네만.”

“아, 좋게 봐 주시는 건 감사드립니다.”

태오는 더 이상 제 성과를 부인하지 않고 감사를 표했다. 사실 이번 프로젝트는 ‘현장팀장’으로 임명된 만큼 사활을 걸고 달려들어 죽을 만큼 열심히 참여했다. 그 때문에 그 어떤 프로젝트보다 성과가 좋았던 건 태오도 익히 알고 있는 바이다.

정말 날 인정하기 위해 부른 건가, 싶어질 때쯤. 서 회장의 입이 한 번 더 열렸다.

“자네도 알고 있겠지만 우드레일에선 곧 독일지사를 오픈할 생각이네. 그런데 아직까지도 마땅한 적임자를 찾지 못했어.”

“…….”

“하지만 자네라면 현장 경험도 풍부하고 팀원들을 이끄는 리더십도 충분하니까, 독일지사 본부장감으로 제격이라고 보는데…… 이 기회에 그 자리를 맡아 보는 건 어떤가?”

서 회장의 질문은 태오를 당황하게 만들었다. 우드레일의 독일지사에 관해서라면 뉴스로 접한 적이 있었으나 그것이 그와 직접적으로 관련될 줄은 몰랐다.

"독일지사 설립은 두 달 남짓 남지 않았습니까."

태오는 지나치게 짧은 준비 기간을 날카롭게 지적했다. 그러자 서 회장은 여유로운 미소를 더하며 말했다.

"두 달이면 해외 발령 준비할 시간은 충분하다고 보는데."

"그래도……."

"평생을 나가 있으라는 뜻도 아니잖아. 독일지사가 자리 잡을 때까지 5년 정도면 될 거야."

그는 쉽게 말했으나 태오에게 5년은 충분히 부담스러운 시간이었다.

새로 생긴 지사라면 모든 걸 자신이 총괄하여 기틀을 다져 나가야 할 텐데, 그건 태오의 정신력과 시간을 전부 앗아 가고도 남을 일이었다.

물론 태오는 기진맥진할 때까지 일에 몰두하는 걸 좋아하는 워커홀릭이긴 했지만.

'앞으로는 내가 있어 줄게.'

'……응?'

'니가 불안해지고, 작아질 때마다 내가 니 곁에 서 있을게. 지금처럼 이렇게.'

'…….'

'그러니까 앞으로는 혼자 걱정하지 말고 나한테 기대.'

문제는 나봄과의 약속이었다. 태오는 항상 곁을 지켜 주겠다고 맹세했던 그녀를 5년이라는 시간이나 떠나 있을 수 없다.

답이 정해져 있는 고민을 마친 태오는 정돈된 목소리로 말했다.

"죄송하지만 그 제안은 받아들일 수 없을 것 같습니다, 회장님."

순간 서 회장의 서글서글한 눈동자에 매서운 날이 섰다. 하지만 그는 한기를 미소로 감춘 뒤, 이해되지 않는다는 듯한 말투로 되물었다.

"이 기회가 그렇게 단번에 거절할 수 있을 만큼 하찮게 보이는 건가?"

그러자 태오의 입술 새로 또렷하게 흘러나오는 대답은 서 회장이 예상하고 있던 그대로였다.

"조만간 결혼을 생각하고 있습니다. 중대사가 잡힌 만큼 이런 식의 갑작스러운 해외 발령은 곤란합니다."

"……."

"우드레일엔 더 좋은 인재들이 많을 테니 그분들에게 이 기회를 전해 주시면 감사하겠습니다."

확실한 거절을 표한 태오는 양해를 부탁한다는 뜻으로 살짝 고개를 숙였다.

하지만 서 회장은 그 거절을 호락호락하게 받아들일 수 없었다. 애초부터 그는 태오의 의견을 묻기 위해 이곳까지 온 것이 아니었다.

"그 여자라면 한나봄 팀장을 말하는 건가?"

그렇기에 더 이상 모른 척하지 않고 꺼내 놓은 이름.

"그걸 어떻게……."

태오의 눈빛이 옅게 흔들렸다. 서 회장은 동요하는 그를 똑바로 직시한 채 비웃음 어린 목소리를 내보냈다.

"만난다는 얘기는 들었네. 그래도 여자 때문에 이런 중요한 자리를 놓치면 쓰나."

"……."

"지금 자네 연차에 본부장까지 승진시켜 주겠다는 조건이 흔치는 않을 텐데, 후회할 선택은 하지 않는 게 좋을 걸세."

강압적인 서 회장의 말은 해외지사 발령 건이 제안이 아니라 협박이라는 것을 여실히 드러내 주고 있었다. 그럴수록 제 의사를 명확히 전해야 한다고 생각한 태오는 그의 눈을 똑바로 마주하며 대답했다.

"알고 있습니다. 하지만 중요한 기회가 일뿐만은 아니니까요."

그리 말하는 태오에게선 굳은 심지가 느껴졌다. 이 정도의 대꾸는 예상했었던 서 회장의 비소가 더욱 더 짙어졌다.

"그래, 그건 사실이지. 이게 기회였다면 자네의 결정을 존중했을 거야."

"……."

"그런데 이건 어디까지나 내가 원하는 것을 넘겨받기 위한 조건이라서 말이야. 내가 원하는 건 정확히 딜이지."

딜……?

수상쩍은 그 단어는 태오의 경계심을 자극했다. 서 회장은 더 이상 악의를 숨길 생각도 없는지, 기어이 듣기 싫은 이름 하나를 언급하기 시작했다.

"나는 곧 차준이를 우드레일 대표로 내세울 생각이네. 그렇게 되면 사업에 도움이 될 만한 비즈니스 파트너사에서 정혼을 요청하겠지."

"……."

"하지만 차준이에겐 비즈니스 파트너보단 정신적인 지주가 필요해. 그 애는 사업적인 수완이 뛰어나지만 쓸데없는 감정에 곧잘 휩쓸리거든."

딱 거기까지만 들었을 뿐인데도 뒤따라올 용건은 충분히 예상 가능해졌다.

태오의 눈빛엔 그때부터 분노가 어리기 시작했으나, 서 회장은 그의 가시를 똑똑히 보고 있으면서도 기어이 그녀의 존재를 입에 담았다.

"그래서 난 그 애의 정신적 지주로 한나봄 팀장을 선택할까 하네."

"……."

"차준이는 그 애와 함께 하기 위해서 그렇게나 매달렸던 사람도 내쳐 버릴 만큼 간절해. 내 말이 무슨 뜻인지 자네도 이해하겠지?"

그렇게나 매달렸던 사람.

서 회장은 그의 이름도 입에 담지 않았는데, 태오에게는 어째서 얼굴까지 선명히 떠오르게 되는 건지.

'전부 나 때문에 생겨난 문제들이에요.'

'어떻게 해야 할지는 내가 가장 잘 알아요.'

'제발 행복해졌으면 좋겠는데…….'

태준을 벼랑 끝으로 내몬 위기는 이제 보니 차준으로부터 비롯된 모양이었다. 그 안에 나봄까지 엮여 있는 이상, 그건 태오의 위기이기도 했다.

쉽사리 마음을 정리하지 못하고 나봄의 곁을 맴돌 때부터 거슬린다 싶었는데, 기어이 이런 개수작을 부릴 생각인가 보다. 상대하기 더럽게.

상황 파악이 모두 끝난 태오는 깊은 숨을 내쉬었다. 그러고는 망설임 없이 앉아 있던 자리에서 일어났다.

거침없는 태오의 돌발 행동에 서 회장은 날이 선 시선을 보냈지만, 그는 조금도 두려워하는 기색 없이 담담한 목소리를 내뱉었다.

"저는 이만 회사로 돌아가 보도록 하겠습니다."

"일을 복잡하게 만들겠다는 건가?"

"제가 하는 현장 일은 원래부터 복잡했습니다. 전 그런 쪽 처리하는 게 전문이고요."

태오의 대답은 느긋하지만 적대감이 가득했다. 그건 서 회장이 지금껏 겪어 보지 못한 도발이었다.

"뒷감당이 될 일만 저지르는 게 어떻겠나?"

서 회장은 날 선 눈빛으로 뜬 채 그를 몰아세웠다. 그러고서 이어 내는 말은 명백한 협박이었다.

"이대로 나간다고 해서 이 대화가 없던 일이 되진 못할 거야."

"……."

"내 제안을 받아들이는 게 자네에게 백 퍼센트 옳은 선택인지는 모르겠지만, 고집스럽게 무시하는 게 자네 앞길까지도 가로막을 수 있다는 것 정도는 장담할 수 있네."

태오의 목을 겨누고 있는 그의 서늘한 엄포는 충분한 실현 가능성이 있었다.

그의 20대 청춘과 열정을 다 바쳤던 현장은 서 회장의 난입 한 번에 휴지 조각처럼 의미를 잃어버릴 것이다.

열이 오른 태오는 서 회장을 노골적으로 노려보기 시작했다.

지난 세월들을 기만당하는 기분. 그건 충분히 분하고 더러웠다. 상황이 이쯤 되니 태오의 얕은 인내심은 뒷일 생각하지 않고 폭발해 버리고 말았다.

"아아…… 헛소리도 정도껏 하셔야지."

"뭐?"

"전 예전부터 개 같은 구석이 있어서 열받으면 상대 안 가리고 물어뜯습니다."

"……."

"그러니까 지금 내 앞에선 알아서 몸 사리십쇼. 개 꼬리 함부로 밟았다가 다리 잘리지 말고."

태오에게서 느껴지는 전의는 서 회장조차 무시할 수 없을 정도로 짙었다.

서 회장은 그런 그를 한기 서린 시선으로 노려보았으나, 태오는 그대로 등을 돌려 별채를 빠져나갔다.

쾅—!

"지금 뭐하는 짓이야! 여기가 어디라고 감히……!"

온 힘을 다해 성질대로 닫아 버린 문에 경호실장의 표정이 아연실색이 되며 소리쳤다. 하지만 태오는 자신을 다그치는 경호실장에게 사납게 대꾸했다.

"입 다물어. 안 그래도 겨우 참고 있는 거 건드리지 말고."

그러고는 다시 정면으로 서슬 퍼런 시선을 고정시켜놓은 그때.

"……단태오?"

지금 이 순간만큼은 마주치지 않는 편이 좋을 뻔했던 사람이 태오의 앞에 모습을 드러냈다.

여러 사람 인생 망치려 드는 주제 태연하기만 한 낯짝은 태오로서는 도저히 봐 줄 수가 없었다.

"선우차준……."

그의 이름을 직함 없이 부른 태오는 저벅저벅 걸어가 멱살을 움켜쥐었다.

"뭐야, 이건."

별채 안에서의 일을 알 리 없는 차준은 갑작스러운 태오의 공격을 당황스러워했으나, 태오에겐 그런 태도조차 뻔뻔하게 비칠 뿐이었다.

"따라와, 이 개새끼야."

그래서 더 이상 끓어 넘치는 분노를 감당하지 못하고 내뱉어 버린 욕설.

그런 태오를 직시하고 있는 차준의 눈동자가 위태롭게 흔들렸다. 벌써부터 등골이 서늘해지는 걸 보니 감당하기 힘든 거대한 폭풍이 자비 없이 휘몰아칠 모양이었다.

* * *

고요한 한정식 레스토랑의 야외 주차장.

거칠게 차준을 내려놓은 태오가 그의 앞에 공격적으로 다가섰다. 차준은 흐트러진 옷깃을 정리하며 태오를 차갑게 응시했다.

"단태오 씨…… 정신 나갔습니까?"

가라앉은 목소리는 차준의 분노 방식이었다. 하지만 그 사실을 알 리 없는 태오는 거칠게 그를 몰아세웠다.

"정신 나갔냐고? 그 말을 지금 나한테 묻는 거야?"

"……."

"패악질도 정도껏 부려야지! 이미 떠난 사람 붙잡아 보겠다고 이따위 개수작을 쳐?!"

흥분한 태오의 눈빛은 차준을 물어뜯을 듯 사나웠다. 그러나 상황을 전혀 모르는 차준에겐 이 모든 것이 시비일 뿐이었다.

이미 떠난 사람이라면 나봄을 뜻하는 것일 텐데.

자신의 한계를 절절하게 깨달은 차준은 나봄을 향한 욕심을 조금씩 내려놓고 있던 참이었다. 그러니 태오가 따져 묻는 것들은 들으나마나 전부 오해일 게 뻔했다.

"무슨 소릴 하는 건지는 몰라도 난 그쪽한테 원한 살 짓 안 했습니다. 그러니까 미친놈처럼 굴지 말고 예의 지키세요."

차준은 가시 돋친 말투로 태오에게 대꾸했다. 그러고는 강제로 끌려온 자리에서 벗어나려 하자.

"가족까지 팔아 처먹어 놓고 원한 살 짓 안 했다고 하면 다야?"

'가족'이라는 단어가 차준의 신경을 제대로 건드렸다. 자신과 아무 상관도 없는 타인에게만큼은 그 얘길 듣고 싶지 않았던 차준의 시선이 한층 날카로워졌다.

"……지금 뭐라고 했어."

차준은 태오에게서 어긋났던 눈동자를 다시 가져왔다. 그러자 기다렸다는 듯 태오의 입에서 쏟아져 나오는 말들은 차준을 혼란스럽게 만들었다.

"사람으로서 할 짓이 있고, 하면 안 될 짓이 있어! 끝난 인연 정리 못 하는 건 니 사정이라고 쳐도, 그거 붙잡아 보겠다고 주변 인생 망치고 다니지는 말아야지!"

"……."

"같잖은 미련 때문에 니 형 버리고, 노망난 늙은이 힘 빌려서 내 인생 협박하고!"

"……."

"그렇게 주변 사람들 죄다 망가트려 놓고 한나봄 데려가서 뭘 어쩔 생각인데! 기어이 걔 인생까지 부서트려야 속이 시원하겠냐!"

태오가 알고 있는 형의 존재와 그의 부재, 서 회장의 협박, 나봄을 향한 불안감까지.

그중 어느 하나도 이해하지 못한 차준의 눈동자가 파르르 떨려왔다. 오늘 그는 서 회장을 만나 모든 것을 제자리로 돌려놓고 싶었을 뿐인데, 태오는 차준이 이미 모든 것을 망쳐 버렸다고 말한다.

"그게 대체 무슨……."

차준은 복잡하다 못해 터질 것 같은 머리를 움켜쥐고 겨우 목소리를 냈다.

하지만 태오는 그 말이 끝나기도 전에 제 차로 성큼성큼 걸어갔고 옆 좌석에서 무언가를 꺼냈다. 그런 뒤 온 힘을 다해 차준에게 집어 던졌다.

낡은 박스에서 쏟아져 나와 차준의 발아래 나뒹구는 건 다름 아닌 구두 한 켤레였다.

"이건……."

자세히 들여다보진 않았지만 차준은 본능적으로 그 구두를 알아볼 수 있었다.

이걸 선물 받던 날은 물론 전해 주던 사람의 표정까지도, 그는 10년 동안 단 하루도 잊고 산 적이 없었다.

"이걸…… 니가 어떻게……."

이걸 니가 어떻게 갖고 있냐고. 그를 언제 만났냐고. 결코 받고 싶지 않았던 이 선물만 남겨 두고 그는 어디로 떠난 거냐고.

묻고 싶은 말은 많았으나 푹 잠겨 버린 목은 어떤 질문도 꺼내지 못하게 만들었다. 그사이 흐려지는 시야는 금세 비참한 감정을 떨어트릴 게 분명했다.

태오의 앞에서 만큼은 무너지고 싶지 않았던 차준은 서둘러 고개를 푹 숙여 버렸다.

그 모습이 괜한 오기처럼 보였던 태오는 깊은 한숨을 들이쉬었고, 이윽고 날카로운 말을 차준의 가슴에 내리꽂았다.

"니가 사람 구실도 못 하고 산다고 해서 나까지 같은 취급하지 마."

"……."

"난 너랑 달리 어떤 상황에도 내 사람 버려두지 않아."

그 말을 들은 차준은 그제야 자신의 현실을 파악했다.

버렸구나. 그래, 나는 모두를 버린 거구나.

나를 사랑해 준 그 시절의 나봄이도. 내가 사랑했던 그 시절의 형도.

'……내가 먼저 놓았던 거였어.'

후회하기에도 늦어 버린 진실은 가슴에서부터 북받쳐 올라와 차준의 숨통을 막아 버렸다.

태오는 미동조차 하지 못하는 차준에게서 매정히 등을 돌렸고, 더 이상 상대하고 싶지 않다는 듯 제 차로 향했다.

그건 차준의 주변 온도를 더욱 싸늘하게 만들었으나, 차라리 결과적으로는 다행인 일이었다. 겨우 버티고 있던 차준은 태오의 시선이 자신을 떠나자마자 형의 마지막 선물 앞에 그대로 무너져 내리고 말았으니.

"형……."

사라진 그를 부르며 구두를 매만지자 불안하던 그의 얼굴이 떠올랐다.

'잘 있을 수 있지?'

'내가 없어도…….'

'차준아, 잘 버틸 수 있지?'

혹시나 나를 잃을까, 두려워하던 형의 목소리.

난 그걸 듣고 뭐라고 대답했더라.

'형, 그거 알아? 신발을 선물하면 이별이 찾아온다는 거.'

'그러니까 이거 안 받을래. 이 구두는 형이 다신 안 볼 사람한테나 줘.'

언제나 함께 있을 것처럼 굴었다. 항상 지켜 주겠다는 그의 말을 온전히 믿어 줄듯이.

'내 걱정은 하지 마. 앞으로도 계속 나한테는 형이 있어 줄 거잖아.'

정말 온 힘을 다해 매달리고 또 매달렸었던 것 같다.

그땐 내가 먼저 그 손을 놓치게 될 줄도 모르고.

* * *

회사를 빼먹었다. 입사 이후 처음이었다.

아무리 아파도 다 죽어 가는 몸을 이끌고 출근하던 현장이었는데, 한순간에 그 모든 노력이 부질없음을 깨닫고 말았다.

회사에선 그를 찾는 전화가 많이 걸려 왔으나 일부러 거절을 누르다 이내 휴대폰 자체를 꺼 버렸다.

장담컨대, 내가 버티고 있던 나의 자리는 며칠 내에 신기루처럼 사라질 것이다. 그리고 내가 없으면 안 될 거라 믿고 있던 나의 자리는 본사에서 보낸 누군가가 메우겠지.

모두가 나를 잊어버릴 만큼 완벽하게.

'나는 그렇게나 좁은 세상을 전부라고 믿고 살았구나.'

차오르는 감정은 후회와 비슷했으나 후회는 아니었다. 정확하게 표현하자면 허무함이랄까.

태오는 지금 아무리 추스르려 해도 추슬러지지 않는 허무함과 고군분투하고 있다. 어쩐지 항상 뭐 하나씩은 안 풀리던 인생이 거리낄 것 없이 수월하게 잘나간다 했다.

이런 기분으로 텅 빈 집에 들어가고 싶진 않았던 태오는 짧은 고민 끝에 목적지를 정했다.

굳이 고민을 털어놓지 않아도 함께 있으면 마음이 안정되는 사람.

그녀에게로 가야겠다고 정하는 데까지는 얼마 걸리지 않았다.

문제가 있다면 일터에 있을 그녀의 퇴근 시간이 아직 한참 남았다는 것이지만, 근처에서 기다리고 있으면 언젠가는 나오겠지.

혹시나 그녀가 일하는 데 방해될까 싶었던 한봄 도어락 건물 건너편에 몰래 차를 세워 두었다.

그러고는 책상 위에서 열심히 키보드를 두드리고 있을 나봄을 생각하며 물끄러미 한봄 도어락을 바라보고 있는데.

똑똑똑똑—

누군가 태오의 차창을 두드렸다. 갑작스러운 기척에 놀란 태오가 시선을 돌리자 난데없는 나봄의 얼굴이 그를 반겼다.

"한나봄……?"

도착한 지는 10분도 채 지나지 않았는데. 정문에선 아무도 나오지 않았는데.

'잰 내가 여기 있는지 어떻게 알고 온 거지?'

그렇게 생각할 때쯤 나봄은 조수석 문을 열었고 그에게 반가운 인사를 건넸다.

"역시 너 맞구나. 익숙한 차라서 와 봤는데."

"회사 안에서 내가 보여?"

"그럴 리가 있어? 난 소라랑 커피 마시고 돌아오는 길이야. 소라 외근이 이쪽이라서 잠깐 만났거든."

"아아……."

스스럼없이 태오의 차에 오른 나봄에게선 햇볕 냄새가 났다. 그녀의 입가에 예쁘게 어려 있는 미소도 그를 하염없이 기분 좋게 만들었다.

나의 우울한 순간마다 기적처럼 찾아와 주는 너.

너는 아무래도 나의 수호천사인가 봐. 널 원하는 건 난데, 먼저 다가오는 사람은 항상 너잖아.

태오는 나봄을 보고 나서야 벅찬 가슴에 잠시 마른침만 삼켜 넘겼다. 그런 그의 속을 알 리 없는 나봄은 토끼 같은 두 눈을 동그랗게 뜨고 태오에게 물었다.

"너도 외근이야?"

"아니."

"그럼 이 시간에 여긴 어쩐 일이야?"

"니가 보고 싶어서 왔어."

갑자기 훅 치고 들어온 태오의 한 마디는 나봄의 뺨을 붉어지게 만들었다.

하여간 예고 없이 튀어나오는 애정 표현이 항상 문제다. 심장에 너무 안 좋아.

“뭐야, 그게. 이렇게 농땡이 피우다가 야근하게 되면 또 내 탓 하려고!”

나봄은 부끄러운 마음에 괜히 태오를 구박했다. 하지만 이미 활짝 피어난 그녀의 웃음은 오늘따라 더욱 싱그러웠다.

태오는 그 얼굴을 물끄러미 바라보다가 부드러운 목소리로 물었다.

“오늘 좋은 일 있었어?”

“왜?”

“유독 신나 보여서.”

눈치 빠른 태오의 질문에 나봄은 아까 신청하고 온 프러포즈 이벤트를 떠올렸다. 아무리 될 확률이 낮다고 해도 응모한 것 자체로 기대되고 가슴이 뛰는 건 어쩔 수 없나 보다.

그러나 아직까진 ‘프러포즈’라는 말을 꺼내기가 민망했던 나봄은 솔직하게 털어놓는 대신 그럴싸하게 둘러대기로 했다.

“남자 친구가 나 보고 싶다고 회사 앞까지 왔는데 당연히 신나지.”

거짓말은 아니었다. 나봄은 사실 요즘 들어 잠에서 깨어나 다시 잠에 드는 순간까지 태오가 너무 보고 싶었다.

태오는 그녀의 대답에 실웃음을 흘렸고 손을 뻗어 그녀의 뺨을 매만졌다.

“바보야, 내가 그렇게 좋냐.”

그의 음성은 다정했으나 피부에 닿은 손끝은 어쩐지 차가웠다. 눈가에 어린 미소도 어쩐지 평소보다 생기가 없다.

오늘따라 낮은 태오의 온도에, 나봄은 깊이 눈을 맞추며 물었다.

"그러는 넌 힘이 없어 보이네. 오늘 속상한 일 있었어?"

응, 속상한 일 있었어.

내가 오랜 시간 힘겹게 사랑해 온 너를 빼앗아 가려는 사람들이 너무 많아서. 내가 온 열정을 쏟아부어 온 일이 누군가에 의해 하루아침에 무너지게 생겨서.

나 정말 미칠 뻔했어. 도저히 못 참을 정도로 화가 났어.

그래도…….

"아니."

불쑥 찾아온 나를 반겨 주고, 나를 향해 웃어 주고, 나로 인해 기뻐하는 너를 보니까.

"하나도 안 속상해. 지금 너랑 같이 신나 하는 중이다."

태오는 걱정 많은 나봄의 마음도 안심시켜 줄 만큼 차분한 목소리로 대답했다.

그토록 허무하던 마음의 빈자리는 어느새 그녀가 전해 주는 온기로 가득 채워진 상태였다.

역시 세상 무엇과도 바꿀 수 없는 소중한 존재. 평생 하나뿐인 내 사랑.

태오는 오늘의 선택에 다시 한 번 확신을 하며 나봄의 목덜미를 붙잡았다. 동그란 나봄의 눈동자는 그가 무엇을 하려는지 예감한 듯, 이내 천천히 내리감았다.

태오는 은근한 힘으로 그녀를 끌어당겼고 그녀의 달콤한 입술을 조심스레 머금었다.

벌써 몇 번이나 느껴 본 감촉이었으나 그녀와의 키스는 언제나 처음처럼 가슴이 떨렸다.

태오는 수줍게 스며드는 그녀의 호흡을 오롯이 느끼며 나쁜 하루를 차츰 지워 나가기 시작했다.

나를 향한 기만 어린 시선도, 무례하게 오르내리던 너의 이름도, 목청껏 내지른 악에 받친 고함도.

그렇게 전부 깨끗이 잊어버리고 나니 남아 있는 건 너 하나뿐이었다. 불안하게 일그러지던 내 세계는 이제야 평온을 되찾는다.

짧지만 깊은 입맞춤을 끝낸 태오는 코끝이 닿을 듯 밀착된 거리에서 그녀의 눈을 마주했다.

"내가 진짜 많이 사랑해."

이윽고 흘려보내는 고백은 그녀를 애틋이 여기는 그의 마음이 온전히 담겨 있었다.

나봄은 나도 그렇다고 대답해 주고 싶었지만 어쩐지 마음이 뭉클해져 버려서, 말로 표현하는 대신 한 번 더 입을 맞추기로 했다.

다시금 다가가는 그녀의 온기를 맞이하는 태오의 눈이 예쁘게 휘어졌다.

*　　*　　*

흐트러진 넥타이, 붉어진 눈가, 그리고 금방이라도 쓰러질 듯 비틀거리는 걸음.

우드레일 상부층에 들어서는 차준의 모습은 그야말로 다 무너진 폐허 같았다.

평소의 완벽한 모습은 어디로 사라져 버렸는지, 다 구겨진 박스를 품에 안은 그는 두고 보기 위태로울 만큼 초췌한 꼴이었다.

"이사님……."

복도를 지키고 서 있는 경호원들은 놀란 기색을 감추지 못하고 차준에게로 시선을 집중시켰다.

하지만 그의 일렁이는 눈동자가 향하는 곳은 단 한 군데였다.

미쳤다고 생각할지 모르지만 저 문을 열자마자 후회할지 모르지만.

아무리 생각해도 그녀밖에 없다. 선우태준에 관해서라면 서 회장의 방해에도 아랑곳 않고 두 발 벗고 나서 줄 사람은.

"이사님, 갑자기 이곳엔 어쩐 일이십니까."

아니나 다를까.

집무실 앞을 지키고 있던 비서실장이 차준을 가로막았다. 차준은 전에 없이 흔들리는 목소리를 겨우 흘려보냈다.

"대표님을 만나야 합니다."

"용건이 무엇인지 여쭤 봐도 되겠습니까."

"만나야 합니다……."

"……."

"지금 당장……."

비서실장의 질문에 같은 대답만 반복하는 차준은 대화가 불가능한 상태였다.

불안정한 서 대표와 차준의 관계를 알고 있는 비서실장은 이런 차준을 도저히 집무실 안으로 들여보낼 수가 없었다.

"지금 대표님은 미팅 중이시라……."

비서실장은 일단 거짓말로 차준을 막아서기로 했다.

"비켜, 들어가야 해……."

"이사님! 고정하십쇼!"

"비키라고……!"

하지만 이미 이성을 반쯤 잃은 차준은 막무가내로 문고리를 잡았고, 있는 힘을 다해 열어젖혀 버렸다. 상대가 상대인지라 필사적으로 붙잡지 못한 비서실장은 그대로 차준을 대표실 안으로 들여보내고 말았다.

결국 그렇게 적막뿐인 집무실에서 제대로 마주해 버린 두 사람.

"……니가 무슨 낯짝이 있어서 내 앞에 나타나."

서 대표의 눈동자에 곧바로 적대감이 어렸다. 그녀는 모든 절망의 화근이 된 차준을, 아들의 추락을 무심히 방관하고 있었던 그를 도저히 용서할 수가 없었다.

그러나 차준은 그녀의 원망을 똑똑히 보고 있으면서도 몇 발자국 더 가까이 다가갔고 곧이어 푹 젖은 목소리를 흘려보냈다.

"대표님……."

평소와 달리 흐트러질 대로 흐트러진 그의 모습은 서 대표를 혼란스럽게 만들기에 충분했다.

그래서 보다 날을 세운 채 차준을 가만히 지켜보고 앉아 있으니.

"형을…… 형을 만나고 싶습니다……."

차준은 기어이 그 이름을 입 밖으로 꺼내 놓는다. 다 끝나 버린 지금에서야 보여 주는 뒤늦은 관심은 그녀의 분노를 자극할 뿐이다.

"왜, 비참하게 짓밟을 게 필요해졌니?"

"……."

"막상 없어지고 나니까 천벌이라도 받을까 봐 걱정돼?"

"……."

"대체 니가 그 앨 왜 찾아! 다 니가 원하던 대로 됐는데 왜!"

몰아치는 서 대표의 분노는 차준을 향하고 있었다. 이 모든 건 차준의 계략이 아니었으나, 그동안 자신에게 아픔만 주던 태준이 사라져 버리길 바랐던 시간들까지 부정할 수는 없었다.

그래서 해명 한 마디 없이 그녀의 원망을 받아들이기로 한 차준은 흐린 숨소리 끝에 먹먹한 음성을 이어 붙였다.

"돌려줄 게 있어서……."

"……."

"꼭…… 돌려줘야 하는 게 있어서……."

자꾸만 메는 목 때문에 말을 끝내지 못한 차준은 품 안의 상자를 보다 꽉 끌어안았다.

그 안에 무엇이 들었는지 알 리 없는 서 대표는 그런 차준을 더욱 매서운 눈으로 노려보았다.

그렇게 차준은 한참 동안 서러운 호흡만 흘려보냈고 이내 한 번 더 간절히 매달렸다.

"둘 중에 사라져야 하는 사람이 있다면 제가 되겠습니다. 태어난 것 자체가 죄가 되어야 하는 사람이 있다면 그것도 제가 하겠습니다.”

“…….”

“그러니까 한 번만…… 한 번만 도와주세요.”

“…….”

“우리 형을 다시 만날 수 있게 해 주세요…….”

태준을 ‘우리 형’이라 부르며 그리워하는 차준은 서 대표로서는 처음 보는 모습이었다.

순간 그녀의 머릿속에 스쳐 지나가는 건, 얼마 전 나봄에게서 들었었던 뜻밖의 말이었다.

‘10년 전에…… 차준 오빠가 먼저 태준 씨에 대해 이야기해 줬어요. 형이 있다고.’

‘제가 형제 없이 외동으로 태어난 게 아쉬울 만큼 그 사람은 형을 정말 좋아했어요.’

‘태준 씨는 불쌍하지 않아요. 어떤 모습이든 태준 씨를 가장 자랑스러워해 줄 동생이 있잖아요.’

그땐 나봄이 차준을 감싸 주느라 괜한 소리를 한다고 생각했다.

그 아이에게 가장 많은 상처를 준 장본인인 선우차준이 그럴 리가 없다고. 만약 정말 자랑스러워하는 것처럼 보였다면 그건 그저 태준의 여린 마음을 이용하는 중이었을 거라고 그녀는 맹신했었다.

하지만 오늘 그녀의 눈앞에서 산산이 무너져 내리는 차준은 그 아이의 존재가 비참하리만큼 절실해 보인다.

어쩌면 그 애를 찾느라 혈안이 된 그녀보다도 더.

"넌 도대체……."

머릿속이 복잡해진 서 대표는 차준을 향해 무슨 말을 내뱉으려다 관두었다.

그 순간 또 한 번 귓가를 스치는 나봄의 한 마디는 서 대표 스스로 되묻게 만들었다.

'그러니까…… 차준 오빠를 너무 미워하지 말아 주세요.'

그러게, 나는 왜 이 아일 죽도록 미워했었지?

배 속에서부터 외면했었던 이 아이는 원한을 쌓지도 못할 만큼 멀던 존재였는데…….

갑작스럽게 파고든 의문은 서 대표의 가슴을 아릿하게 만들었다. 그건 태준에서만 느껴 왔던 고통이라, 그녀는 몹시도 혼란스러워졌다.

지금 당장 생각을 정리하기엔 심신이 너무나도 지쳐 있었던 서 대표는 그대로 자리에 앉아 버렸다.

"……오늘은 이만 돌아가."

이윽고 터져 나오는 말은 평소처럼 매정한 작별 인사지만 차준에게만큼은 특별했다.

"형 문제는…… 다음에 얘기해."

언제나 나를 홀로 내버려 두었던 어머니는 처음으로 그 사람을 내 형이라고 불러 주었으니까.

*　　*　　*

깔끔한 인테리어가 무색할 정도로 쓸쓸한 공간.

침대 하나와 작은 창문이 전부인 태준의 방은 강릉 바다 근처에 위치한 외딴 요양 병동이었다.

드나드는 사람은 매일 같은 시간에 식사를 배달해 주는 간호사와 형식적인 진료를 하러 오는 의사뿐.

그에게 말을 걸러 와 주는 이도, 안부를 살피러 와 주는 가족도 없었다. 잠기지 않는 문 밖으로 나가지도 않는 그는 꼭 독방에 갇힌 죄수 같았다.

그를 찾고 있을 사람들이 이 모습을 본다면 한없이 가슴 아파했겠지만, 이건 어디까지나 본인의 선택이었다.

누군가를 지키고 싶은데 그럴 힘이 없을 때. 마지막으로 발악이라도 해 보고 싶은데 자신이 할 수 있는 게 없을 때.

그가 즐겨 읽는 소설 속 주인공들은 주로 자기희생을 한다. 그제야 남은 이들의 삶이 원 상태로 돌아가는 걸 보면 힘없는 주인공은 어쩌면 처음부터 잘못 끼워진 퍼즐 조각 같은 것이었을지도 모르겠다.

그건 태준의 처지와 조금도 다르지 않았다. 그래서 여기까지 오는 동안 그는 한 치의 망설임도 없었다.

하지만 가끔 일말의 미련을 불러일으키는 건 존재했다.

바로 바깥세상에서 홀로 버티고 있을 가여운 그 아이.

비록 마주치는 일이 서로에게 상처가 되긴 했어도 태준은 그 애를 만나는 걸 진심으로 좋아했다. 그를 밀어내는 손길과 가슴을 사납게 할퀴는 폭언까지도 그 애가 주는 감정이라서 그저 고마웠다.

그러나 그렇게라도 붙잡고 싶었던 인연은 전부 끝났고, 소중한 그 애마저도 잊어야 할 사람 중 하나가 되어 버렸다.

'차준이는 내가 사라져서 정말 행복해졌을까.'

하루 종일 품고 있는 그 질문에 내심 그러지 않았으면 하는 진심이 담겨 있는 건 내가 못된 탓이다.

그 애는 이런 날 알고 그렇게나 싫어했던 것이었지만.

"이젠…… 날 싫어할 수도 없으니까."

조금만 더, 그 애의 존재가 흐려질 때까지 조금만 더, 나쁘게 굴 생각이다.

그래야 이곳에서 빠져나가고 싶다는 마음도 가질 수 없잖아.

* * *

정시에 출근한 태오가 우드레일 퍼니처팩토리 안으로 걸어 들어왔다.

두 눈을 정면에만 박아 둔 채 성급한 걸음을 재촉하는 그는 쉽사리 말도 붙이지 못할 정도로 냉랭했다.

"안녕하십니까, 팀장님."

신입 사원들은 그런 태오에게 어려운 기색이 가득한 인사를 건

넸지만, 기존의 직원들은 그를 흘깃흘깃 훔쳐볼 뿐 굳이 말을 걸지 않았다.

태오의 어려운 분위기를 감안한다고 해도 노골적으로 드러나는 불편한 태도.

그들과의 거리를 느낀 지는 꽤 됐다. 서 회장과의 면담 이후로 태오의 주변엔 항상 알 수 없는 한기가 감돌고 있었다.

'그러든가 말든가. 이깟 거 개무시 하면 돼.'

이럴수록 마음을 단단히 먹기로 한 태오는 먼저 인사를 건네준 직원에게 가벼운 고갯짓을 하고는 성큼성큼 제 사무실로 향했다.

하지만 그때.

"태영 씨, 본사에서 넘어온 'Lily' 프로젝트 관련 보고서가 어디 있지?"

김 대리의 목소리가 태오의 귓가에 꽂혀 들어왔다. 아무리 회사에 정이 떨어졌다 한들, 자신이 맡던 프로젝트까지 무시할 수는 없었던 태오는 남몰래 김 대리의 대화에 귀를 기울였다.

"아, 지금 막 넘겨드리려던 참이었어요. 본사 미팅 가시나요?"

"응, 오늘이 정기 회의 날이잖아."

"안 그래도 일이 많은데 프로젝트까지 넘겨받으셔서 골치 좀 썩겠네요."

"너, 넘겨받다니. 그런 얘긴 자제해."

김 대리는 직원의 말을 막았으나 그건 이미 태오의 머릿속에 깊이 새겨져 버린 후였다.

단태오가 온 힘을 다해 계획하고, 준비하고, 이끌어 왔던 'Lily' 프로젝트. 5년 만에 재회한 나봄과 호흡을 맞추게 돼서 더욱 의미 깊었던 이 프로젝트는 결국 김 대리에게로 넘어가려는 모양이다.

정말 억울하고 분하게도.

태오는 북받치는 분노 때문에 명치가 쑤실 지경이었지만 애써 마음을 진정시켰다. 이런 일 하나하나에 신경 쓰다간 여기서 더는 버티지 못하고 무너지고 말 터였다.

그는 제 사무실로 마저 걸음을 옮겼고, 사람들에게서 숨듯이 문을 꽉 닫아 버렸다.

"하아……."

마침내 새어 나온 한숨은 탄식과 비슷했다. 아무리 동요하지 않으려 해 봐도, 그동안 쌓아 왔던 커리어가 실시간으로 무너져 가는 모습은 담담하게 지켜보기가 힘들다.

성질대로 확 엎어 버릴까. 미친 척하고 깽판이라도 쳐 놓을까. 아니면 지금이라도 그 늙은이한테 달려가서 난장을 피워 버릴까.

태오는 분노 섞인 고민을 거듭했으나 항상 머릿속에서만 끝낼 뿐, 실천으로 옮기지는 못했다.

이유는 단 한 사람 때문이었다. 상황이 이렇게 되어 버린 것에 전혀 책임이 없지만 누구보다 깊숙이 관여되어 있는 그녀.

우드레일 외주 협약에 사활이 달린 한봄 도어락을 위해서라도. 막중한 책임감으로 누구보다 열심히 프로젝트를 완성해 가는 한나봄 팀장을 위해서라도.

그는 여기서 더 일을 키우고 싶지 않다. 아무리 속이 뒤틀리더라도 혼자 조용히 감당해 볼 생각이다.

심기를 다지는 의미로 마른세수를 한 태오는 사무실 책상에 털썩 걸터앉았다. 그러고는 컴퓨터를 켜자마자 간밤에 도착한 업무 메일부터 확인했다.

하지만 전체 메일로 온 회사 공지와 예전부터 도맡아 처리하고 있던 잡일을 제외하곤 새로운 내용이 없었다. 이대로라면 기존 일이 떨어지자마자 할 일을 찾아 헤매게 생겼다.

"야비한 새끼들……."

거친 욕설을 내뱉은 태오는 도착한 메일이라도 처리하기 위해 키보드 위로 손을 가져다 댔다.

똑똑똑—

그때 들려온 노크 소리는 태오의 미간을 절로 찌푸려지게 만들었다. 방문자가 누구든 이 상황에선 그리 달갑지 않았던 태오는 날 선 말투로 물었다.

"누구십니까."

하지만 대답 대신 곧바로 문을 열고 들어선 사람은 다름 아닌 유리였다. 태오를 둘러싼 심상찮은 음모를 가장 먼저 캐치한 그녀는 더 이상 침묵으로 일관할 수는 없는 입장이었다.

그러나 나봄과 유리 사이의 일 때문에 그녀가 불편했던 태오는 사나운 눈빛으로 유리를 쏘아보았다.

"뭘 그렇게 봐. 내가 너한테 무슨 짓을 했다고."

그의 적대감을 느낀 유리가 낮은 목소리로 말했다.

"용건만 짧게 말해. 지금 누구 상대할 기분 아니야."

그리 대꾸하는 태오는 살얼음판처럼 냉랭했다. 유리는 이런 그의 모습이 늘 불만이었으나, 차준의 다그침 사건 이후로 움츠러들어 있었던 터라 대놓고 싫은 티를 내지는 못했다.

"요즘 회사에서 뭔 일 있어?"

그래서 그의 말대로 본론을 직접적으로 꺼내 놓으니 태오의 시선이 곧장 그녀에게서 떠나 모니터 쪽으로 어긋났다. 걱정하는 사람 마음을 더욱 불안하게 만드는 애매모호한 태도였다.

답답해진 유리는 보다 목소리를 높여 그에게 의문스러웠던 일들을 토로했다.

"아닌 척할 생각하지도 마. 요즘 니가 하던 일 김 대리한테 다 넘어가고, 회사 직원들은 은근히 너한테 담 쌓고."

"……."

"내 눈에 거슬리는 게 한두 가지가 아닌데, 너랑 제일 친하다는 이유로 사람들이 나한테는 설명해 주지도 않아. 그런데 아무리 봐도 지금 니 꼴은 명예퇴직 강요당하는 눈엣가시 같다고."

사태를 정확히 파악한 유리의 말에 태오는 짧은 한숨을 내뱉었다. 그런 뒤 대답이랍시고 그가 꺼내 놓은 대답은 조금도 마음에 들지 않았다.

"사람들이 알려 주지 않는 데에는 이유가 있는 거다."

"……."

"아무것도 모르는 상태로 신경 끄고 지내. 그게 니 신상에도 좋아."

"뭐?"

눈앞에서 납득이 안 가는 불이익을 받고 있는 사람이 다름 아닌 단태오 너인데.

"신경 끄고 지내라고? 넌 그게 나한테 할 소리니?"

태오의 매정한 대답에 유리는 울컥해졌다.

그와의 인연은 여기까지라는 걸 이미 뼈저리게 실감해 버렸지만.
이제 우리의 관계는 늘 부족하다고 느꼈던 그때보다도 못 하지만.

그래도 그의 발소리 한 걸음 한 걸음, 숨소리 한 번 한 번에 신경 쓰이는 건 어쩌지 못한다. 그건 애초부터 그녀 마음대로 할 수 있는 일이 아니었다.

덕분에 원치 않아도 쫓아가게 되는 그의 모습은 요즘 따라 사람들 사이에서 작아지고, 멀어지고, 외톨이처럼 도태되어 가고.

지금껏 몇 년간 같이 일했던 팀원이 하나둘 그에게서 등을 돌리고 있는데도 그는 아무런 저항 없이 숨어들어 가기만 한다. 이건 유리가 알고 있는 단태오의 모습과는 너무 달라서 그녀는 걱정스러워 미칠 지경이다.

'이렇게 한없이 떠밀리기만 하다가 곧 영영 사라져 버릴 것 같잖아…….'

두 주먹을 꽉 쥔 유리는 태오의 앞으로 성큼성큼 다가갔다. 그러고는 그의 책상을 쾅 내리쳤다.

"이게 뭐하는 짓이야."

순간 태오의 미간엔 깊은 주름이 패었다. 그러나 유리는 그 적의 가득한 얼굴을 똑바로 내려다보며 잔뜩 힘이 들어간 목소리를 내뱉었다.

"내가 너 같은 거한테 정도 못 뗄 만큼 멍청하다고 해도, 누구 때문에 이 사달이 났는지 정도는 알 수 있어!"

"……."

"전부 다 한나봄 때문이잖아! 선우차준 본부장이 그년이랑 너 떼어 놓으려고 이딴 식으로 해코지하는 거잖아!"

"그런 거 아니야. 그만해."

"제발 이런 상황에서까지 편들지 마! 솔직히 한나봄 아니었으면 너 회사에서 문제 생길 일도 없었어!"

"진짜 그만 좀!"

"……."

"나한테 그만 좀 하라고……."

태오가 보다 필사적으로 유리의 말을 가로막았다. 여느 때보다 완강한 그의 태도에, 유리는 쏟아 내던 울화를 억지로 멈추고 말았다.

그러자 머지않아 새어 나오는 태오의 한 마디 한 마디는 냉정하고 차가웠다.

"무슨 사달이 나든 그건 내 문제야. 너도, 한나봄도 아무런 관련 없어."

"……."

"그러니까…… 제발 좀 나가 줘라. 안 그래도 힘든데 너까지 보태지 말고."

그건 그녀 앞에 분명히 그어 두는 선과 다름없었다. 이로써 더 이상 다가가지 못하게 된 유리는 소화되지 못한 감정들을 떠안은 채 눈빛만 파르르 떨었다.

나쁜 새끼. 너 혼자만 다 짊어지게 내가 가만 놔둘 줄 아냐.

한동안 그를 노려보고 있던 유리는 홱 등을 돌렸다. 사무실 문밖으로 빠져나가려는 그녀의 발걸음은 무겁고 비장했다.

태오는 그런 그녀의 뒷모습을 바라보다가 골치가 아픈지 이마를 부여잡았다.

"……니가 묻지 못하는 책임은 내가 물을 거야."

문이 닫히기 직전에 들려온 유리의 한 마디는 심히 거슬렸다. 하지만 쾅! 사무실 문을 닫고 나가 버리는 그녀는 태오에게 되물어 볼 틈도 주지 않았다.

"아……."

고요한 공간에 다시 홀로 남아 버린 태오의 입술 새로 낮은 탄식이 흘러나왔다.

그동안 성실하게만 산다면 미래도 더 나아질 거라 믿고 있었는데.

지금은 잘 모르겠다. 누군가 경주마처럼 앞만 보고 달려가는 나의 얼굴에 까만 가림막을 씌워 놓은 기분이다.

* * *

한봄 도어락 사무실.

오늘 나봄은 눈코 뜰 새 없이 바빴다. 오전 회의가 끝나자마자 외부 미팅을 다녀왔고, 그게 끝나고 나니 벌써 4차 수정에 들어갔던 디자인 시안의 5차 수정 요청이 들어왔다. 게다가 1시간 뒤엔 중요한 업체 손님이 회사에 찾아오기로 되어 있으니 그야말로 숨 돌릴 틈이 없다.

"한 팀장, 뭐 마실래? 커피라도 사다 줄까?"

한 사장은 그런 나봄에게 도움이 되고자 물었지만 그녀에겐 커피를 마실 심적 여유가 없었다.

"아니요, 괜찮아요."

그래서 두 눈을 자료에 박아 둔 채 다급히 대답하자, 한 사장은 안타까움이 섞인 혼잣말을 했다.

"내년엔 반드시 인원 충원을 해야 우리 한 팀장이 편해질 텐데……."

그건 맞는 말이었다.

하지만 한 사장에게 부담을 주고 싶진 않았던 나봄은 대답을 아꼈다.

그때.

지이이잉— 지이이잉—

집중해서 자료를 훑어보고 있던 나봄의 귀에 휴대폰 진동 소리가 들렸다.

나봄은 지금 태오의 전화도 못 받을 처지였으나, 흘끔 눈길을 돌려 확인한 휴대폰 액정엔 낯선 번호가 떠 있었다.

'이따 오기로 한 바이어인가.'

나봄은 혹시나 하는 마음에 일단 전화는 받아 보기로 했다.

"네, 한봄 도어락 사무과 한나봄 팀장입니다."

한 손만 쭉 뻗어 휴대폰을 집고 통화 버튼을 누르고 사무적인 첫마디를 뱉어 내니, 그녀만큼이나 사무적인 대답이 되돌아왔다.

—안녕하세요, 한나봄 씨인가요?

"네."

—여기는 커피데이 사업부입니다. 지난번에 제주도 프러포즈 이벤트 응모해 주셨죠?

"네."

—축하드립니다! 한나봄 씨가 이번 이벤트의 주인공으로 선정되셨어요!

"아, 네."

……잠깐만.

"네에?!"

멍하니 듣고 있다가 뒤늦게 내용을 파악한 나봄은 소스라치게 놀라 소리쳤다.

프러포즈 이벤트라면 예전에 소라를 만나러 카페에 갔다가 성화에 못 이겨 신청해 본 것인데.

정말 내가 됐다고? 몰래카메라 같은 게 아니라 진짜로?

—이벤트 내용은 알고 계시겠지만, 한나봄 씨 앞으로 2박3일 제주도 항공권과 특급호텔 숙박권, 그리고 크루즈 프러포즈 이벤트가 제공될 예정입니다.

"아……."

—예약을 도와드릴 테니 일정 소화가 가능한 날짜를 알려 주세요.

"그게……."

이벤트 담당자는 차분한 목소리로 안내를 시작했지만 아직 당황스러움을 추스르지 못한 나봄은 쉽사리 대꾸하지 못했다.

"……지, 진짜 제가 된 건가요?"

그러다가 겨우 꺼내 놓은 목소리는 몹시 얼떨떨했다. 담당자는 이런 반응쯤 예상했다는 듯 군더더기 없이 깔끔한 음성으로 대답했다.

—네, 되셨습니다.

"말도 안 돼……."

이제야 현실감이 느껴지기 시작한 이벤트 당첨 소식.

그건 다르게 말해 태오에게 프러포즈를 해야 한다는 소리였다.

이런 건지 알고는 있었지만 당연히 내가 되진 않을 거라고 생각해서 어떻게 말할지 고민해 보지도 않았는데.

"망했다……."

나봄의 입에서 솔직한 반응이 흘러나왔다. 그녀가 생각보다 반가워하지 않는다는 걸 확인한 담당자는 의외라는 듯한 목소리로 물었다.

—혹시 이벤트 수령이 불가능하신가요? 그렇다면 다른 분께 기회를 넘겨드릴 수 있습니다만…….

차라리 정말 프러포즈가 절실했던 다른 사람한테 기회를 넘기는 편이 나을까. 태오에겐 결혼에 대해 물어본 적도 없었잖아.

나봄은 짧은 시간 동안 맹렬히 고민했다. 하지만 도무지 결단이 서지 않아서, 그녀의 결혼에 대해 가장 올바른 판단을 내려 줄 사람에게 결정을 미루기로 했다.

"저…… 죄송하지만 잠시 시간을 주세요."

나봄은 답변을 기다리는 담당자에게 양해를 구했고, 얼굴에서 잠시 휴대폰을 떼어 냈다.

"아버지."

그러고는 비장한 목소리로 한 사장을 불렀다.

"으, 응?"

심상찮은 통화를 몰래 엿듣고 있던 한 사장은 화들짝 놀라 그녀에게로 고개를 돌렸다.

그러자 비장한 표정으로 깊이 숨부터 들이쉰 나봄은.

"저 아주 좋은 기회가 생겼는데……."

"……."

"시집을 가 봐도 될까요?"

이내 한 사장이 예상치 못하고 있던 충격적인 질문을 내뱉었다.

이게 갑자기 무슨 자다가 봉창 두드리는 소리여.

"뭐, 뭐? 시집? 딸내미 결혼하는 그 시집?"

난데없는 질문을 한 번에 이해하지 못한 한 사장은 당황한 표정으로 되물었다. 하지만 나봄은 그 어느 때보다 진지한 표정으로 고개를 끄덕였고 확고한 목소리로 결정을 재촉했다.

"지금 대답해 주셔야 해요."

"지금? 왜?"

"엄청난 프러포즈 이벤트에 당첨됐는데 다른 사람한테 양도할지 내가 할지 결정해야 하거든요."

연애를 너무 안 해서 걱정이었던 내 딸의 갑작스러운 결혼 얘기.

그녀를 29년 동안 품고 있었던 아버지는 쉬이 허락하기엔 마음에 걸리는 게 너무도 많았다. 아무리 서른이 다 되어 간다고 해도 내 눈엔 아직 어린아이처럼 보이는걸.

그래서 단박에 정신 똑바로 차리라고, 결혼은 그렇게 쉬이 정할 문제가 아니라고 한 번의 실패자로서 뜯어말리고 싶었지만.

'가벼운 마음으로 만나고 있지는 않습니다. 선생님께서 허락해 주신다면…….'

'……선생님을 장인어른으로 맞이하고 싶은 마음도 있습니다!'

'장인어른이 되어 주십시오!'

어쩐지 첫 만남에 바로 신뢰가 갔던 딸의 남자 친구를 떠올리자 미뤄서 뭐하나 싶은 생각이 들었다.

그래, 본인 일들은 본인들이 알아서 하겠지.

"사, 사위는 태오 맞지?"

한 사장의 질문에 속뜻을 파악한 나봄은 싱긋 미소 짓는 것으로 대답했다. 그러고는 잠시 떨어트려 두었던 휴대폰을 똑바로 고쳐 잡았다.

"제가 할게요. 그 프러포즈."

머지않아 꺼내 놓는 대답은 묘하게 상기되어 있었다. 급작스럽게 하게 된 프러포즈에 대해 고민할 건 산더미지만 태오가 거절하진 않을 거라는 확신이 든다.

그래서 더욱 기대되는 프러포즈의 순간.

내가 너에게 결혼해 달라고 말한다면 넌 어떤 표정을 지어 보일까.

평소처럼 예쁘게 웃을까. 아니면 감동 받아서 아이처럼 울먹일까.

무엇이 됐든 지금껏 본 적 없던 모습으로 기뻐해 줬으면 좋겠는데 말이야.

* * *

“후우…….”

목화 꽃다발을 든 나봄의 입술 새로 초조한 한숨이 새어 나왔다.

폭풍같이 몰아치던 업무를 퇴근 시간 전까지 기적적으로 끝낸 나봄은 태오에게 중요한 말을 하기 위해 회사까지 직접 찾아온 참이었다.

오늘 낮, 소라와 함께 응모했던 프러포즈 이벤트의 당첨 소식을 접한 그녀는 이 기회를 놓치기가 아까워 무턱대고 하겠노라 대답해 버렸다.

물론 결혼을 논하기엔 서로의 마음을 확인한 지가 얼마 되지 않았고, 연애 기간도 터무니없이 짧지만.

‘9년 전부터 알고 지내던 사이니까 괜찮을 거야. 어렵게 이어진 인연인데 일부러 미적거릴 필요 있나.’

태오를 향한 저돌적인 마음은 그녀 스스로도 깜짝 놀라게 만들었다.

원래는 이렇게 적극적으로 리드하는 성격이 아닌데, 태오의 옆에 있으면 부끄러움이고 뭐고 내가 먼저 달려 나가게 된다. 혹시나 머뭇거리는 사이 그를 놓칠까 싶어, 내가 그의 손을 먼저 붙잡게 된다.

이건 소심한 그녀로서는 상상도 못 할 변화였으나, 나봄은 지금의 모습이 싫진 않았다.

그는 사랑받을 때 가장 예쁘게 피어나는 꽃 같은 남자니까, 나봄은 언제까지고 마음이 다할 때까지 그에게 사랑만 건네줄 작정이다.

“태오는 언제쯤 나오려나.”

나봄은 우드레일 퍼니처팩토리의 정문 쪽을 기웃거리며 휴대폰을 들었다.

바쁜 그는 항상 야근이 당연했건만 다행히도 오늘은 스케줄이 여유로운지 언제든 퇴근할 수 있다고 했다.

제주도 여행 스케줄을 정하려면 시간이 제법 필요할 텐데, 하늘도 그녀의 프러포즈를 돕고 있는 모양이다.

[태오야! 나 회사 정문에 도착했어! 혹시 지금 나올 수 있나?]

나봄은 그에게 신난 기색이 역력한 메시지를 보냈다.

지잉—

그의 기다릴 새도 없이 곧바로 도착했다. 그녀는 곧바로 반가운 태오의 답장을 눈에 담았다.

바로 그때.

“……한나봄?”

익숙하긴 하지만 그다지 달갑진 않은 여자 목소리가 뒤편에서 들려왔다.

“유리 씨……?”

곧바로 고개를 돌려 그녀의 얼굴을 확인한 나봄의 눈동자가 딱딱하게 굳었다.

"안 그래도 만나러 가려고 했는데 마침 잘됐네."

조금도 기뻐하지 않는 얼굴로 그리 말한 유리는 나봄의 곁으로 무심히 다가왔다. 그런 뒤 꺼내 놓는 목소리는 몹시도 차디찼다.

"단태오 나오기 전에 잠깐 나 좀 봐요."

상대하고 싶지 않은데도 저절로 두 발이 움직이는 건, 불쾌함보다 불안감이 먼저 느껴지기 때문일까.

나봄은 태오가 나올 정문 쪽을 초조하게 바라보다가, 마지못해 유리를 따라나섰다. 그녀와 함께 구석진 곳으로 향하면 향할수록 어쩐지 등골이 서늘해지는 기분이었다.

* * *

정문과 그리 멀리 떨어지지 않은 흡연 부스.

구석 자리에 자리를 잡자마자 담배에 불부터 붙인 유리가 매캐한 숨을 내뱉었다. 이곳에 들어올 때부터 탁한 공기에 질식할 듯했던 나봄은 살짝 미간을 구기며 숨을 참았다.

그 모습을 본 유리는 헛웃음을 치며 말했다.

"내 앞에선 참 싫은 티도 잘 내."

그녀에게 돋아난 가시는 나봄의 심기를 불편하게 찔러 댔다.

나봄은 노골적인 그녀의 적대감을 맞받아치려 했지만 야무진 첫마디를 꺼내기도 전에 유리는 본론을 이어 나갔다.

"본부장님 앞에서 지금 이거 반만큼만 했더라도 태오한테 그 사달이 나진 않았을 텐데."

그 사달……?

뜻 모를 유리의 한 마디는 나봄의 불안감을 제대로 건드렸다. 차준이 거론되는 것도, 태오에게 무슨 일이 생긴 것처럼 말하는 것도 어쩐지 심상치가 않다.

"그게 무슨 뜻이에요?"

아무것도 모르는 나봄은 눈빛을 일렁이며 물었다.

그러자 유리는 한 번 더 담배 연기를 내뱉었고, 다소 날이 선 목소리를 내뱉었다.

"역시 나봄 씨 혼자 모르고 있구나? 지금 나봄 씨 때문에 태오가 어떤 꼴이 됐는지."

"……."

"태오, 회사에서 쫓겨나기 일보 직전이에요. 얼마 전까지만 해도 그렇게 부려 먹던 사람을 중요한 자리에서 다 제외시켜 버리고, 잡일조차도 배정 안 해 주고."

"……."

"퇴사할 수밖에 없게끔 눈치 주고 있다고. 이 회사 전체가 하루아침에 갑자기."

태오가 회사에서 곤란한 처지에 놓여 있다는 건 유리에게서 처음 접하는 얘기였다. 얼마 전에도 태오를 만났긴 했지만 이런 상황에 대해선 전해 듣지도 못했었는데…….

"그게…… 본부장님이랑 무슨 관련이 있나요?"

나봄은 당황한 기색이 역력한 목소리로 유리에게 물었다. 그러자 유리는 보다 노골적으로 가시가 돋친 목소리로 나봄을 다그쳤다.

"나봄 씨랑 단태오 연애 시작하고 얼마 지나지 않아서부터 이 꼴이 난 거잖아. 그럼 누가 주도했겠어."

"……."

"창립 기념 파티에선 본부장님 약혼녀 행세 다 하고, 며칠 지나지도 않아서 태오로 갈아탈 땐 이렇게 될 줄 몰랐어?"

유리의 지적은 단편적인 부분만을 보고 섣불리 판단 내린 명백한 오해였다. 차준은 이미 창립 기념 파티 전부터 그에게서 떠나 버린 그녀의 마음을 확실히 알고 있었으니까.

하지만 끝난 인연을 놓지 못하고 매달린 건 차준이었다. 바란 적 없던 도움을 건넨 것도, 곁에 붙잡아 놓으려 했던 것도 모두 그의 일방적인 미련일 뿐이었다.

차준 역시 그 사실을 정확히 인지했고, 최근 들어서는 나봄에게 그 어떤 사적인 연락도 하지 않았었다.

그러니 태오에게 무슨 일이 생긴 건 유리가 생각하는 그런 이유 때문이 아닐 것이라 생각한다. 게다가 그 사람은 우드레일 윗선을 움직이게 할 만한 힘을 가지고 있는 처지도 아니었다.

'혹시 태오가 본의 아니게 얽혀 버린 다른 문제와 관련되어 있는 건 아닐까?'

딱 거기까지 생각한 순간.

'도와주세요.'

얼마 전, 다급히 나봄을 찾았던 태준의 모습이 떠올랐다. 그날 나봄과 태오에게 영문 모를 부탁을 하던 그는 자신이 해결해야 할 문제가 있다고 했었다.

그때도 이미 불안하고 위태로워 보였었던 그는 아무래도 혼자서 모든 일을 해결하진 못한 것 같다. 그래서 태오도 위험에 빠져 버린 거라는 확신이 든다.

상황의 심각성을 파악한 나봄은 유리의 입부터 막아 보기로 했다. 헛소문을 사실인 양 퍼트리고 다니는 유리는 나봄이 경계해야 할 상대였다.

"태오가 위험해진 건 유리 씨가 생각하는 그런 일들 때문이 아니에요."

"뭐?"

"그건 제가 확신할 수 있어요. 그러니까 태오 문제를 본부장님이랑 섣불리 연관 짓지는 말아 주셨으면 좋겠어요."

그래서 차준은 이 문제와 아무 상관이 없다고 조심스럽게 얘기하니, 유리의 눈동자에 별안간 매서운 칼바람이 몰아쳤다.

아무것도 모르는 유리의 눈엔 그저 나봄이 뻔뻔한 모습으로 비쳤던 탓이었다.

"지금 이 상황에서 본부장님 싸고도는 거야?"

"싸고도는 게 아니라……."

"나봄 씨 하는 말이 태오가 잘못해서 내쫓긴다는 뜻이랑 뭐가 달라? 나봄 씨는 그 애에 대해 잘 몰라서 그딴 식으로 쉽게 말하나 본데, 내가 아는 태오는 일에 관해선 책잡힐 사람이 아니야!"

한 번 어긋난 오해는 걷잡을 수 없이 뒤틀리기 시작했다. 하지만 그렇다고 해서 자신이 알고 있는 모든 사연을 낱낱이 고할 수는 없었기에, 나봄은 침묵으로 일관할 수밖에 없었다.

유리는 이런 나봄이 정말 싫었다. 정확히 말하면 답답하게 구는 그녀 때문에 제 꼴만 우스워지는 태오가 너무나도 싫었다.

그래서 독기가 바짝 오른 유리는 보다 언성을 높였다.

"그래! 모든 건 내 어림짐작이니까 본부장님이 해코지하는 게 아닐 수도 있어! 단순한 남녀 문제보다 복잡한 사연이 얽혔을지도 모르고, 정말 태오가 사고를 쳐서 불이익을 받고 있는 건지도 모르지!"

"……."

"하지만 누가 봐도 불합리한 상황에서 걔가 입을 꾹 다물고 있는 건 다 너 때문이야!"

"……."

"따지고 싶은 게 있어도 못 따지고, 화가 나도 참고만 있고, 열심히 기어오른 자리에서 쫓겨날 처지인데도 바보처럼 가만히 있는 건! 전부 다 그 등신 새끼가 한나봄 너한테 피해 갈까 봐 걱정해서라고!"

몰아치는 유리의 다그침은 반박할 거리 하나 없는 정답이었다.

아무리 화근이 다른 곳에 있다고 해도, 태오의 시련을 나봄이 자초하지 않았다고 해도.

그로 인해 만신창이가 되어 버린 태오가 무조건 참기만 하는 건 분명 나봄 때문일 거다. 그건 그에게 보호받고 있어서 아무것도 눈치채지 못했던 나봄 스스로가 가장 잘 알고 있다.

이제야 그녀가 무슨 말을 하고 싶은 건지 깨달은 나봄은 일렁이는 눈빛으로 유리를 바라보았다.

유리는 그런 나봄을 사납게 노려보다가 이내 시선을 제 손끝으로 툭 떨궈 버리더니.

"꼭…… 따돌림당하는 외톨이 같아. 요즘 들어 겨우 사람들이랑 가까워지나 싶었는데."

걱정이 가득한 목소리를 한탄처럼 내뱉었다. 나봄은 전혀 알 길이 없었던 위태로운 그의 모습에 관해서였다.

"유리 씨……."

"자기 일을 누구보다 좋아하던 놈이 자꾸만 다른 사람한테 빼앗기고, 밀려나고…… 차라리 성질대로 확 뒤엎어 준다면 내 속이라도 시원할 텐데, 그러지도 못하고 등신처럼 참기만 해."

"……."

"그러니까……."

나도 인정하긴 싫지만. 내가 받아들이기엔 너무나도 아픈 현실이지만.

"그러니까…… 한나봄 너라도 그 새끼 힘든 것 좀 알아주라."

"……."

"대체 뭐 때문에 계속 당하고만 있는 건지, 무슨 생각을 하고 있는 건지. 누구 하나는 알아줬으면 좋겠어."

원망처럼 보였던 유리의 감정은 이제 보니 절절한 부탁이었다. 어느새 그녀의 두 눈에 어려 있던 독기는 감쪽같이 사라지고, 외사랑에 지친 마음만 찌꺼기처럼 남겨져 있다.

"유리 씨……."

나봄은 주제넘는 위로를 건네는 대신 작은 목소리로 그녀의 이름을 불렀다.

유리는 마주한 나봄의 두 눈을 피하며 조금밖에 태우지 않은 담배를 지져 껐고, 애달픈 고백을 흘려보냈다.

"다 인정할게. 나는 그 애를 정말 좋아했어……."

"……."

"원체 그런 쪽으론 자신감이 없어서 친구 이상으로는 꿈도 꾸지 못했지만…… 굳이 자신을 드러내지 않아도 빛이 나는 태오한테 얼마나 가슴 설렜는지 몰라."

"……."

"그래, 나는 그 애의 빛을 따라다니는 것만으로도 정말 좋았어."

굳이 자신을 드러내지 않아도 빛이 나는 사람.

그건 나봄도 공감하는 표현이었다. 대학 시절, 나봄이 먼발치서 보아 왔던 태오는 누구보다 강렬한 자신만의 빛을 지니고 있던 사람이었다.

하지만 그 빛이 사그라든 건 언제부터였더라.

"한때는 너 때문에 미쳐 돌아서 욕심도 많이 냈었지만 지금은 딱 한 가지 말고는 바라는 것도 없어."

"……."

"다시 빛나게 해 줘."

"……."

"너 때문에 그 애가 작아지고 불쌍해지는 모습, 솔직히 두고 보기 힘들어."

그녀 말대로 그건 정말 나 때문이었을 수도 있겠다. 난 그 애를 9년 동안 불안하게 하고, 불쌍하게 만들었던 장본인이니까.

지금 이 순간도 태오는 나 때문에 비참해지는 쪽을 감당하고 있잖아.

서글픈 깨달음은 나봄의 가슴을 시리게 만들었다. 그간 마음고생 시킨 만큼 사랑해 주면 될 줄 알았는데, 마음의 빚은 진만큼 갚는다고 해서 해결될 문제가 아니었다.

구름 한 점 없이 맑다고 믿었었던 우리 관계에 흐린 안개가 드리운 기분.

순간, 지금 나올 수 있냐고 물었던 나봄의 메시지에 곧바로 돌아왔던 태오의 답장이 불현듯 떠올랐다.

[응, 오늘은 할 일이 별로 없어서 아까부터 너만 기다리고 있었어.]

아무것도 몰랐더라면 기쁘게 받아들였을 그 말은 어쩐지 미안하고 서글펐다.

이대로 너를 만나러 간다면 나는 어떤 표정으로 어떤 말부터 꺼내야 할까.

죄책감의 무게만큼 너를 맞이할 나의 마음도 무거워져만 간다.

* * *

오늘 하루 아무것도 하지 않았다.

사람들은 너무 분주해서 1분 1초가 아까웠던 모양이었지만, 태오는 며칠 전 처리하다 말았던 잡무를 끝내는 게 고작이었다.

8시간의 업무 시간 중에서 일을 한 건 30분, 혼자 멍하니 고립되어 있었던 건 7시간 30분.

모두에게 잊혀 버린 무덤의 주인이 이런 기분일까.

외부와 단절된 태오의 사무실은 그에게 유일한 안식처였으나, 이젠 그마저도 불편해지고 삭막해졌다. 날이 갈수록 심해지는 외로움은 태오의 숨통을 비트는 기분이다.

하지만 그 나약한 감정에 짓눌리는 것도 이제 그만해야 했다. 마음 여린 나봄에게만큼은 초라한 모습을 들키고 싶지 않았으니까.

그러니 그는 필사적으로 괜찮은 척해 볼 생각이다. 자꾸 그렇게 스스로를 달래다 보면 정말 괜찮아질지도 모르는 일이다.

나봄이 회사 앞에 도착했다는 얘길 듣고 곧바로 달려 나온 태오는 주변을 두리번거렸다.

“얘는 어디로 간 거야.”

정문 근처에서 있을 곳은 뻔한데 그녀는 코빼기도 보이지 않았다.

그래서 걱정스러운 표정으로 좀 더 먼 곳까지 살펴보니.

“아, 저기 있네.”

머지않아 흡연 부스 쪽에서부터 천천히 걸어오고 있는 나봄이 눈에 들어왔다. 하루 종일 딱딱하게 굳어 있던 태오는 그제야 입가에 옅은 미소를 띄웠다.

"한나……!"

태오는 반가운 음성으로 그녀의 이름을 외쳐 부르려 했다. 그러나 뒤늦게 발견한 나봄 곁의 불안한 인물은 하던 인사를 멈추게 만들었다.

"허유리 재가 왜……."

최근 태오에게 벌어지고 있는 나쁜 일들이 전부 나봄 탓이라 믿고 있는 그녀.

"설마……."

심상찮은 낌새를 느낀 태오는 앞으로 향하려던 걸음을 멈추고 제자리에 얼어붙었다.

하지만 하필 딱 그 타이밍에 태오를 발견한 나봄은 손까지 흔들며 그를 불렀다.

"태오야!"

"……."

그녀의 부름에 유리의 눈동자도 잠시 태오 쪽을 향했다.

그러나 막상 그와 시선이 맞닿자 부자연스럽게 고개를 돌려 버리는 걸 보니, 아무래도 그녀는 벌써 비참한 소식을 전달해 버린 모양이다. 제발 신경 꺼 달라고 사정사정했건만 기어이.

"아……."

태오는 입술 새로 흐린 탄식을 터트리며 살짝 미간을 구겼다. 애써 감춰 두었던 나쁜 감정들은 다시 눈빛으로 드러났으나 그는 의식적으로 가려 보려 했다.

괜찮은 척해야 해. 니 앞에선 어떻게든 괜찮은 척해야 해.

스스로에게 거는 주문은 다행히 효과가 있는지, 어느덧 손이 닿을 거리까지 가까워진 나봄에게 미소 정도는 건넬 수 있게 되었다.

"왔어?"

태오는 이미 다른 곳으로 멀어져 버린 유리를 머릿속에서 지워 버리고 아무것도 눈치채지 못한 척 다정하게 나봄을 맞이했다.

"응, 정문에 없어서 놀랐지?"

"한참 찾았다."

"많이 기다렸어?"

"별로."

"미안."

"별로 안 기다렸다니까 뭐가 미안해."

그의 앞에 선 나봄은 확실히 평소보단 움츠러들어 있었다. 태오는 그런 나봄의 뺨을 쓱 매만져 주고는 구석 자리에 주차되어 있는 제 차로 이끌었다.

"가자. 할 얘기가 있다고 했으니까 조용한 레스토랑을 찾아봐야겠네."

나봄은 태오를 따라 순순히 걸음을 옮기면서도 자꾸만 그의 안색을 살폈다.

유리는 태오가 보고 있기 가슴 아플 만큼 힘들어 보인다고 했지만 막상 마주한 그의 모습은 평소와 하나도 다르지 않았다.

아니, 다르지 않아 보이도록 노력하는 중인 걸까.

마음속에서 자꾸만 커져 가는 걱정을 감출 길이 없었던 나봄은 잠깐의 망설임 끝에 겨우 입을 열었다.

"나는 유리 씨랑 잠깐 얘기 좀 하고 왔어."

그건 평소의 태오라면 분명 펄쩍 뛰며 경계했을 말이었다. 하지만 태오는 조금의 놀란 기색도 없이 담담한 반응만 내비쳤다.

"아아, 그러냐."

원래의 너였다면 무슨 말을 했냐고, 거길 왜 따라갔냐고 다그쳤을 텐데.

아마 지금 넌 내가 알아 버린 너의 아픔을 숨기기에 급급한가 보다. 내가 그런 널 드러내려 하기에 급급하듯이.

그렇다면 내가 뭘 어떻게 해야 너에게 힘이 될 수 있을까. 어떤 말을 해야 니가 내게 조금이라도 기대 보려 해 줄까.

나봄이 걸음을 늦추며 깊이 고민하는 사이, 먼저 차에 다다른 태오는 조수석 문을 열어 주며 말했다.

"쌀쌀하다. 얼른 타."

드디어 똑바로 눈을 마주치고 있는 지금, 힘들었을 너의 하루에 대해 묻는다면 너는 솔직하게 힘들다고 대답해 줄까. 나 때문에 참고 있는 감정을 쏟아 내 줄까.

"타라니까 뭘 그렇게 보고 서 있어."

조금만 눈빛이 가라앉아도 불안한 듯 웃어 보이는 걸 보니 아무래도 이렇게 스치듯이 그의 마음을 건드려선 안 될 것 같다.

"응……."

나봄은 결국 다른 기회를 찾기 위해 순순히 그의 차에 몸을 실었다.

조수석 문을 닫은 태오는 보닛를 빙 돌아 운전석에 올랐고, 안전벨트를 매자마자 휴대폰부터 꺼내 들었다.

"자, 어딜 가야 할까."

"……."

"뭐 먹고 싶은 거 있어? 한식이든 양식이든 말해 봐."

"……."

"나는 느끼한 것만 아니면 괜찮을 것 같긴 한데…… 니가 먹고 싶은 게 혹시 느끼한 거면 같이 먹어 줄 마음은 있어."

휴대폰 내비게이션을 매만지며 끊임없이 말을 거는 그는 나봄이 머금고 있는 말을 막아 보려는 듯했다. 그런 그에게 웃으며 장단을 맞춰 준다면 오늘도 평소와 다름없이 무탈하게 지나갈 게 뻔했다.

하지만 나봄은 늦은 밤, 그녀를 집으로 돌려보내고 혼자 남게 될 그가 몹시도 걱정스럽다.

아무것도 모르는 척 굴어야 하는 그녀는 그의 서러운 밤을 알면서도 외면해야 할 텐데, 그렇게 각자 아플 바엔 고통을 같이 나누며 함께 힘들어하는 게 백 배 천 배는 나았다.

그래, 니가 아픈 내색도 하지 못하는 게 나 때문이라면 내가 먼저 알아봐 줄 거야. 너의 어깨를 짓누르는 불안이든 아픔이든, 전부 다 내가 다 떠안아 줄 거야.

드디어 결심이 선 나봄은 태오에게로 고개를 돌렸다.

"태오야."

그러고는 나직이 그의 이름을 불렀다.

그녀에게 와 닿은 시선은 살짝 겁을 먹은 듯 미세하게 떨려 왔다.

나봄은 그런 태오를 한동안 마주하다가 조심스레 손을 붙잡았다.

언제나 따듯했던 그의 손은 하루 종일 초조함에 얼마나 시달렸던 건지 얼음장처럼 차가워서, 나봄은 눈시울이 먹먹해지고 말았다.

"한나봄…… 왜 그래?"

그녀의 붉어진 눈가를 알아챈 태오가 물었다.

나봄은 금방이라도 쏟아져 나올 것 같은 울음기를 진정시키기 위해 두 눈을 꾹 내리감았지만, 덕분에 뜨거운 눈물방울만 또르르 굴러떨어지고 말았다.

"무슨 일 있어?"

그 모습에 당황한 태오는 조금 더 걱정 어린 목소리를 흘려보냈다.

이렇게 불안하게 만들 생각은 아니었는데, 나는 또 이미 지쳐 있는 그의 어깨에 짐 하나를 더 얹어 주고 있다.

나봄은 그가 걱정하는 시간을 조금이라도 덜어 주기 위해 울먹임이 가시지 않았음에도 불구하고 입술을 떼어 냈다.

"그동안…… 많이 힘들었지."

좁은 차 안, 고요히 흘러나온 사과에 태오의 숨소리가 일순 멈추었다. 그건 태오가 이 순간을 피하고 싶어 한다는 뜻이었으나 나봄은 어렵사리 뒷말을 이어 나갔다.

"요즘 니가 많이 힘들었다는 거 뒤늦게 듣게 됐어. 넌 누구보다 일을 좋아했던 사람이었으니까, 얼마나 속이 상했을지 가늠도 안 돼."

"……."

"털어놓을 사람이 필요했을 텐데…… 그게 내가 되지 못해서 미안해."

그녀의 진심 어린 사과를 들은 태오는 한동안 말이 없었다. 하지만 그건 외면이 아닌 회피처럼 보였다. 그는 지금 그녀도 알아채고만 자신의 나약한 모습을 어떻게든 숨기고 싶어 한다.

"……아무 일도 없어."

그런 그가 겨우 꺼내 놓은 대답은 순 거짓말이었다. 일렁이는 나봄의 눈동자가 태오의 시선과 맞닿을 때까지 들어 올려졌다.

"태오야……."

"나 정말 괜찮아. 회사가 힘들게 했던 거야 늘 있었던 일이고, 요즘 일이 갑자기 줄어든 건 무슨 문제가 생겨서가 아니야. 그냥 일이 적게 들어오는 기간이라 그런 거야."

"……."

"다른 사람 눈엔 어떻게 비칠지 모르지만 나 정말 아무 일도 없어."

다급히 이어지는 그의 말들은 비참한 제 처지를 변명하는 것처럼 보였다. 그 모습이 더욱 안쓰러웠던 나봄은 움츠러든 그를 달래주려 잡은 손에 힘을 더했다.

하지만.

"그러니까…… 나한테 미안해하지 마."

뒤늦게 그가 정말 하고 싶었던 말이 꺼내지자, 나봄은 태오가 하려는 말이 변명이 아니라 위로임을 깨닫는다.

그는 지금까지 항상 그래 왔듯이, 자신의 상황이 만신창이가 된 와중에도 나봄의 마음부터 신경 써 주려나 보다.

그러느라 지금껏 제 감정은 제대로 위로받지도, 추스르지도 못했으면서.

"그런 말 말고."

나봄은 태오의 다정한 말을 거둬 냈다.

그러고는 지친 그에게 제대로 품을 내어 주기로 했다.

"차라리 너무 힘들다고, 그래서 화가 난다고 마음껏 불평했으면 좋겠어."

"……."

"완벽하지 않아도 되고, 강한 모습만 보이지 않아도 되니까 나 때문에 버티고 있지 말고……."

"……."

"나한테 조금이라도 기대 줘. 나는 너한테 그런 사람이 되고 싶어."

나봄의 솔직한 고백에 태오는 잠시 마른침을 삼켜 넘겼다. 그러고선 잠시 고개를 떨구었다. 그 모습은 얼핏 거부하는 것처럼 보여서 나봄은 가슴이 철렁 내려앉는 듯했다.

하지만 머지않아 다시 고개를 들어 올린 그는 여느 때처럼 장난스럽게 입꼬리를 들어 올렸고.

"너 때문이 아니라 너 덕분에 버티는 거야."

생각지 못한 한 마디를 꺼내 놓았다.

"태오야……."

진심 어린 그의 말에 나봄의 눈빛에 옅게 흔들렸다.

태오는 그녀를 웃음기 어린 눈으로 바라보며 말을 이었다.

"원래 같았으면 절대 못 참았을 화도 너 덕분에 참는 거고, 눈에 보이는 건 전부 다 들이받아 버리고 싶은 마음도 너 덕분에 누르는 거야."

“…….”

“내가 이만큼이나 버틸 수 있는 건 전부 다 니가 있어 주는 덕분인데, 내가 무슨 불평을 할 수 있겠냐.”

“…….”

“하루 종일 고마워하기에도 모자라잖아.”

천천히 들어 올려진 태오의 손이 하얀 그녀의 뺨을 조심스레 쓰다듬었다. 차갑기만 했던 그의 손은 어느새 따듯한 온기로 물들어 있었다.

그 따스함을 느끼고 나서야 겨우 잠잠해지는 마음속의 불안.

하지만 숨이 트이기보단 다시 눈물이 쏟아질 것 같았다. 따듯하다 못해 뜨거운 그의 온기는 자꾸만 눈가를 붉힌다.

이번에도 위로받는 건 본인인 것 같다는 생각에, 나봄은 울먹이는 목소리로 물었다.

“정말 괜찮아?”

“어, 괜찮아.”

“안 괜찮으면 말해. 내가 할 수 있는 건 뭐든 해 줄게.”

“그냥 평생 내 옆에 있어 줘. 그거 하나면 돼.”

옆에 있어 달라는 그 말은 태오에게 가장 절실한 바람이었다. 그는 태어나서 처음으로 간절하게 원했던 그녀만 계속 곁에 있어 준다면 어떤 풍파도 견딜 수 있을 것만 같다.

그걸 누구보다 잘 알고 있는 나봄은 눈물을 닦으며 고개를 끄덕였다.

그러고는 마음속으로 굳은 다짐을 했다.

그의 부탁대로 나는 언제까지고 그의 곁에 있어 주겠다고. 혹시 나중에 그의 마음이 바뀌어서 멀리 떠나 달라고 말한대도, 오늘을 기억하며 절대 나 혼자 멀어지지 않겠다고.

바로 그 순간, 나봄의 머릿속에 태오를 찾아온 용건이 스쳐 지나갔다.

이런 얘기는 저녁 식사 자리로 이동한 뒤에 꺼내 놓아도 늦진 않지만 그래도 이왕이면 가장 진심에서 우러나올 때. 그녀가 하려는 말에 가장 확신이 설 때. 진심을 담아 꺼내 놓는 것도 나쁘지 않겠단 생각이 들었다.

결심이 선 나봄은 서둘러 젖은 눈가를 닦았고 태오와 다시 한 번 시선을 맞추었다.

"평생 곁에 있어 주는 사이가 되려면, 아무래도 이 말을 해야 할 것 같은데……."

"……."

"지금 여기서 말해도 될까?"

그런 뒤 태오에게 꺼내 물은 질문은 매우 의미심장했다. 평생 곁에 있어 주는 사이가 되자는 말은 아무리 생각해도 결혼하자는 말밖에 없는데.

내가 김칫국을 마시고 있는 건가. 아니면 나한테 프러포즈라도 하려고 하는 건가.

한순간에 머릿속이 복잡해진 태오는 잔뜩 동요한 눈빛으로 고개를 끄덕였다. 나봄은 그런 태오에서 눈을 떼지 않더니, 이내 태오를 당황시킬 만한 서론을 풀어 놓기 시작했다.

"우리 만난 지는 얼마 되지 않았지만 알고 지낸 시간이 길잖아. 친한 사이는 아니었지만 어쨌든."

"……그래서?"

"그래서 말인데…… 난 언제까지나 너한테 힘이 되어 주고 싶고, 항상 곁에 있어 주고 싶으니까……."

딱 거기까지 말했을 때.

태오의 두근대다 못해 심장은 터질 것만 같았다. 김칫국을 마시지 않으려 노력은 하고 있지만 아무래도 이런 분위기에서 꺼내질 고백은 단 하나밖에 없었다.

'설마 한나봄이 먼저……?'

태오는 두 눈을 휘둥그레 뜬 채 마른침을 삼켰다. 눈앞의 나봄은 그 어느 때보다도 긴장돼 보여서 태오의 기대엔 점점 더 확신이 깃들었다.

프러포즈라면 내가 먼저 성대하게 해 주고 싶었는데. 그래도 상황이 이렇게 되어 버렸으니까 우선은 받아야 하나?

그래, 내 인생의 마지막 여자는 너로 정한 지 오래이니.

"그러니까……."

얼마든지 프러포즈해. 난 망설임 없이 받아 줄게.

"나랑 제주도 가지 않을래?"

"좋아!"

태오는 나봄의 질문이 꺼내지기가 무섭게 곧바로 대답했다.

하지만 일단 말부터 내뱉고 나서 곰곰이 되짚어 보니 그녀가 꺼낸 말은 태오의 기대와 살짝 어긋나 있음을 깨달았다.

제주도…….

프러포즈인 줄 알았는데 제주도…….

나봄에겐 제주도에 함께 가자는 말이 프러포즈와 같았지만, 태오는 그 사실을 알 리 없었다.

그래서 김이 새어 버린 그에게 나봄은 활짝 웃으며 말했다.

"여행이 그렇게 가고 싶었어?"

"아……."

"다행이다. 혹시 시간 없거나 갈 기분 아니면 어쩌나 고민했는데."

"아니, 뭐……."

"되는 시간 말해 주면 내가 무조건 너한테 맞출게! 오늘 안에 꼭 알려 줘!"

성대한 크루즈선 프러포즈가 달린 만큼 그리 말하는 나봄의 눈빛은 비장했으나, 태오는 전혀 눈치채지 못하고 고개만 덧없이 끄덕였다.

아, 한동안 좋은 일만 생겨서 잊고 있었는데 난 원래 기대하면 안 되는 놈이었지.

괜히 헛물켰다가 귀만 빨개졌네. 에라이.

* * *

"다 안 비켜?! 나 강태준 친엄마 되는 사람이야!"

강릉 요양원 로비.

한적한 그곳에 날카로운 여자의 고함이 울렸다. 머리가 헝클어진 줄도 모르고 소란을 피우는 사람은 다름 아닌, 태준을 찾아온 서미란 대표였다.

"환자들 안정을 위해서 이러시면 안 됩니다!"

"환자분께서 면회를 거부하셨어요! 저희도 그런 분을 억지로 끌고 나올 수는 없잖아요!"

간호사들은 발악하는 그녀의 두 팔을 붙잡고 필사적으로 막아섰다.

하지만 서 대표는 좀처럼 진정할 기미를 보이지 않았다.

그녀는 아들을 가둬 놓은 이 공간이 요양원인지 수용소인지 분간도 안 될 만큼 허름해서, 태준을 일 분 일 초라도 더 이곳에 놔둘 수 없었다.

"내 아들 멀쩡한 건 맞아?! 왜 못 보게 하는 건데!"

"면회를 거부하신 건 환자분 의사라고 몇 번을 말씀드려요!"

"그럼 내가 보러 갈 거야! 내 눈으로 우리 태준이 멀쩡하게 있는지 봐야겠어!"

점점 더 커지는 소란에 환자들은 물론, 모든 임직원이 로비로 모여들었다.

그러나 막을수록 격분하는 그녀는 주변 시선 따윈 아랑곳하지 않고 더욱 더 몸부림을 쳤다.

"놔! 놓으라고! 내 아들한테 가겠어!"

바로 그때.

"아무리 친모라고 해도 서미란 씨는 선우태준 씨를 절대 만날 수 없습니다."

서 대표의 뒤편에서부터 굵직한 중년 여성의 목소리가 들려왔다. 일그러진 서 대표의 시선이 매섭게 등 뒤를 향했다.

"……뭐?"

그러자 중년 여성은 그녀를 향해 가볍게 고개를 숙여 인사했고, 제 소개부터 건넸다.

"저는 이 병원의 원장입니다. 선우태준 씨의 진료를 도맡고 있죠."

"우리 태준이 이름 앞에…… 그딴 더러운 성 갖다 붙이지 마."

서 대표는 경고성 짙은 음성으로 엄포를 놓았다. 하지만 원장은 아랑곳 않고 여유 섞인 표정으로 제 할 말을 이어 나갔다.

"태준 씨의 문제는 상담을 통해 어느 정도 파악한 상태입니다. 정신적으로, 육체적으로 많이 지친 상태더군요. 그런데 서미란 씨."

"……."

"태준 씨의 정서적인 불안감과 강박증이 모두 서미란 씨, 당신에게서 비롯된다는 걸 아십니까?"

"닥쳐……."

"태준 씨는 당신으로부터 격리되는 것만으로도 빠르게 안정을 찾아가고 있습니다. 그런 와중에 면회라니요. 환자의 차도를 위해서라도 허가할 수 없지요."

"뭣도 모르면서 그 입 닥치라고!"

서 대표는 소리를 내지르며 자신을 붙잡고 있는 간호사들을 뿌리쳤다.

그리고는 서슬 퍼런 눈빛을 띤 채 원장에게 다가갔다. 일촉즉발의 상황이었으나 서 대표의 분위기는 감히 막아설 수 없을 정도로 위압적이었다.

어느 새 원장의 바로 앞까지 다가간 서 대표는 그녀를 똑바로 내려다보며 말했다.

"서재균 회장의 개 노릇하면 콩고물이라도 떨어질 줄 알지?"

"……."

"틀렸어. 실세는 나야. 이깟 감옥 같은 정신병동쯤이야 한순간에 허물어 버릴 수도 있어."

그녀의 협박엔 적의가 가득했다. 초조해진 간호사들은 파르르 눈빛을 떨며 원장을 지켜보았다.

하지만 겁에 질리기는커녕, 오히려 두 눈에 또렷이 힘을 준 원장은 단호한 음성을 내뱉었다.

"서미란 씨, 저는 누구의 개가 아니라 의사입니다. 환자에게 위험한 존재를 격리시키는 것 역시 의사로서의 적절한 조치이구요."

"하…… 위험한 존재?"

"태준 씨는 도피처가 필요해서 제 발로 이곳에 입소했습니다. 그런 사람을 억지로 끌어내겠다는 건 그 사람을 다시 당신의 품 안에 가둬 두고 싶다는 소리로밖에 들리지 않아요."

원장의 말은 한 마디 한 마디 가시처럼 서 대표의 가슴에 박혀 왔다. 서 대표는 당장 그녀의 입을 틀어막고 더 이상 짖지 못하게 만들고 싶었으나 부들거리는 두 손은 오히려 움직이질 않았다.

그 틈을 타, 원장은 서 대표가 알고 있었지만 애써 외면하고 있던 사실들을 적나라하게 짚어 냈다.

"태준 씨와 상담을 해 보니 당신은 그동안 태준 씨를 위해서라면 무엇이든 감당하려 했던 희생적인 어머니셨더군요."

"……."

"하지만 그런 행동 자체가 태준 씨를 오히려 세상으로부터 도태시키고 있다는 거, 인지는 하고 계십니까?"

"……."

"그동안 태준 씨를 어느 누구도 접근할 수 없게끔 철저하게 격리시켜 놓았으면서, 지금 이곳에서 홀로 지내는 건 그렇게나 불쌍하던가요?"

아니야. 나는 그 애를 격리시키지 않았어.

내뱉고 싶은 말은 분명히 있었으나 입술은 미처 떨어지지 않았다. 괴로워했던 아들의 모습을 기억하고 있는 일말의 양심이 그녀의 변명을 막아 놓은 탓이었다.

원장은 그런 서 대표를 측은한 눈빛으로 바라보았고 다소 누그러진 말투로 말을 이었다.

"무엇이 그토록 걱정스럽고 힘들어서 고군분투하셨는지, 일개 담당의인 저로서는 알지 못합니다."

"……."

"하지만 태준 씨는 지금 자신을 지켜 주는 사람보단 믿어 주고 의지해 주는 사람이 필요해요. 어떤 모습이든, 어떤 삶을 살든 응원해 줄 수 있는 사람 말이에요."

그 얘길 듣는 순간 어째서 눈엣가시 같았던 얼굴이 떠오르는 건지.

"제가 감정적으로 말씀드렸지만, 서미란 씨가 나쁜 어머니라는 뜻은 아니었어요. 저는 다만……."

"……."

"누구보다 선우태준 씨를 위하는 만큼, 그 사람만을 위한 올바른 판단과 행동을 하시길 바랄 뿐입니다."

원장이 마지막 한 마디를 건넬 때쯤 서 대표의 머릿속은 이미 새하얘져 버렸다. 그래서 아무런 대답도 하진 못했으나 적어도 지금까지 그를 위해서랍시고 했던 일들이 태준만을 위해서가 아닐지도 모른다는 생각을 어렴풋이 했다.

아프지 않았으면 좋겠어. 상처받지 않았으면 좋겠어. 작아지지 않았으면 좋겠고, 무너지지 않았으면 좋겠어.

너를 향한 숱한 걱정과 바람들은 어쩌면, 혜성처럼 빛나던 너를 잃고 싶지 않았던 내 욕심인지도 모르겠다.

난 너의 미래를 보지 못하고 오로지 빛만 좇아다니던 하루살이에 불과했구나.

다 늦어 버린 지금 와서야 깨달은 사실이지만.

* * *

"아이스 아메리카노 한 잔 주세요."

자정에 가까운 늦은 밤.

나봄을 데려다주고 집 근처 카페에 들린 태오가 차가운 커피를 주문했다.

나봄과의 저녁 식사는 화기애애한 분위기에서 끝났고 그를 둘러싼 문제들도 거의 잊혔으나, 가시처럼 콕 박힌 한 가지 사건 때문에 마음이 착잡해져서였다.

'우리 만난 지는 얼마 되지 않았지만 알고 지낸 시간이 길잖아. 친한 사이는 아니었지만 어쨌든.'

'그래서 말인데…… 난 언제까지나 너한테 힘이 되어 주고 싶고, 항상 곁에 있어 주고 싶으니까…….'

태오의 불안을 위로해 주려 했던 그녀가 갑작스럽게 내뱉은 말들.

그건 다시 되짚어 봐도 프러포즈의 전조였다.

알고 지낸 시간이 길고 항상 곁에 있어 주고 싶으니까 결혼하자. 봐 봐, 뒤에 결혼 얘기가 따라 나와도 전혀 위화감이 없잖아.

'나랑 제주도 가지 않을래?'

그런데 갑자기 제주도 타령이라니.

알고 지낸 지 오래됐고, 계속 힘이 되어 주고 싶고, 평생 곁에 있고 싶으면 보통 제주도를 가나?

'그, 그래. 이번 주 금요일 휴가 내고 금토일 이렇게 갔다 오자. 제주도.'

괜찮은 날짜를 바로 말하라 해서 대답을 하긴 했지만, 기대했던 만큼 부풀어 오른 그의 마음은 이미 바람 빠진 풍선처럼 풀이 죽어 버린 후였다.

그녀와 단둘이 가는 제주도 여행.

이쪽도 정말 꿈만 같고 좋긴 하다만 더 기쁠 수 있었던 걸 김칫국이 다 망쳐 버렸다.

그 덕에 나봄과 즐거운 저녁 식사를 하면서도. 아쉬운 데이트 끝에 그녀를 집까지 데려다주면서도. 프러포즈에 대한 아쉬움만 머릿속을 가득 메워 버렸다.

'결혼하고 싶다!'

이렇게 재촉할 마음은 조금도 없었는데 한 번 자라난 욕심은 끝도 없이 싹을 틔운다. 얼핏 우리 2세 얼굴까지도 보이는 것 같다.

"미치겠구만, 진짜."

"아이스 아메리카노 한 잔 나왔습니다."

짜증 섞인 혼잣말만 내뱉고 있던 그때, 주문한 커피가 나왔다. 태오는 냉수 마시고 속 차리는 심정으로 커피를 원샷하기 위해 잔을 들었다.

하지만 바로 그 순간, 그의 눈길을 사로잡은 컵 홀더의 광고는 마음을 다잡기는커녕 더욱 두근거리게 만들었다.

[프러포즈 in 제주! 초호화 여객선에서 아름다운 바다를 보며 사랑의 결실을!]

이미 응모 날짜가 지난 이 광고 문구는 마치 신이 직접 내려와 귓가에 속삭여 주는 듯하다.

'프러포즈를 원하면 니가 하거라, 중생아'라고.

"초호화 여객선…… 그래. 그깟 거 돈이 없는 것도 아니고 내가 해 주면 되잖아."

기대감을 정리하러 왔다가 추진력만 얻어 버린 태오는 컵 홀더가 젖지 않도록 곧바로 빼서 주머니에 챙겨 넣었다.

물론 우리가 만난 시간은 얼마 되지 않지만, 그녀를 짝사랑한 시간은 어디다 내놔도 뒤처지지 않을 만큼 길었으니.

아마 그녀는 기꺼이 받아 줄 것만 같다. 9년 묵은 사랑이 고스란히 담긴 나의 호화로운 프러포즈를.

* * *

"푸읍! 뭐, 뭐어?!"

소라가 머금고 있던 주스를 뿜으며 격한 반응을 보였다. 얼굴이 귀까지 새빨개진 나봄은 은근슬쩍 그녀와 시선을 피했다.

하지만 나봄의 충격 발표를 두 귀로 똑똑히 들어 버린 소라는 눈을 휘둥그레 뜨고 물었다.

"니가 그 프러포즈 이벤트에 당첨됐다고?! 정말?!"

"으, 응."

"그래서 뭐라고 말했어! 한다고 했어?!"

"뭐…… 운 좋게 당첨된 건데 무르기도 좀 아까우니까."

"와아, 내가 살다 살다 한나봄이 프러포즈 하는 것도 다 보고! 소문난 소심이가 이게 무슨 일이래!"

"목소리 낮춰! 여기 카페잖아!"

민망해진 나봄은 요란 법석을 떠는 소라를 어떻게든 진정시켜 보려 했다.

하지만 소라는 벌렁벌렁 뛰는 가슴을 좀처럼 가라앉히지 못했다. 이벤트에 당첨된 것도, 좋아하는 남자에게 결혼하자는 말을 꺼내는 것도 전부 제 일인 것처럼 흥분한다.

"한나봄 결혼한다고 온 동네방네 소문내고 다녀도 모자란데 어떻게 조용히 할 수가 있겠어!"

"아직 태오 대답도 못 들었어. 괜히 띄우지 마."

"걔 대답은 내가 예언도 해 줄 수 있다! 불 보듯 뻔해!"

소라는 그리 말하며 나봄의 옆에 거머리처럼 딱 달라붙어 있던 태오를 떠올렸다. 절친인 소라까지도 견제하던 그는 누가 봐도 자타 공인 한나봄 바라기였다.

그런 녀석이 프러포즈를 거절할 리가 있나. 그거 받고 감동 먹어서 울지나 않으면 다행이지.

"그래서 언제 할 건데? 미리 휴가 내고 하려면 다음 달쯤 되려나?"

"아, 아니."

"그럼 다다음 달?"

"아니……."

"설마 그 이상이야? 그렇게까지 기다려 준대?"

"그게 아니라…… 이번 주말이야."

"뭐어?! 이번 주말?!"

겨우 잦아드나 싶었던 소라의 목소리가 다시 커졌다. 당황한 나봄은 벌떡 자리에서 일어나 그녀의 입을 틀어막았다.

"쉿!"

"읍읍!"

하지만 희번덕대며 치켜뜬 눈동자로 무언가를 계속 말하려던 소라는 기어이 나봄의 손을 뿌리치고 격한 리액션을 했다.

"쇠뿔도 단김에 빼라고 했지만 이건 너무 빠르다!"

"그, 그런가?"

"하지만 난 답답한 것보다 빠른 게 더 좋아! 아주 잘됐어!"

응원하는 거야, 걱정하는 거야?

나봄은 거사를 앞둔 자신보다도 더 격양된 소라를 흘겨보다가 다시 제자리에 앉았다.

그러고는 제 이마를 짚은 채 흐린 한숨을 내쉬었다. 사실 오늘 그녀가 소라를 부른 이유는 딱 하나. 프러포즈에 대한 조언을 얻기 위해서였다.

"후우…… 사실 프러포즈 날짜만 그렇게 잡아 놨지, 어떻게 해야 할지는 감도 안 잡혀."

한숨 섞인 목소리로 말문을 연 나봄은 곧바로 본론을 꺼내 놓았다.

"크루즈 이벤트 당첨된 것 때문에 스케일이 너무 커지다 보니까, 멘트 짜는 것도 만만치 않고."

"그렇겠지."

"게다가 난 거짓말도 못하는데 내가 걔를 크루즈까지 의심 사지 않고 데려갈 수나 있을까?"

"글쎄."

"앗! 설마 벌써 들킨 건 아니겠지?"

"진정해. 진정해. 걘 다행히도 눈치 더럽게 없더라."

나봄이 늘어놓는 고민들을 가만히 듣고 있던 소라는 쿨하게 손을 내저었다. 그러고는 넓은 아량으로 하해와 같은 자비를 베풀기로 했다.

"그러니까 멘트부터 문제라 이 말이지?"

"응."

"내 창의적인 두뇌 좀 빌려줘?"

"응!"

나봄은 그녀가 내미는 도움의 손길을 덥석 붙잡았다. 그러자 소라는 미간까지 좁힌 채 깊은 생각에 잠겼고, 얼마 지나지 않아 첫 번째 아이디어를 꺼내 놓았다.

"아! 이거 어때! 바다에서 배 타고 하는 프러포즈니까, 넓은 바다 저 먼 수평선을 바라보면서 걔한테……."

"태오한테 뭐?"

"너, 내 동료가 되어라!"

"그건 만화 대사잖아."

어쩐지 소라의 눈에 장난기가 꿈틀꿈틀한다 싶더니 그녀가 제시한 첫 멘트는 하염없이 가볍고 장난스러웠다.

나봄의 반응을 보며 깔깔대던 소라는 다시 허리를 곧추세웠고 두 번째 아이디어를 짜내기 시작했다.

"좋아, 이번엔 제대로 생각해 볼게."

"그래. 진지하게 같이 고민해 줬으면 좋겠어."

"프러포즈 분위기는 어떤 스타일로 가고 싶은데?"

"분위기야 뭐…… 내가 긴장하기 전에 강력한 한 방을 제대로 딱 던졌으면 좋겠어."

"강력한 한 방이라……."

이번엔 정말 좋은 거라도 뽑아내려는지, 소라는 제 관자놀이까지 문지르며 머리를 굴렸다.

그렇게 또 얼마나 지났을까.

"왔어! 왔어!"

"이번엔 뭐!"

"니가 원하는 대로 이건 진짜 강력해!"

"그러니까 뭔데!"

"내 아를 낳아도!"

"어우, 야!"

나봄은 갈수록 주책인 소라를 찌릿 째려보았다. 소라는 그래도 마냥 재밌는지 한참 웃더니, 눈가를 닦으며 말했다.

"여기까진 장난이고, 사실 거창한 멘트가 무슨 필요가 있겠어."

"그래도 명색이 프러포즈인데."

"중요한 건 진심. 진심만 닿으면 된다 이거야."

소라의 손가락이 나봄의 왼쪽 가슴을 향했다. 나봄은 시답잖다는 표정으로 소라를 쳐다보면서도 제 심장 부근을 매만졌다.

그러자 소라는 제법 진지한 눈빛으로 특유의 시원시원한 목소리를 이어 나갔다.

“내 말은 니가 평소에 태오를 어떻게 생각하는지, 왜 함께 있고 싶은지. 그런 걸 솔직하게 털어놓으라는 거지.”

“너무 평범하지 않을까…….”

“평범하거나 식상한 멘트면 또 어때. 단태오가 바라는 건 획기적이고 거창한 고백이 아니라는 건 니가 제일 잘 알잖아.”

소라의 조언은 제법 일리가 있었다. 그제야 조금씩 프러포즈의 구상이 잡히기 시작한 나봄은 결심한 듯 천천히 고개를 끄덕였다.

“알았어. 그렇게 해 볼게. 소박해도 진실 되게.”

“그래, 트루. 그게 중요해!”

“웅, 트루!”

걱정만 가득하던 나봄의 눈동자에 어느새 확신이 어렸다.

근거 없는 자신감일 수도 있지만 지금 내가 그를 어떻게 생각하는지, 그가 나에게 얼마나 소중한 존재이고, 앞으로 남은 인생을 왜 같이하고 싶은지.

솔직하게 고백한다면 그는 내 손을 흔쾌히 잡아 줄 것만 같다.

다시 힘이 들어간 나봄의 눈빛을 알아챈 소라는 배시시 웃으며 음료 잔을 들었다.

“치얼스. 결혼 축하한다, 내 친구. 넌 잘 살 거야.”

그러고서 내뱉는 축하는 선부른 감이 있었으나 듣기 싫진 않았다.

태오와의 결혼이라.

본격적으로 생각해 본지는 얼마 되지 않았지만, 나도 어쩐지 잘 살 수 있을 거란 기대가 든다.

그 사람 옆에 있으면 나는 기본적으로 항상 설레고 행복하거든.

* * *

"뭐요? 토요일 저녁에 이미 프러포즈 이벤트가 잡혀 있어요?"

태오의 집.

휴대전화를 든 태오의 미간에 깊은 주름이 잡혔다.

그의 표정엔 온갖 고민이 가득했으나, 휴대폰 너머 속 직원은 마냥 친절하기만 한 목소리로 대답했다.

"금, 토, 일 이렇게 가는 2박 3일 여행 일정이라면 금요일 밤은 어떠세요? 마침 저녁 일곱 시 이벤트 타임에 예약이 비었는데."

"첫날 가자마자 얘기하는 건 좀 그렇지 않나."

"네?"

"게다가 혹시라도 거절당하면 어떡합니까. 남은 일정 분위기 다 망쳐 버릴 수도 있잖아요."

"아…… 그렇죠? 하하."

갑작스럽게 걱정을 토로하는 태오는 지금 나봄을 위한 프러포즈 이벤트를 계획하는 중이었다.

지난밤, 카페에서 태오의 눈길을 사로잡았던 제주도 초호화 여객선 프러포즈.

의욕 반, 오기 반으로 전화를 해 보니 가격대는 그가 생각했던 것보다는 비쌌고, 이벤트 수준은 그가 기대했던 것 이상으로 성대했다.

그렇다면 어쩔 수 없지. 일단 지르고 보는 수밖에.

하지만 날짜가 문제였다. 태오의 계획으로는 여행 마지막 날인 이틀째 저녁에 청혼을 하는 게 가장 완벽한데, 누군지는 몰라도 그 황금 같은 시간대를 쏙 가로채 가 버렸다.

"대체 누굽니까. 토요일 날 하는 사람."

잔뜩 심술이 난 태오는 괜한 질문을 던졌다. 그러자 눈치 없는 직원은 태오의 속도 모르고 그저 즐거운 목소리로 순순히 대답했다.

"예약자가 여성분이세요! 남자 친구한테 몰래 프러포즈 해 주신다고 만반의 준비를 하고 계시죠!"

그 말을 들은 태오의 입술 새로 비웃음이 샜다.

어떤 놈이 받는지는 모르겠지만, 제 여자 친구가 이 비싼 프러포즈 이벤트를 직접 열어 주게 하다니.

정말 눈치 없고 무심한 놈인 게 분명하다. 그런 녀석이 내가 원하는 시간대를 차지해 버렸다는 사실이 아주 배알 꼴려 죽겠다.

"아, 그럼 어떡해야 하냐."

아무리 속이 뒤집혀도 별수 없었던 태오는 한탄 섞인 혼잣말을 내뱉었다.

그러고는 애꿎은 커피 테이블 위 달력만 뚫어져라 노려보았다.

금요일.

프러포즈에 실패한다면 여행 자체를 한없이 우울하게 만들어 버리는 날짜지만, 성공한다면 남은 여행 일정을 더할 나위 없이 행복하게 만들어 줄 날짜이기도 하다.

'한나봄이 나랑 결혼해 주긴 할까?'

잠깐 가져 본 고민의 답은 명확하게 내릴 수 있었다.

이것 역시 김칫국일지 모르지만, 요즘의 그녀는 나를 너무 사랑하는 것 같다. 가끔씩 마주치는 눈빛이 꿀처럼 달콤한 것이, 이런 분위기에서라면 얼마든지 나의 프러포즈를 받아 줄 거란 확신이 든다.

짧은 고민을 거친 태오는 이윽고 비장한 목소리를 꺼내 놓았다.

"저, 금요일 저녁 일곱 시에 프러포즈 이벤트 예약하겠습니다."

"네! 예약 도와드리도록 하겠습니다. 성함이……."

"단태오요. 아, 넣을 수 있는 옵션은 다 넣어서 제대로 부탁드립니다."

"여자 친구분을 많이 사랑하시나 봐요."

"안 사랑하면 뭐하러 해 주겠습니까."

이 대화는 나봄도 동일한 직원과 비슷하게 나누었던 대화였다. 하지만 그 사실을 눈치챌 리 없는 태오는 그저 의욕만 활활 불태우고 있었다.

금요일 밤의 프러포즈가 어떤 결과를 불러올지는 상상도 하지 못한 채.

13.
니가 행복해져서 다행이야

끝없는 악몽을 헤맸다.

모든 것이 암흑으로 뒤덮인 공간, 어렴풋이 들려오는 그의 목소리를 따라가다 보면 그의 무덤만이 나를 반기는.

꿈이라는 걸 알면서도 두려워지는 그런 악몽을 계속해서 헤맸다.

그러다 절망에 지쳐 눈을 뜰 때면 까만 밤으로 물든 커다란 방이 나를 반겼다.

별반 다르지 않았다. 꿈이나 현실이나.

그래서 이대로 숨이 다할 때까지 영원한 잠에 빠지고 싶어졌다.

지이이잉— 지이이잉—

까만 어둠이 번져 있는 차가운 방.

차준은 침대 위에 올려놓은 휴대폰의 진동 소리에 겨우 눈을 떴다.

이렇게 시체처럼 누워만 있은 지 얼마나 됐더라.

형이 사라진 뒤로 마음은 조급한데 할 수 있는 건 하나도 없어서, 피가 마르다 못해 싸늘하게 식어 버렸다.

더 이상 누군가를 상대할 힘도 남아 있지 않은 차준은 전화를 끊기 위해 휴대폰을 들었다.

하지만 휴대폰 액정 화면에 뜬 수신인은 차마 통화를 거절하지 못하게 만들었다.

"대표님……."

서미란 대표의 갑작스러운 연락.

얼마 전 그녀에게 구걸하다시피 도움을 요청했던 차준은 목소리도 정리하지 않고 서둘러 통화 버튼을 눌렀다.

"여보세요."

—어디야.

서 대표는 차준의 다급한 음성이 들려오자마자 대뜸 위치부터 물었다. 차준은 휴대폰을 보다 꽉 붙잡으며 곧바로 대답했다.

"자택입니다."

—주변에 아무도 없고?

"네, 저 혼자예요."

무관심한 그녀가 차준의 주변을 신경 쓴다는 건 절대 들켜선 안 될 화제를 꺼내겠다는 신호와 같았다. 서 대표와 나눌 비밀은 태준의 위치밖에 없는 차준은 조급함을 견디지 못하고 조심스러운 목소리로 물었다.

"형은…… 형은 찾으셨습니까?"

그러자 휴대전화 너머에선 서 대표의 짙은 한숨이 들려오는가 싶더니.

―찾았어. 강릉의 요양원에 있더구나.

이내 그토록 듣고 싶었던 형의 소식을 내뱉었다.

강릉에 있었구나. 그렇게 먼 데 틀어박혀 있으니까 아무리 헤매고 다녀도 찾을 수가 없지.

꼭꼭 숨은 형은 그만큼 절실하게 자신을 피하고 있는 것만 같아서, 차준의 가슴 한편이 미칠 듯이 쓰라렸다. 하지만 차준은 아파하는 것도 잠시 미뤄 둔 채 그의 신변부터 묻기로 했다.

"몸은 어때요? 무사한 거 맞습니까?"

―모르겠어.

"모르겠다니요. 보고 오시지 않았습니까?"

―보러 갔지만 만나진 못했어. 태준이가 면회를 거부했거든.

서 대표의 쓸쓸한 대답에 차준의 불안감이 거세졌다.

서 대표를 거부한다는 건 이쪽과 아예 인연을 끊겠다는 뜻인데, 차준은 그렇게나 냉정한 형의 모습은 이때껏 본 적이 없었다.

"그럼 이제 어떻게……."

차준은 흐린 목소리로 물으려다 이내 관두었다. 어떻게 할 방법이 떠올랐다면 서 대표는 그를 찾지 않았을 터였다.

그래서 불규칙적으로 뛰는 심장박동만 애써 붙잡고 있던 그때.

—니가 필요해.

서 대표가 뜻밖의 말을 꺼내 놓았다. 그 말을 들은 차준의 눈빛이 위태롭게 흔들렸다.

"……네?"

—너 혼자 가선 별반 달라지는 게 없을 거야.

"그럼……."

—태준이를 알고, 너도 아는 사람. 서 회장에게 휘둘리지 않고 너를 도와줄 사람. 그런 사람이 필요해.

"……."

—혹시 생각나는 사람 있어?

서 대표의 질문 끝에 차준은 어떤 얼굴 하나를 떠올렸지만 고개를 저었다.

그는 태준과 차준의 관계를 얼핏 알고 있고, 서 회장에게도 절대 휘둘리지 않을 만큼 막무가내이지만.

'가족까지 팔아 처먹어 놓고 원한 살 짓 안 했다고 하면 다야?'

'사람으로서 할 짓이 있고, 하면 안 될 짓이 있어!'

'주변 사람들 죄다 망가트려 놓고 한나봄 데려가서 뭘 어쩔 생각인데!'

'니가 사람 구실도 못 하고 산다고 해서 나까지 같은 취급하지 마.'

그가 차준을 도와줄 리가 없다. 그건 그의 마지막 눈빛에 어린 경멸을 똑똑히 기억하고 있기 때문에 확신할 수 있다.

"하아……."

흐려지는 차준의 숨소리는 회의감을 의미했다.

그걸 알아챈 서 대표는 긴 한숨을 흘려보냈고 강제적으로 인정할 수밖에 없었던 원장의 말을 그대로 전했다.

―태준이한텐 내가 아니라, 그 애를 믿고 응원해 줄 사람이 필요하다고 하더라.

"……."

―지금 와서 이런 말하는 거 우습겠지만…… 난 그게 너라고 생각해.

서 대표가 처음으로 보여 준 차준에 대한 신뢰는 복잡한 그의 머릿속을 단숨에 정리해 버렸다.

믿어 주는 사람. 그의 삶을 무조건 응원해 주는 사람.

나라고는 할 수 없지만 한때는 나였었다. 그건 그때로 돌아가고 싶은 내가 무엇보다 확신할 수 있다.

그를 잃어버린 후부터 마음껏 그를 동경할 수 있었던 시간이 미칠 만큼 간절해진 차준은 떨리는 숨을 들이쉬었다.

"제가 어떻게든…… 형을 데려오겠습니다."

그러고는 어느 때보다 진심 어린 대답을 내뱉었다.

오랫동안 죽은 숨만 내뱉던 가슴에 그제야 새 숨결이 도는 느낌이었다.

*　　*　　*

"수건, 면도기, 칫솔은 집에 있는 거 가져가면 되고 꽃은 그쪽에서 준비해 준다고 했고……."

우드레일 퍼니쳐 팩토리 팀장 사무실.

오늘도 업무를 배정받지 못한 태오는 웬일로 분주했다.

나봄과의 여행, 그리고 그녀 몰래 준비한 프러포즈 날이 벌써 내일로 다가온 지금.

태오는 완벽한 하루를 보내기 위해 꼼꼼하게 준비물들을 체크하는 중이었다.

"아, 반지. 집에 가자마자 반지부터 캐리어에 넣어야겠다."

프러포즈 반지는 나봄과 어울리는 플라워 장식이 인상적인 로즈골드 링으로 준비했다.

이거 하나를 사는데 얼마나 많은 고민을 했는지.

반지를 고르는 그가 하도 심각해 보여서 매장 직원 전부가 힘을 합쳐 한 시간 동안 도와줬었다. 그 덕분에 겨우 선택한 반지는 다행히 보면 볼수록 태오의 마음에 쏙 들었다.

이 정도의 준비라면 급하게 준비한 티가 전혀 나지 않을 것 같아.

"자, 이 정도면 챙길 건 어느 정도 챙겨 놨네."

확인이 끝나자 태오는 후련한 표정으로 수첩을 내려놓았다. 그러고는 책상 위에 올려놓은 탁상시계를 바라보았다.

퇴근 시간이 얼마나 남았는지 시시때때로 확인하는 것. 이건 회사에서 도태되기 전까지는 절대 하지 않았던 행동이었다.

어차피 책임져야 할 업무가 너무 많아서 퇴근 시간이 되어도 집에 가지 못하는 게 다반사였으니까.

하지만 요즘엔 떨어지는 업무도 없고, 참석해야 할 회의도 없고, 퇴근 시간이 되자마자 칼같이 회사를 빠져나가도 말리는 사람 한 명이 없고.

강제적으로 한가하다 못해 무료한 일상을 보내고 있는 태오는 마음이 허하고 울적해질 때가 많다. 가끔씩 가슴 깊은 곳에서부터 불쑥불쑥 치고 올라오는 울화도 슬슬 감당이 안 되려고 한다.

이 찰나에 떠나게 된 나봄과의 제주도 여행은 어쩌면 그에겐 구원과도 같았다.

제주도 옥빛 바다가 그렇게나 예쁘다던데.

태오는 사랑하는 나봄과 바닷가를 거닐면서 나쁜 감정들을 모두 파도에 실어 보내고 올 참이다.

"그래, 퇴근 시간까지 딱 세 시간 남았네. 조금만 버티면 된다, 조금만……."

태오는 굳은 어깨를 스트레칭 하며 착잡한 심경을 달랬다.

그러고는 아무 것도 안 하고 있는 게 더 자존심 상해서, 지난 업무 보고서들이라도 훑어보기 위해 파일 하나를 집어 들었다.

똑똑—

그때, 오랜만의 노크 소리가 들려왔다. 깜짝 놀란 태오의 눈동자가 잔뜩 긴장한 채 사무실 문으로 향했다.

"들어오세요."

단조로운 어조로 말은 하지만 태오의 심장은 불안하게 뛰기 시작한다.

혹시 팀장직에서 물러나라고 하는 게 아닐까. 그것도 아니면 사무실을 빼라고 하는 건 아닐까.

밖에선 사람들 분위기 때문이라도 멀쩡히 버티기 힘들 것 같은데, 나는 이제 어떻게 해야 하나.

스멀스멀 기어 올라오는 나쁜 생각들은 태오의 심장을 불안하게 조여 왔다.

그래서 구겨진 미간도 제대로 못 펴고 있던 순간.

"……단태오 씨."

철컥, 열린 문으로 뜻밖의 인물이 들어섰다.

차라리 나쁜 소식이 찾아오는 편이 나을 정도로 달갑지 않은 그 사람을 보자 태오의 눈이 단번에 싸늘하게 얼어붙었다.

"선우차준……."

태오가 직함조차 생략한 채 그의 이름을 부르자, 차준은 사무실에 마저 몸을 들여놓고는 문을 닫았다.

"여기가 어디라고 들어와. 당장 꺼져."

그의 숨소리도 듣기 싫었던 태오는 날 선 말로 그를 밀어내려 했다. 하지만 차준은 잠시 잠깐도 멈칫하지 않고 태오의 앞으로 성큼성큼 걸어왔다.

"이게 뭐하자는 짓이냐?"

태오가 화를 참지 못하고 쏘아붙였다. 차준은 그런 그를 가만히 내려다보다가 천천히 마른 입술을 열었다.

"당신에게…… 부탁할 게 있어서 찾아왔습니다."

"뭐?"

"당신의 도움이 필요합니다, 단태오 씨……."

시비를 걸어올 거라 생각했던 차준의 부탁에 태오의 눈빛이 더욱 사납게 일그러졌다.

일말의 양심이라도 있었다면 내게 와서 부탁을 하진 않았을 텐데. 사람을 이 꼴로 만들어 놓고선 뻔뻔하게 도와 달라니.

"꺼져."

그의 부탁은 절대 받아 주고 싶지 않았던 태오는 단호히 말했다. 그러나 차준은 물러나지 않고 한 번 더 목소리를 이었다.

"내가 책임질 수 있는 건 뭐든 책임지겠습니다. 그러니까 제발 한 번만……."

애절한 그의 음성은 태오를 설득시키기는커녕 더욱 분노하게 만들었다. 이미 비참해질 대로 비참해진 나의 처지는 그가 책임져 준다고 해서 되살아날 수 있는 게 아니었다.

"니가 안 꺼지겠다면 내가 내쫓아 줄게."

경고는 이쯤이면 되었다. 그래도 물러나지 않은 차준을 직접 끌어내야겠다고 생각한 태오는 책상에서 벌떡 일어나 사무실 문을 거칠게 열었다.

"그나마 남아 있는 애사심으로 직원들 앞에서 쪽팔리진 않게 해 줄게."

"……."

"그러니까 지금 당장, 니 발로 니가 나가세요."

그리 말하는 태오의 목소리엔 마지막 인내심이 가로막고 있는 분노가 잔뜩 스며 있었다.

그걸 똑똑히 마주하고 있는 차준의 눈빛이 옅게 떨렸다.

"얼른."

태오는 고개를 까딱하며 재촉했으나 차준은 아무런 말도 하지 않았다. 그렇게 한참을 가만히 있다가 꺼내 놓는 한 마디는 겨우.

"……부탁합니다."

뭘 가지고 그리 절절하게 매달리는지, 쉽사리 얘기를 꺼내지 못하는 걸 보면 부탁한다는 게 쉬운 일은 아닐 것이 분명했다.

사람을 또 난처하게 만들거나 곤경에 빠트리겠지. 너 하나만 편하자고.

그런 차준의 야비한 사고방식이 끔찍이도 싫었던 태오는 결국 더는 참지 못하고 언성을 높였다.

"내가 개처럼 끌어낼까!"

태오가 내지른 고함에 다른 직원들의 시선이 사무실 쪽으로 쏠렸다. 그러나 태오는 아랑곳 않고 사나운 적대감을 본격적으로 드러내기 시작했다.

"내가 널 왜 도와줘야 되는데! 그게 잔심부름이든, 일생일대의 위기든, 니가 나한테 뭘 부탁할 처지가 되기나 하냐?!"

"……."

"뻔뻔하고 양심 없는 것도 정도가 있어야지! 여기가 어디라고 내 눈앞에 나타나!"

쏟아지는 태오의 분노에 차준은 마른침을 삼켰다. 그리고 필사적으로 입술을 떼어 내려 했다.

하지만 벌써 몇 년 동안이나 타인에게 꺼내 놓은 적 없던 그 이름은 쉽사리 혀끝에서 떨어지질 않았다.

"……만나야 할 사람이 있어요."

결국 내뱉어지는 건 주어가 없는 애매모호한 말뿐.

참다못한 태오는 차준의 멱살을 붙잡았다. 그런 뒤 사람들이 보든 말든 그를 문 밖으로 내동댕이쳐 버렸다.

"아, 본부장님!"

"본부장님! 괜찮으세요?!"

직원들 몇 명이 쓰러질 뻔한 차준에게로 달려왔다.

니들이 내가 넘어졌어도 그렇게 했을까.

그런 생각을 하자 태오의 감정은 더욱 격해지기 시작했다. 아무리 생각해도 차준은 내 처지를 우습게 만들기 위해 이곳에 찾아온 것 같다.

"부탁은 니 옆에 달라붙은 새끼들한테 해."

"……."

"나보다 잘 도와주겠네."

더는 그와 엮이고 싶지 않았던 태오는 차디찬 욕설을 마지막으로 등을 돌렸다. 하지만 그 자리를 떠날 수는 없었다.

"너밖에 없어……."

"……."

"도와줄 수 있는 사람이 너밖에 없다고!"

그가 사무실 문을 닫으려 하자마자 다급한 목소리와 함께 태오의 옷자락을 붙잡아 버린 차준 때문에.

"이 손 부러트려 버리기 전에 놔라."

태오는 거친 협박을 내뱉으며 고개를 돌렸다. 그러나 다시 바라본 차준은 어느새 태오의 앞에 두 무릎을 꿇고 있었다.

그래서 당황한 채 굳어 버리자, 차준은 지금까지 본 적 없던 애절한 표정으로 모든 자존심을 내려놓은 채 필사적으로 매달린다.

"겨우 형을 찾았는데 만날 수가 없어! 나를 피해 숨은 거라 아무리 찾아도 나타나 주질 않아!"

"……."

"나도 너한테 이런 부탁하면 안 된다는 거 아는데! 정말 하고 싶지 않은데!"

"……."

"내 힘으로는 할 수 있는 게 정말 아무것도 없어……."

"……."

"붙잡는 것도…… 다시 되찾아 오는 것도……."

차준이 간절하게 찾고 있는 사람은 다름 아닌 태준이었다.

그가 제 욕망을 위해 형을 버렸다고 생각했던 태오는 뜻밖의 부탁에 혼란스러운 기색을 감추지 못했다.

'잃어버렸다', '붙잡지 못하고 되찾아 오지도 못한다'라는 표현은 매정하게 내다 버린 사람이 할 소린 아니었으니까.

그래서 섣부른 반응을 보이지 못하고 있는 태오에게 차준은 울음기 섞인 음성을 흘려보냈다.

"마지막으로 하는 부탁이야. 오래 걸리지도 않을 거야."

"……."

"한 번만 도와주면 니가 원하는 대로 다 해 줄게. 꺼지라고 하면 죽을 때까지 숨어 살고, 너의 인생을 책임지라고 하면 내 자리도 너한테 넘겨줄게. 그러니까 제발……."

"……."

"제발 한 번만 도와줘. 아무리 생각해도…… 우리 형을 부를 사람은 너밖에 없어."

차준이 다시 한 번 안타까운 부탁을 꺼내 놓는 동안 태오는 비참하게 숙여진 그의 고개를 내려다보았다. 어쩐지 요즘 들어 수척해 보인다 싶더니, 그의 뒷목엔 앙상한 목뼈가 그대로 드러나 있었다.

자신밖에 생각하지 못하는 이기적인 새끼라고 치부해 버리기엔 본인조차도 행복해 보이지 않는 비상식적인 상황이었다.

이렇게 비참한 모습으로 매달려서 얻고자 하는 게 뭔지. 내가 뭘 해 줄 수 있다고 이러는 건지.

"하아……."

혼란스러워진 태오는 머리를 흩트리며 깊은 한숨을 내쉬었다.

그러고는 차준에게 쏠린 사람들의 눈동자를 훑어보았다. 사람 꼴이 어찌되든 강 건너 불구경만 하고 있는 그들의 모습은 순간적으로 화악 짜증이 났다.

"다들 구경났어? 니들 일 아니면 신경 꺼."

침묵을 뚫고 흘러나온 사나운 그의 음성.

노골적으로 일그러진 그의 눈빛에 사람들의 관심이 강제로 흩어졌다. 하지만 오직 한 사람, 차준만은 떨구었던 고개를 힘겹게 들어 올리고 다시 태오를 마주했다.

태오는 그런 그를 여전히 가시 돋친 표정으로 쳐다보다가.

"일단 꼴사납게 굴지 말고 일어나."

"……."

"일어나서 얘기해."

그토록 모질었던 손길을 내밀었다.

드디어 떨어진 차가운 호의에, 차준의 눈가가 참을 수 없이 뜨거워져 버렸다.

* * *

명동의 한 백화점.

"이걸로 할게요."

삼십 분가량 고민하던 나봄이 드디어 까만색 가죽 시계 하나를 골랐다.

그녀의 결정만을 기다리던 점원은 화색이 도는 얼굴로 박수를 쳤다.

"탁월한 선택이세요. 이런 디자인은 질리지도 않고 호불호도 없어요. 분명 남자친구도 좋아하실걸요?"

정말 그랬으면 좋겠는데 말이야.

나봄은 자신이 고른 시계를 한 번 더 유심히 들여다보았다. 태오에게 가장 잘 어울릴 것 같아 고른 까만색 가죽 시계는 다소 비싸긴 하지만 확실히 태가 달랐다.

"가격이 얼마라고 하셨죠?"

제 선택에 확신을 얻은 나봄은 지갑을 꺼내며 물었다. 점원은 새 제품을 꺼내며 친절히 대답했다.

"이백삼십사만 원입니다."

"아아…… 맞다."

이백삼십사만 원.

그건 나봄의 월급에서 딱 이십만 원 모자란 가격이었다. 그 숫자를 듣는 순간 나봄은 살짝 손이 떨려 오긴 했으나, 프러포즈 링 대신 주는 선물이니 과감하게 결제하기로 했다.

이걸 차고 환히 웃을 내 남자를 생각하니 이 정도 돈은 아깝지도 않다.

"여기 이 카드로 계산해 주세요."

"네, 할부는 어떻게……."

"십 개월로 부탁드립니다!"

나봄은 그리 대답하며 앞으로 십 개월 동안은 제 용돈을 줄여야겠다고 생각했다.

하지만 그럼 어떠하리. 막상 점원에게 카드를 넘기고 나니 부담감보다는 흐뭇함이 찾아온다.

어느덧 코앞으로 다가온 프러포즈.

나봄은 여행 준비물은 아직 안 챙겼어도 프러포즈 준비는 완벽하게 끝마쳤다. 크루즈에서 프러포즈 때 틀어 줄 음악도 직접 선곡하고, 그때 나올 메뉴도 세심히 골라 주문하고.

게다가 컴퓨터 좀 다루는 소라의 도움을 받아 엉성하게나마 프러포즈 영상도 제작했다. 사귄 기간이 얼마 되지 않아 같이 찍은 사진은 몇 장 되지 않았지만, 소라가 적절하게 효과를 섞어 준 덕분에 완성된 영상은 제법 그럴싸했다.

'좋았어, 이제 시계만 챙기면 프러포즈 준비는 끝이네.'

신이 난 나봄은 입가에 싱그러운 미소를 퍼트렸다. 때마침 계산을 끝낸 점원은 그녀에게 카드를 돌려주며 말했다.

"프러포즈 선물이라고 하셨죠?"

"네."

"여자분이 프러포즈 하는 건 처음 봐요. 남자 친구 정말 복 받았다."

점원의 말에 나봄은 잠시 생각했다.

정말 그런가, 하고.

하지만 그동안 태오와의 시간을 되짚어 보면 되짚어 볼수록 그로 인해 행복했던 기억들이 가득 떠올라서, 나봄은 점원을 향해 고개를 끄덕이기보단 미소를 머금은 채 대답했다.

"제가 복 받았어요. 그러니까 프러포즈도 먼저 하죠."

남자 친구 자랑을 하는데 내 칭찬을 듣는 것보다 기분이 좋았다. 그렇게 행복에 겨워하고 있자니 너의 얼굴이 몹시도 보고 싶어졌다.

하지만 지금 당장 보러 갈 수는 없으니.

'태오한테 전화라도 해 볼까.'

나봄은 시계가 포장되는 짧은 시간 동안이라도 그의 목소리를 듣기 위해 휴대폰을 들었다.

뚜루루루— 뚜루루루—

전화를 걸자마자 들려오는 단조로운 통화연결음은 그 어떤 사랑

노래보다도 나봄의 가슴을 설레게 만들었다.

—여보세요.

그토록 듣고 싶었던 낮은 목소리에 그녀의 심장이 두근두근 떨려오기 시작했다.

"태오야! 뭐하고 있어!"

잔뜩 신이 난 나봄은 밝은 목소리로 그의 안부를 물었다. 지금쯤이라면 분명 회사에 있거나 집에서 쉬고 있을 줄 알았는데, 곧이어 들려오는 대답은 뜻밖이었다.

—강릉 왔어.

"강릉? 강릉은 갑자기 왜?"

—아…… 출장이라서.

잠깐의 텀이 마음에 걸리기는 했지만 나봄은 '출장'이라는 단어가 반가웠다.

요즘 회사에서 외톨이처럼 지낸다고 해서 많이 걱정했는데, 출장까지 간 걸 보니 분위기가 조금씩 나아지고 있는 걸까.

—넌 어디야?

그때, 태오가 갑작스러운 질문을 던졌다.

"백화점 왔어!"

나봄은 별생각 없이 솔직하게 대답했지만 막상 뱉어 내고 나니 프러포즈 선물을 사는 게 들킬 것 같아 걱정스러워졌다.

—백화점은 왜? 뭐 살 거 있어?

역시나 따라오는 질문은 사실대로 말하기 살짝 곤란했다. 시계점이라고 하면 은근히 눈치가 빠른 넌 나의 비밀스러운 계획을 눈치챌지도 몰라.

"아니, 뭐 그냥 구경…… 넌 강릉 어디야?"

나봄은 그의 질문을 대충 얼버무리기 위해 되물었다. 그러자 태오는 잠깐 헛기침을 하는가 싶더니, 이윽고 미세하게 떨리는 목소리로 대답했다.

―그, 그냥…… 주차장.

"아아, 지금 도착한 거야? 업체 미팅? 아니면 세미나?"

―……배달?

배달은 또 뭐야. 가구 현장팀은 그런 것도 도맡아 하나.

―나 이제 들어가 봐야 해서. 이따가 배달 끝내고 다시 전화할게. 내일 제주도도 가야 하니까 그만 돌아다니고 일찍 자.

나봄이 궁금증을 품을 때쯤 태오는 다급한 말투로 통화를 마무리 지으려 했다.

평소 의심이 없는 나봄은 그의 말을 곧이곧대로 믿고 아쉬움을 담아 대답했다.

"응, 너도 일찍 자! 강릉에서 오려면 힘들겠지만!"

―배달은 금방 끝나니까 열두 시 전엔 도착할걸. 자기 전에 전화할게.

"꼭 전화해! 기다릴게!"

―그래, 내가 도착하자마자 기절을 하더라도 꼭 너랑 통화는 하고 쓰러지마.

그리움이 묻어 나오는 약속을 마치고서야 두 사람은 통화 종료 버튼을 눌렀다.

사실 마음 같아서는 밤이 새도록 휴대폰을 붙들고 있어도 모자라겠지만, 두 사람은 현재 오래 대화할 상황이 아니었다. 미처 말하지 못한 각자의 은밀한 비밀 때문에.

나봄의 경우엔 프러포즈 시계가 그랬고, 태오의 경우엔 강릉까지 배달하다시피 데려온 사람이 그랬다.

지금 태오가 서 있는 이곳은 자그마치 세 시간 반을 달려 겨우 도착한 강릉의 낡은 요양원.

"야."

태오의 삐딱한 목소리에, 문 앞에서 멈춰 있던 차준이 고개를 틀었다. 사실 차준은 태오보다 한 살이나 많았으나, 그런 걸 따지기엔 차준의 처지가 결코 우세하지 못했다.

그걸 누구보다 잘 아는 태오는 일부러 무례함을 보태 쏘아붙였다.

"내가 너 때문에 거짓말까지 쳐야겠냐?"

"……."

"귓구멍이 제대로 달려 있다면 들었겠지만, 나 내일 내 여자 친구랑 2박3일로 제주도 간다. 여기 두고 가 버리기 전에 용건은 짧게 끝내고 와라."

이곳에 데려다주자마자 쌩하니 혼자 가 버릴 줄 알았는데, 저리 말하는 걸 보니 잠깐은 기다려 줄 모양이다.

예상치 못한 곳에서 쓸데없이 책임감 있는 녀석, 이라고 생각하며 차준은 지친 기색이 역력한 대답을 내뱉었다.

"어차피 길게 끌 수도 없어. 아예 나와 주지 않을지도 모르고."

"그런 거면 더 돌아 버리지. 여기까지 너랑 기분 더럽게 드라이브

하러 온 꼴이니까."

태오의 가시 돋친 대꾸를 들은 차준은 받아칠 기운도 없는지, 다시 정면으로 시선을 두었다. 그러고는 깊게 숨을 들이쉬었다. 고요한 숨을 내쉬며 문고리를 잡는 차준의 손은 옅게 떨리고 있었다.

이 문을 열고 들어가면 당신이 있겠지.

내 얼굴을 보면 화를 낼까. 슬퍼할까. 아니면 더는 쳐다보지 못하고 등을 돌려 버릴까.

밀려오는 두려움은 차준의 꾹 깨문 입술에서 여실히 드러냈다. 하지만 더는 망설일 시간조차도 없어, 굳게 마음먹고 문을 열어젖히려던 순간.

"선우차준."

태오의 사나운 음성이 꺼내졌다. 대답 대신 차준의 손이 잠시 멈추었다. 이번엔 또 무슨 시비를 걸려나, 싶었는데 뒤에서 무심히 꺼내진 말은.

"지금부터는 니가 단태오야."

"……."

"니 형, 어떻게든 만나서 내 이름 빌린 값 제대로 갚아."

태오의 비장한 목소리를 들은 차준은 떨리는 시선을 정리하려 마른침을 삼켰다. 그러고는 천천히 고개를 끄덕였다.

다시 문고리를 붙잡는 차준의 손에 조금 더 확신이 어렸다.

*　*　*

"태준 씨. 손님이 찾아왔어요."

강릉의 요양원, 그곳에서도 가장 고요한 병실.

누군가는 애타게 기다리고 있을 소식이 그 병실에 찾아왔다.

하지만 태준은 언제나처럼 텅 빈 시선으로 창밖만 응시할 뿐, 그 어떤 반응도 보이지 않았다. 어차피 그를 찾아온 사람들 중, 그가 만나도 되는 사람은 한 명도 없었다.

"이번에도 돌려보낼까요?"

담당 간호사는 물었지만 태준은 어김없이 침묵만을 유지했다.

이곳에 머무는 동안 부지런히 감정을 지운 덕분에 밖에 서 있는 사람이 그일 거라는 기대감도 들지 않는다. 되돌아가는 발소리도 더 이상 가슴 아프지 않다.

반응 없는 태준이 익숙한 간호사는 옅은 한숨을 내쉬었다.

이건 그녀가 곧 체념하고 돌아가리라는 것을 뜻했다.

하지만 담당 간호사는 이미 정돈되어 있는 태준의 침대보를 괜히 매만지며 다소 곤란해 보이는 목소리를 이었다.

"면회가 불가능하다고 말씀은 드렸는데 같이 오신 분이 워낙 막무가내로 나오셔서……."

"……."

"태준 씨가 그동안 면회 거부하셨던 가족이나 회사 쪽 인맥은 아니에요. 태준 씨를 도와줬다가 인생 쪽박 차게 생긴 사람이라고, 이름을 전하면 알 거라고 하던데……."

나를 도와줬다가 인생 쪽박 차게 생긴 사람?

아무리 살아 있는 시체를 자처한 태준이라도 그런 설명은 신경이 쓰일 수밖에 없었다. 애초부터 그가 도움을 요청했던 사람은 몇 되지 않았고, 그들에게 피해가 갔다면 그건 태준이 외면하기 어려운 일이었다.

'설마…….'

태준은 머릿속에 떠오르는 이름이 들려오지 않기를 애타게 바랐다.

하지만.

"단태오 씨라고…… 혹시 알고 계시나요?"

단태오.

태준이 마지막 짐을 대신 맡겨 놓고 왔던 그 사람의 이름이 기어이 간호사의 입 밖으로 꺼내지자.

"하아……."

태준의 입술 새로 긴 한숨이 새어 나오고 만다. 그와 동시에 불안하게 뛰는 심장은 나쁜 생각만 가득 차오르게 만든다.

늘 목석처럼 앉아 있던 태준은 그제야 담당 간호사를 향해 고개를 돌렸다.

"……데려다주세요."

그리고 이 병실에 들어온 이후 처음으로 낮은 목소리를 꺼내 놓았다.

"그 사람은 내가 만나야 해요."

분명 가족이 아니라고 했는데, 자신을 단태오라고 소개했던 남자와 어째서 이리도 비슷한 느낌을 풍기고 있는 건지.

태오가 만든 거짓말을 곧이곧대로 믿어 버린 그녀로서는 절대 이해할 수 없는 일이었다.

*　　*　　*

똑딱똑딱.

면회실에 걸려 있는 벽시계의 초침 소리는 유난히도 컸다. 그 소리를 가만히 듣고 있던 차준은 지나가는 시간의 무게를 버티지 못하고 고개를 떨구었다.

'태준 씨는 어느 누구도 만나고 싶어 하지 않습니다.'

'가족도 완강히 거부하는 상태니 돌아가세요.'

요양원 로비에서 수간호사가 했던 말들은 하나같이 차준의 가슴에 비수처럼 꽂혀 들어왔다.

이곳에 오는 동안 그에게 거절당할 걸 걱정하지 않았던 건 아니지만 그래도 애원하고 매달리면 한 번쯤은 나와 줄 줄 알았는데.

시간이 지날수록 예감은 점차 비관적인 쪽으로 기운다. 어쩌면 그는 혹시라도 내가 앉아 있을까 봐 이곳에 나와 주지 않을지도 모른다.

'지금이라도…… 그만두고 돌아갈까.'

차준은 고요한 숨을 고르며 아직 남아 있는 미련을 떨어트리려 노력했다. 정말 그에게 죄책감을 느끼고 있다면 지금이라도 그의 인생에서 사라져 주는 게 도리인 것만 같았다.

하지만 마음을 막 다잡으려던 그때.

끼릭— 끼릭—

익숙한 쇳소리가 면회실 밖 복도 끝에서부터 가까워지기 시작했다. 그것이 누구의 인기척인지 직감한 차준은 순간 철렁 내려앉아 버리는 가슴을 어쩌지 못했다.

"형……."

차준은 다가오는 그를 느끼며 조여드는 가슴을 진정시키려 애썼다.

머지않아 철컥, 소리와 함께 문이 열렸고.

끼릭—

휠체어 바퀴 소리가 면회실 안으로 들어섰다. 차준의 시선은 그와 동시에 숨을 곳을 찾듯이 바닥으로 맥없이 굴러떨어져 버렸다.

"아……."

이어지는 옅은 탄식은 태준의 것이었다. 결코 긍정적이지 않은 그의 반응에, 푹 숙여진 차준의 고개가 뻣뻣하게 굳어 버렸다.

당황해서 얼어붙은 건 태준 역시 마찬가지였다. 혹시 태오가 자신 때문에 큰 문제에 처하진 않았을까 걱정돼서 다급히 내려왔건만 어째서 그가 아닌 차준이 이곳에 앉아 있는 건지.

누구보다 그리웠던 사람이었다.

하지만 죽을 때까지 절대 만나선 안 될 사람이기도 해서, 태준은 가까스로 잘라 놓은 감정이 다시 뿌리를 내리기 전에 서둘러 사라지기로 결심했다.

"잠시만…… 비켜 주세요. 방으로 돌아가겠습니다."

"태, 태준 씨?"

휠체어를 다시 면회실 밖으로 빼내려는 태준의 손길이 다급해졌다. 무언가 잘못되었음을 직감한 간호사는 서둘러 면회실 문을 붙잡아 주었다.

하지만 태준이 휠체어 바퀴를 뒤로 돌리기도 전에.

"……가지 마."

차준의 목소리가 떠나는 그를 간절히 붙잡았다. 그를 애써 외면하던 태준의 눈동자가 위태롭게 흔들렸다.

"그렇게 가지 마……."

"……."

"그렇게 가 버리면 나는 어떡하라고……."

어떻게든 참아 보려고 했지만 쌓아 왔던 서러움은 목소리에 적나라하게 녹아 버렸다.

이런 식으로 고집부리듯이 매달리기 위해 온 게 아닌데, 내가 그에게 전하고 싶은 감정은 이렇게 어린아이 같은 것이 아닌데.

태준은 차준의 애원을 들으며 그대로 나가지도, 들어서지도 못하고 가만히 멈춰 있었다.

두 사람 사이의 침묵은 그간 엇갈렸던 세월만큼이나 아프고 무거웠다.

"일단…… 자리는 비켜드릴게요. 앞에서 대기하고 있을 테니까 도움이 필요하면 부르세요, 태준 씨."

그대로 멈춰 버린 태준을 살피던 담당 간호사는 결국 붙잡고 있던 문을 조심히 닫아 주었다.

비로소 둘만 남게 된 이 공간.

"차준아……."

굳게 닫혀 있던 태준의 입술이 열렸다.

"돌아가."

하지만 따라붙는 말은 차준의 바람과 달리 단호했다. 계속 숨기만 급급하던 차준의 시선이 그제야 태준을 향했다.

"……뭐?"

"돌아가라고."

"……."

"넌 여기 있으면 안 돼."

충분히 예상했던 반응이었다. 차준은 아무리 그래도 어떻게든 그를 붙잡아 보겠다고 이곳에 오는 동안 내내 마음을 다잡았었다.

하지만 막상 싸늘한 그를 마주하고 나니, 차준은 목구멍부터 턱 막혀 오는 기분이었다.

조금의 틈도 보이지 않는 당신의 마음을 어떻게 비집고 들어가야 할지, 무턱대고 찾아온 것이 후회될 만큼 막막해진다.

망설이던 차준은 가까스로 다시 목소리를 내뱉었다.

"……미안해."

그건 꾹꾹 참고 있었던 사과였다. 막중한 죄책감이 이 말로 다 표현되지는 않겠지만 돌아서 버린 태준에게 할 수 있는 말이 이 한 마디밖에 없었다.

"내가 미안해. 형……."

'형'이라는 말을…… 대체 얼마 만에 들어 보더라.

추억에 잠기기엔 그 말이 주는 아픔이 너무나도 컸다. 태준은 무언가를 삼켜 내듯 크게 숨을 들이쉬었고, 제법 완강한 음성을 내뱉었다.

"다 늦었어. 그건 너도 잘 알고 있잖아."

"……."

"되돌릴 수 있는 건 아무것도 없어. 그러니까 이만 돌아가, 차준아."

순간 차준의 눈빛이 일그러졌다. 자꾸 밀어내기만 하는 그에게 지금 느끼고 있는 감정은 분노처럼 뜨거웠으나 그렇게 날카롭진 않았다.

나는 그저 당신이…….

'안쓰러워.'

그래, 안쓰러워. 내가 등 돌리고 동안 이런 모습으로 혼자 버티고 있었을 당신이 너무 안쓰러워 미치겠어.

"……그럼 난 들어갈게. 앞으로 찾아오지 마."

제 할 말을 끝낸 태준은 휠체어를 문 쪽으로 돌렸다. 이 순간, 그의 가슴은 조각조각 부서지다 못해 비참하게 허물어지고 있었지만 굳은 표정에 그러한 속마음이 드러날 리는 없었다.

그래서 이대로 영원히 사라질 것처럼 차준을 떠나가려던 그때.

드륵—

의자가 뒤로 밀려나는 소리가 들렸다. 곧이어 다급한 가까워지는 발소리와 함께 낯설고도 익숙한 온기가 태준의 목덜미를 감싸 안았다.

"형……."

바로 귓가에서 들려오는 동생의 젖은 목소리. 애가 닳다 못해 다 녹아 없어져 버릴 듯한 서러운 숨소리.

태준은 숨을 참았다. 그동안의 노력이 무색할 만큼 금세 뜨거워져 버리는 눈시울을 달래기 위해서였다.

하지만 이어지는 애원은 태준의 오기를 와르르 무너져 내리게 만들기에 충분했다.

"부탁이야……."

"……."

"제발 나한테서 멀어지지 마……."

뻣뻣이 굳은 어깨를 더욱 꽉 끌어안으며 차준은 간절히 매달렸다. 태준은 혹시나 목소리가 떨려 올까 싶어 아무 대답도 하지 않았지만 차준은 그의 동요를 느낀 것처럼 뜨거운 고백을 쏟아 냈다.

"형 없이도 버틸 수 있을 줄 알았어. 아니, 형 없이도 보란 듯이 잘 살아야 한다고 생각했어. 그래야 형이 나만 남겨 두고 죽으려 했던 걸 후회할 것 같아서……."

"……."

"그런데 도저히 안 되겠어. 형도 알잖아. 나한테는 이 세상에 형밖에 없는 거."

"……."

"형을 잃어버리는 게 너무 무서워. 형 없이 혼자 남겨지고 싶지 않아. 그러니까…… 날 싫어해도 되고, 밀어내도 되고, 내가 했던 것처럼 온갖 저주를 퍼부어도 좋으니까……."

"……."

"제발 내 옆에만 있어 줘……."

"……."

"다시 나를 동정해 줘……."

동정. 한때 차준이 가장 원망했던 태준의 감정.

하지만 다 늦어 버렸다는 지금에 와서야 되짚어 보니, 차라리 동정받을 때가 행복했었다.

나를 가엾게 여기던 눈빛. 불쌍해서 떠나지 못하던 발걸음. 안쓰러움이 가득 담긴 손길.

그 모든 것이 동정심 때문에 가능했던 것이라면 세상에서 가장 비참한 모습으로 살아갈 자신도 있었다. 사랑하는 건 전부 내가 해 줄 테니.

"형……."

차준은 애절한 만큼 그의 목덜미를 더욱 꽉 끌어안았다. 오랜만에 느껴 보는 그의 온기는 그동안 안겨 줬던 상처들이 갚지 못할 죄로 느껴질 만큼 여전히도 따듯했다.

태준은 그런 차준의 품에 안긴 채 한동안 아무런 말도 하지 않고 있다가.

"하아……."

가까스로 짙은 한숨을 내쉬었다. 그 안에 울음기가 섞여 있는 건 뺨을 타고 흐르는 투명한 눈물로도 알 수 있었다.

함께하면 고통스러워질 운명. 이때껏 숨도 못 쉬게 외롭고 괴로웠던 차준을 위해서는 내가 물러나는 것이 옳은 일인데, 돌아온 너의 존재가 나는 왜 이리도 가슴 저리도록 반가운 건지.

잘라 놓았던 미련이 자꾸만 자라난다. 이번엔 조금 더 마음껏 그를 사랑해 주고 싶다는 바보 같은 욕심이 주체하지 못할 만큼 커져 간다.

'뒷감당을 할 수 있을까.'

태준은 잠시 일말의 이성을 붙잡고 고민했다.

그러자 답안지처럼 따라오는 건 그동안 차준을 위해 견뎌 왔던 시간들이었다.

차준과 같이 새장 속에 갇혀 있는 동안 그는 자신이 할 수 있는 일은 뭐든 감당하려고 했고, 짊어지고 있는 짐이 차준에게 넘어가지 않도록 악을 쓰고 버텨 냈다.

새장에서 혼자 끌려 나오자마자 보란 듯이 무너지긴 했지만…….

너만 곁에 있어 준다면 무엇이든 할 수 있다. 그 어떤 고통이 찾아온다 해도 견뎌 낼 수 있다.

'나에겐 그 누구보다 니가 제일 소중하니까.'

결심이 바로 선 태준은 휠체어 바퀴를 붙잡고 있던 손을 들어 올렸다. 그러고는 자신의 목덜미를 끌어안고 있는 차가운 손을 꼭 감싸 쥐었다.

드디어 맞닿은 그의 온기에 차준의 눈앞이 더욱 뿌옇게 흐려지기 시작했다.

뚝— 떨어진 눈물과 함께 드디어 뚝— 그쳐 버린 차준의 절망.

이제야 밀려드는 서러움을 참지 못한 차준이 어깨를 떨며 흐느

끼기 시작했다. 태준은 그런 차준을 달래려는 듯 맞잡고 있던 손을 토닥였고.

"울지 마. 괜찮아……."

"……."

"너한테는 형이 있으니까 아무 걱정도 하지 마."

이젠 영원히 듣지 못할 줄 알았던 한 마디를 흘려보냈다.

한 번도 서로에게 상처 주거나 상처받은 적 없었던 그 시절의 나긋한 목소리로.

* * *

"아, 이제야 나오네."

요양원 주차장을 서성이고 있던 태오의 눈이 반짝 빛났다.

들어간 지 한 시간이 훌쩍 지나서야 모습을 드러내는 선우차준.

열두 시 전까진 서울에 도착해야 한다고 몇 번이나 말했건만 역시 저놈은 사람 말을 귓등으로 듣나 보다. 이제야 나타나 놓고서 뻔뻔하게 걸어오는 꼴이 참 짜증스러워 죽겠다.

"빨리 안 뛰어오냐!"

태오는 저 멀리 보이는 차준에게 버럭 소리를 쳤다. 뒤늦게 태오를 발견한 차준은 그가 있는 쪽으로 몸을 틀었고, 즐비하게 서 있는 승용차들 너머로 모습을 드러냈다.

"뭐야, 저거."

그제야 태오의 눈에도 들어오는 휠체어 하나.

차준이 밀고 있는 그 휠체어에 앉아 있는 사람은 그가 그토록 찾아 헤매던 태준이 분명했다. 면회실에 들어가는 순간까지도 걱정을 하더니만 기어이 만나는 데는 성공한 모양이다.

"의절당한 것처럼 굴더니 사이좋게 같이 오네. 저럴 거 뭐하러 갈라서 가지고는……."

아무리 싫은 상대여도 잘된 일은 잘된 일이었다. 그래서 살짝 뿌듯한 표정으로 다가오는 형제를 바라보고 있는데.

"……어?"

뭐 하나가 약간 마음에 걸렸다.

태준이 한 아름 안고 오는 저 커다란 짐 가방. 그리고 옷가지들. 마중 나오는 사람치고는 꽤나 바리바리 짐을 싸 왔는데 혹시…….

"도망……?"

그리 생각할 때쯤 어느덧 태오의 차 근처까지 다가온 태준이 인사를 건넸다.

"안녕하세요, 태오 씨. 여기까지 와 줘서 너무 고마워요. 이 은혜를 어떻게 갚아야 할지."

"온 게 아니고 끌려온 겁니다. 그런데…… 어디 가려고요?"

"아, 그게 서울 쪽 어딘가……."

태오의 의심 가득한 질문에 태준은 얼버무리듯 대답했다. 그 모습이 이상했던 태오는 무표정한 얼굴로 뒷좌석 문을 여는 차준을 물끄러미 쳐다보았다.

하지만 그는 이 꺼림칙한 상황을 알아듣게 설명하는 대신 태준이 안고 있던 짐 가방부터 차에 실으며 말했다.

"형 타는 것 좀 도와줘."

"아니, 어디 가는데."

"차에 타서 설명할 테니까 일단 도와주라."

"도움 청하는 주제에 말이 왜 그렇게 짧아?"

"도와주시죠, 단태오 씨."

차준은 순순히 존댓말을 써 주었지만 태오는 왠지 그것도 약이 올랐다. 하지만 몸이 불편한 사람을 외면하기엔 마음이 모질지 못해서, 태오는 기꺼이 태준을 들어다가 뒷좌석 안에 태워 주었다.

그러고 나니 다시 스멀스멀 기어 올라오기 시작하는, 미처 걷히지 못한 의심 하나.

"너 혹시 지금 환자 빼돌리냐?"

더 이상 난처한 일에 얽히고 싶지 않았던 태오가 사납게 물었다. 막 휠체어를 접어 차에 실은 차준은 흙이 묻은 손을 탈탈 털었고, 다시 존댓말을 떼어 낸 까칠한 말투로 대답했다.

"퇴원 수속 밟았어. 나랑 같이 갈 거야."

"어디를 같이 가."

"타자, 춥다."

차준은 같은 질문을 연달아 회피하며 태준을 태운 승용차 뒷문을 닫았다. 그러고는 조수석에 몸을 실었다.

"니 차냐? 허락받고 타."

그 뻔뻔함이 꼴 보기 싫었던 태오는 오만상을 쓴 채 운전석에 탑승했다.

밀폐된 공간. 불편하기 그지없는 두 사람. 그리고 너무 짐을 많이 실어서 묵직해진 차.

모든 게 거슬리는 상황 속에서 태오는 짜증 가득한 손끝으로 휴대폰 내비게이션을 켰다. 옆에서 숨을 쉬는 것도 달갑지 않은 사람들은 한시라도 빨리 떨궈 주는 게 상책이었다.

"자, 탔으니까 얼른 말해. 목적지가 어디야."

"……."

"아, 너희 집 어디냐고."

"……."

태오는 재촉하듯 물었으나 차준은 쉽사리 주소를 말해 주지 않았다. 아까부터 여기에 대해선 계속 묵묵부답이더니 대체 어쩌자는 건지 모르겠다.

괜히 시간만 끄는 그에게 성질이 난 태오는 다그치듯 엄포를 놓았다.

"자꾸 입 닫고 있으면 길바닥 아무 데나 떨어트려 놓고 간다."

그러자 시종일관 꼿꼿했던 고개를 살짝 떨어트린 채, 차준이 내뱉는 대답은.

"내 집은 안 돼. 한동안은 형을 숨겨 놔야 하는데 거긴 너무 쉽게 들켜."

한동안 태준을 숨겨야 한다는 걸 보니 역시 무턱대고 빼 온 게 맞는 모양이었다. 그 사실을 깨닫는 순간 태오의 관자놀이는 다시 뻐근해져 왔지만 그는 이마를 부여잡고 다시 물었다.

"그럼 호텔로 가?"

"아니, 카드밖에 없어서 호텔은 못 가. 조회 당하잖아."

"현금을 뽑아, 그러면."

"갖고 있는 게 블랙카드뿐이라."

그럼 뭘 어떻게 하겠다는 거야. 지금.

태오는 별의별 제약이 많은 차준을 흘겨보았다. 분명 그건 대답을 독촉하기 위해 눈치를 주는 것이었으나, 흔들리는 차준의 눈빛은 원하는 바를 분명히 드러내고 있었다.

어렴풋이 보이는 바람을 애써 외면하려는 도중 들려온 차준의 혼잣말.

"……이틀만 있으면 되는데."

노골적으로 꺼내진 차준의 속내에, 태오의 미간이 순간 잔뜩 구겨졌다.

이게 진짜 보자 보자 하니까 누구 미치는 꼴을 보려고.

"귀찮게 할 거면 내려."

"보상은 내가……."

"보상이고 뭐고 당장 내리라고!"

태오가 잡아먹을 듯 소리를 버럭 질렀다.

여기 오는 동안 그의 호통엔 익숙해질 대로 익숙해진 차준은 말없이 안전벨트부터 맸다.

그것도 단태오가 혹시나 정말 내쫓아 버릴까 싶어, 움직이기도 불편할 만큼 꽈악.

*　*　*

김포공항 안에 있는 만남의 광장엔 이른 아침인데도 불구하고 사람이 많았다.

여행의 설렘과 프러포즈에 대한 긴장감을 무릅쓰고 지난밤 일찍 잠에 들었던 나봄은 반짝이는 눈으로 오가는 사람들을 훑어보았다.

갑작스럽게 강릉으로 뭘 배달하러 갔다고 하더니 어제 집에 잘 도착했다고 전화도 주지 않았던 그녀의 남자 친구.

혹시 못 오는 거면 어쩌나 싶었는데, 다행히 오늘 아침 그는 김포공항에서 보자고 전화를 해 왔었다.

어제 배달이 늦게 끝났는지, 언뜻 들어도 피곤이 가득한 목소리였다.

"오늘 괜찮으려나. 무리하지 말아야 할 텐데."

나봄은 숙소까지 가는 운전대라도 자기가 잡아야겠다고 생각하며 다시 한 번 태오의 실루엣을 찾았다.

그때.

"한나봄."

바로 뒤편에서부터 잔뜩 잠겨 있는 목소리가 들려왔다. 목소리의 주인을 단번에 알아챈 나봄은 두 눈을 반짝 빛내며 고개를 돌렸다.

"아! 이제 왔네!"

하지만 드디어 그를 만났다는 기쁨도 잠시.

커다란 캐리어를 들고 그녀 앞에 나타난 태오는 마치 한숨도 자지 못한 사람처럼 얼굴이 퀭하다.

"태오야! 얼굴이 왜 그래! 어제 밤샜어?!"

나봄은 눈에 띄게 지쳐 보이는 그의 뺨을 붙잡고 물었다.

그러자 태오는 고개를 도리도리 저었고.

"자긴 잤는데, 날강도 같은 투숙객한테 침대를 내어 주는 바람에……."

"날강도?"

"아니야, 신경 쓸 거 없어. 어차피 2박 3일 뒤에 내 인생에서 사라질 놈인데 뭐."

알아들을 수 없는 얘길 했다.

날강도는 뭐고, 2박 3일 뒤에 사라지는 놈은 또 뭐야.

"그게 무슨……."

나봄은 하나도 이해하지 못했다는 눈빛으로 되물으려 했다.

하지만 복잡한 집안 얘긴 나봄에게 비밀로 묻어 두고 싶었던 태오는 두 손으로 그녀의 볼을 꼬옥 감싸 쥐었다.

"우리 나봄이는 잘 잤어?"

"어? 어."

"우리 나봄이 아침은 먹었고?"

"안 먹었지."

"그럼 오빠랑 아침 먹으러 가자. 우리 나봄이."

갑자기 우리 나봄이는 또 뭐야. 오늘 컨디션이 좋은 거야? 안 좋은 거야?

아까까지만 해도 먹구름이 잔뜩 낀 듯 했다가, 곧바로 햇빛이 쨍쨍 내리쬐는 것처럼 밝아진 태오는 나봄을 혼란스럽게 만들었다.

그래서 나봄의 캐리어까지 챙겨 들고 먼저 앞서 가는 태오를 물끄러미 바라보고 있으니.

"마누라! 얼른 와! 서방 옆구리 시리다!"

사람들 사이에서 태오가 낯 뜨거운 호칭으로 나봄을 불렀다. 오늘따라 과하게 적극적인 모습에 나봄의 얼굴이 금세 붉어졌다.

"누, 누가 서방이야!"

그래서 괜히 한 번 튕겨 내자 태오는 언제 심란해했었냐는 듯 해맑은 미소를 띤 채 말했다.

"오늘 밤부터 내가 니 서방이지."

그건 오늘 나봄에게 프러포즈를 할 생각인 태오가 주는 작은 힌트였다. 하지만 내일 태오에게 프러포즈를 할 계획이라, 오늘 밤엔 별다른 의미를 두지 않고 있는 나봄은 마냥 어리둥절할 뿐이었다.

* * *

"와아, 제주도 날씨 진짜 좋다."

겨우 짐을 찾고 빠져나온 제주 공항.

여행 시즌은 아니었지만 하늘은 그 어느 때보다도 청명하고 예뻤다.

워낙 비가 자주 오는 섬이라 흐리면 어쩌나 걱정했건만, 다행히도 여행 기간의 일기예보는 맑음 그 자체였다.

신이 난 나봄은 공항에서 챙겨 온 박물관 팸플릿들을 훑어보며 태오에게 물었다.

"태오야, 넌 가장 먼저 뭘 하고 싶어? 갈 만한 곳은 엄청 많은데."

"……."

"태오야?"

"어, 어?"

"하고 싶은 거 있냐구."

"아……."

프러포즈 일정을 확인하느라 휴대폰을 들여다보고 있던 태오는 그제야 나봄에게로 시선을 두었다. 그러고는 장난기 어린 미소를 띠며 말했다.

"나는 너랑 같이하는 건 다 좋아."

"그래도 특별히 가고 싶은 곳이 있을 거 아냐."

"있긴 있는데 지금 갈 데는 아니라서. 여섯 시 예약이거든."

"여섯 시?"

내일의 중대사 말고는 별 계획이 없었던 나봄은 그의 오늘 일정이 반가웠다.

"왜? 우리 여섯 시에 어딜 가는데?"

그래서 두 눈을 반짝이며 한 번 더 묻자.

"어, 어?"

태오의 눈동자가 눈에 띄게 흔들렸다. 그 모습은 마치 들어선 안 되는 질문이라도 들은 사람 같았다.

그걸 본 나봄은 좀 더 꼬치꼬치 캐물어 보기로 했다.

"왜 그렇게 놀라?"

"내, 내가 뭐."

"혹시 못 갈 데 가는 거야? 엄청 음흉한 곳이거나."

나봄은 그리 추궁하며 태오의 눈앞에 팸플릿 하나를 내보였다.

낯부끄러운 조각상 사진들이 즐비하게 늘어져 있는 그 팸플릿은 다름 아닌 '성(性) 박물관' 안내 책자였다.

"그, 그건 또 어디서 가져왔어!"

그걸 본 태오는 더욱 당황한 표정으로 격한 반응을 보였다.

이렇게 당황하는 모습을 얼마 만에 보더라.

연애 극초반의 태오는 작은 스킨십이나 애정 표현에도 얼굴을 새빨갛게 붉히곤 했지만 요즘은 능글맞은 늑대가 따로 없었다.

이별의 불안도 어느새 가셨는지 나봄의 마음을 들었다가 놨다가, 방심하게 했다가, 훅 파고 들어왔다가.

그에게 휘둘리는 것도 나쁘진 않았지만, 가끔 나봄은 그녀 앞에서 어쩔 줄 모르던 부끄럼쟁이 태오가 그리워졌다.

그러다 찾아온 오늘의 기회.

"강한 부정은 긍정이라던데."

"뭐, 뭐라는 거야."

"우리 태오, 어른의 세계가 그렇게나 궁금했어?"

태오를 놀려 먹을 생각뿐이었던 나봄은 짓궂은 말을 연달아 건넸다.

그러자 괜히 애먼 곳으로 고개까지 돌려 버린 태오는 이내 '에라, 모르겠다' 식으로 파격적인 대답을 내뱉었다.

"그, 그냥……."

"그냥 뭐."

"그냥 너 크루즈 한번 태워 주려고 한다, 왜."

"크루…… 뭐?"

크루즈.

딱 그 단어가 나온 다음부터 당황하는 건 오히려 나봄 쪽이 되어 버렸다.

크루즈는 내일 밤에 내가 널 데려가야 하는 곳인데, 오늘 여섯 시에 예약이 되어 있다니? 혹시 같은 배 아니지?

물어보고 싶은 건 많았으나 쉽사리 꺼내 놓을 수는 없었다. 자칫 수상하게 굴었다간 태오를 위한 프러포즈 계획이 들통나 버리기 십상이었다.

"예약을 했다는 건…… 돈까지 이미 다 내고 입장료를 샀다는 거야?"

나봄은 그의 야심찬 계획이 취소 가능한지 확인하기 위해 최대한 돌려 물었다.

그러자 태오는 자랑스러운 미소를 입가에 띄웠고, 당당한 목소리로 말했다.

"냈다마다. 입장료뿐만 아니라 디너 풀코스로 어렵게 예약했어."

"아……."

"뭘 기대하든 그 이상으로 어마어마할 거다, 아마."

그 어마어마한 거, 내일 밤에 나도 예약해 놨는데. 내 불길한 예감이 맞는다면, 디너 풀코스 메뉴도 토시 하나 틀리지 않고 똑같을 것 같은데.

설렘만 가득하던 나봄의 얼굴에 곧바로 그늘이 드리워졌다. 이럴 줄 알았으면 첫날 일정을 빡빡하게 잡아 놓고 올 걸 그랬다.

'오늘 크루즈를 타 버리면 내일 프러포즈 할 때는 어떻게 데려가

지?'

머릿속을 복잡하게 만드는 고민은 쉽사리 해소될 것 같지 않았다. 그래서 걱정 가득한 표정으로 예상치 못한 위기의 돌파구를 찾고 있던 그때.

"뭘 그렇게 생각해?"

"어, 어?"

"아, 너 혹시 거기 가고 싶은 거야?"

태오가 그녀 손에 들린 성 박물관 팸플릿을 턱 끝으로 가리키며 물었다. 한순간에 페이스가 말려 버린 나봄은 아까 전의 그보다도 당황한 얼굴로 손을 내저었다.

"아, 아니. 그게……."

그 모습을 본 태오는 언제 수줍어했었냐는 듯, 다시 능글맞은 미소를 입가에 머금었다.

"알았어, 알았어. 시간 나면 성 박물관도 데려가 줄게."

"누가 간대? 그런 게 아니라……!"

"일단 거기 가려면 렌터카 찾아야지. 가시죠, 저쪽입니다."

"안 간다고! 안 가!"

시원시원하게 올라간 그의 입꼬리는 나봄이 좋아하는 단태오의 매력 포인트였지만 오늘은 어쩐지 살짝 얄밉게 느껴졌다.

본인 때문에 꼬여 버린 나의 야심찬 프러포즈는 알지도 못하고 속 편히 장난만 치고 있다니. 너는 지금 내 마음을 죽었다 깨어나도 모를 거야.

이벤트사에서 주관해 주는 만큼 걱정을 덜고 있었던 프러포즈였으나, 나봄은 어쩐지 슬슬 성공 여부가 불안해지기 시작했다.

화려한 배 위에서 고급스러운 코스 요리를 먹으며 준비한 시계와 함께 나와 결혼해 주지 않겠냐고 묻는다면, 너는 당연히 세상에서 제일 예쁘게 웃으며 고개를 끄덕여 줄 거라 믿어 의심치 않았는데.

어쩌면 내일 듣게 될 대답은.

'뭐야, 한 번 왔던 데 말고 다른 데서 좀 하지.'

정도일 수도 있겠다. 그 상황을 피하기 위해서라도 난 오늘 절대 그 배에 오르면 안 되겠다.

어차피 니가 그렇게 타고 싶어 하는 크루즈는 내일 내가 태워 줄 건데, 뭐!

*　　*　　*

드르륵—

회색 커튼을 걷어 내자 눈부신 햇살이 방에 찾아들었다. 그 빛을 알람 삼아 늦은 잠에서 깬 태준은 무거운 눈꺼풀을 들어 올렸다.

그러자 곧바로 시야에 걸려 들어오는 건 창문 앞에 서 있던 낯선 실루엣.

"잘…… 잤어?"

그가 서먹한 인사를 건넸다. 하지만 태준은 그를 금세 알아차리지 못했다.

눈앞에 있는 그는 어느덧 함께 있는 것보다 닿을 수 없을 만큼 멀리 떨어져 있는 게 더욱 익숙한 사람이었기 때문이었다.

"조금 늦긴 했지만 아침 차려 놨는데…… 형 된장찌개 좋아하는 거 맞나?"

하지만 망설이던 그가 한 번 더 용기를 내서 말을 걸자, 태준은 그제야 이 순간 함께하고 있는 존재를 실감한다.

"차준아……."

태준이 푹 잠긴 목소리로 그의 이름을 불렀다. 그러자 차준은 장난기 어린 미소를 띤 채 너스레를 떨었다.

"잠을 너무 잘 자길래 죽은 줄 알았어. 앰뷸런스 불러야 하나 엄청 고민했다니까, 하하."

내 앞에서 기뻐하는 그의 얼굴은 정말 오랜만이었다. 저렇게 밝은 모습은 꿈에서도 잘 보여 주지 않았는데.

아직 예쁘게 웃을 줄 아는구나. 그 미소엔 흉이 지지 않아서 다행이야.

가슴 깊은 곳에서부터 뜨겁게 벅차오르는 감정은 태준의 눈가를 뜨거워지게 만들었다.

하지만 반가운 그의 미소에 눈물 바람으로 화답하고 싶지는 않았기에, 그는 눈가를 정리하는 척하며 다정한 목소리로 대답했다.

"정말 오랜만에 푹 잤어. 태오 씨 방 되게 아늑하더라."

"어, 아늑하긴 한데 여기 나봄이랑 찍은 사진들 보여? 어제까지만 해도 없었는데 오늘 아침에 보란 듯이 펼쳐 놓고 갔더라."

"그래?"

"어, 나 이렇게 속내가 훤한 사람은 오랜만에 봐."

차준은 투덜거리듯 말했으나 딱히 기분 나쁜 눈치는 아니었다.

하긴. 사이가 좋지도 않은데 차까지 태워 주고 집까지 빌려주었으니, 껄끄러운 과거와 상관없이 고맙고 미안한 마음이 드는 건 어쩔 수 없었다.

차준은 나봄과 태오의 커플 사진을 물끄러미 내려다보다가 피식 웃음을 흘려보냈다.

그 순간 그의 눈빛에선 참 많은 감정들이 묻어 나왔으나 그는 머지않아 깨끗이 감춰 버리고는 다시 태준에게로 눈길을 돌렸다.

"밥 먹자. 식겠다."

태준은 고개를 끄덕여 주려고 하다가 멈칫, 그의 눈동자를 가만히 바라보았다.

참 신기한 일이지.

얼마 전까진 그렇게나 새까맣게 가려져 있던 너의 마음이 이젠 예전처럼 투명하게 비쳐 나오는 것 같다.

다 큰 줄 알았는데, 여전히 손길이 많이 필요한 어린아이구나. 서른 살짜리 내 동생은.

"으쌰."

태준은 침대에서 상체를 일으켰다. 차준은 그가 휠체어에 몸을 싣는 걸 도와주기 위해 그의 앞으로 가까이 다가왔다.

하지만 태준은 차준이 내미는 도움의 손길에 몸을 내맡기기 전, 두 손으로 그의 차가운 손을 꼭 붙들었다.

그러고는 내리쬐는 햇살보다 따스한 목소리를 흘려보냈다.

"많이 시리다, 그렇지?"

"어?"

"빨리 따뜻해졌으면 좋겠네."

"아……."

이 순간, 차준은 다정한 형이 무슨 얘길 하고 있는지 알고 있다. 그가 나의 무슨 마음을 안쓰러워하고 있는지도.

이럴 때마다 나는 어떻게 그의 걱정을 위로해 줬더라.

차준은 낡은 추억을 뒤적였다. 머지않아 떠오르는 말은 참 오랜만에 내뱉어 보는 것이었다.

"괜찮아, 나한테는 형이 있잖아."

그를 위해 건넨 말이었는데 이상하게도 내 손이 정말 따뜻해졌다.

이대로라면 오랜 시간 조금씩 두터워졌던 마음의 성에도 금세 녹아들겠다.

나에게도 봄이 찾아온 것처럼.

* * *

"와, 뭘 했다고 벌써 다섯 시냐."

드높은 나무가 우거져 있는 제주도의 사려니 숲길.

한 걸음 걸을 때마다 셔터를 눌러 대느라 정신이 없던 태오가 시계를 보고 깜짝 놀랐다.

나봄은 유달리 신나 했던 그를 떠올리며 웃음기 어린 목소리로 말했다.

"나는 너 여기서 살려는 줄 알았어."

"내가 그렇게 오래 있었나?"

"응, 우리 벤치에 거의 두 시간 동안 앉아 있었을걸."

그 말을 듣고 나서 하늘을 보니, 정중앙에 있던 해는 벌써 서쪽으로 많이 기울어져 있었다.

그건 결전의 시간이 그만큼 가까이 다가왔음을 뜻했다.

'아, 이제 슬슬 출발해야겠네.'

태오는 아름다운 풍경에 빼앗겼던 정신을 겨우 다잡고, 서둘러 주차장 쪽으로 발길을 옮겼다.

"서둘러야겠다. 거기까지 가려면 사오십 분은 걸릴 텐데."

거기라면 내가 내일 너를 데려가야 할 크루즈를 말하는 거겠지.

나봄의 정신도 그제야 바짝 곤두섰다.

태오를 위해 준비한 크루즈 프러포즈가 오늘의 일정 때문에 제대로 꼬여 버린 지금, 나봄은 사려니 숲길을 따라 걸으며 이 위기를 극복할 방법을 용케 생각해 뒀다.

그 계획은 이름하여 '갖은 핑계를 대서라도 오늘의 배를 내일로 미루기'.

"아, 태오야. 있잖아."

나봄은 핑계를 꺼내기 위해 말문을 열었다.

"어?"

곧바로 그녀에게 향하는 태오의 눈동자는 오늘따라 반짝반짝 빛나고 있어서 더 안타까웠다.

하지만 나봄은 미안하고 짠한 마음은 잠시 제쳐 두고, 조심스러운 목소리로 말했다.

"우리 크루즈는 내일로 미루면 안 될까?"

"내일로?"

"응, 찾아보니까 여기 근처에 엄청난 맛집이 있다고 하던데. 내일은 마침 쉬는 날이라지 뭐야."

"아……."

"입장권은 아직 안 썼으니까 내일로 미룰 수 있을 거야. 내가 전화해서 미뤄 놓을게!"

됐어. 자연스러웠어. 태오는 평소에 고집을 잘 안 부리니까 순순히 나 하고 싶은 대로 하라고 양보해 줄 거야.

거짓말을 한 건 양심에 콕콕 찔렸지만 나봄은 좀 더 뻔뻔해지기로 했다. 어차피 오늘의 서운함은 내일의 감동으로 갚아 주면 되는 문제였다.

하지만 가만히 멈춰 있던 태오가 이내 흔들리는 눈빛으로 꺼내 놓는 대답은.

"안 돼."

"……응?"

"이 근처 맛집은 마지막 날 공항 가기 전에 들르고, 오늘은 크루즈 타러 가자."

이럴 수가, 그런 방법이 있었다니.

예상치 못한 해결책은 나봄을 당황스럽게 만들었다. 제법 그럴싸한 이유라고 생각했건만 변명은 너무나도 쉽게 무색해져 버렸다.

여기서 이대로 물러날 수 없었던 나봄은 조금 더 버텨 보기로 했다.

"마, 마지막 날에 스케줄을 잡는 건 위험하지 않을까! 여기서 공항까지는 거리도 꽤 되잖아!"
"출발 시각이 그렇게 이르지 않아서 괜찮을걸."
"그리고 마지막 날엔 피곤할 텐데!"
"그럼 내일 일정을 너무 무리하게 잡지 말아야겠네."
이 남자가 이렇게 고집 센 사람이었던가.
완강한 태오의 태도는 평소와 달랐다. 오늘 크루즈를 타지 못하면 큰일이라도 생길 것처럼, 그는 어떻게든 그녀를 데려가려 하고 있었다.
그렇다면 남은 방법은 하나뿐.
이건 태오를 걱정하게 만드는 거짓말이라 어지간해서는 삼가려고 했는데…….
"사실은 태오야! 나 지금 다리가 너무 아파서 못 움직이겠어!"
나봄은 급기야 아픈 척을 하기에 이르렀다.
그 말을 들은 태오의 얼굴엔 고집 대신 걱정이 어리기 시작했다.
"왜? 어디 다쳤어?"
그리 묻는다는 건 나봄의 뜻대로 움직여 줄 여지가 보인다는 뜻이었다.
아픈 척도 너무 과하게 하면 안 됐기에, 그녀는 하룻밤만 자고 일어나면 말끔히 나을 수 있을 것처럼 가벼운 엄살을 부리기 시작했다.
"아니, 너무 걸었더니 물집이 잡혔나 봐. 빨리 호텔에 들어가서 쉬고 싶어."
"……."

"너무 졸리기도 하고…… 또 운동화가 불편한지 발바닥도 아프고……."

순간 태오의 안색이 살짝 어두워졌다. 잠시 그녀에게서 벗어난 그의 눈동자는 몹시 심각한 기운을 띠고 있었다.

이건 곧 태오가 풀이 죽어 버릴 거라는 신호였다.

가슴은 아프지만 나봄은 어떻게든 오늘 안으로 달래 주겠노라 다짐하며 보란 듯이 무릎을 톡톡 쳤다.

"하이고……."

의도적으로 내뱉어진 그녀의 지친 한숨.

그의 눈동자가 아까보다 흔들렸다. 그 모습의 희망이 생긴 나봄은 두 눈을 반짝이며 이어질 대답을 기다렸다.

그러나 깊게 숨을 들이쉰 태오가 결심한 듯 나봄을 내려다보며 똑똑히 내뱉은 말은.

"나도 진짜 미안한데, 나봄아."

"……."

"내가 업어다 모셔 줄 테니까 제발 크루즈 같이 타 주면 안 되냐."

사랑하는 그녀의 아픔조차 무시한 대쪽 같은 똥고집이었다.

"자, 타."

그 목소리는 정말 크루즈까지 업어다 줄 기세로 비장해서, 나봄은 여기서 더 감히 변명을 꺼내 놓을 수가 없었다.

* * *

기어이.

정말 기어이 와 버리고 말았다. 내일 태오를 위한 깜짝 프러포즈가 열릴 이 호화로운 디너크루즈에 나봄은 하루 먼저 그와 발을 들여 버렸다.

“단태오라고 합니다. 디너 예약해 뒀는데요.”

“아, 오셨군요! 기다리고 있었습니다. 자리로 안내해드리죠.”

디너크루즈에 탑승하자마자 태오는 승무원의 안내를 받으며 성큼성큼 걸음을 옮겼다.

그러나 그 뒤를 따르는 나봄의 다리는 천근만근 무겁기만 했다.

태오의 고집을 꺾지 못하고 마지못해 크루즈로 따라온 그녀는 꼬여 버린 내일 일정으로 인해 머릿속이 복잡하다.

사실 여기 오기 전까지만 해도 나봄의 계획은 굉장히 간단했다. 크루즈를 애기를 미리 꺼내면 태오가 예약하려 들 테니 최대한 이곳에 올 거란 티를 내지 않고 있다가, 오늘 밤쯤 되었을 때 선물 공개하듯 탑승권을 보여 줄 생각이었다.

‘태오야! 너랑 좋은 곳에서 식사하고 싶어서 예약해 뒀어!’

이런 느낌으로.

하지만 이미 와 버렸으니 다시 탑승권을 꺼내 봤자 좋은 반응은 얻지 못할 터였다. 내가 미리 예약해 뒀었다는 걸 알게 되면 그는 괜한 고집을 부렸던 자신을 탓하게 될 것이다.

그럼 기대 가득했던 우리의 첫 여행은 엄청 우울해지고 말겠지.

"그럼 이제 어쩌면 좋지……."

고민스러운 혼잣말을 내뱉은 그때.

"한나봄, 어디까지 가."

태오의 목소리가 그녀의 발길을 붙들었다. 멍하니 앞으로 향하던 나봄은 그제야 정신을 차리고 뒤를 돌아보았다.

아까까지만 해도 앞서가던 태오는 어느새 디너크루즈 창가 테이블에 자리를 잡은 상태였다.

"여기가 우리 이 자리야."

"아……."

"밖에 봐. 야경 엄청 잘 보인다."

그러게. 되게 좋은 자리 잡았네. 나는 내일 이만한 데 잡을 수 있을지 모르겠다.

나봄은 착잡한 심정을 애써 숨긴 채 태오의 맞은편 자리에 앉았다. 그러고는 테이블 위에 미리 준비되어 있던 차가운 물부터 들이켰다.

그런 그녀를 본 태오는 장난기 가득한 목소리로 말했다.

"되게 긴장했네. 이렇게 좋은 데는 처음이신가 봐요."

평소라면 같이 웃으며 받아쳐 줄 수 있었겠지만 잔뜩 예민해진 오늘은 아니었다.

나봄은 곧바로 입술을 삐죽 내밀고 툴툴거리듯 대꾸했다.

"그러는 단태오 씨도 처음이신가 봐요. 엄청 들떠 보이시는데."

"너랑은 처음이지."

"그 말은 다른 여자 친구랑 와 본 적이 있다는 소리야?"

"설마요. 예전에 남자 바이어랑 비슷한 유람선에서 점심 식사 한 번 해 봤습니다. 질투 안 하셔도 돼요."

"지, 질투한 건 아닌데……."

"질투가 아니면 뭐냐. 너만 예뻐해 달라고 애교 부리는 건가?"

뾰로통한 나봄의 표정마저도 귀여웠던 태오는 쭉 손을 뻗어 그녀의 콧잔등을 톡 건드렸다.

순간 코끝을 스치는 그의 향기에, 나봄의 가슴은 쿵쿵쿵쿵 요동치기 시작했다. 그의 손짓만으로도 가슴이 이토록 반응을 해 대니, 도저히 꽁한 마음을 유지할 수가 없었다.

나봄은 너무 쉽게 붉어져 버린 얼굴이라도 감추려 창밖으로 시선을 돌렸다.

"애피타이저 나왔습니다."

때마침 정장 스타일의 유니폼을 잘 차려입은 웨이터가 연어 카나페를 가져왔다.

다른 데선 본 적 없던 화려한 플레이팅에, 잠시 어긋났던 나봄의 눈동자도 테이블 위로 돌아왔다.

"우와, 되게 예쁘다."

포크를 갖다 대기 전 사진부터 남겨 놓고 싶었던 나봄은 휴대폰을 들었다. 그러고는 이 음식을 가장 잘 담을 수 있는 카메라 필터를 찾아 연신 셔터를 누르기 시작했다.

한편 태오는 웨이터에게 조금 더 가까이 다가오라는 손짓을 했고, 들릴락말락 한 작은 목소리로 속삭였다.

"저기, 그건 언제쯤……."

"아, 준비는 다 되었습니다. 원하시는 타이밍 때 말씀 주세요."

"그럼 곧바로 하겠습니다. 끝내기 전엔 뭘 먹어도 얹힐 것 같아서."

충분히 의미심장해 보이는 대화임에도 다른 곳에 정신이 팔린 나봄의 귀에는 들어가지 않았다.

"태오야, 이거 봐! 사진작가가 찍은 것처럼 잘 나왔지?"

그래서 마냥 신이 난 얼굴로 나봄이 방금 찍은 연어 카나페 사진을 보여 주자, 태오는 황급히 웨이터의 귓가에서 얼굴을 떼어 내고 과한 칭찬을 건넸다.

"그러네. 엄청 잘 나왔네. 너 이쪽 길로 진출해도 되겠다."

"하여간, 띄워 주기는."

나봄은 너스레를 떠는 태오를 향해 싱긋 웃어 보이고는 포크를 들었다. 아직 내일의 대책을 세우지는 못했지만 일단 음식이 나왔으니 먹고 생각할 예정이었다.

하지만 카나페 하나를 막 집어든 그 순간.

"크음, 나봄아. 나 화장실 좀."

눈치를 보던 태오가 자리에서 일어섰다. 나봄은 고개를 끄덕이며 카나페를 한입에 넣었다.

그러자 곧바로 테이블을 떠나는 태오의 걸음은 왠지 초조해 보였다.

화장실이 많이 급했나.

나봄은 멀어지는 태오의 뒷모습을 바라보며 물 한 잔을 들이켰다. 그러고는 다시 포크를 움직이려는데.

Lovin' you it' s easy coz' you' re beautiful – ♬

익숙한 사랑 노래가 크루즈 안에 울리기 시작했다. 이전의 클래식이 끝나지 않은 상태에서 갑작스럽게 음악이 바뀌자, 나봄은 스피커 쪽으로 슬쩍 시선을 두었다.

그때까지만 해도 그녀는 별생각이 없었다.

아무래도 태오는 이 디너크루즈의 식사가 끝내주는 걸 알고 그토록 오고 싶어 했나 보다, 하며 음식을 음미하고 있었을 뿐.

하지만.

촤르륵—!

피아노가 놓여 있는 크루즈의 단상에서 분홍빛 현수막 하나가 떨어지자, 오물거리던 나봄의 입은 그대로 멈춰 버리고 말았다.

[단태오♡한나봄]

저거…… 내 이름인가?

차마 단번에 받아들일 수가 없어 그리 생각할 때쯤. 클래식 콘서트 영상이 반복 재생되고 있던 단상 빔 프로젝터에 또 다른 문구 하나가 떠올랐다.

[너에게 할 말이 있어.]

"흐음……."

[나, 너랑 결혼하고 싶어.]

"응……?"

[오늘 밤, 내 프러포즈를 받아 줄래?]

"으응?!"

'프러포즈'라는 네 글자에 나봄의 얼굴은 하얗게 질려 버렸다.

보통의 여자라면 남자 친구가 사라지자마자 시작된 이벤트가 자신을 위한 것이라고 알아차리겠지만, 바로 내일 같은 프러포즈를 준비한 그녀는 순순히 받아들일 수가 없었다.

비록 신청한 멘트와는 많이 다르고 흘러나오는 BGM도 많이 다르지만.

"세상에, 내 프러포즈가 왜 지금……!"

로맨틱하게 시작되고 있는 프러포즈가 자신의 것이라 확신한 나봄은 자리에서 벌떡 일어났다.

그러고는 당황한 시선을 이리저리 움직여 태오가 오는지 지켜보았다. 화장실에 간다던 그는 아직 나오지 않았는지, 다행히 눈에 보이지 않았다.

'더 늦기 전에 당장 중단시켜야 해! 프러포즈 할 때 주려고 사 온 시계도 캐리어에 있단 말이야!'

결심이 선 나봄은 달리다시피 단상 근처 웨이터에게 다가갔다.

그러곤 다급한 목소리로 말했다.

"이거 당장 멈춰 주세요!"

"네, 네?"

"제가 한나봄인데요! 오늘 아니란 말이에요!"

웨이터는 매달리는 그녀를 얼떨떨한 표정으로 쳐다보았다. 그러다가 현수막에 큼직하게 적힌 그녀의 이름 석 자를 확인하고는 조심스레 물었다.

"이 프러포즈 당사자 되시나요?"

"네!"

내가 바로 이 프러포즈를 내일 해야 할 사람입니다.

"그러니까…… 이걸 중단시켜 달라는 말씀이시죠?"

"네! 지금 당장이요!"

"이벤트를 원치 않으신다고 전해드리면 될까요?"

"원치 않아요! 빨리 내려 달라고 전해 주세요!"

시계 챙겨 와서 내일 할 거니까요!

나봄의 말을 듣고 제 나름대로 상황을 파악한 웨이터는 잠시 단상 뒤쪽을 살폈다. 그러고는 난처한 미소와 함께 대답했다.

"준비하신 분께 말씀드려 보겠습니다. 진정하시고 자리에 앉아 계세요."

내가 신청했고, 내가 내려 달라고 하는데 누구한테 말씀을 드리겠다는 건지.

나봄은 이해되지 않았지만 혹시나 태오가 이 모습을 볼까 싶어 고개만 끄덕였다.

그러자 웨이터는 황급히 단상 뒤편으로 뛰어갔고, 뒤편에서 두런두런 이야기를 나누기 시작했다.

팟—!

그제야 다급히 꺼지는 프러포즈 영상. 뛰어나온 웨이터가 서둘러 떼어 내는 현수막.

나봄은 그때까지도 초조한 시선으로 태오가 오는지를 살폈다. 그리고 마침내 모든 상황이 애초부터 일어나지 않았던 것처럼 말끔히 정리됐을 때.

"휴우……."

참았던 숨을 내쉬었다.

자칫 기껏 준비한 시계도 없이 프러포즈를 할 뻔했는데 겨우 참사를 막았다.

나봄은 그제야 단상에서 등을 돌리고는 다시 제자리로 향했다.

오자마자 흐트러진 머리를 정리하고, 조금 가빠진 호흡도 가다듬고.

태오가 화장실로 떠나기 전처럼 가만히 앉아 있으니 거의 떨어져 나갈 듯이 요동쳤던 가슴도 차츰 진정되기 시작했다.

'휴, 정말 큰일 날 뻔했어.'

그렇게 숨을 돌린 지 얼마나 지났을까.

머지않아 테이블로 돌아오는 태오가 눈에 보였다. 돌아오는 어깨는 어쩐지 출발했을 때보다 눈에 띄게 축 처져 있는 상태였다.

하지만 아무 일 없었던 것처럼 굴어야 한다는 생각에 사로잡힌 나봄은 미처 그 점을 신경 쓰지 못했다.

"태오야, 얼른 와. 카나페 되게 맛있어."

그래서 싱글벙글 웃는 표정으로 태오 쪽으로 음식 접시를 밀어 주니.

"……."

태오는 대답 대신 그녀의 얼굴만 물끄러미 내려다보다가.

"하아……."

이내 서러움 가득한 한숨을 땅이 꺼져라 내쉬었다. 갑작스럽게 변한 그의 온도를 느낀 나봄의 눈동자에 의아함이 깃들었다.

*　　　*　　　*

태오가 조금 이상해졌다.

분명 애피타이저가 나왔을 때까지만 해도 기분이 좋아 보였던 것 같은데, 화장실에 다녀온 뒤로 급작스레 분위기가 삭막해졌다.

말수도 부쩍 줄어들고, 눈도 잘 마주치려 들지 않고.

"왜 그래? 갑자기 기분이 안 좋아 보여."

나봄은 걱정스러운 마음에 물었으나 되돌아오는 건 이해 못 할 대답뿐이었다.

"미안, 내가 쿨하질 못해서."

"응?"

"없던 일로 해야 하는데……."

뭐가 쿨하지 못하다는 건지. 대체 뭘 없던 일로 하겠다는 건지.

"대체 뭘?"

나봄은 몇 번이나 되물었으나, 태오는 그 뒤로 입을 꾹 닫아 버렸다.

이유라도 알면 적절한 대처라도 해 볼 텐데, 도무지 이유를 찾을 수 없었다.

그래서 눈치만 보며 서먹한 식사를 마치고, 어색한 정적만이 감도는 차에 타고, 이제 막 호텔 야외 주차장에 도착한 순간.

"오늘은…… 따로 자는 게 좋겠지?"

태오가 예상치도 못한 얘길 꺼냈다.

당연히 한방을 쓰는 줄 알고 예쁜 잠옷까지 들고 왔는데 갑자기 이게 무슨 일이람.

더 이상 이상해진 태오를 두고 볼 수 없었던 나봄은 직접적으로 물어보기로 했다.

"태오야, 혹시 나한테 화난 거 있어?"

"어?"

"갑자기 쌀쌀맞아진 것 같아서…… 내가 잘못한 게 있으면 얘기해 줘."

그러자 태오는 나봄의 눈을 물끄러미 마주하더니 이내 옆으로 고개를 돌리고는.

"잘못한 거 없어."

"……."

"내가 너무 서둘렀던 건데, 뭐. 내 감정에 취해서 일방적으로 일만 벌였지."

응? 그게 무슨 소린지 여전히 이해가 안 돼.

나봄은 좀처럼 알아듣지 못할 얘기만 하는 그를 의아한 눈빛으로 쳐다보았다.

하지만 혼자만의 세계에 깊이 빠져 버린 태오는 그대로 안전벨트를 풀고 차문 밖으로 나서 버렸다. 여전히 영문은 모르겠으나 그녀에게 원인이 있다는 게 확실시되는 순간이었다.

'내가 뭘 했더라?'

나봄은 태오를 따라 차에서 내리며 지난 기억들을 곰곰이 곱씹었다.

문제가 되는 시간은 태오가 화장실에 갔던 그 잠깐의 타이밍.

그때 한 거라고는 딱 하나밖에 없었다.

'이거 당장 멈춰 주세요!'

'네, 네?'

'제가 한나봄인데요! 오늘 아니란 말이에요!'

분명 내일로 예약했었던 프러포즈가 오늘 준비도 안 된 상태에서 열리는 바람에 필사적으로 중단했었지.

"설마…… 그걸 본 건가?"

문득 스친 생각은 제법 일리가 있었다. 아마도 태오는 나봄이 프러포즈를 서둘러 접는 모습을 봤고, 그래서 기분이 나빠진 모양이다.

하지만 왜?

받을 줄 알았는데 결국엔 못 받아서? 아니면 혹시 프러포즈 하려는 걸 알게 되니까 부담스러워져서?

뒤따라 피어나는 의문들은 그녀의 머릿속을 더욱 복잡하게 헝클여 놓았다.

뭔가 상황이 이해될 듯하면서 이해되지 않는 게 꼭 그가 내준 수수께끼를 푸는 기분이다.

바로 그 순간.

'내가 너무 서둘렀던 건데, 뭐. 내 감정에 취해서 일방적으로 일만 벌였지.'

아까 들었던 태오의 말이 그녀의 뇌리에 총알처럼 박혀 들어갔다.

이제 보니 그가 서러운 목소리로 꺼내 놓았던 의미심장한 멘트들은 프러포즈를 받은 사람이 아닌, 프러포즈를 했다가 거절당한 사람이 서운함에 꺼냈을 얘기들이었다.

"설마…… 그 프러포즈가 내 것이 아니라……."

얼핏 실마리만 붙잡았을 뿐인데 이것이 정답임을 알려 주듯 등골이 오싹해졌다.

만약 내가 생각하는 게 맞다면. 내가 아까 저지른 짓이 그런 깽판이 맞다면…….

"안 돼. 내가 무슨 짓을 한 거야……."

끔찍하게 꼬여 버린 사태를 뒤늦게 파악한 나봄의 얼굴이 백지장처럼 새하얘졌다.

그래서 멀어지는 태오에게로 당황한 시선을 두자, 때마침 눈가를 매만지는 안쓰러운 그의 모습이 목에 가시처럼 걸려 들어왔다.

세상에나, 어쩜 좋아!

프러포즈고 뭐고, 저 남자 제대로 상처받았네!

*　　　*　　　*

'잠깐만 마음 좀 추스르고 올게.'

그것이 태오가 남긴 마지막 말이었다. 멀어지는 뒷모습은 세상 슬픔을 혼자 다 짊어지고 있는 것 같아서, 나봄은 차마 그를 붙잡아 세우지도 못했다.

하지만 이대로 그가 슬픔에 겨워하도록 놔둘 수는 없었기에 어느 정도 시간이 지난 후 찾아온 그의 방 앞.

"하아……."

나봄은 지금 그의 호텔 방 벨을 누르기 직전이다.

사나운 생김새와 달리 마음이 여린 내 남자는 프러포즈에 큰 상처를 받은 나머지, 말릴 새도 없이 방을 따로 잡고 그 안에 꼭꼭 숨어 버렸다.

'마누라! 얼른 와! 서방 옆구리 시리다!'

생각해 보면 공항에서부터 묘하게 들떠 있긴 했었다.

'나도 진짜 미안한데, 나봄아.'

'내가 업어다 모셔 줄 테니까 제발 크루즈 같이 타 주면 안 되냐.'

크루즈에 데리고 갈 때도 뭔가 심상치 않았어.

그때 눈치를 챘더라면 이런 참사는 막을 수 있었을까.

나봄은 잠시 생각했으나 어차피 지나간 일을 되돌릴 방법은 없었다. 지금은 후회를 하기보단 벌어진 사태를 수습해야 할 때였다.

"큼큼!"

일부러 크게 헛기침을 한 나봄은 조심스레 벨 위로 손가락을 가져갔다. 그러고는 잠깐의 망설임 끝에 힘주어 벨을 눌렀다.

삐이이—

요란한 벨소리는 복도까지 새어 나왔으나 안에서는 아무런 기척도 들려오지 않았다.

삐이이—

"태, 태오야?"

나봄은 한 번 더 벨을 누르며 태오의 이름을 불렀다.

하지만 방음이 좋은 건지, 아니면 철저히 무시를 하는 건지 여전히 고요하기만 한 그의 호텔 방.

"화가 안 풀렸나……."

무반응에 소심해진 나봄은 일단 되돌아가야 하나 싶어졌다. 해명도 들을 기분이 나야 효력이 생길 터였다.

그렇게 마음을 정리하고 발길을 다시 돌리려던 그때.

철컥—!

잠금장치가 다급히 풀리는 소리와 함께 굳게 닫혀 있던 문이 활짝 열렸다. 이때를 기다렸던 나봄은 곧바로 방문 쪽을 향해 고개를 돌렸다.

그러자 곧바로 시야를 사로잡는 건.

"미안. 오래 기다렸지. 목욕 물 받아 놓느라."

"아……."

남자의 가슴이었다.

그것도 섹시한 아몬드 빛으로 물들어 있는 단태오의 탄탄한 맨가슴.

자극적인 광경에 넋이 나간 나봄은 그의 잔근육에 시선을 고정시킨 채 한동안 얼어붙어 있었다. 태오는 그런 그녀를 물끄러미 바라보다가, 뒤늦게 그녀의 시선이 어디를 향해 있는지 깨닫고 황급히 몸을 가렸다.

"보, 보지 마."

"왜?"

"왜…… 라니?"

"아, 아니야. 응. 안 볼게."

살짝 흑심이 드러날 뻔했지만 나봄은 가까스로 소란스런 마음을 추슬렀다.

지금 그녀는 태오의 몸을 감상하러 온 것이 아니라 깊은 오해를 풀기 위해 찾아온 참이었다.

"그나저나 목욕하려던 중이었나 보구나."

본론을 상기시킨 나봄은 부자연스럽게 끊어진 대화를 이어 보려 했다.

순간 태오의 까만 눈동자는 바람 앞 촛불처럼 일렁이는가 싶더니.

"난 원래 우울할 때마다 반신욕 한다."

나봄의 양심에 콕콕 찔려 오는 말을 했다. 태오의 우울감에 큰 몫을 차지한 나봄은 고개를 들 면목도 없어졌다.

그래서 똑바로 마주하고 있던 눈을 아래로 내리깔고, 옅은 한숨을 푹 내쉬고.

"있잖아, 태오야. 아까 프러포즈 말이야……."

조금 작아진 목소리로 그가 잊고 싶어 하는 단어를 꺼내자 태오의 숨이 일순 경직되었다.

하지만 나봄은 여기서 멈추지 않고 정말 전하고 싶은 얘기를 이어 나갔다.

"상황은 이상하게 꼬여 버렸지만 거절하려던 건 아니었어."

"……."

"니가 준비한 프러포즈인 줄은 상상도 못 했거든!"

그게 말이 되는 소리야? 우리 이름이 적힌 플래카드까지 내려왔는데.

나봄의 설명이 충분치 않았던 태오는 한쪽 눈썹을 구겼다.

그 심정을 충분히 이해하고 있는 나봄은 고개를 들어 기운 빠진 그와 눈을 마주했고, 진심을 담은 목소리로 힘주어 말했다.

"내일 저녁에 모든 걸 설명해 줄게."

"설명?"

"응! 그러니까 일단은 이것부터 받아 줬으면 좋겠어."

그리 말한 그녀는 걸치고 있던 카디건 주머니에서 종이 티켓 하나를 꺼냈다. 그걸 본 태오의 눈동자가 옅게 떨려 왔다.

"디너 크루즈…… 식사권?"

오늘 너에게 제대로 차였던 그 배를…….

"이걸 나한테 왜 주는 건데."

예상치 못한 선물을 받은 태오는 경직된 목소리로 물었다. 그러자 나봄은 곧바로 미소를 퍼트렸고, 또박또박 대답했다.

"널 정식으로 초대하려고! 내일 저녁 일곱 시에 여기서 보자!"

"초대? 나를 왜."

"너를 위해 준비해 놓은 게 있으니까!"

"준비해 놓은 거 뭐."

"엄청 중요한 거야. 꼭 와 줬으면 좋겠어!"

몇 번의 질문과 대답이 오고 갔으나 태오는 하나도 이해하지 못했다.

그래서 아직 얼떨떨한 표정으로 그녀가 내민 티켓을 넘겨받자.

"태오야."

그 기회를 놓치지 않은 나봄은 태오의 손을 꼭 붙잡았다. 그런 뒤 이어 내는 말은 무척이나 진지하고 신중했다.

"내일 내가 너를 세상에서 가장 행복한 남자로 만들어 줄게."

"뭐……?"

"그러니까 프러포즈 거절당한 거라고 생각하진 마."

거절이 아니면 대체 뭐라는 거야, 라고 생각할 때쯤.

태오의 뇌리에 그럴싸한 예측 하나가 빠르게 스쳐 지나갔다.

"한나봄, 너 설마……."

흐리게 이름을 부르자 둥글게 눈가를 휘어 보이는 너.

오늘 내게 상처로 자리 잡은 그 네 글자가 자꾸만 떠오르고 있지만.

"태오야, 와 줄 거지?"

"……."

"응?"

일단은 아무런 기대도 하지 않을래. 요즘 들어 너와의 인연이 하도 잘 풀려서 잊고 있었는데, 사실 너에게는 내 인생을 종잡을 수 없게 뒤흔들어 놓는 재주가 있거든.

"……몰라."

태오는 자신을 향한 나봄의 눈빛을 애써 외면하며 작게 대답했다. 화답이라고 볼 순 없었지만 표정이 한결 누그러진 걸 보니 와 주기는 하려나 보다.

그제야 초조한 마음을 내려놓은 나봄은 남몰래 한숨을 돌렸다.

드디어 내일로 다가온 프러포즈.

시작하기까지 우여곡절은 너무 많았으나 나봄은 그래서 더더욱 욕심을 내보려 한다.

본의 아니게 오늘 맘고생을 하게 된 너를 로맨틱한 영화 속 주인공으로 만들어 주겠다는.

너를 향한 애정이 가득 담긴 욕심을.

* * *

“오늘 달빛 되게 좋다.”

유달리 달이 밝게 떠오른 밤.

거실 소파에 앉아 있던 태준이 감상에 젖은 음성으로 말했다. 마른 수건으로 태준의 휠체어를 닦고 있던 차준은 뒤늦게 창문 쪽으로 시선을 돌렸다.

“그러게. 보름달이라서 그런가.”

마음 속 절망이 걷혀서 그런지, 오늘따라 아름다워 보이는 서울의 밤하늘.

이렇게 느긋하게 하늘을 감상한 지가 얼마나 오랜만인지 모르겠다. 하루에 세 번씩 하늘을 볼 수 있는 사람이 행복한 사람이라고 하던데, 바로 이런 여유를 두고 하는 말인가 보다.

이 밤이 무심히 지나가 버리는 게 아쉬웠던 태준은 혼잣말처럼 중얼거렸다.

“예전엔 밤에 할 일 없을 때, 너랑 한강도 놀러 가고 그랬었는데…….”

그 말을 들은 차준은 그때가 떠오르는지 방긋 미소를 지었다. 그러고는 오래된 추억 하나를 즐거운 목소리로 꺼내 놓았다.

“맞아. 형 덕분에 내가 한강에서 처음으로 술을 마셔 봤지, 아마.”

“내가 줬었나?”

"당연히 형이 줬지. 간단히 캔 맥주로 준 것도 아니고 어디서 양주 한 병을 구해다가 따라 줬어."

차준의 이야기는 태준의 오랜 기억을 톡톡 건드렸다. 그때가 떠오르자 행복했던 기분까지 새록새록 되살아난 태준은 이내 너털웃음을 터트렸다.

"아하하, 맞아. 그랬어. 아무래도 니가 사회생활 할 땐 맥주보다 양주를 더 많이 마실 테니까."

차준은 그런 그를 따라 미소 지었고 이내 살짝 당황스러운 말을 이었다.

"그거뿐만이 아니야. 나 거기서 형한테 담배도 배웠어."

"담배를 나한테 배웠다고?"

"응. 형한테."

생각보다 많은 차준의 흡연양을 걱정스러워하고 있던 태준은 그 시작이 자신이라는 얘기를 믿을 수 없었다.

술은 다른 데서 잘못 배울까 봐 미리 가르쳐 줬던 게 확실하지만, 담배는 권유도 해 본 적 없는 걸로 기억한다.

"아냐, 그건 가르쳐 준 적 없어."

태준은 확신 어린 대답과 함께 고개를 가로저었다. 그러자 이윽고 차준의 입에서 꺼내지는 건 태준은 결코 알아채지 못했던 자신만의 비밀이었다.

"기억 안 나? 한강 다리 밑에 있는 매점 갔을 때, 형이 거기서 담배 한 갑 샀었잖아."

"그게 뭐?"

"난 그때 형이 담배 피우는 거 처음 알았어. 그전까진 담배 생각이 딱히 없었는데, 그날 이후로 나 혼자 열심히 연습했지."

"아…… 그런 거였어?"

뜻밖의 고백에 태준은 더욱 난처함을 감추지 못했다.

하지만 차준은 그저 밝기만 한 목소리로 회상을 이어 나갔다.

"그땐 형이 하는 건 전부 다 따라 하고 싶었어. 왜, 그 있잖아. 꼭 연예인 좋아하는 열성 팬처럼."

"그 정도였어?"

"당연하지. 그 깊은 팬심을 가족애로 포장할 수 있어서 얼마나 다행이었는지 몰라."

넉살 부리는 차준은 예전으로 돌아간 듯 장난기 어린 미소를 띠고 있었다. 그 얼굴이 참 보기 좋았던 태준은 웃음기 어린 목소리를 혼잣말처럼 중얼거렸다.

"너한테 다시 그렇게까지 사랑받을 수 있으려나 모르겠네."

농담처럼 꺼낸 소리였으나 그 안에 아쉬움이 묻어 나오는 건 어쩔 수 없었다. 함께라서 행복했던 그 시절은 간절한 만큼 멀어져 버렸다는 걸 그는 누구보다 잘 알고 있다.

그러나 차준이 이런 마음조차도 부담스러워할까 봐, 옅게 비치는 미련을 감춰 두려던 그때.

"지금도 그때랑 별 다를 거 없어."

차준의 다정한 목소리가 태준의 귓가로 흘러들어 왔다. 뜻밖의 고백에 휘둥그레진 태준의 눈동자가 그에게로 머물렀다.

그러자 이어지는 차준의 말은 태준의 귀가 아닌 마음으로 스몄

다.

"형은 내 형이니까."

"……."

"어떤 모습이든, 어떤 삶을 살든, 형이 우리 형인 이상 내 마음은 변하지 않아."

"차준아……."

투명하게 비친 그의 진심은 지난 세월이 무색할 정도로 변함이 없었다. 이젠 욕심일 뿐이라고, 체념해야 할 때라고 생각했던 너의 마음은 한시도 떠나지 않고 내 곁에 머물러 있었나 보다.

"그러니까 앞으로 날 두고 혼자 어디 갈 생각도 하지 마. 사람이 이렇게 변함없이 좋아해 주면 책임질 줄도 알아야지."

이어지는 차준의 장난스러운 협박은 사실 멀어지지 말라는 간절한 부탁과 비슷했다.

예전엔 떨어져 있는 것보다 같이 있는 게 당연했던 사이였는데, 다시 함께하게 되기까지가 왜 이리도 힘들었는지.

그래도 흘러간 시간 덕분에 나아진 것이 있다면 더 이상 맞출 필요도 없이 비슷해진 서로의 발걸음이었다.

어리고 여리던 모습이 기억나지 않을 만큼 훌쩍 자라나 버린 동생과 그런 그를 긴 시간 동안 같은 자리에서 묵묵히 기다려 준 형.

이제야 비슷하게 걸음을 맞출 수 있게 된 두 사람은 앞으로 그 어떤 가시밭길이 닥쳐온다 해도 헤쳐 나갈 자신이 있었다.

"그래. 두 번 다신 너 혼자 두고 떠나지 않을게."

나약함을 털어 낸 태준은 그 어느 때보다도 진심을 다해 말했다.

그리고 이 순간 영원히 변치 않을 약속 하나를 건넸다.

"우리 어디든 같이 가자."

그 한 마디를 들은 차준의 눈가에 다시금 예쁜 눈웃음이 어렸다.

가슴에 켜켜이 쌓여 있던 묵은 한숨들이 전부 깨끗이 정리되는 기분이었다.

* * *

"프러포즈는 아니야."

라고 생각하면서도 태오는 잔뜩 빼입고 왔다.

"프러포즈일 리가 없어. 그건 시트콤이지."

라고 생각을 하면서도 렌터카에서 몸을 내리는 태오의 표정은 잔뜩 상기되어 있다.

지난밤, 이곳으로 와 달라는 나봄의 초대를 받고 하루 만에 다시 찾은 디너 크루즈.

어제 같은 장소에서 프러포즈를 제대로 거절당했던 태오는 두 번 다시 이곳에 발을 들이지 않을 생각이었다.

난처한 얼굴로 다가온 직원이 막 프러포즈를 시작하려던 그에게 '거절당하신 것 같다'라고 전하던 그 순간을 떠올리면 너무 낯부끄러워서 온 몸에 열이 오르는 기분이었다.

하지만 그런 그의 마음을 움직인 건 긴장한 표정으로 내뱉었던 나봄의 한 마디.

'내일 내가 너를 세상에서 가장 행복한 남자로 만들어 줄게.'

그건 확실히 단순한 위로라고 하기엔 심상찮은 구석이 있었다.

그냥 행복한 남자도 아니고 세상에서 가장 행복한 남자로 만들어 주겠다니, 그건 꼭 어마어마한 선물이라도 준비해 두고 있는 사람 같았다.

사고가 그쯤 흐르니 문득 떠오르는 건 예전에 크루즈 예약을 도와주던 상담원의 했던 말이었다.

'예약자가 여성분이세요! 남자 친구한테 몰래 프러포즈 해 주신다고 만반의 준비를 하고 계시죠!'

우리의 여행 이튿날 밤, 남자 친구한테 프러포즈를 하기 위해 만반의 준비를 했다는 그 여자 말이야. 혹시 니가 아니었을까.

"하, 단태오 미쳤네. 별 말 같지도 않은 상상을……."

태오는 너무 큰 기대가 또 한 번 상처를 줄까 봐, 뒤숭숭한 마음을 애써 정리했다.

그러고는 크루즈 입구 쪽으로 성큼성큼 걸음을 옮겼는데.

"뭐야, 장사를 하긴 하는 거야?"

불이 다 꺼진 크루즈가 태오의 심기를 건드렸다. 분명 나봄이 초대한 곳은 이곳인데 들어가는 입구서부터 깜깜하기만 하다.

기대를 열심히 접어 보긴 했지만 완벽하게 떨쳐 내진 못했던 태오는 실망감 가득한 목소리로 중얼거렸다.

"역시 아무것도 없네. 하긴 여기서 이벤트 하는 게 한두 푼 드는 일도 아니고……."

그러면서 크루즈를 등지고 서려던 바로 그때.

♬♪♩♬–

입구 옆 스피커에서 로맨틱한 클래식 음악이 흘러나왔다. 갑작스러운 소리에 깜짝 놀란 태오는 휘둥그레진 눈으로 다시 고개를 돌렸다.

그러자 그의 눈앞에 거짓말처럼 펼쳐지는 광경은.

"뭐야, 이거……."

입구에서부터 크루즈 내부까지 줄지어 켜져 있는 플로어 조명. 그 길을 따라 흩뿌려져 있는 심상찮은 하트 모양 풍선들.

로맨틱한 이벤트가 펼쳐지려는 듯, 한순간에 화려해져 버린 크루즈의 분위기.

당황한 태오는 쉽사리 발걸음을 옮기지 못하고 가만히 얼어 있었다.

그때 스피커에서 지직거리는 마이크의 잡음이 들려왔고, 곧이어 익숙한 목소리가 또렷하게 이어졌다.

–태오야, 어서 와. 오늘 하루는 너만 입장할 수 있는 공간이야.

"……한나봄?"

이름까지 들려왔건만 현실감각이 무뎌졌다. 예상을 아예 못 한 건 아니었는데 막상 닥쳐오니 믿기지가 않았다.

그건 어쩌면 어제와 같은 소규모 프러포즈 이벤트 정도만을 기대했던 태오에겐 당연한 반응이었다.

몇천 대 일의 엄청난 경쟁률을 뚫고 선정된 영화 같은 초호화 프러포즈.

그 영화 같은 이벤트의 주인공이 자신일 줄은 상상도 하지 못했을 테니.

* * *

영롱한 플로어 조명 길을 따라 도착한 레스토랑.

안으로 들어서자마자 강렬한 핀 조명이 태오의 위로 내리쬐었다. 강렬한 빛에 눈이 부셨던 그는 한 손으로 황급히 시야를 가렸다.

그러자 머지않아 가까워지는 발소리는 분명 여자의 구두 소리였다.

"한나봄?"

그는 자신을 이곳으로 초대한 그녀부터 찾았다. 하지만 발소리의 주인은 한 번도 들어 본 적 없던 낯선 목소리로 상냥한 인사를 건넸다.

"안녕하십니까, 단태오 님. 자리로 안내해드리겠습니다."

"아…… 들어가도 됩니까."

"당연하죠. 오늘 밤 이 크루즈에 초대받은 유일한 손님이신걸요."

웨이트리스의 말대로 오늘 밤, 이 커다란 디너 크루즈에 초대받은 특별 손님 단태오.

하지만 그는 이 꿈같은 상황을 아직 현실로 자각하지 못했다. 입구에서 들려왔던 이름은 분명 그의 것이 확실했으나, 자꾸만 여기 있어도 되나 싶은 생각이 든다.

"그럼 이쪽으로."

"네? 아, 네."

그래서인지 웨이트리스를 따르는 그의 발걸음은 잔뜩 경직되어 있기만 했다.

어제만 해도 꽉 차 있던 테이블이 텅텅 비어 있는 광경도, 네다섯 쯤 되는 웨이터들이 눈만 마주치면 예의 차린 인사를 건네는 상황도, 전부 어리둥절하기만 한 지금.

머리는 더 이상 상황을 파악하기를 포기했다. 이건 뭐 스케일이 커도 너무 크다 보니 대체 어떻게 된 일인가 싶다.

"여기로 안내해드리겠습니다. 앉으시죠."

그 마음을 아는지 모르는지.

웨이트리스는 그저 친절한 미소를 띤 채 태오를 정 중앙 테이블에 앉혔다.

"가, 감사합니다."

태오는 고개를 까딱여 인사한 뒤 그녀가 빼 주는 의자에 조심히 걸터앉았고 혼란 가득한 시선으로 주변을 훑어보았다.

'단태오♡한나봄' 이라 적힌 저 플래카드는 어제도 봤던 것 같은데.

이 핀 조명은 계속 나만 따라다니는 건가?

잠깐, 이제 보니까 VCR에 나오는 얼굴은 나였잖아? 대체 누가 어디서 찍고 있는 거야.

모든 것이 눈에 걸리는 와중에도 나봄의 모습은 흔적도 없었다. 그녀라도 있으면 마음이 좀 안정될 것 같은데 어디 숨었는지 좀처럼 나오지를 않는다.

"한나봄!"

태오는 괜히 소리 높여 그녀의 이름을 불렀다.

하지만 되돌아오는 건 대답 소리가 아닌 달콤한 사랑 노래였다. 볼륨이 말소리도 잘 안 들릴 만큼 커진 걸 보니 이건 무언가 시작하기 전 틀어 주는 전주곡인 모양이었다.

"뭐야, 또."

심상치 않은 분위기를 감지한 태오는 또 한 번 주위를 살폈다.

그때, 그의 얼굴을 비추던 VCR이 블랙아웃 되고.

—단태오 씨! 단태오 씨! 여기 보세요!

—뭐하는 거야.

—사진 찍어. 나도 남자 친구 사진 하나만 남겨 놓자.

—나 사진 찍는 거 안 좋아하는데.

—그래도 한 번만!

곧이어 자신의 얼굴이 커다랗게 등장했다. 예상치 못했던 동영상에 당황한 태오의 눈동자가 휘둥그레진 채 굳어 버렸다.

"지난주 데이트 때…… 아닌가?"

용케 촬영 일자를 알아본 태오는 별다를 거 없었던 그날의 데이트를 회상했다.

어쩐지 그날따라 호시탐탐 카메라를 들이대더니만 이걸 준비하는 중이었구만.

태오는 놀란 마음을 추스르고 재생된 영상을 지켜보았다.

동영상 속의 그는 잔뜩 신이 난 얼굴로 웃고 있었다. 저렇게 행복해 보이는 모습은 본인조차도 자각해 본 역사가 없다.

"하하, 나 참."

그걸 보자 실없는 웃음이 새어 나와 버린 태오는 어리둥절한 상황도 잠시 잊고 화면에 집중했다.

그런 태오를 엿 먹이듯 영상 속 단태오가 날리는 대사 한 마디는.

—그러다가 내 잘생긴 얼굴 보고 영원히 못 헤어 나가면 어쩌려고 그러냐.

"아, 돌았나 봐."

갑작스럽게 터져 나온 일주일 전 단태오의 닭살 멘트에 이 순간을 살고 있는 태오의 얼굴이 새빨개졌다.

보통 나봄에게 낯 뜨거운 대사를 칠 때는 분위기에 취해서 이성을 살짝 놓은 상태였는데, 또렷한 맨정신으로 보려니까 항마력이 딸려 미칠 지경이다.

그러나 거기서 그치지 않고 일주일 전의 단태오는 계속해서 너스레를 떨었다.

—너 나한테 너무 푹 빠지지 마라.

—왜?

—내 매력에서 헤어 나가질 못하니까.

—푸핫, 이미 빠져 버렸으면?

—그럼 게임 끝이지, 뭐. 어쩔 수 없이 나랑 결혼해야겠네.

아…… 부끄러워 죽어 버릴 것 같아.

"저, 저기…… 나봄이는 어디……."

더 이상 오글거림을 버텨 낼 자신이 없었던 태오는 괜히 나봄을 찾았다.

하지만 웨이트리스는 빙긋 미소만 지을 뿐, 별다른 대답을 해 주지 않았다. 심지어는 그 길로 걸음을 옮겨 어딘가로 훌쩍 떠나 버린다.

수치스러운 상황에 홀로 남겨진 게 차라리 다행이라 생각한 태오는 마지못해 다시 화면으로 시선을 돌렸다.

그러자 또 다시 페이드아웃 되는 VCR 영상.

[태오야, 저때 기억 나?]

이윽고 까만 화면 위로 편지의 첫 문장이 떠올랐다. 태오의 일렁이는 눈동자가 가만히 글씨 위로 머물렀다.

[니가 그랬잖아. 너한테서 헤어날 수 없을 것 같으면 결혼하자고. 그래서 청혼을 하려고 해. 이미 헤어 나오지 못하도록 사랑하는 너에게.]

머지않아 꺼내진 '청혼'이란 단어는 그의 숨을 멎게 하는 주문과 비슷했다. 이런 건 감히 꿈으로도 꾸지 못했던 일이라 심장이 날뛰다 못해 터져 버리기 직전이다.

그런 태오의 눈앞에 이어지는 나봄의 진심은 꾸미는 것 없이 진솔했다.

[나는 널 아주 오래 전부터 알았지만 그땐 니가 얼마나 좋은 남자인지 알지 못했고, 오래도록 보아 왔지만 너의 사랑스러운 점은 제대로 발견하지 못했어. 그 시간 동안 널 아프게 해서 너무 미안해.]

나봄의 사과는 이번이 처음이 아니었다. 그러나 태오는 줄곧 그럴 필요가 전혀 없다고 생각해 왔다.

사랑스러운 사람이니까 사랑했고, 잊지 못할 인연이었으니까 잊지 못했을 뿐.

내가 선택한 나의 마음에 너의 잘못은 조금도 없다. 그러니 괜찮다고, 미안해하지 말라고 대답하기 위해 미리 목소리를 가다듬어 놓고 있는데.

[그리고 고마워.]

생각지도 못한 감사의 인사가 전해졌다.

[아픈 시간 동안에도 나를 사랑해 줘서. 내 곁에 계속 있어 주고 내 마음을 기다려 줘서 정말 눈물 날 만큼 고마워.]

그 말을 듣자, 곧바로 목이 메여 오기 시작했다.

너에게 다가가지도 못했던 지난날의 짝사랑. 나 혼자 시작해 버려서 죄가 되었고, 나 혼자 깊어져서 잘못이었던 그 마음은 이제야 너에게 제대로 닿았나 보다.

나 혼자 아팠던 시간들이 이 순간 전부 위로받는 것 같아.

"하……."

벅차오르는 감정을 삼켜 내지 못한 태오의 숨이 축축이 젖어 들었다. 이내 뜨거워지고 마는 눈시울은 쪽팔린 줄도 모르는 모양이다.

이런 모습 또한 어딘가에서 찍고 있다는 걸 자각한 태오는 서둘러 뿌옇게 흐려진 눈가를 닦았다.

바로 그때.

"오늘의 메인 디너 나왔습니다."

잠시 사라졌던 웨이트리스가 푸드 트레이를 끌며 다가왔다.

테이블에 올려놓는 예쁜 접시 위엔 음식 대신 보석을 담을 법한 작은 상자가 자리 잡고 있었다.

태오는 아직 울음기가 정리되지 않은 와중에도 상자를 들어 올렸고, 떨리는 손으로 안을 조심스레 확인했다.

그러자 눈앞에 반짝이며 드러난 건.

"이거……."

차 보지 않아도 그와 잘 어울릴 것 같은 손목시계와.

[나랑 결혼해 줄래? yes면 일어서서 뒤를 돌아 봐.]

귀여운 글씨체로 적힌 작은 쪽지.

프러포즈에 대한 대답이라면 고민할 것도 없었다. 내용을 읽자마자 자리에서 일어선 태오는 망설임 없이 뒤쪽으로 몸을 돌렸다.

그는 지금 벅차다 못해 넘쳐흐르는 이 마음을 그녀에게 조금이라도 더 빨리 전해 주고만 싶다.

그 순간.

와락—!

태오의 품에 안겨 드는 따스한 체온은 모든 생각을 멈춰 버리기에 충분했다. 심장이 본능적으로 요동치기 시작하는 걸 보니 사랑스러운 그녀가 드디어 내 앞에 나타났나 보다.

"한나봄……."

태오는 그녀의 작은 몸을 소중한 만큼 꼬옥 끌어안았다. 나봄은 고갤 들어 그의 얼굴을 지그시 바라보았고.

"나랑 결혼해 주는 거야?"

웃음기 어린 목소리로 물었다. 너무나도 당연한 얘기를 아무것도 모르는 것처럼.

"당연하잖아, 바보야."

태오는 그런 나봄을 향해 연신 고개를 끄덕였다. 아까부터 그렁그렁했던 눈에선 이미 맑은 눈물이 뚝뚝 떨어지고 있는 상태였다.

예전엔 거칠 게 없는 사나운 맹수가 따로 없었는데, 어쩌다 이리도 여리고 순해졌는지.

나봄은 그녀 앞에서만 순애보가 되어 버리는 태오를 달래 주듯이 토닥였다.

그러고는 그가 가장 좋아하는 달콤한 목소리를 흘려보냈다.

"니가 행복해져서 다행이야."

그 말을 듣는 순간, 태오는 제 안에서 자꾸만 부풀어 오르는 감정이 무엇인지 곧바로 깨달았다.

나는 아무래도 지금 세상에서 제일 행복해하는 중인가 보다. 이대로 시간이 멈춘다 해도 좋을 만큼, 내 안의 모든 기쁨들이 우리 곁을 돌며 춤을 추고 있잖아.

태오는 그녀를 안은 두 팔에 힘을 더했고 감동에 젖은 목소리로 말했다.

"……사랑해."

이 말을 너한테 할 수 있는 것도 나에게는 기적에 가까운 일이라 이렇게 계속해도 되는지는 모르겠지만.

"정말 사랑해, 나봄아."

"나도 사랑해."

"아니, 내가 더 사랑해. 진심이야."

반복되는 고백은 나봄의 귀가 아닌 가슴으로 스며들었다.

나봄은 그런 그의 마음을 오롯이 느끼며 이토록 과분하게 받고 있는 사랑을 일생 동안 부지런히 갚아 나가겠다고. 아니, 그보다 몇 배로 더 얹어서 사랑해 주겠다고 다짐했다.

그녀가 사랑하는 단태오라는 남자는 행복에 겨워 미소 지을 때 가장 아름다운 빛을 내는 존재니까.

* * *

"아, 나 너무 울었냐."

호텔 방으로 돌아온 태오가 새빨개진 눈을 매만지며 말했다. 그런 그가 귀여웠던 나봄은 장난스럽게 물었다.

"내 프러포즈가 그렇게 감동적이었어?"

놀리기 위해 꺼낸 질문이라는 건 알았지만 부인은 할 수 없었던 태오는 괜히 삐딱해진 목소리로 대꾸했다.

"나 사실 진짜 눈물 없는 편이야. 민증받고나서부턴 울었던 적 몇 번 안 돼."

"에이, 내가 본 게 몇 번인데?"

"그러니까 말이야. 그 몇 번이 전부 너 때문에 운 거라서 미치겠다고."

그건 변명으로 하는 말이 아니라 진심이었다. 취하면 이별 노래 듣고 엉엉 우는 술버릇도 사실은 그녀에게 제대로 차인 뒤부터 생긴 것이었다.

하지만 그 모습이 그저 오기를 부리는 것처럼 보였던 나봄은 크게 웃음을 터트렸다.

"누가 보면 내가 니 눈물샘인 줄 알겠다. 맨날 눈물만 나게 하니까."

"너 내 말 안 믿지."

"못 믿겠어. 내가 아는 너는 눈물이 정말 많거든."

그리 말하며 나봄은 태오의 콧잔등을 손끝으로 톡, 하고 건드렸다.

이미 그녀는 태오를 울보로 보고 있나 보다. 그게 마음에 안 들었던 태오는 살짝 미간을 구겼다.

"진짜라니까. 나 정말……."

그때, 그의 뒷목을 부드럽게 잡아당기는 손길과 함께.

쪽—!

태오의 입술로 촉촉한 감촉이 와 닿았다. 도발적으로 건네진 그녀의 입맞춤엔 그를 향한 애정이 듬뿍 담겨 있었다.

"귀여워서 보기 좋아."

"……뭐?"

"나 은근히 눈물 많은 남자가 취향인가 봐."

이어지는 나봄의 거침없는 고백.

순간, 불만 가득했던 태오의 눈이 순간 휘둥그레졌다.

귀엽다는 소리도, 눈물 많단 소리도 그다지 듣기 좋지 않은데 이상하게도 가슴에 뜨거운 불이 이는 듯하다.

"한나봄……."

태오는 일렁이는 눈빛을 띤 채 달뜬 음성으로 그녀의 이름을 불렀다. 그런 태오를 똑바로 마주 본 나봄은 해맑은 눈웃음을 지어 보였다.

"왜?"

이건 태오가 격하게 좋아하는 나봄의 사랑스러운 표정들 중 하나였다.

덕분에 이젠 억지로 가라앉힐 수도 없을 만큼 폭주하는 본능.

"지금 이거 책임질 수 있겠냐?"

"응?"

"책임질 수 있어서 이렇게 꼬시는 거지?"

사실 끓어넘치는 애정은 어젯밤부터 많이 참았다. 버티는 것도 한계에 다다랐다.

그러니 이제는 가만두고 볼 수 없을 만큼 자극적인 너를 미치도록 탐하는 일뿐.

"……한나봄."

태오는 다시 한 번 그녀를 부르며 작은 어깨를 힘주어 붙잡았다. 달아오를 대로 달아오른 그의 온도에 나봄의 눈동자도 동요하듯 옅게 떨려 왔다.

태오는 그 눈을 지그시 마주하며 천천히 검붉은 입술을 끌어 내렸다.

"나랑 같이 침대로 갈래?"

야릇한 질문은 물으나마나였다. 나 또한 니가 욕심나서 안달내고 있으니.

나봄은 대답을 하기 전, 그의 입술로 시선을 고정시켰다. 그러고는 숨소리처럼 보드라운 목소리로 살며시 속삭였다.

"데려가 줘. 니가 원하는 곳으로."

그러자마자 거칠게 맞부딪히는 그의 숨결.

엉켜드는 그의 혀끝은 오늘 밤 그녀를 녹여 버릴 듯이 농밀했다. 그녀를 침대를 이끄는 손길도 달아오른 본능만큼이나 뜨거웠다.

그러다 마침내 두 사람의 몸이 한 침대 위로 풀썩 쓰러졌을 때.

더 이상 거칠 것이 없는 태오는 그녀의 목덜미로 입술을 옮겼다.

"하아……."

자극적인 감촉을 이겨 내지 못한 나봄이 달뜬 숨을 내뱉었다. 그건 나봄의 온도가 끓는점에 다다랐음을 알려 주는 신호탄이었다.

그걸 알아챈 태오는 한 손으로 그녀의 머리카락을 쓸어 넘기고, 다른 손으로는 그녀의 와이셔츠 단추를 풀어내기 시작했다.

머리카락이 그의 손가락에 감기는 짜릿한 느낌에 태오의 등을 부여잡은 나봄의 손에 힘이 더해졌다.

이 정도로는 부족해. 나는 니가 더 달아오른 모습을 보고 싶어.

그녀의 본능을 조금 더 부추기기로 결심한 태오는 다시 고개를 들어 올렸다.

그러고는 나봄의 입술을 스치듯 지나쳐 그녀의 도톰한 귓불을 한껏 머금었다.

그의 뜨거운 온도와 짙은 숨결, 그리고 혀끝이 움직이는 자극적인 소리에 사로잡힌 나봄은 온몸에 소름이 돋는 기분이었다.

나봄은 예민해진 감각을 견뎌 내지 못하고 신음 같은 목소리를 내뱉었다.

"간지러워……."

그러자 돌아오는 태오의 목소리는 평소보다 낮게 가라앉아 있었다.

"참아."

"응?"

"참을 수 있잖아."

태오의 입술이 다시금 그녀의 귓불을 탐하기 시작했다. 두 번째 자극은 단순히 머금고 있던 처음보다 훨씬 더 본능을 부추기는 듯했다.

이대로 그의 혀끝에 온 신경을 빼앗기나 싶었던 그 순간.

"……다 풀었다."

갑작스레 떨어진 태오의 입술이 웃음기 어린 말을 흘려보냈다.

이제 보니 부지런히 움직이던 태오의 다른 손은 그녀의 셔츠를 완전히 열어젖혀 놓은 후였다.

그 사실을 깨닫고 나자 몹시도 부끄러워진 나봄은 가슴께를 이불 끄트머리로 가리려 했다.

하지만 태오는 그 이불을 다시 거둬 버렸고.

"벌써부터 부끄러워하긴 이르지 않나."

"……."

"이제 겨우 도입부인데."

야릇한 목소리가 흘러나오는 입술을 점차 밑으로 가져가기 시작했다.

그녀의 귓불에서 시작해, 목덜미를 거쳐 쇄골을 지나.

"아……."

신음을 참을 수 없게 만드는 그녀의 하얀 장골까지.

태오는 나봄의 하의를 전부 끌어 내렸다.

은밀한 부위가 그의 앞에 훤히 드러나자 나봄은 이 순간이 처음으로 보내는 밤처럼 부끄러워졌다.

그런 나봄을 지켜보던 태오는 야릇한 미소를 머금은 입술을 나봄의 비밀스러운 공간으로 이끌었다.

촉촉한 혀끝이 예민해진 속살을 훑어 나갔다. 순간 나봄은 전신에 기분 좋은 소름에 저도 모르게 입술을 깨물었다.

혀끝이 움직일 때마다 들려오는 자극적인 마찰음도, 이따금 마주치는 저돌적인 눈빛도, 부끄러움 뒤에 감춰져 있던 그녀의 감각을 일일이 깨어나게 만든다.

"태오야……."

나봄은 하얀 침대 시트를 붙잡으며 달뜬 목소리를 흘려보냈다. 그 목소리에 짙은 키스를 멈춘 태오는 윗입술을 훑었다.

"나봄아……."

"……."

"더 가도 돼……?"

그런 뒤 꺼내 놓는 질문은 감히 거절할 수 없었다. 이미 그가 선사하는 희열에 흠뻑 젖어 버린 그녀는 붉어진 얼굴을 조심히 끄덕였다.

그 고갯짓에 마지막 고삐를 푼 태오는 나봄의 다리 사이를 파고들었다. 곧이어 나봄의 안에 가득 차오르는 건 간절한 만큼 뜨겁게 달아오른 태오의 본능이었다.

"하아……."

한층 더 짙어진 숨소리는 나봄이 그를 온전히 받아들였다는 뜻이었다.

나봄의 가장 깊은 곳까지 도달한 태오는 부드러운 키스를 건넸고, 그녀가 가장 좋아하는 부위를 본격적으로 자극하기 시작했다.

노련한 태오의 움직임은 지난번보다 빨리 그녀를 희열에 젖게 만들었다. 나봄은 부끄러움도 잊은 채 태오가 선사하는 쾌감을 온전히 받아들이려 애썼다.

"아……!"

그런 그녀가 머지않아 터트려 버린 야릇한 신음 소리.

그 젖은 목소리를 신호탄으로 태오의 허리도 더욱 격렬해졌다.

그와 함께 가빠지는 나봄의 호흡은 이미 이성을 놓아 버린 상태였다.

"그 얼굴이 좋아."

"태오야……!"

"그렇게 날 불러 주는 목소리도 좋아."

"하아……."

"그냥 니가 좋아…… 내가 너무 사랑해……."

태오는 근육이 선 팔로 그녀를 끌어안았고, 제 위에 앉혀 놓았다.

순간 더욱 깊숙이 들어온 감각에 나봄은 허물어진 표정을 적나라하게 내보이고 말았다.

찌푸려진 미간, 내리감긴 속눈썹, 살며시 깨물린 입술. 단태오를 흥분하게 만드는 한나봄의 모든 것.

태오는 타오르는 욕망을 담아 그녀의 목덜미에 입을 맞추었다. 여린 피부를 진하게 탐했다가 달래듯이 머금는 혀끝은 이미 한계에 다다른 나봄을 보다 커다란 환희로 이끌었다.

어느새 수줍음도 잊어버린 나봄은 태오의 머리를 거칠게 붙잡고 스스로 골반을 움직였다. 두 사람의 거친 숨소리는 질척이는 소리와 뒤섞여 이 공간을 야릇하게 만들었다.

"한나봄……."

"……."

"나봄아……."

나봄에게 이끌려 쾌락의 입구에 도착한 태오는 그녀의 허리를 붙잡았다.

그러고는 다시 한 번 거칠게 그녀를 덮쳐 올렸다. 격해진 태오의 움직임은 본능만을 쫓고 있는 짐승과 같았다.

"태오야, 나…… 나……."

"하아, 하아……."

"아아……!"

결국 태오가 선사하는 자극을 견디지 못하고 한 번 더 전율하는 나봄의 몸.

그와 동시에 그녀를 붙잡은 태오의 손길도 느슨해졌다. 머지않아

나봄에게로 무너져 내리는 그는 그녀만큼이나 흠뻑 젖어 있었다.

"하아, 하아……."

겨우 이성을 되찾은 나봄은 가쁜 숨을 고르는 태오의 등을 천천히 쓰다듬어 주었다. 그건 꼭 겨우 진정된 맹수를 달래는 것 같아서, 태오는 저도 모르게 피식 웃음을 흘리고 말았다.

"왜 웃어?"

"그냥…… 부끄러워서."

"이제 와서?"

"응, 이제 와서."

그녀를 잡아먹을 것처럼 탐할 땐 언제고, 이제 와선 하염없이 사랑스러워진 이 남자.

나봄의 입가에 그와 닮은 미소가 번졌다. 이렇게 애교 아닌 애교를 부릴 때마다 올라가는 입꼬리는 이쯤 되면 버릇이다.

나봄은 자신의 행복이나 다름없는 태오를 놓치지 않으려는 듯 꽉 끌어안았다. 그러고는 태오의 심장을 달콤하게 녹이는 고백을 흘려보냈다.

"태오야, 사랑해."

"……."

"평생 지금처럼 사랑해 줄게."

오늘 영원을 약속한 사람이기에 더욱 더 특별하게 다가오는 말.

이 순간 더할 나위 없이 행복해진 태오는 고개를 끄덕이는 대신 그녀의 목덜미에 한 번 더 깊은 입맞춤을 건넸다. 코끝을 스치는 달콤한 향기는 온전한 내 사람의 것이라서 좋았다.

이래서 사람들은 사랑하는 연인과 결혼을 약속하나 봐.

아름다운 이 밤은 우리의 남은 시간 중 겨우 첫날일 뿐이라, 기쁘다 못해 온몸이 녹아 버릴 것 같아.

말 그대로 너 때문에 행복해 미치겠어.

* * *

하얀 햇살이 속눈썹을 간질였다. 보드라운 이불이 손끝에 매만져지자, 포근한 잠에 빠졌던 온몸의 감각이 되살아났다.

그제야 감은 눈을 뜬 나봄은 바로 옆에서 느껴지는 온기를 바라보았다.

내 몸을 두 팔로 꼭 감싸 안은 채 곤히 잠들어 있는 이 남자.

숨소리마저도 어쩜 이리 예쁜지, 마음이 동해서 가만두질 못하겠다. 원래 자는 사람은 건드리지 말라고 하지만 나봄은 지금 솟구치는 애정을 마음껏 표현하고 싶다.

"태오야, 일어나. 아침이야."

나봄은 손끝으로 태오의 코끝을 톡톡 건드렸다.

그러자 태오는 잠시 뒤척이는가 싶더니.

"음……."

나른한 신음 소리를 내며 고개를 돌렸다. 그 순간 눈앞에 드러나는 옆선은 날카롭고 선명한 것이 평소보다 더 매끈해 보이는 듯했다.

"태오야, 계속 잘 거야? 조식 먹으러 가야지."

나봄은 그런 태오에게 더욱 몸을 밀착시키며 괜히 아이처럼 보챘다.

그래도 계속 잠에서 깨지 못하고 있던 태오는 그녀의 손이 본격적으로 허리를 쓰다듬기 시작하자 그제야 피식 웃음을 흘렸다.

"간지러워."

그러고 나서 눈을 뜨니 아침 햇살과 함께 그를 반기는 건 나봄의 뽀얀 얼굴이었다. 강렬하게 불타올랐던 지난밤과 달리, 그녀는 편안한 미소를 머금고 있다.

넌 어쩜 이렇게 낮과 밤의 온도가 다른 걸까. 이러니까 내가 너한테서 빠져나오질 못하지.

매력을 전부 알았다 싶으면 또 다른 매력이 등장해서, 다시 온 마음을 뒤흔들어 놓잖아.

"잘 잤어?"

태오는 여러모로 사랑스러운 나봄을 꼬옥 끌어안으며 물었다. 나봄은 그의 가슴에 고개를 파묻고는 도톰한 입술을 움직여 대답했다.

"응, 니가 안아 줘서 따듯하게 잘 잤어."

말을 할 때마다 움직이는 입술이 태오의 쇄골을 간질였다. 순간 온몸에 기분 좋은 소름이 돋아난 태오는 저도 모르게 몸을 뒤로 빼며 말했다.

"하하. 비켜, 간지러워."

"왜 자꾸 뒤로 가?"

"간지럽다니까. 나 지금 예민하단 말이야."

"알았어. 간지럽다는 부위는 안 건드릴게. 도망치지 마."

나봄은 그리 말하며 태오의 등을 달래듯 쓰다듬었다.

하지만 그녀가 한 번 더 입술을 가져가는 부위는 태오의 약점인 쇄골 근처였다. 장난기가 발동한 그녀는 그가 하지 말라는 짓만 골라하고 싶다.

"아, 거기 안 건드린다며!"

간지러움을 참지 못한 태오는 나봄을 밀어내려 했다. 그러나 태오를 괴롭히는 데 맛 들린 나봄은 짓궂은 키스를 멈추지 않았다.

그녀의 입술은 더욱 더 깊숙이 태오의 목덜미를 탐한다.

"한나봄!"

결국 참다못해 터져 나온 태오의 커다란 고함.

태오는 나봄의 어깨를 부여잡았고 단숨에 그녀의 위로 덮쳐 올랐다. 한순간에 밑에 깔려 버린 나봄의 눈동자가 놀란 토끼처럼 휘둥그레졌다.

"안 건드린다며."

"응?"

"왜 이렇게 나를 괴롭혀. 어?"

태오는 급격히 낮아진 목소리로 그녀를 다그쳤다.

하지만 아무리 입꼬리가 내려가도 눈가는 싱글벙글. 좀처럼 웃음기를 정리하지 못하고 있다.

나봄은 그런 그를 보며 장난기 넘치는 미소만 지어 보였다. 그러자 태오는 나봄의 어깨를 좀 더 힘주어 누르는가 싶더니.

"안 되겠어. 나도 건드리고 싶은 만큼 건드려야지."

조금도 무섭지 않은 엄포를 꺼내 놓았다. 그러고는 복수라도 하듯 나봄의 쇄골 근처를 집요하게 빨아들이기 시작했다.

"앗! 키스마크 남겠어!"

나봄은 뒤늦게 저항해 봤으나 별 소용은 없었다. 이미 태오의 손은 그녀의 허리로 진출해 있었기에.

보드라운 살결을 쓰다듬는 그의 손길은 간지럽기보단 상냥했다. 목선을 따라 올라가는 혀끝도 장난기보단 애정이 가득했다.

이럴 줄 알았어. 역시 복수를 빌미로 엉큼하게 굴고 싶었던 거야.

나봄은 이제야 태오의 본심을 알아챘지만 굳이 말리지는 않기로 했다. 어느덧 막바지에 다다라 버린 여행이 아쉽게 느껴지는 건 나봄도 마찬가지였다.

그래서 달려드는 그를 힘주어 끌어안고 한 손으론 그의 머리카락을 부드럽게 쓸어 주며.

"그래, 너 마음대로 해. 바보야."

그의 귓가에 나른한 목소리를 속삭이자 태오는 그제야 얼굴을 끌어 올려 나봄의 입술을 머금기 시작했다. 바라고 원했던 만큼 마음껏.

내 가슴을 가득 적시는 당신의 사랑. 내 입술을 달아오르게 만드는 당신의 온도.

이 모든 것이 오롯이 전해지는 지금은 먼 훗날 한 번쯤 돌아오고 싶은 순간이 될 것만 같다.

드디어 나의 너를 온전히 품고 있는 느낌이 든다.

* * *

"하아……."

태오의 집 근처 공중전화에 긴 한숨이 흘렀다. 근원지는 수화기를 든 채 가만히 굳어 있는 차준의 입술이었다.

눌러야 할 전화번호는 정확히 알고 있지만 쉽사리 움직이지 않는 손가락.

굳은 차준의 표정은 이 순간, 통화 상대가 얼마나 부담스럽고 어려운 사람인지를 여실히 드러내 주고 있다.

하지만 결심한 듯 마른침을 삼킨 그는 떨리는 손끝으로 조심스럽게 버튼을 눌렀다.

뚜루루루― 뚜루루루― 뚜루루루―

길게 늘어지는 통화연결음.

―여보세요……!

그러나 그 끝에 들려오는 목소리는 다급했다. 차준의 연락을 얼마나 기다렸는지, 몰아쉬는 숨을 통해 느낄 수 있었다.

―선우차준?

"……."

―너 맞지. 우리 태준이는…… 태준이는 어떻게 됐니.

물론 그녀의 관심사는 차준이 아니었지만.

그걸 이미 알고 있었던 차준은 감정이 드러나지 않는 차분한 목소리로 대답했다.

"퇴원 수속은 차질 없이 밟았고, 지금은 형이랑 안전한 곳에 머물고 있습니다."

―태준이 건강 상태는 어때? 아파 보이진 않아? 다리는?

"전부…… 다 괜찮아요. 형은 걱정하실 필요 없습니다."

—하아…….

그제야 새어 나오는 서 대표의 안도의 한숨.

그걸 들은 차준은 눈빛에 어려 있던 긴장을 늦추었다. 그러고는 단조로운 목소리로 제 할 말을 이어 나갔다.

"지금 있는 곳에선 오늘 떠나야 합니다. 애초부터 짧은 기간 동안만 빌린 거라……."

—그럼 이제 어디로 갈 생각인데.

"아직은 모르겠습니다. 이틀 동안 은신처를 마련할 수 있을 줄 알았는데 회장님의 눈을 피해 숨을 방법은 아직 찾지 못했습니다."

—쉬운 일은 아닐 거야. 태준이 퇴원했다는 사실은 조만간 노친네 귀에 들어갈 테니까.

"네, 그래서 말인데…… 부탁드립니다. 형이랑 둘이 지낼 수 있는 공간을 준비해 주세요."

이 사태가 일어나기 전까지, 차준은 어떤 사소한 부탁도 서 대표에게 해 본 적이 없었다. 애초부터 그럴 분위기가 아니었고 그럴 사이도 아니라고 생각했었다.

하지만 태준의 곁으로 돌아가려하면 할수록 서 대표에게 손 벌릴 일도 늘어만 가는 것 같다. 마치 세 사람이 어느 누구도 제외할 수 없는 테두리 안에 갇혀 있는 듯이.

그런 관계를 설명하는 단어는 차준도 알고 있었으나 그는 거기까진 기대하지도 않기로 했다. 서 대표와는 태준을 매개체로 연결되어 있을 뿐, '가족'이라는 이름을 붙이기엔 너무나도 멀리 떨어져 있었다.

—지금 당장 김 실장에게 연락해서 지낼 수 있는 곳을 마련해 놓으라고 할게. 태준이가 편하려면 아무래도 호텔 쪽이 나을지도 모르겠구나. 나만 알고 있는 협력 업체가 몇 군데 있으니까 걱정 마.

서 대표는 흔쾌히 차준의 부탁을 수락했다. 그녀를 움직이게 만든 사람은 자신이 아니었기에 고맙다는 인사는 하지 않았다.

그건 당신이 건넨 도움의 손길이 나를 위한 것이 아니라는 걸 잘 알고 있다는 무언의 표시였다.

"그럼…… 두 시쯤 연락드리겠습니다. 그때까지 준비 부탁드립니다."

그녀에게 할 말을 전부 끝낸 차준은 군더더기 없는 마무리 멘트를 내뱉었다. 그러고는 수화기를 귓가에서 떼어 내려던 그때.

—……너는 좀 어떠니?

서 대표의 질문이 꺼내졌다. 태준이 아닌 차준에 대한 것이었다.

예상치 못한 관심을 받은 차준은 섣불리 입술을 떼어 내지 못하고 흔들리는 눈빛으로 가만히 서 있었다.

내가 어떻게 지내는지, 무슨 생각을 하고 있는지, 어떤 것이 두렵고 어떤 것이 불안한지.

어디서부터 어디까지 말해야 할까.

한 번도 내 얘기를 해 본 적이 없어서 수많은 대답들이 정리되지 않은 채 뒤죽박죽 엉킨다.

—아…….

그것이 침묵이라 여겼는지, 서 대표는 흐린 탄식을 내뱉었다. 그런 뒤 이어 내는 말은 한 번도 드러내 본 적 없었던 차준에 대한 걱정이었다.

—아무래도 뒷감당이 힘들 정도로 일을 벌여 놓은 것 같아서.

"……."

—넌 무슨 생각을 하고 있는 건지 물어보고 싶었어. 너의 귀엔 이런 뒤늦은 안부가 괜한 오지랖처럼 들릴지도 모르겠지만…….

끝이 흐린 서 대표의 목소리에선 차준과 비슷한 긴장감이 느껴졌다. 그가 그렇듯이, 그녀도 아득히 먼 서로의 거리감을 무시할 순 없는 모양이었다.

하지만 이왕 끊지 못하게 되어 버린 당신과의 인연. 오지랖이라는 말로 왜곡시키고 싶진 않았던 차준은 제 마음을 똑바로 전하기로 했다.

"뒷감당할 필요도 없이 제 발로 나올 겁니다. 어차피 우드레일엔 별 뜻도 없었으니까요."

—…….

"그리고 뭐든 형이랑 같이해 볼 생각이에요. 지금 정해진 건 딱 그뿐이지만……."

—…….

"어쨌든 저는 괜찮아요. 그렇게 걱정하시지 않으셔도 돼요."

마지막 말을 내뱉을 때쯤 차준의 가슴은 불안하리만큼 옥죄어 들었다.

혹시나 그녀의 걱정이 차준이 달래야 할 만큼 진심은 아니었을까 봐. 그저 형식적인 말에 너무 내 얘길 길게 한 건 아닐까, 살짝 겁이 난 그는 결국 숨을 죽이고 말았다.

그러나 뒤따라온 서 대표의 대답은 차준의 그런 불안감을 모두 가시게 만들기에 충분했다.

—걱정 안 해.

"……."

—앞으로 무슨 일이 생기든…… 내가 책임질 테니까.

언제나 형만을 품고 있었던 그녀의 두 팔.

그 손길이 드디어 나에게까지 닿았다. 어린 시절 상상으로만 가늠해 봤던 온기는 생각했던 것보다 더 따스했다.

순간 목이 멘 차준은 한 마디도 더 내뱉지 못하고 고개를 떨구었다.

"……네."

겨우 흘려보낸 짧은 한 마디엔 누구에게도 들키고 싶지 않은 감정이 덕지덕지 묻어 있었다.

30년 동안 멀어지기만 했던 발걸음이 드디어 처음으로 한 발자국만큼 좁혀지려나 보다.

*　　*　　*

[잘 쉬다 갑니다. 집 정리는 말끔하게 해 놨으니 걱정 마세요.]

차준의 문자가 도착했다.

그걸 본 태오의 입술 새로 옅은 웃음이 샜다.

"하, 싸가지는 없어도 양심은 있다 이건가. 신세 지고 나니까 존댓말을 쓰네."

그가 내뱉는 혼잣말은 결코 호의적이지 않았으나, 사실 그건 안도와 비슷한 의미였다.

약속된 2박 3일 안에 잘 나가는 걸 보니 개인적인 문제들은 무사히 해결이 된 모양이다.

이제야 겨우 한시름 놓은 태오는 남몰래 옅은 한숨을 몰아쉬었다.

"태오야, 짐 다 챙겼어?"

그때, 차준의 문자를 확인하느라 멀뚱히 서 있던 태오에게 나봄이 물었다. 공항으로 떠나기 위해 짐을 싸고 있던 태오는 뒤늦게 정신을 차리고 휴대폰을 내려놓았다.

"아, 거의 다 챙겼어. 잠깐만 기다려."

그러고는 멈춰 두었던 손을 다시 분주히 움직이며 대답하자, 이미 제 캐리어를 문 앞까지 옮겨 놓은 나봄은 그에게 다가와 물었다.

"내가 뭐 도와줄 건 없어?"

"없어. 티셔츠만 집어넣으면 되는데, 뭐."

"선반 위에 있는 것도 다 챙겨야 하잖아. 저걸 내가 도와줄까?"

"괜찮다니까. 가만히 쉬고 있어."

나봄을 번거롭게 하고 싶지 않았던 태오는 그녀의 도움을 극구 사양했다.

하지만 뭐라도 거들고 싶었던 나봄은 호텔 방 군데군데 흩어져 있는 태오의 짐들을 한데 모아 놓기로 했다.

어차피 퇴실 시간까지 얼마 남지도 않은 지금은 한 명이라도 거드는 게 나았다.

"태오야, 프러포즈 시계랑 꽃다발은 쇼핑백에 넣어 둘게."

"거참, 내가 한다니까."

"가만있기 심심해서 그래. 침대 탁자에 있는 거 다 니 물건이지?"

나봄은 태오가 더는 말리지 못하도록 고집을 부리듯 나섰다.

"어, 내 물건이긴 한데……."

애초부터 그녀를 이길 순 없었던 태오는 난처해하면서도 순순히 대답했다.

나봄은 그런 태오를 향해 싱긋 웃어 주고는 침대 머리맡에 놓인 그의 물건들로 시선을 옮겼다.

거의 쓰는 걸 못 본 안경. 평소에 그가 차고 다니는 가죽 팔찌. 여행 온다고 고심해서 고른 티가 나는 유니크한 피어싱.

이런 자잘한 것들은 전부 잃어버리지 않게 백팩에 넣어 놓고. 여기까지 들고 온 업무 관련 서적들은 무거우니까 캐리어에 넣어 놓고.

"그리고 이건……."

하나하나 정리하던 나봄의 눈에 손바닥보다도 작은 상자가 들어왔다. 혹시나 싶어 열어 보니, 그 안엔 나봄의 손에 딱 들어맞을 법한 예쁜 로즈골드빛 반지가 들어 있다. 이게 왜 주인을 찾지 못하고 여기에 덜렁 놓여 있는 건지는 그의 프러포즈를 망친 나봄이 제일 잘 알았다.

아직 받진 않았으니까 내 물건은 아닌데 나를 주려고 했던 건 확실한 상황.

그럼 내가 이 반지를 가져가야 하는 걸까. 아니면 태오의 가방에 도로 넣어 놔야 하는 걸까. 심각하게 고민해 보고 있으니.

"그거 내 거야."

어느새 그녀에게 시선을 둔 태오가 냉정한 대답을 내뱉었다. 뜨끔한 나봄은 반지를 발견했을 때보다도 당황한 표정으로 태오를 마주했다.

"으, 응?"

"너 주려고 준비하긴 했는데 줄 기회가 없었으니까."

"아……."

"그래서 아직 내 거야. 이리 줘."

태오의 말엔 반박할 거리가 없었지만 나봄은 왠지 아쉬워졌다.

어차피 프러포즈도 받아 주었겠다, 너는 약혼의 증표로 시계를 갖고 나는 반지를 갖고 그러면 참 좋을 텐데 말이야.

"아…… 응, 니 가방에 넣어 둘게."

미련이 남은 나봄은 그리 대답하면서도 반지에서 쉽사리 눈을 떼지 못했다.

눈썰미 좋은 태오는 왜 하필 골라도 이렇게나 예쁜 걸 골라서 그녀의 마음을 싱숭생숭하게 만드는지 모르겠다.

하지만 주인이 제 것이라고 하니, 어쩔 수 없이 반지 케이스를 닫아 둔 그 순간.

"한나봄."

태오가 웃음기 가득한 목소리로 그녀를 불렀다. 나봄은 케이스를 쥔 채 그에게 다시 시선을 두었다.

그러자 나직이 이어지는 태오의 말은.

"그 반지는 조만간 제대로 분위기 잡고 줄게."

"……."

"그때까진 모르는 척 좀 해 줘라. 나도 너 좀 감동받아서 울게 해 보자."

태오가 그녀에게 부탁하듯이 장난스럽게 손을 모았다. 눈가에 어린 웃음기는 그 어떤 부탁이든 들어주고 싶게 만들었다.

하긴, 내가 널 기다리게 한 세월이 얼마인데! 니가 분위기 잡는 시간쯤이야 얼마든지 기다려 줄 수 있지!

"난 감동받을 준비 끝났으니까 언제든 줘!"

마음을 다잡은 나봄이 잔뜩 힘을 준 목소리로 말했다.

"뭐?"

"하나도 몰랐던 것처럼 깜짝 놀라 줄게!"

어느 때보다도 비장한 그녀의 눈빛을 보니 반지가 정말 마음이 들긴 한 모양이었다.

그런 나봄이 마냥 귀여웠던 태오는 저도 모르게 웃음을 터트리고 말았다.

"푸핫, 그걸 미리 말해 버리면 어떡하냐."

태오는 정말 기분 좋아서 웃을 때 그 기다란 눈매가 반달이 된다. 그 얼굴은 무척이나 사랑스러워서 나봄은 또 한 번 그에게 엉겨들 뻔했다.

좀처럼 침대에서 벗어나지 못했던 오늘 아침처럼.

14.
우린 모두 잘될 거예요

"그게 말이 되는 소리야?"

우드레일 본가 응접실, 서 회장의 낮은 목소리가 싸늘히 흘러나왔다. 잔뜩 긴장한 표정의 경호실장은 고개를 푹 숙인 채 현재 벌어진 상황을 다시 한 번 차분히 설명했다.

"선우차준 이사의 사직서는 서면으로 온 터라 붙잡고 설득해 볼 틈도 없었습니다."

"……."

"아무래도 선우차준 이사님은 아무래도 우드레일에서 손을 떼시려는 듯합니다."

거의 사실에 가까운 경호실장의 의견에 서 회장의 눈동자가 사납게 번뜩였다. 안 그래도 요즘 도통 모습을 드러내지 않는가 싶더니, 기어이 녀석은 일을 친 모양이다.

제 형도 이렇게까지 막나가진 않았었건만 어째서 이리도 나약한 선택을 한 건지.

차준은 서 회장이 밀고 있는 가장 강력한 후계자였다. 그가 우드레일을 떠나 버린다면 이 회사가 연고 없는 친척이나 생판 남에게 넘어가 버리는 것도 시간문제였다.

"선우차준 그놈 어디 있어."

서 회장은 싸늘한 한기를 띤 목소리로 물었다. 그러자 경호실장은 더욱 난처한 표정으로 말문을 열었다.

"그게……."

"어디 있냐고! 빨리 대답해!"

"며칠째 행방이 묘연합니다! 확인해 본 결과 도곡동 자택에도 계시지 않았고요!"

"잠적이라는 얘기인가?"

"네, 네…… 지금으로썬 그렇게 결론지을 수밖에……."

"하아……."

서 회장의 입에서 한탄 섞인 숨이 새어 나왔다. 대책이 안 설 정도로 답답한 상황에 아직 완치되지 않은 심장병이 다시금 도지는 기분이다.

"선우차준 이 새끼가……."

격한 분노를 표출할 힘도 없었던 그는 관자놀이를 문지르며 욕설을 내뱉었다.

그때.

"안 좋은 뉴스가 한 가지 더 있는데……."

경호실장이 또 다른 비보를 꺼낼 준비를 했다. 피하려고 해도 피할 수가 없을 것 같아서, 서 회장은 손을 휘휘 저으며 얘기하란 제스처를 취했다.

그러자 경호실장은 마른침을 삼켜 넘겼고 차준의 사퇴 소식을 전할 때보다도 더 움츠러든 목소리를 내뱉었다.

"선우차준 도련님이…… 요양원에서 퇴원 수속을 밟으셨습니다."

"뭐?"

"그날 면회 기록에 '단태오'라는 이름이 적혀 있었습니다만, CCTV를 확인해 본 결과 면회실에 찾아간 사람은 선우차준 이사님이셨습니다."

"……."

"아마 단태오 팀장을 추궁하면 이사님과 도련님의 행방도 알 수 있을 것 같은데……."

그리 말하는 경호실장은 명령이 떨어지길 기다리는 눈치였다. 이미 벌어진 일의 뒷수습을 잘한다면 선우차준을 보다 철저하게 관리하지 못했던 과오를 모면할 수 있을까 싶어서였다.

그러나 이를 악 물고 분을 삭이던 서 회장이 꺼내 놓은 것은 의외로 포기가 담긴 말이었다.

"관둬. 선우차준 그 새끼는 제 어미보다도 더 고집이 세서 붙잡아 놓는다고 될 게 아니야."

"그럼 어떻게……."

"서미란 대표가 알아서 하겠지. 그동안 계속 선우차준의 빈자리만 노려 왔었잖아."

그건 이 회사의 수장이 서 회장에서 서 대표로 넘어가리라는 걸 뜻했다. 이제 서 회장의 최측근으로 구성된 우드레일 이사진은 서 대표의 뜻을 따르는 인물들로 물갈이 될 테고, 심약한 서 회장의 자리도 서미란 대표에게 넘어갈 것이 분명했다.

하지만 연고 없는 타인에게 경영권을 넘기는 것보다는 차라리 내 뜻에 전부 반대되더라도 친딸에게 주는 편이 나았다.

그러니 늙은 욕망은 이쯤에서 잠시 멈춰 둬야 할 때.

"아들을 뒀어야 했어. 날 빼닮은 아들을……."

서 회장은 늘 내뱉던 한탄을 읊조리듯 흘려보냈다.

그러나 참담한 심정은 그것으로도 누그러들지 않아서.

"모든 경영권이 서 대표한테 넘어가기 전에 처리할 게 있어."

"말씀만 주십시오, 회장님."

"단태오, 그 새끼."

"……."

"어느 회사에도 발 못 붙이게 제대로 잘라 내."

그는 마지막 칼날을 빼어 들기로 했다.

어차피 내 눈을 똑바로 보고 짖어 대는 개새끼는 내버리는 게 답이었다.

제 잘난 맛으로는 절대 버티지 못할 차가운 세상 속으로.

* * *

한봄 도어락 사무실.

"어때요……?"

나봄이 발표문을 보고 있는 한 사장에게 긴장한 표정으로 물었다.

우드레일 'Lily' 라인 론칭 날 외주 업체들의 대표로 서게 된 그녀는 큰 행사를 위해 요 며칠간 밤을 새워 기념사를 준비했던 터였다.

그 노력이 헛되지 않았는지, 마지막 문장까지 전부 읽어 내려간 한 사장의 입가에 흐뭇한 미소가 어렸다.

"아주 좋은데! 적당히 겸손하면서도 우리 한봄 도어락의 자부심이 은근슬쩍 들어가 있는 것도 좋다!"

"그, 그래요?"

"우리 한 팀장이 가만 보면 글을 참 잘 써. 이 기념사는 프린트해서 회사 게시판에도 붙여 놔야겠어."

"그건 너무 부끄럽고요!"

한 사장이 너스레를 떤다는 건 결과물이 더할 나위 없이 마음에 든다는 소리였다. 그제야 한시름 놓을 수 있게 된 나봄은 긴장했던 어깨를 늘어트렸다.

한 사장은 그런 나봄의 등을 토닥이며 인자한 목소리로 말했다.

"이거 만든다고 엄청 고생했지? 오늘은 일찍 퇴근해서 단 서방이랑 데이트라도 해."

"일주일 뒤에 행사라서 발표 연습해야 해요."

"하루쯤 쉰다고 안 망해. 게다가 너는 실전에 강한 스타일이잖아!"

"정 그렇게 말하신다면…… 딱 하루만 쉬어 볼까요?"

마침 나봄도 휴식이 너무나도 고팠던 터였다. 제주도에서 2박 3일 동안 잘 쉬다 왔다고 생각했는데, 조금 무리했다고 피로는 예전보다 더 많이 쌓여 버렸다.

한 사장의 말대로 오늘 하루는 느긋하게 보내기로 한 나봄은 발표문을 받아 들고는 꾸벅 고개를 숙였다.

"그럼 오늘은 이쯤에서 퇴근해 보겠습니다."

그러고는 한결 가벼운 발걸음으로 뒤를 돌아선 그때.

"한나봄 팀장님, 손님이 찾아왔는데요!"

사무실의 경리가 나봄에게 말했다. 나봄은 혹시나 그 손님이 태오일까 싶어 동그란 눈으로 문가를 쳐다보았다.

그러자 그녀에게 손을 흔들어 인사하는 사람은 다름 아닌.

"오랜만이네요, 한나봄 팀장님."

"차준 오빠……?"

오랜만에 차준을 본 나봄의 눈동자가 휘둥그레지나 싶더니, 이내 그의 손끝으로 향했다.

그의 손에 들린 건 정성스럽게 포장된 붉은 장미꽃 다발.

그 의미를 차마 넘겨짚지 못한 나봄의 눈빛이 옅게 떨려 왔다.

* * *

따듯한 커피가 어느새 미지근해졌다.

무거운 분위기 속에서 1분은 하루처럼 느리게 흘러갔고, 눈앞에 앉아 있는 그 사람의 존재는 더욱 서먹해졌다.

침묵을 견디기 버거웠던 나봄은 무슨 말이든 하고 싶었으나 아무런 얘깃거리도 생각나지 않았다.

그래서 카페 테이블 위에 놓인 장미꽃 다발만 물끄러미 바라보고 있으니.

"아, 이거 오다가 예뻐서 샀어."

그녀의 시선을 의식한 차준이 겨우 입술을 열었다. 그러고는 나봄 쪽으로 꽃다발을 밀어 두었다.

나봄은 그걸 받아 드는 대신 굳은 표정으로 차준의 눈을 마주했다.

그 안에 담겨 있는 감정은 분명 '불편함'이었다. 그걸 알아챈 차준은 더 이상 뜸을 들이지 않고 본론을 시작했다.

"다음 주에 'Lily' 론칭 행사하잖아. 그때 전해 줄 꽃다발 미리 주는 거야."

"아……."

"나는 아무래도 참석 못 할 것 같거든."

꽃다발의 의미를 들은 나봄은 그제야 움츠러들어 있던 어깨를 풀었다. 경계 어린 눈빛도 한결 느슨해지는 듯했다.

그걸 확인한 차준은 입가에 더욱 짙은 미소를 띄웠다.

"오해했구나. 하필 장미라서."

"아, 아니에요."

"괜찮아. 내가 괜히 뜸을 들이는 바람에 분위기만 이상해졌네."

차준의 말에 차마 고개를 끄덕일 수 없었던 나봄은 말을 돌리기로 했다.

"큰 행사인데, 왜 참석을 못 하시는 거예요?"

그래서 먼저 밝혔던 론칭 행사 불참에 대해 묻자 차준은 담백한 목소리로 예상치 못한 대답을 했다.

"회사 그만뒀어."

"……네?"

"이제 우드레일이랑 관련 없어, 나. 아무래도 빡빡한 대기업은 내 성격에 안 맞는 것 같아."

그는 이직을 얘기하듯 가볍게 말했지만 나봄은 우드레일이 그에게 단순한 직장이 아니라는 걸 알고 있었다. 유력한 후계자로 거론되고 있던 그는 그저 성격에 안 맞는다는 이유로 회사를 그만둘 리 없었다.

"안 좋은 일이라도 생긴 거예요?"

그의 결정이 의아했던 나봄은 심각한 표정으로 그에게 물었다. 그러자 차준은 천천히 고개를 가로저었고 웃음기 어린 입술을 열었다.

"아무 일도 없어. 그냥 오랫동안 생각해 보고 결정한 일이야."

"……."

"어차피 나는 그렇게 커다란 세계를 감당해 낼 위인도 못 되는데, 뭘."

자신은 큰 세계를 감당해 내지 못한다는 말.

그 자신 없는 태도는 이전의 차준이라면 보이지 않았을 모습이었다.

순간 불안감이 엄습해 온 나봄은 보다 절절한 목소리를 꺼내 놓았다.

"요즘 안팎으로 많이 힘들어하셨다는 거 알아요. 깊이 들여다보면 얼마나 외로운 사람인지도 알구요."

"……."

"혹시 그런 우울한 감정들이 버거운 거라면 나한테라도 털어놔요. 이야기를 들어 주는 것 정도는 할 수 있어요."

차준을 설득하는 그녀는 지금 지나치게 아무렇지 않아 보이는 그를 걱정하고 있다. 그녀를 떠났던 9년 전 그날처럼 또 한 번 갑자기 이 세상을 영영 떠나 버릴까 봐서.

하지만 차준은 그녀의 말을 듣고 특유의 눈웃음만 지어 보일 뿐이었다. 그런 뒤 흘려보내는 음성은 오히려 평소보다도 평온했다.

"나 지금 인생 포기하려는 거 아니야. 제대로 시작해 보려는 거야."

"시작…… 이요?"

"응, 시작. 이제부터라도 사람답게 살고 싶어서."

차준의 대답이 명확히 이해되지 않았던 나봄은 조용히 입술을 닫고 이어질 말을 기다렸다.

커피 한 모금으로 목을 축인 차준은 이내 나봄의 앞에서 처음으로 꾸미지 않은 진심을 털어놓았다.

"나…… 너를 떠나고 나서 하루도 행복한 적이 없었어. 하루하루 살아가는 게 지독한 불행이었고, 매번 내일이 찾아오는 게 저주처럼 느껴졌어."

"……."

"아마 바로 옆에 죽음마저 실패한 사람이 없었더라면 진작 죽어 버렸을지도 몰라. 사실 그 생각은 되게 많이 했거든."

차준은 미소를 띠우고 있었으나 그의 눈빛엔 쓰라림이 배어 나왔다. 그에게 과거를 회상하는 것이 얼마나 아픈 일인지를 적나라하게 보여 주는 순간이었다.

그러나 고집스럽게, 차준은 뒷이야기를 마저 이어 나갔다.

"그때 니가 다시 내 앞에 나타났는데…… 와, 이게 운명이구나 싶더라."

"……."

"우리 행복했었잖아. 서로 마음껏 사랑했을 때."

"……."

"너는 내 옆에서 웃고, 나는 니 옆에서 웃고. 그것만으로도 충분했던 그때로 다시 돌아갈 수 있는 기회라고 생각했어."

그가 아름다운 추억에 잠기는 동안 나봄은 제 손끝으로 시선을 끌어 내렸다. 빛나던 우리의 시간들은 이미 바랠 대로 바래 버렸다는 걸, 그녀는 너무나도 잘 알고 있었다.

차준 역시도 그 사실을 직시하고 있는지 마저 덧붙이는 말엔 서러움이 가득했다.

"그런데 다시 만난 너를 데리고 아무리 그 시절로 돌아가려고 해 봐도…… 도무지 행복해지질 않더라. 너도, 그리고 나도."

"……."

"둘 중 어느 한 사람도 진심으로 웃고 있질 않았어. 우리가 그때의 감정을 잊고 살았던 것도 아닌데 말이야."

"……."

"그러던 어느 날 니가 나한테 이런 얘길 했지."

"……."

"그때의 난 니가 있어서 행복했던 게 아니라, 내가 행복했던 시절을 너와 함께 보냈던 것뿐이라고."

그 말을 하며 차준은 냉담했던 그녀를 떠올렸다.

'정말 내가 없어서 힘들어요?'

'차준 오빠가 정말로 행복했던 시절은 마음껏 태준 씨를 동경했던 그 시절이었어요.'

'나는 그 순간을 함께 나눴던 사람에 지나지 않아.'

처음으로 절절히 매달리는 나를 냉정하게 밀어내던 너.

'아니야…….'

'그렇지 않아…….'

'난 그때로 돌아가고 싶지 않아…….'

미련한 나는 그럼에도 불구하고 정신을 차리지 못해 고집만 부렸지만.

"그 당시엔 몰랐는데, 시간이 지나고 보니까 어렴풋이 의미를 알 것 같아.”

“…….”

“중요한 건 행복했던 과거가 아니라 현재의 나였던 거야.”

지금 나를 절망으로 몰아넣는 아집에서 벗어나 새어 나오는 감정들을 있는 그대로 받아들이는 것.

차준은 지금에 와서야 그것이 얼마나 자신에게 필요한 일인지를 깨달았다. 인생에는 행복과 불행 둘 중 하나만 존재하는 것이 아니라, 현재 어느 것을 먼저 보느냐에 따라 얼마든지 달리 보일 수 있다는 사실도.

“내가 진짜 바라는 건 따로 있었는데, 그건 나도 알고 있었는데…… 그걸 외면해 가면서 행복의 책임이 너한테 있는 것처럼 매달렸어.”

“…….”

“미안해. 그동안 내 감정만 일방적으로 몰아붙였던 건 진심으로 사과할게.”

차준의 사과를 들은 나봄은 다시 고개를 들어 올렸다. 그녀에게 닿은 차준의 눈빛은 먹먹하게 젖어 들고 있었으나 용케 미련은 비쳐 나오지 않았다.

그걸 보니 당신이 이 고해성사를 준비하는 동안 얼마나 많은 연습을 했는지 고스란히 느껴지는 것만 같아서, 나봄은 문득 지친 그의 어깨를 안아 주고 싶어졌다.

우린 이제 서로에게 그런 호의조차 베풀 수 없는 사이가 되어 버렸지만.

"차준 오빠."

"……."

"나한테 죄책감 같은 거 갖지 마요."

당신에게 따스한 품 대신 건네줄 수 있는 건 다정한 위로뿐.

나봄은 한결 부드러워진 목소리를 흘려보냈다. 감히 바랄 수 없었던 대답을 들은 차준의 눈동자 옅게 일렁였다.

나봄은 그런 그를 향해 온화한 미소를 띄웠고 흘러가는 시간 속에서도 변하지 않은 진심을 꺼내 놓았다.

"그 시절의 나는 오빠 곁에 머물 수 있어서 행복했어요. 내 삶에서 오빠는 소중한 첫사랑으로 남아 있을 거예요."

"나봄아……."

"우리의 이야기는 이렇게 해피엔딩으로 끝났으니까 서로 미안해하지 말고, 아쉬워하지도 말고…… 지금 곁에 있는 소중한 사람과 새로운 이야기를 만들어 가기로 해요."

"……."

"한때 나의 주인공이었던 만큼, 또 한 번 해피엔딩이 찾아오길 진심으로 응원할게요."

그녀가 그리 말하는 순간.

바스락—

고집스레 붙잡고 있던 첫사랑의 마지막 페이지가 넘어가는 소리가 들렸다. 결국 다가온 우리의 끝은 생각보다 아프지 않았으나, 마무리를 지은 것치고는 그리 후련하지도 않았다.

그저 너에게 정말 하고 싶은 말을 두 번 다신 입 밖으로 꺼내지 못한다는 게 울고 싶을 만큼 서러울 뿐.

차준은 뜨거워지는 눈시울을 감추기 위해 고개를 떨구었고 자꾸만 메는 목을 마른침을 삼켜 넘기며 정리했다.

"……사랑했어."

그런 뒤 마지막으로 내보이는 마음은 유통기한이 지난 과거형이었다. 현재를 사는 그녀에게는 아무런 의미도 되지 못할.

그래도 괜찮으니, 나는 이미 끝난 우리의 이야기에 한 문장을 더 적어 본다.

"정말 사랑했어."

그러고도 미련이 남아서 한 문장만 더.

"너를 너무 많이 사랑했어, 나봄아……."

마침내 펜을 내려놓는 건 이미 완벽한 해피엔딩을 맺은 우리의 이야기를 망치고 싶지 않아서였다.

너의 말대로 우린 한때 서로의 주인공이었으니, 다른 이야기를 시작하더라도 각자의 자리에서 응원해 주는 걸로.

"……나 진짜 행복해질게."

차준은 그리 말하며 새로운 이야기의 첫 장을 펼쳤다.

"응, 그럴 거라고 믿어요."

두 번째 문장은 나봄의 해맑은 미소와 함께 돌아온 축복이었다.

나쁘지 않은 시작.

나는 벌써 또 다른 해피엔딩에 조금씩 가까워지고 있는가 보다.

이번 이야기는 가벼운 시련도 없는, 지루할 만큼 행복하기만 한 그런 이야기가 될 것 같다는 예감이 든다.

*　　*　　*

"안녕하십니까."

오늘도 의례적으로 건네 보는 인사였다.

아무도 달갑게 받아 주지 않는 인사였으나 이거라도 해야 태오는 제 존재감을 드러낼 수 있을 것 같았다.

우드레일 퍼니쳐팩토리의 모든 업무에서 소외당한 지 벌써 3주째.

기존에 맡고 있던 일들이 정리될수록 태오의 역할은 점점 작아지고, 사람들 사이에서 도태되는 일도 잦아졌다.

곧이어 워크숍이니 뭐니 해서 단체 활동도 많아질 텐데 그곳에선 또 어떻게 버텨야 하나. 아니, 그전에 참여할 수나 있을까.

이런저런 고민들은 태오의 머릿속을 복잡하게 헤집어 놓았다.

하지만 겉으로는 아무렇지 않은 척, 그는 제 사무실 안으로 몸을 숨겼다.

"하아……."

사무실 문을 닫고서야 태오는 긴 숨을 내쉬었다.

요즘 들어 더욱 차가워진 직원들의 분위기는 아무리 마이웨이인 그라도 견뎌 내지 못할 수준이었다.

이렇게 상황이 악화되는 이유는 태오도 어렴풋이 알고 있었지만 그는 애써 의식하지 않기로 했다.

누군가의 행복을 내가 불행해진 원인으로 삼는 건 기분만 더 더러워져서 못 하겠다.

지금 태오에게 필요한 건 그저 이 태풍이 지나갈 때까지 버틸 수 있는 힘이었다.

그런 힘을 줄 수 있는 사람이라면 딱 한 명 있지. 오늘 점심은 나봄이네 회사 근처 가서 먹을까.

그렇게 뒤숭숭한 마음을 그녀로 메우며, 겉옷을 막 벗어 두었던 그때.

똑똑—

한동안 들린 적 없던 노크 소리가 울렸다.

"……네, 들어오세요."

태오는 살짝 굳은 목소리로 방문자에게 답했다.

그러자마자 천천히 문을 열고 들어서는 사람은 다름 아닌 김 대리였다.

그의 표정은 평소보다도 더 어두워 보였기에, 나쁜 소식을 직감한 태오는 괜히 벗어 놓은 겉옷의 먼지를 툭툭 털며 물었다.

"무슨 일입니까."

"저기……."

"듣고 있습니다. 말씀하세요."

"이번 인사고과 때 말인데요……."

그의 서두만으로도 무슨 얘기를 하려는지는 뻔히 알 수 있었다.

그러나 태오는 아무런 반응도 보이질 않았다. 먼저 알아준다고 해서 나아질 건 하나도 없었기 때문이었다.

하지만 외면하는 태오 때문에 더욱 입을 열기가 불편해진 김 대리는 보다 주눅 든 목소리를 이었다.

"제가 'Lily' 프로젝트 팀장 자리를 넘겨받게 될 것 같습니다."

"……."

"상황이 이렇게 되어 버릴 동안 아무런 도움도 드리지 못해서 죄송합니다……."

비록 '단태오 죽이기'의 수혜자인 김 대리였지만 사과는 진심이었다. 매사에 업무 처리가 정확하고 빠르던 태오는 그가 믿고 의지하던 팀장임이 분명했으니까.

그 마음은 태오도 백번 이해하고 있었다. 회사 차원에서 태오를 밀어내는 이상, 그에 반기를 들면서까지 자신을 지켜 주는 건 쉽지 않은 일이었다.

"축하드립니다. 이제 이 사무실도 비워드려야겠네요."

그래서 아무리 마음이 뒤틀리고 울분이 치밀어도 내색하지 않고.

태오는 진심 어린 축하를 건넸다. 그걸 받는 김 대리의 표정이 더욱 울적해질 뿐이었지만.

"인사고과 결과 나오는 날 맞춰서 이 방은 정리하겠습니다. 그 전에 제 자리나 미리 알려 주시죠."

"단 팀장님……."

"아, 그리고 팀장 직함은 그냥 떼고 부르세요. 일주일 더 달고 있는 게 무슨 의미가 있다고."

그리 말하는 태오의 목소리는 지독히도 낮았다. 그러나 그의 입가엔 씁쓸하게나마 미소가 머물러 있었다.

그게 자신을 위한 최소한의 배려라는 걸 아는 김 대리는 고개를 푹 숙였다.

"정말…… 죄송합니다."

한 번 더 건네진 사과는 젖을 대로 젖어 있었다.

그걸 보니 참…… 너나 나나 회사 때문에 몹쓸 짓 하고 있다는 생각이 들어서.

"김 대리님이 죄송할 일 아닙니다. 그러니까 기쁜 일 앞두고 마음 쓰지 마세요."

태오는 다정한 위로를 건넬 수밖에 없었다.

지금 이 순간, 가장 새까맣게 썩어 들어가는 건 제 속이면서.

* * *

회사 앞 오르막길을 오르는 나봄의 표정은 매우 밝았다.

그도 그럴 것이 점심시간을 맞아 친히 찾아온 사람이 그녀의 사랑스러운 남자 친구이기 때문이었다.

"태오야!"

나봄은 정문에 서 있는 훤칠한 그에게 휘휘 손을 흔들었다.

그러자 태오는 특유의 예쁜 미소로 화답했다. 나봄은 그가 이런 표정으로 자신을 맞이해 줄 때가 가장 행복하다.

"오늘은 나 없이 얼마나 잘 지내고 있었나."

태오는 가까이 다가온 그녀에게 부드러운 목소리로 물었다. 나봄은 한쪽 어깨에 메고 있던 에코백을 흔들어 보이며 신이 난 표정으로 대답했다.

"나 일주일 뒤에 론칭 행사에서 읽을 기념사 작성 다 끝났어! 글을 잘 쓰는 편이 아니라서 걱정 많이 했는데, 어제는 칭찬도 받았다!"

"아아, 그래? 역시 우리 한 팀장님."

"에이, 그렇게 띄울 정도는 아니고. 그런데 도움 주신 우드레일 관계자분들 성함이 정확한지 모르겠네. 이따가 단 팀장님께서 확인해 주실 수 있으시겠습니까?"

나봄은 장난스러운 말투로 태오에게 부탁했다. 명단을 확인하는 것 정도라면 그리 어려운 일이 아니라고 생각했기 때문이었다.

그러나 태오의 눈빛은 일순 떨려 오는가 싶더니.

"확인하는 건 해 줄 수 있는데…… 혹시 그 안에 내 이름도 있어?"

알 수 없는 질문을 던졌다.

연인 관계를 떠나 태오에게 가장 많은 도움을 받았었던 나봄은 가장 길고 자세하게 적어 둔 감사 인사를 떠올리며 대답했다.

"당연히 있지. 왜?"

"아……."

하지만 그녀의 태오의 심장을 내려앉게 만들었다. 론칭 행사 전에 'Lily' 프로젝트에서 내쫓겨 버릴 그는 더 이상 관계자가 아니었다.

"나봄아, 내 얘기는 빼."

잠깐의 머뭇거림 끝에 태오는 낮게 가라앉은 목소리로 말했다.

그 말이 의아했던 나봄은 두 눈을 동그랗게 뜨며 그의 얼굴을 마주 보았다.

그러나 태오는 별일 아니라는 듯 미소까지 띠운 채 뒷말을 이었다.

"그냥 내가 너무 편애하는 것처럼 보일까 봐 그렇지. 나 다른 협력사 팀장들한테는 사무적으로만 대한단 말이야. 친절하게 설명해 주지도 않고, 잘 도와주지도 않고."

"아니야. 너 협력사들 사이에서도 평가 되게 좋아. 고맙다는 인사 정도는 대놓고 전해도 될 거야."

"내가 신경 쓰여서 그래. 혹시나 괜한 오해라도 사면 너무 미안해질 것 같으니까……."

그 말을 하며 태오는 나봄에게 향했던 시선을 애먼 곳으로 거두었다. 이건 태오가 뭔가를 감추고 싶을 때 내보이는 버릇과도 같았다.

그의 상황은 유리에게서 얼핏 들었었던 나봄은 입가에 묻어 있던 웃음기를 거두었고, 이내 조심스러운 질문을 꺼내 놓았다.

"너…… 아직 회사랑 분위기 안 좋은 거야?"

"어?"

"널 프로젝트에서 제외시키기라도 하겠대?"

정답이었으나 태오는 고개를 끄덕이지 못했다. 이 순간 제 모습이 너무나도 초라하게 비칠까 봐서.

그래서 마른침을 삼키며 목소리를 정돈하고, 딱딱하게 굳었던 입꼬리를 다시 들어 올리고.

"제외는 무슨 제외야. 내가 그런 거 당한다고 해서 순순히 물러날 사람으로 보여?"

태오는 쓸데없는 허세를 부려 보기로 했다. 이것이 별 도움이 되지 않는다는 걸 알고 있으면서도 괜히.

"태오야……."

나봄은 여전히 걱정 어린 눈빛으로 태오를 바라보았다. 다시 고갤 돌려 그 눈을 마주한 태오는 보다 힘을 준 목소리로 말했다.

"그냥 니가 걱정돼서 그러는 거다. 더 이상 니가 헛소문들 때문에 상처받지 않았으면 좋겠으니까."

"……."

"그것 때문에 불안해졌으면 미안해. 그냥 내 의견일 뿐이었어. 관계자 이름은 식당가서 확인해 줄게."

태오는 얼어붙은 분위기를 모면하려 그녀의 뺨을 부드럽게 매만졌다. 차가운 마음과 달리 손이 따듯한 것이 다행이라면 다행이었다.

나봄은 그런 그를 물끄러미 바라보았고 이내 짧은 한숨을 내쉬었다.

"정말 별일 없는 거야?"

"그래."

"프로젝트도 무사히 진행하고 있는 거 맞지?"

"당연하지. 내가 팀장인데."

두 번의 질문에 대한 두 번의 거짓말.

다행히 그걸 곧이곧대로 믿어 준 나봄은 제 뺨에 닿은 그의 손을 꼭 붙잡았다.

"뭘 걱정하는지는 알겠는데 난 그래도 꼭 사람들 앞에서 내 마음을 전할래."

"……."

"내가 사랑하는 남자 친구 단태오한테 말고, 내 일을 지지해 주고 믿어 주고 같이 고민해 주고 도와줬던 우드레일 단태오 팀장님한테 고맙다고 말하고 싶어."

"……."

"그래야 다른 사람들도 깨달을 거 아니야. 단태오 팀장이 얼마나 대단한 사람인지."

그러고는 속마음이 그대로 드러나는 응원의 말을 건넸다. 아마도 그녀는 윗선의 압박으로 인해 외면받는 태오를 론칭 무대에서라도 빛나게 해 주고 싶은 모양이다.

'그런다고 해서 해결될 일은 아무것도 없을 텐데…….'

이미 지쳐 버린 태오의 마음에 회의감부터 스며들었다. 하지만 굳이 겉으로 드러내진 않기로 했다.

결혼을 약속한 이상, 불안한 상황은 실수로라도 내비쳐지지 않게 깊숙이 묻어 두고만 싶은 심정이다.

"……고마워. 나 생각해 주는 건 역시 너밖에 없네."

결국 잠깐의 망설임 끝에 꺼내 놓은 대답은 솔직하진 않았으나 정답임은 확실했다. 다시금 곱게 휘어진 나봄의 눈가가 그리 말하고 있었다.

그 미소를 보자 뒤숭숭했던 태오의 마음에도 안도감이 찾아왔다. 그것이 마음속 불안까지 줄여 주는 건 아니었으나 일단은 그것으로 됐다고 생각한다.

어차피 나의 행복은 너의 행복으로부터 비롯되는 것이니, 내 마음도 곧 괜찮아질 수 있을 것 같아.

난 그렇게 믿어.

*　　*　　*

서울 외곽의 5성급 호텔 스위트룸.

태오의 집에 비하면 궁궐 수준인 그곳은 서 대표가 준비해 준 차준과 태준의 새로운 은신처였다.

비록 누군가의 눈에 띌까 싶어 밖으로는 한 발자국도 나가지 못하지만, 청소부터 음식까지 모든 서비스가 제공되니 굳이 나갈 필요는 없었다.

그 안에서 차준은 오늘 하루 종일 분주했다. 아침부터 노트북 앞에 앉아 심각한 표정으로 키보드를 두드리며 그는 분주하게 무언가를 작성하고 있었다.

"차준아."

그때, 침실에서 나온 태준이 차준에게로 다가왔다. 반가운 휠체어 소리를 들은 그는 노트북에서 눈을 떼고 태준을 바라보았다.

"어, 왜? 뭐 필요한 거 있어?"

그러자 태준은 고개를 저었고 조심스러운 목소리를 꺼내 놓았다.

"어머니한테 전화가 왔어."

"아…… 형은 잘 있다고 어젯밤에도 말씀 드렸는데."

"내 걱정 때문이 아니라 니 얘기 하시려고 전화하셨어."

"내 얘기?"

"너…… 우드레일 이사장 자리 관두고 나왔다며."

태준의 말에 차준의 입꼬리가 일순 굳었다. 하지만 이내 부드럽게 들어 올린 그는 평소의 장난스러운 말투로 대답했다.

"아아, 서 대표님 입이 되게 가볍네. 플랜 세울 때까지는 형한테 비밀로 해 달라니까."

"플랜이라니?"

"하지만 뭐, 거의 다 완성되어 가는 중이니까 지금 말할게."

"뭐?"

"그럼 지금부터 새로운 사업 계획안 브리핑을 시작하겠습니다."

새로운 사업 계획안.

회사와 연을 끊은 뒤로는 들어 본 적 없던 단어에 태준의 눈동자가 휘둥그레졌다. 그제야 불현듯 이해되기 시작한 것은 방금 전 서 대표가 태준에게 했던 부탁이었다.

'오늘은 너한테 부탁할 게 있어서 전화했어.'

'부탁…… 이요?'

'태준이 니가 이쪽 업계에 학을 떼는 건 알아. 나도 너 하기 싫다는 일은 시키고 싶지 않고. 하지만 그래도 너의 재능은 눈 높은 회장님도 높이 사셨지.'

'무슨 말씀을 하고 싶으신 건가요.'

'너의 도움이 필요해.'

'어머니, 저는…….'

'나 말고 선우차준. 그 애는 지금 태준이 네 도움이 필요하다고.'

멀쩡히 걷지도 못하는 내가 그 애한테 무슨 도움이 된다는 소리인지.

그때의 차준은 조금도 이해하지 못했다. 하지만 이어지는 차준의 말들은 서 대표의 말이 무엇을 뜻하는지 확실히 깨닫게끔 만들었다.

"형, 내가 왜 우드레일에 악착같이 붙어 있었는 줄 알아?"

"왜 그랬는데?"

"거기 있으면 형이랑 다시 뭔가를 해 볼 수 있는 기회가 생기지 않을까 싶어서였어. 형은 어떻게 생각할지 모르겠지만 나는 형이 일하는 모습을 꽤 좋아했거든."

"……."

"그런데 형을 회사로 부를 수 있는 위치까진 가 보지도 못하고 때려치워 버렸으니까, 이제 뭐 별수 있나. 형이랑 같이할 수 있는 공간을 직접 만들어야지."

거기까지 말했을 때, 차준은 보고 있던 노트북을 들어 태준의 무릎 위에 놓아주었다.

[Made by Forest.]

프레젠테이션 자료 가장 맨 앞장에 적힌 이름은 어디서 많이 들어 봤던 것이었다.

"Made by Forest…… 이거 우드레일에서 준비하려고 했던 원목 가구 라인 아니야?"

"딩동댕."

"이걸 왜 니가……."

"내가 기획한 브랜드야. 콘셉트도, 시장조사도, 구체화 스케줄도 전부 내 손에서 탄생했어. 내 새끼는 당연히 내가 데려오는 게 맞지."

차준의 계획을 어렴풋이 알게 된 태준의 눈에 걱정이 어렸다. 아무리 차준이 계획했다 하더라도 'Made by Forest'는 우드레일이 가장 유력하게 선정해 둔 신규 브랜드였다.

그걸 건드리는 건 우드레일에 도전장을 내미는 것과 같은 셈.

하지만 그런 염려까지도 충분히 알고 있었는지, 차준은 둥글게 눈가를 휘며 웃었다. 그런 뒤 꺼내 놓는 음성은 불안이 가실 만큼 나직했다.

"걱정하지 마. 아무도 태클 걸 사람 없으니까."

"그래도……."

"사이가 워낙 안 좋아서 자꾸 까먹나 본데, 나 이래 봬도 서미란 대표 둘째 아들이야. 형은 그 여자가 제일 아끼는 첫째고. 이렇게 빽 좋은 사업체를 누가 건드리겠어."

"……."

"그러니까 한 번만 믿고 따라와 줘. 나 이번 일, 정말 자신 있어."

이젠 스스럼없이 자신을 그녀의 아들이라고 칭하는 차준의 모습.

그건 꿈에서나 볼까 했던 기적 같은 일이었다. 언제나 울타리 안으로 들어오지 못하고 바깥에서 서성이던 너는 이제야 안으로 들어설 마음이 생겼나 보다.

차준의 걸음이 무엇보다 대견했던 태준은 따듯한 미소를 머금었다.

"그래, 같이 가자."

그러고는 차준이 가장 바라던 대답을 꺼내 놓았다. 태준을 내려다보는 차준의 눈동자가 선명하게 반짝였다.

태준은 그런 그에게 손을 뻗었고, 조심스레 차준의 손을 붙잡았다.

"이젠 어디든 같이 가기로 했으니까 내가 너랑 함께할게."

"……."

"장소도 찾고, 좋은 기술자도 찾아서 우리가 일할 공간 한번 제대로 만들어 보자."

머지않아 건네진 동경하는 그 사람의 믿음.

차준은 다른 한 손으로 태준을 맞잡았다. 그런 뒤 믿음에 보답하듯 확신에 찬 목소리를 내뱉었다.

"좋은 기술자는 이미 찾아 놨어."

"……."

"이직을 권유할 만큼 괜찮은 관계는 못 되지만 내가 어떻게든 영입해 볼게."

그가 누군지는 말을 하지 않아도 알 것 같았다. 이제야 차준의 계획이 마음에 쏙 든 태준이 환하게 웃었다.

* * *

결국 올 것이 오고야 말았다.

"단태오 팀장님…… 아니, 단태오 대리 자리는 이쪽입니다."

태오 대신 팀장직에 오른 김 대리에게 개인 사무실을 내어 주고, 사람들의 시선을 한 몸에 받는 바깥 자리로 내몰리는 날이 바로 오늘이었다.

태오는 커다란 박스에 챙겨 온 제 짐을 책상 위에 올려놓고 낮은 한숨을 쉬었다.

그러고선 주변 분위기를 살피려 눈길을 돌리자, 태오를 몰래 지켜보고 있던 직원들의 시선이 뿔뿔이 흩어졌다. 마치 눈을 마주친 사람은 돌로 변하게 한다는 메두사가 된 기분이다.

"사무실 행거에 걸린 옷들은 오늘 퇴근하면서 들고 가겠습니다."

태오는 그런 그들에게서 눈길을 돌리고 최대한 담담한 목소리로 말했다.

"천천히 챙겨 가셔도 됩니다. 그런데요. 단 팀, 아니. 단 대리."

"네. 말씀하세요."

"내일 'Lily' 프로젝트는 그래도 참석하는 편이 좋지 않을까요?"

"……"

"마무리는 이렇게 되었지만…… 그래도 처음부터 끝까지 총괄했던 사람은 단 대리니까."

김 대리가 꺼낸 'Lily' 프로젝트 얘기에 태오의 안색이 급속도로 어두워졌다.

이미 내 손을 떠난 일.

미련을 끊고는 싶지만 워낙 열정을 쏟아부었던 프로젝트라 타인에게 넘겨주는 게 쉽지는 않다.

하지만 지금 와서 할 수 있는 일은 아무것도 없었다. 그건 내일 있을 'Lily' 프로젝트 론칭 행사 때문에 온 직원이 바쁜 와중에 나 혼자만 아무 일도 배정받지 못한 걸 보면 알 수 있다.

"내일 스케줄 봐서요."

마음 같아선 너 같으면 거길 가겠냐며 화를 내고 싶었지만, 그랬다간 휘청거리는 자신이 들킬까 봐 애매모호한 대답을 했다.

그러나 곧바로 잘못 대답했음을 깨달았다.

나한테 떨어지는 일거리가 없는 건 현장팀 전부가 알고 있을 텐데. 차라리 말을 하지 말걸.

"네, 네. 그럼 오늘도 수고하세요. 단태오 대리."

김 대리는 더 이상 할 얘기도 없는지 어색한 인사를 남겨 두고 곁을 떠났다. 그제야 수많은 사람들 사이에서 완벽히 혼자가 된 태오는 조용히 제 자리에 앉았다.

가장 먼저 해야 할 일은 새로운 자리에 짐을 풀어 놓는 것이었으나, 정리한답시고 수선을 피웠다간 사람들의 눈에 띌까 싶어 선뜻 움직이지 못했다.

그래서 꺼진 모니터만 물끄러미 바라보고 있던 그때.

"단태오."

바로 옆에서 오랫동안 듣지 못했던 목소리가 들려왔다. 고갤 돌리자 곧바로 눈에 들어오는 사람은 착잡한 표정의 유리였다.

"허유리……."

태오는 이 순간 누가 다시 와 줬다는 것에 안도하며 그녀의 이름을 불렀다.

하지만 그런 그와 달리 돌연 얼굴에 한기를 띤 유리는.

"회사 때려 쳐라, 그냥."

"……."

"나이 처먹고 동료 따돌림이나 시키는 놈들 사이에서 굳이 버티고 있을 필요가 뭐 있어."

그녀의 성격대로 가감 없이 거친 말을 쏟아 낸다. 얼어붙은 태오에게 잘 부탁한다는 말 한 마디를 건네주지 않는 주변 직원들을 훑어보며.

태오의 속눈썹이 일순 가늘게 떨려 왔다. 하지만 이내 겁먹은 듯한 눈동자로 주변을 살피는 그는 확실히 패기 넘치던 예전과 달랐다.

이래서 사람을 가장 괴롭게 만드는 건 폭력이 아니라 무관심이라고 하나 봐.

몇 주째 이 많은 사람들에게 투명인간 취급만 당하다 보니까 그 드세던 사람이 보이지도 않게 흐려져 버렸잖아.

유리는 그런 태오가 답답했다.

비록 한때는 그가 사랑으로 인해 좀 더 힘겨워지기를. 더욱 더 비참해지기를.

그래서 바로 곁에서 비슷한 사랑을 하고 있는 나를 이해할 수 있게 되기를 간절히 바랐었지만, 그런 욕심을 버린 지금은 다시 예전처럼 강한 빛을 띠는 사람이 되기를 바란다.

유리는 그 바람을 담아 태오의 어깨에 손을 올렸다. 그러고는 간절한 진심이 물든 한 마디를 나직이 내뱉었다.

"제발…… 너답게 맞서 싸우기라도 해."

나답게라…….

나답게 다 때려 부수고 나오면 뭐가 좀 달라지려나. 그 사람의 미래만 괜히 불안해지게 만들 것 같은데.

태오는 밀려오는 회의감에 아무 대답도 하지 못했고 고개를 돌렸다. 그런 그를 내려다보며 한숨을 내쉰 유리는 이내 그의 곁에서 조용히 떠나갔다.

태오는 그제야 뒤늦은 한숨을 내쉬어 보려 했으나 꽉 막힌 숨통은 좀처럼 트이질 않았다.

가슴에 커다란 바위가 내려앉은 느낌.

두 눈을 똑바로 뜨고 있는데도 한 치 앞이 보이질 않는다.

꼭 안개가 자욱한 미로를 나 홀로 헤매고 있는 것 같다.

* * *

[태오야! 어디야? 나는 첫째 줄에서 맨 왼쪽 테이블 배정 받았어.]

우드레일 'Lily' 라인 론칭 행사가 열리는 연회장.

북적이는 사람들 틈에서 태오를 찾을 수 없었던 나봄은 그에게 메시지를 보냈다.

이것으로 벌써 세 통째.

그녀는 연회장에 도착해서부터 열심히 그를 찾았지만 어찌 된 일인지 그는 그림자조차 보이지 않았다. 연락도 없이 약속에 늦을 사람은 아닌데 아무리 전화를 걸어도 좀처럼 받아 주질 않았다.

이쯤 되니 스멀스멀 올라오기 시작하는 걱정들은 어찌 보면 당연했다. 나봄도 그의 회사 사정을 모르는 것은 아니었으니.

"한봄 도어락 한나봄 팀장님! 한나봄 팀장님 어디 계시죠!"

"네, 네! 저 여기 있습니다!"

"아, 바로 다음 순서가 협업사 대표 순서니까 준비해 주세요. 지금 무대 아래로 가시면 됩니다."

하지만 걱정에 빠져 있기엔 현재 나봄의 상황이 너무나도 다급했다. 협업사들 대표로 무대에 오를 시간이 채 10분도 남지 않았기 때문이었다.

"네, 알겠습니다!"

씩씩하게 대답한 나봄은 서둘러 발표문을 챙겨 들었다. 그러면서 혹시나 하는 마음에 다시 주변을 둘러보았으나 역시나 태오는 보이질 않았다.

이왕이면 그가 봐 줬으면 좋겠는데. 이러다가 내 순서가 다 지나가 버리게 생겼다.

"하아…… 무슨 일이라도 생겼나."

나봄은 보다 깊은 한숨을 내쉬며 무대 아래 행사 스텝에게로 걸음을 옮겼다.

바로 그때.

"어? 김 대리님……?"

낯익은 얼굴이 그녀의 시선을 사로잡았다. 바로 태오와 함께 일하는 우드레일 퍼니쳐팩토리 소속 김 대리였다.

"아…… 나봄 씨. 아, 안녕하세요."

태오가 내동댕이치듯 밀려난 자리를 대신 메운 처지인 김 대리는 나봄을 보자마자 당황한 기색을 감추지 못했다.

하지만 심적 여유가 없었던 나봄은 그의 반응을 곱씹지도 못했다.

"김 대리님, 여기 계셨네요? 안 그래도 현장팀 사람들이 안 보여서 찾고 있었는데."

"그, 그냥 뭐…… 다들 발표 준비 때문에 정신없죠."

"단태오 팀장님은 어디 계세요?"

그래서 대놓고 꺼내 놓은 질문.

김 대리의 옆에 있던 몇몇 직원들의 시선이 죄다 나봄에게로 향했다. 휘둥그레진 채 굳은 눈동자를 보니 꼭 못 할 말이라도 한 분위기였다.

그것만큼은 확실히 읽어 낼 수 있었던 나봄은 의아한 표정으로 되물었다.

"왜 그러세요? 혹시 팀장님한테 무슨 일이라도 있는 거예요?"

"그게……."

순간, 그녀의 눈을 사로잡는 김 대리의 명찰.

그의 이름 옆에 따라붙은 직함은 '프로젝트 현장팀장'.

"팀장……?"

그제야 무엇이 잘못되도 한참 잘못되었다는 걸 깨달은 나봄의 눈빛이 옅게 떨려 왔다. 그런 그녀를 보며 난처해하던 김 대리는 조심스러운 목소리로 그간의 일을 설명했다.

"사실…… 'Lily' 프로젝트 주요 인사가 많이 바뀌었어요. 선우차준 본부장님은 회사를 아예 그만두셨고, 단태오 대리는 이 프로젝트에서 제외되었고."

"……."

"단 대리가 프로젝트 관련해서는 손 뗀 지 오래예요. 그래도 그동안 해 온 게 있으니까 론칭 행사는 꼭 참여하라고 했는데, 아무래도 안 오지 않을까……."

차준의 퇴사에 대해선 그에게 직접 들었다. 그러나 태오의 해임은 들은 적도 없었다.

그와는 거의 매일 통화를 했고 이틀에 한 번씩 데이트도 했었으나, 그는 늘 신이 난 표정만 짓고 있었을 뿐 이런 상황을 내색하지도 않았다.

"태오가…… 제 발로 관뒀나요?"

나봄은 혼란스러운 와중에도 떨리는 목소리로 물었다. 그러자 고개를 밑으로 툭 떨어트리는 김 대리는 온몸으로 대답하고 있다.

이것은 그의 선택이 아닌, 그가 가만히 당할 수밖에 없었던 시련이라는 것을.

'나봄아, 내 얘기는 빼.'

때마침 일주일 전 들었던 태오의 말이 떠올랐다.

'내가 신경 쓰여서 그래. 혹시나 괜한 오해라도 사면 너무 미안해질 것 같으니까…….'

그는 나봄을 위해서라 말했으나 지금 떠올려 보니 그의 표정은 걱정보단 절망에 가까웠다.

'널 프로젝트에서 제외시키기라도 하겠대?'

그리 물은 순간 잠시 숨조차도 멈칫하던 너.

그때 고개조차 바로 끄덕이지 못하는 너를 보며 알아채 줬어야 했는데.

'제외는 무슨 제외야. 내가 그런 거 당한다고 해서 순순히 물러날 사람으로 보여?'

'정말 별일 없는 거야?'

'그래.'

'프로젝트도 무사히 진행하고 있는 거 맞지?'

'당연하지. 내가 팀장인데.'

내 앞에서 제대로 힘든 내색도 하지 못하게 널 몰아세우지 말았어야 했는데.

"태오가…… 그동안 많이 힘들었을 텐데……."

나봄은 그의 아픔을 들여다봐 주지 못한 죄책감을 담아 흐린 목소리를 흘려보냈다.

그 말에 더욱 더 면목이 없어진 김 대리는 크게 숨을 들이쉬었다가 깊은 한숨으로 내뱉었다. 태오는 어쩔 수 없었던 김 대리를 이해한다고 해도, 사실 그는 윗선의 압박에 못 이겨 함께하던 팀원을 배반한 스스로를 용서하지 못했다.

결국 모두가 상처뿐인 전장 같은 연회장.

"다음으로, 협력사 대표로 한봄 도어락 소속 한나봄 팀장의 기념사가 있겠습니다."

그 안에 나봄의 이름이 울려 퍼졌다.

"한나봄 팀장님, 무대 위로 올라가세요!"

행사 진행 요원은 서둘러 나봄을 무대로 내보내려 했다. 나봄은 그제야 혼란스러운 정신을 똑바로 다잡았고 손에 든 발표문을 한동안 내려다보았다.

"한나봄 팀장님!"

"네, 갈게요!"

그러고는 미련 없이 반으로 찢어 버렸다.

과감한 그녀의 행동에 김 대리는 놀란 눈으로 나봄을 바라보았으나 무대로 향하는 그녀의 뒷모습은 그 어느 때보다도 비장했다.

꼭 단태오 팀장의 전성기를 보는 것처럼.

* * *

안 오려고 했었는데.

괜히 꼴만 우스워질 것 같아서 얼굴도 안 비치려고 했었는데.

아침부터 계속 온 나봄의 연락을 차마 무시하지 못한 태오는 결국 'Lily' 라인 론칭 행사 연회장에 발을 들이고 말았다.

굳이 자신을 바라보고 있지 않아도 의식되는 시선들.

태오는 그 안에서 최대한 조용히 머물다 가려 한다. 나봄에게 주기 위해 준비한 꽃다발도 모든 행사가 다 끝난 뒤에 은밀히 전해 줄 생각이다.

그래야 괜히 니가 나랑 엮이지 않을 테니.

어쩌다 자신이 이런 처지까지 되어 버렸는지는 모르겠지만 남들 앞에선 아무렇지 않아 보이고 싶었던 태오는 성큼성큼 연회장 안으로 들어섰다.

"그동안 'Lily' 프로젝트의 일원으로서 참 많은 것을 배웠고, 제 안에 잠들어 있던 열정을 다시 한 번 깨울 수 있었습니다."

때마침 무대 위에 올라가 있는 건 세미 정장을 멋스럽게 차려입은 나봄이었다. 저 멘트는 기념사의 거의 마지막 부분이긴 해도 완전히 늦어 버리지는 않아서 다행이다.

태오는 사람들과 조금 떨어진 테이블 뒤편에 우두커니 멈춰 섰다. 그리고 사람들 앞에 당당히 서있는 나봄을 흐뭇한 눈길로 바라보았다.

그동안 그렇게나 걱정하고 마음 졸여 하더니, 실전에서는 긴장한 기색도 없이 잘한다.

"하여간 한나봄. 잘할 거면서 엄살은……."

태오는 자랑스러운 마음이 여실히 드러나는 한 마디를 조용히 내뱉었다.

그러고선 팔짱을 낀 채 보다 편안한 표정으로 그녀를 지켜보고 있는데.

"오늘 이 자리는 함께 땀 흘려 주신 여러분들의 노고 덕분에 빛날 수 있었습니다. 이번 프로젝트는 성공적으로 마무리되었지만 앞으로도 함께 협력하여 성장해 나가기를 진심으로 기원합니다."

"……."

"기념사를 마치며……."

나봄이 돌연 하던 말을 중단했다.

그녀의 눈동자가 갑작스레 멈춰 선 자리엔 다름 아닌 오늘 이 자리에 초대받지 못한 손님, 단태오가 서 있었다.

이 많은 사람들 사이에서 어떻게 찾았는지, 그를 발견하자마자 두 눈을 일렁이는 그녀.

태오는 그런 그녀를 향해 난 여기 있으니 걱정 말라는 뜻으로 고개를 까딱였다.

그러자 나봄은 무언가를 참아 내듯 조용히 마른침을 삼켰고 다시 고개를 들어 끊어진 멘트를 마무리했다.

"기념사를 마치며 'Lily' 프로젝트 기간 동안 함께 달려왔던 협력사들, 많은 도움을 주신 관계자분들……."

"……."

"무엇보다 우드레일 퍼니쳐팩토리에 리더로서 가장 뜨거운 열정을 나누었던 팀장님께 특별한 감사 인사를 전합니다."

그 감사인사를 들은 태오의 입술 새로 안도의 한숨이 샜다. 기념사에서 빠진 자신의 이름 때문이었다.

일주일 전엔 그렇게나 넣겠다고 그렇게나 고집을 부리더니, 아무래도 내부 사정을 아는 관계자에게 저지라도 당한 모양이다. 아니면 내 이름을 언급하지 못할 분위기를 눈치채 버렸든가.

"아…… 끝나고 나서 왜 아무 말도 안 했냐고 엄청 혼나겠네."

태오는 씁쓸한 미소를 머금은 채 체념 섞인 혼잣말을 내뱉었다. 그의 머릿속에선 벌써 이 사태를 아무렇지 않아 보이도록 포장할 변명들을 생각하는 중이었다.

하지만 그 순간.

"마지막으로…… 이 자리에 모시고 싶은 분이 있습니다."

다 끝난 줄 알았던 나봄의 말이 이어졌다.

"불참하시는 줄 알았는데 다행히 저 뒤편에 계셨네요."

이건 기념사에서도 본 적 없었던 터라, 태오의 눈빛은 의아함으로 물들었다.

그러자 그런 그를 똑바로 마주하며 또박또박하게 꺼내 놓는 나봄의 목소리는 태오의 심장을 멎게 만들기에 충분했다.

"'Lily' 프로젝트의 영원한 현장팀장, 단태오 대리님의 소감 발표가 있겠습니다."

그녀가 태오가 서 있는 곳으로 손을 뻗었다.

그와 동시에 옮겨 간 핀 조명은 어둠 속에 숨어 있던 태오를 환히 비추었다.

"한나봄……."

놀란 마음에 그대로 얼어붙은 태오는 그녀의 이름만 작게 흘려보냈다.

"단태오 대리님, 얼른 무대로 올라와 주세요. 이렇게 좋은 날에 한 말씀 하셔야죠."

이어지는 그녀의 재촉에, 사람들의 시선이 전부 그에게로 향했다.

한동안 두렵게 느껴지던 시선이었지만 이상하게도 이 순간만큼은 가슴이 뛰었다. 마치 처음부터 내가 화려한 연회의 주인공이었던 것처럼.

"하아……."

태오는 깊은 한숨을 내쉬며 주제 파악도 못 하는 심장을 진정시키려 애썼다.

내가 나설 자리가 아니다. 내가 나서도 되는 자리가 아니다.

끊임없이 스스로를 막아서는 건 순전히 방어기제 때문이었다. 태오는 여기서 더 비참해지고 싶지 않았다.

하지만 그때.

"단태오 대리…… 아니, 단태오 팀장님."

태오를 부르는 조심스러운 목소리가 들려왔다. 기척이 가까워지는 쪽으로 고개를 틀자, 일렁이는 눈에 담겨 오는 사람은 다름 아닌 김 대리였다.

이제 'Lily' 프로젝트의 팀장이 된 만큼 나봄의 자리 마련이 불편했을 그의 표정은 아니나 다를까 난처함이 가득했다.

그가 자신을 중재하러 왔다고 생각한 태오는 서둘러 김 대리를 안심시키려 했다.

"소란을 일으킬 생각은 없습니다. 전 그저……."

"아니요, 뜯어 말리러 온 거 아니에요."

하지만 태오가 변명을 다 꺼내 놓기도 전에 김 대리는 고개를 절레절레 가로저었고.

"단 팀장님이 올라가세요."

"네……?"

이윽고 예상치 못한 제안을 건넸다.

"그동안 단 팀장님 배신하고 불의에 침묵한 주제에 멋있는 척하는 것 같아 염치없지만……."

"……."

"오늘은 저 대신 단 팀장님이 올라가는 게 맞는 것 같아요. 이 프로젝트의 구 할을 책임졌잖아요."

이런 자리에서 김 대리가 같은 편이 되어 줄 줄은 몰랐던 태오의 눈빛이 잔잔하게 흔들렸다.

"김 대리님……."

김 대리는 그런 태오를 이끌듯 무대 쪽으로 손을 내밀었다. 그런 뒤 흘려보내는 한 마디는 움츠러든 태오의 마음을 달래기에 충분했다.

"팀원들도 비슷한 생각일 거예요. 그러니까 올라가서 인사라도 해 주세요."

그 말을 듣고 나서야 다르게 느껴지는 나를 향한 시선들.

모두가 나를 기피하는 줄 알았는데. 내 존재를 껄끄럽게 여기는 줄 알았는데.

다시 둘러본 직원들의 눈동자는 그런 날카로운 감정들을 머금고 있는 게 아니었다. 대놓고 바라보지도 못하고, 그렇다고 해서 아예 외면해 버리지도 못하는 그들의 눈동자는 그간 차마 드러내 놓지 못했던 죄책감과 걱정, 그리고 연민이 가득했다.

그동안 나를 보며 무슨 말들을 삼켰는지, 사실은 어떤 말을 전해 주고 싶었었는지.

아주 어렴풋이 느껴지는 것 같아.

그런 당신들에게 난 어떤 대답을 들려줘야 하는지도.

"하아……."

두려움뿐이던 마음을 정리한 태오는 고개를 떨구며 깊은 한숨을 내쉬었다.

그런 뒤 다시 정면으로 시선을 두니 태오의 눈동자는 그 어느 때보다도 당당한 빛을 띠고 있었다. 언제 움츠러들었었냐는 듯 곧게 펴진 어깨는 나약했던 생각들을 흔적 없이 감추어 주었다.

이렇게 심신을 재정비한 태오가 바라보는 곳은 나봄이 그를 위해 마련해 준 무대 위 단상이었다.

이제 보니 굿바이 인사를 하기에 더할 나위 없이 제격인 장소.

그걸 보자 더욱 더 결심이 섰는지, 태오는 크게 한 발자국을 내딛었다.

앞을 향해 나아가는 그의 모습은 패기롭던 시절의 단태오와 조금도 다르지 않아서, 그의 걸음을 바라보는 김 대리의 입꼬리가 은은하게 올라갔다.

그를 향한 안도감이 묻어 나오는 다정한 미소였다.

*　　　*　　　*

"아아."

낯선 표정으로 무대 위에 올라선 태오가 목소리를 냈다.

순간 삐익— 하고 울려 퍼지는 마이크 노이즈는 태오의 미간을 살짝 찌푸려지게 했다.

하지만 태오는 이내 표정을 정리하고는 조심스레 입술을 뗐다.

"우선…… 여러분들 앞에 서게 될 줄 모르고 좀 더 격식 있게 차려입지 못한 점, 너그럽게 양해 부탁드립니다. 저는 우드레일 퍼니쳐팩토리 소속 단태오 대리입니다."

짝짝짝—

크지 않은 박수 소리가 무대 아래편에서부터 들려왔다. 흘깃 눈길을 준 그곳엔 함께 일했던 직원들이 애타게 태오를 바라보고 있었다.

태오는 그들에게 살짝 입꼬리를 들어 웃어 주었고 마른침을 삼켰다. 그러고서 마저 이어 보내는 목소리는 무척이나 조곤조곤했다.

"'Lily' 프로젝트는 제가 처음으로 맡았던 프로젝트였습니다. 처음엔 성격이 좋지도 않은 제가 팀장의 역할을 잘할 수 있을까 부담스러웠지만…… 그래도 팀원들이 제 성질 머리를 잘 견뎌 준 덕분에 무사히 론칭까지 왔네요."

태오의 농담 섞인 그 말에 직원들은 작게 웃었다. 참으로 오랜만에 보는 미소였다.

그 표정에 한결 긴장이 풀어진 태오는 보다 부드러운 목소리를 흘려보냈다.

"순전히 가구 만드는 게 좋아서 이 업계에 뛰어들었습니다. 그런데 제가 마주한 현장은 각오했던 것보다 훨씬 더 치열하고 고된 곳이더군요."

"……."

"입사 첫날 현장팀 식구들이 여기로 자원한 제게 보였던 반응들이 이해되는 순간이었습니다. 그때 다들 안타까워하는 분위기였잖습니까."

그 말을 하며 태오는 처음 우드레일 퍼니쳐팩토리에 발을 들였던 순간을 떠올렸다.

'안녕하십니까. 신입 사원 단태오입니다.'

무뚝뚝한 표정으로 내뱉은 인사에.

'지옥에 온 걸 환영하네!'

'본사 붙었는데 여기로 직접 자원해서 온 거라며? 대체 왜 그랬어?'

'고생이 체질일 수도 있는 거지! 하하!'

이곳 사람들은 살가운 악담으로 답해 주었다.

그게 웃자고 하는 농담인 줄도 몰라서 정색을 하고 서 있었더니, 당시 바로 위 기수였던 김 대리는 태오에게 너스레를 떨었다.

'에이, 그런 얘길 뭐하러 해! 그나저나 참 잘생겼다. 모델로 취직한 건 아니지?'

'네, 아닙니다.'

'바로 정색하는 것 좀 보게! 단태오 씨 제법 성깔 있구나? 하하!'

참 실없어 보였지만 그래도 낯가림 심한 태오를 첫날부터 제 가족처럼 품어 주었던 고마운 사람들.

"솔직히 살짝 후회할 뻔했습니다. 입사 동기가 본사에서 매일같이 칼퇴근할 때마다 '대체 난 뭔 부귀영화를 누리겠다고 여길 왔지' 싶기도 했습니다."

"……."

"하지만 지금 와서 결론을 내려 보자면 역시 현장팀에 오길 잘한 것 같습니다. 이렇게 좋은 사람들을 팀원으로 둘 수 있는 기회는 흔치 않으니까요."

원래 좋은 건 없어 봐야 깨닫는다고 했던가.

지난 한 달간 팀원들과 동떨어져 홀로 지냈던 태오는 중요한 사실 하나를 깨달았다.

수선스러운 분위기가 나와는 맞지 않아서 멀리 했던 사람들이었지만, 그렇게 거리를 두고 있음에도 불구하고 너스레를 떨어 주고 귀찮도록 말을 걸어 주었기 때문에 적어도 외롭진 않았다는 사실을.

"그걸 조금 늦게 깨달았네요."

귀여운 구석이 조금도 없는 태오가 현장팀에 첫날부터 잘 적응했던 건 순전히 그를 있는 그대로 받아들여 줬던 팀원들 덕분이었다. 입사한 지 얼마 되지 않아서 큰 프로젝트의 팀장까지 맡을 수 있었던 것도 그의 능력을 스스럼없이 인정해 주었던 팀원들 덕분이었다.

하나부터 열까지 혼자가 아닌 함께였기에 가능했던 지난날의 성과들.

"'Lily' 프로젝트가 막을 내린 지금에 와서야 내가 어떤 사람들과 함께였는지 알아 버린 것 같아서……."

"……."

"사실 그게 많이 안타깝습니다. 이렇게 미련이 남을 줄 알았으면

술자리든, MT든 좀 더 많이 갈걸."

태오의 말엔 잔잔한 웃음기가 스며 있었으나, 무대 아래 팀원들을 내려다보는 눈빛엔 씁쓸한 미련이 가득했다. 일렁이는 그의 눈동자는 더 진솔하게 풀어내지 못한 그의 속마음을 여실히 드러내 주는 듯하다.

그런 그를 바라보는 팀원들의 눈빛도 이내 축축이 젖어 들기 시작했다.

하지만 이왕 그들의 앞에 선 거 끝까지 담담하고 씩씩하게, 태오는 마지막으로 입을 열었다.

"그동안 믿고 따라와 주셔서 고마웠습니다."

"……."

"다들 각자의 자리에서 행복하시길 바랍니다."

그 말을 하며, 태오는 끝이 다가왔음을 직감했다.

사실은 조금 더 버텨 보려 했다. 악착같이 붙어 있어 보려 했다. 조금 더 현장에서 함께할 수 있기를, 다시 내가 머물 자리가 생겨나기를 기다려 볼 생각이었다.

그런데 오늘 이 무대 위에 올라, 나를 보는 당신들의 눈빛을 보며 깨달았다. 버티는 것도, 맞서 싸우는 것도 당신들과 나, 우리 모두에게 못할 짓이라는 걸.

말을 마친 태오는 단상에서 내려왔다. 그러고는 팀원들을 향해 허리를 숙여 마지막 인사를 건넸다.

짝짝짝짝짝―!

곧바로 터져 나오는 박수 소리는 처음보다 훨씬 커져 있었다.

이로써 마지막만큼은 떳떳하게 맞이할 수 있게 된 우리.

남은 일은 이대로 각자의 자리를 찾아 떠나는 일뿐이다. 그토록 받아들이기 힘들었던 이별이 이제야 겨우 쓰라림 없이 받아들여졌다.

* * *

한창 행사가 진행되고 있는 연회장 밖 로비.

"단태오!"

나봄의 목소리가 우렁차게 들려왔다.

팀원들과 나름 마무리도 잘했겠다, 일단 밖으로 나가 있으려 했던 태오는 우뚝 걸음을 멈추고 고개를 돌렸다.

"또 어디 가게! 나한테 말도 안 하고!"

그러자 높은 구두를 신고서도 빠르게 달려오는 나봄은 살짝 화가 난 얼굴이었다. 그렇게 다가와 태오의 팔을 꽉 붙드는 손아귀엔 제법 힘이 실려 있었다.

"널 두고 어딜 가겠냐. 밖에서 기다리려고 했어."

태오는 그런 그녀를 안심시키기 위해 일부러 장난기를 섞어 말했다.

하지만 나봄은 그래도 표정을 풀지 않은 채 다그치듯 따져 물었다.

"프로젝트에서 아예 쫓겨났다는 얘기 왜 안 했어?"

"그게 뭐 좋은 얘기라고 하냐. 다 해결되면 말하려고 했어."

"해결 안 되면. 나는 끝까지 아무것도 모르는 거고?"
"그런 뜻이 아니라……."
"나는 아무것도 몰랐잖아. 내가 사랑하는 사람이 힘들어하는 동안 나만 바보같이 모르고 있었잖아. 미안해지게……."
나봄의 화는 어느새 자책이 되어 있었다.
불안하게 만들고 싶지 않다는 이기적인 이유로 가장 솔직하게 대하지 못했던 사람.
태오는 그녀가 왜 화내고 있는지, 자신은 무엇을 잘못했는지, 이미 너무나도 잘 알고 있다. 이렇게 화를 내는 것도 예상하지 못했던 일은 아니었다.
그런 그녀를 달래 주고 싶었던 태오는 나봄의 손을 부드럽게 붙잡았다. 그러고는 뒤늦은 사과를 꺼내 놓았다.
"걱정하게 만들어서 미안."
"……."
"죄 없는 니가 미안해지게 만든 건 더 미안해."
태오의 나긋한 목소리에 나봄은 더욱 더 마음이 아려 오는 듯했다.
그동안 혼자 힘들어했었다는 걸 알고 나니까, 어쩐지 부쩍 지쳐 보이는 것 같아.
나봄은 한결 누그러진 눈빛으로 태오를 올려다보았다. 사실 그녀는 지금 불만을 드러내는 것보다 더욱 하고 싶은 말이 있다.
"나는 니가……."
하지만 그 말을 꺼내 놓기가 무섭게.

"단 팀장님!"

우렁찬 고함이 연회장 입구에서부터 들려왔다. 갑작스러운 부름에 놀란 태오와 나봄이 동시에 소리가 나는 쪽으로 고개를 돌렸다.

그러자 혹시나 그를 놓칠까 싶어, 빠르게 달려오는 사람들은 다름 아닌 'Lily' 프로젝트를 함께했던 우드레일 퍼니쳐팩토리의 소속 팀원들이었다.

한 달 만에 다가와 준 그들을 본 태오의 눈동자가 옅게 떨려 왔다.

"어? 현장팀 사람들이잖아? 아, 안녕하세요!"

나봄은 금세 가까워진 사람들에게 서둘러 인사했다.

하지만 막상 대놓고 그들을 마주한 태오는 고갯짓도 하지 못하고 굳어 버렸다. 무대 위에선 그렇게나 말을 잘해 놓고선 막상 사적으로 대해야 될 때가 되니 긴장이 되는 모양이었다.

그런 태오의 모습엔 이골이 난 김 대리는 태오의 앞에 멈춰 서자마자 넉살을 부렸다.

"단 팀장님, 말도 없이 와서 말도 없이 가는 거예요?"

"아……."

"사람이 왜 그래, 대체. 혼자만 인사하면 다야?"

정말 오랜만에 들어 보는 그의 친근한 목소리.

태오는 저도 모르게 피식 웃음을 흘렸다.

이렇게 편히 대화 나누는 게 대체 뭐가 그리 힘들어서 우린 그동안 살얼음판처럼 지냈던 걸까.

"단 팀장님, 퇴사하실 거예요?"

함께 있던 직원들 중 한 명이 그렁그렁 눈물을 머금은 채 물었다.

"아유, 아라 씨 아까부터 단 팀장님한테 미안해 죽겠다고 계속 웁니다. 이대로 퇴사하면 자기는 어떻게 하냐고."

그녀를 핀잔하는 김 대리도 의미심장한 인사를 건넨 태오가 정말 퇴사할까 봐 걱정하는 눈치였다.

이 분위기로만 봐서는 아무 일도 없었던 그때로 돌아갈 수도 있을 것 같지만.

"아무래도 퇴사하는 방향으로 결정 내릴 것 같습니다."

태오는 알고 있다. 돌아가면 회사가 밀어내는 자신의 자리는 여전히 없을 테고, 그 자리를 이들 중 한 사람이 억지로 넘겨받게 될 테고.

그럼 또 모두가 상처 입는 전개가 또 다시 반복될 것이라는 걸.

"그래도…… 저희가 뭐라도 해 볼 테니까……."

입사한 지 얼마 안 된 신입이 용기를 내서 태오를 붙잡으려 했다.

그러나 태오는 그녀의 말이 끝나기도 전에 고개를 가로저었고, 한결 편안해진 목소리를 이어 붙였다.

"누가 뭘 한다고 해서 나아질 문제는 아니잖습니까."

"……."

"제가 어떤 결정을 내리든 자책하는 사람은 없었으면 좋겠습니다."

"단 팀장님……."

순간 먹먹해지는 팀원들의 눈빛은 많은 의미를 담고 있었다. 그들도 태오와 마찬가지로 하고 싶은 말은 많으나 그걸 다 꺼내 놓기는 망설여지는 모양이었다.

이렇게 숙연한 분위기에서 떠나고 싶지 않았던 태오는 잠시 고개를 숙여 표정을 정리했고, 이내 시원스러운 미소를 지어 보였다.

"아까도 말씀드렸다시피……."

"……."

"우리 각자의 자리에서 행복해집시다."

그러고선 진심 어린 바람을 내비치며 손을 내밀자 대표로 김 대리가 나서서 그 손을 가볍게 붙잡았다.

"네…… 그럽시다, 우리."

도로 젖어 든 목소리는 차마 숨기지 못했다. 억지로 하던 밝은 척도 더는 무리인 모양이었다.

하지만 태오는 그런 그를 굳이 진정시키려 하지 않았다. 걱정하지 않아도 다음번엔 한결 더 기쁜 얼굴로 마주할 수 있을 것 같다.

맞잡았던 손이 천천히 떨어졌다. 한동안 열정을 나누었던 이들의 입가엔 하나같이 잔잔한 미소가 어려 있었다.

그걸 보고 나니 가슴을 답답하게 짓누르던 불안감도 차츰 잦아들기 시작했다.

그리고 이내 조금도 불안하지 않아졌다.

뭐 하나 제대로 정해진 것 없는 미래지만, 결국엔 모두 다 잘 풀릴 것 같은 기분이 든다.

당신들이 떠나는 나의 발걸음을 축복하며 배웅해 주고 있으니.

* * *

"아, 쪽팔려."

행사가 열리는 호텔 앞, 한적한 정원.

벤치에 자리를 잡은 태오가 괜히 얼굴을 문지르며 말했다. 그와 나란히 어깨를 맞대고 앉아 있던 나봄은 의아한 표정으로 물었다.

"뭐가 그렇게 쪽팔려?"

"그냥, 너무 수선 떨었던 것 같아서."

"……."

"그리고 또…… 너한테 상의도 없이 퇴사 얘기 꺼낸 것도 왜 그랬나 싶고."

그리 말하는 태오는 퇴사 결정을 후회하는 눈치는 아니었다. 제 마음이 시키는 대로 하고 나니, 이 상황에 대해 하나도 몰랐던 나봄이 뒤늦게 걸려 오는 모양이다.

그런 태오를 가만히 바라보던 나봄은 이내 정면으로 시선을 두었다.

"올바른 결정 내렸으면 됐지. 나한테 상의하겠다고 시간 끌 거 뭐 있어."

그런 뒤 꺼내 놓는 목소리는 태오의 걱정과 달리 담담했다. 그녀에게서 이런 반응이 나올 줄 몰랐던 태오는 얼굴을 가렸던 손을 치우고 움츠러든 목소리로 말했다.

"나 우드레일 그만두면 백수야."

"알아."

"그래서 장인어른이 마음에 안 들어 하실 수도 있어."

"아빠도 너 능력 있는 거 알고 계셔서 별걱정 안 하실걸?"
"회장이랑 대판하고 쫓겨난 거라서 이직도 힘들 텐데……."
딱 거기까지 얘기한 순간.
"……뭐? 회장님?"
"어?"
"너 차준 오빠가 아니라 우드레일 회장님이랑 대판한 거였어?"
뜻밖에 사실에 놀란 나봄이 태오를 향해 고개를 돌리며 물었다. 자신이 괜한 소리를 했다는 걸 깨달은 태오는 당황한 얼굴로 고개를 저었다.
"아…… 아니."
하지만 감출 수 없이 드러나는 그의 불안감은 나봄의 확신에 힘을 더했다.
"맞구나. 이 사달이 난 게 다 회장님 때문이었어."
점점 찌푸려지는 그녀의 미간은 얼핏 분노와 비슷했다. 그런 그녀를 처음 보는 태오는 점점 더 난처해져 갔다.
그녀가 걱정할까 봐 알리지 않고 숨겨 온 일이 우리의 첫 싸움에 불씨가 될 줄이야.
"나봄아, 그게……."
"대체 회장님이랑 무슨 일이 있었길래 이직까지 걱정을 해? 저번에 내가 회사 문제 걱정했을 땐 괜찮다고 하더니 사실 괜찮은 게 아니었구나."
"아니야, 괜찮……"
"그런 소리 하지도 마. 지금 프로젝트에서 혼자 쫓겨나 있는 것 자체가 괜찮지 않았고, 버티지도 못했다는 얘기잖아."

나봄이 날카롭게 파악한 상황은 구구절절 정답이었다. 그녀의 앞에서 그 사실을 인정해야만 하는 태오는 더더욱 면목이 없어졌다.

그래서 하려던 변명을 모두 집어 넣고.

"……미안."

시선을 발끝으로 툭 떨궈 둔 채 부질없는 사과만 내뱉으니.

"단태오, 고개 들어."

나봄이 단호한 목소리로 그의 이름을 불렀다. 어느 때보다도 가라앉은 그녀의 분위기에, 태오의 가슴이 철렁 내려앉았다.

하지만 그렇게 무서운 모습을 하고 나봄이 내뱉은 말은 완전히 예상 밖이었다.

"누가 고개 숙이고 사과하래?"

"……어?"

"니가 뭘 잘못했다고 그렇게 주눅 들어 있어. 고개는 왜 자꾸 숙이고."

여전히 눈빛이 날카롭고 표정이 싸늘한 걸 보면 화가 난 것 같긴 한데, 가만히 듣고 보니 그 대상은 내가 아닌 것만 같다.

지금 내 짐작이 맞다면…….

"한나봄, 그럼 너 지금…… 나 때문에 화내 주는 거야?"

태오는 일렁이는 눈빛을 띠고 물었다.

나봄은 한 치의 망설임도 없이 고개를 끄덕였고 분한 감정이 적나라하게 느껴지는 말을 이어 나갔다.

"그럼 너 때문에 화내지, 누구 때문에 이렇게 화를 내겠어? 대기업 총수가 고작 핀트 어긋났다고 프로젝트에서 사람을 내쫓아? 회장이 나서서 그러는 건 정말 너무했잖아."

"……."

"회장 하나 때문에 니가 이 꼴이 된 거면 더럽고 치사해서라도 진작 사직서 냈어야지. 너도 이렇게 비상식적인 회사 필요 없다고 니가 먼저 때려 치고 나왔어야지!"

"……."

"맨날 똑똑한 척 하더니! 가만 보면 바보야, 진짜!"

점점 격해지나 싶더니 기어이 커져 버리고 만 그녀의 언성.

애초부터 회장이 문제였다면 그가 무슨 짓을 해도 수습이 되질 않았을 텐데, 어째서 그는 다 괜찮다고 버틸 수 있다고 말했던 건지.

퇴직을 선언하자마자 장인어른의 반대부터 걱정했던 걸 보면, 그의 속마음쯤은 쉽게 짐작할 수 있었지만 나봄은 그게 더 속상했다.

우드레일 현장팀장이든, 동네 백수든, 다 같은 단태오인데 내가 결혼이라도 무를 줄 알았나.

"내가 진짜 너 때문에……."

나봄은 분통이 터진다는 표정으로 속상함을 드러내려 했다.

하지만 그 순간.

"……나봄아."

별안간 태오의 두 팔이 나봄의 몸을 와락 끌어안았다.

아니, 안겨 들었다. 나봄의 목덜미에 얼굴을 포옥 파묻은 채.

"뭐, 뭐야. 나 지금 한창 화내 주고 있는데."

갑작스러운 애정 표현에 당황한 나봄은 어정쩡하게 안긴 자세로 말했다.

그러나 태오는 그런 그녀를 더욱 꽉 옭아맸고.

"사랑해."

"……."

"다른 때도 사랑하는데 지금은 더 사랑해."

먹먹한 음성으로 감격에 겨운 고백을 내뱉었다.

어린 애처럼 안겨 드는 그가 싫진 않았던 나봄은 허공에 멈춰 있던 손을 움직여 그의 넓은 등을 감싸 안았다.

"진작 이렇게 기대면 얼마나 좋아."

이윽고 흘러나오는 그녀의 애정 어린 불만.

나봄은 보이지 않는 상처들로 가득할 그의 등을 조심스레 어루만져 주었다. 따스하게 스며드는 그녀의 온기는 태오의 가슴까지도 뭉근하게 데워 놓았다.

덕분에 더욱 뜨거워진 마음으로 태오는 어느새 푹 젖어 버린 목소리를 꺼내 놓았다.

"살면서…… 단 한 번도 누구한테 기대 본 적이 없어."

"응?"

"누가 강요한 것도 아니고 주변에 사람이 없었던 것도 아닌데, 그냥 내 스스로가 나한테 바라는 게 너무 많았어."

"……."

"그래서 힘들어 죽을 것 같은데도 다 괜찮은 척하고, 무조건 버텨 보겠다고 발버둥 치고…… 내 한계를 내가 받아들이지 못하고 그렇게 살아왔어."

누구에게도 꺼내 놓은 적 없는 고백.

그렇게 열심히 살아서 남는 게 있었냐 누가 묻는다면, 그에 대한 대답은 고민해 볼 필요도 없이 '아니'였다.

나이가 들고 마주해야 할 세상이 점점 커질수록 그가 감당하지 못할 일들은 늘어 갔고, 그가 버티지 못할 상황들도 많아져 갔다.

사실은 잠시 쉬었다 가고 싶었던 순간이 한두 번이 아니었는데 지금껏 단 한 번도 스스로에게 휴식을 주지 못했다. 지쳐 있는 나를 내가 받아들이지 못해서.

"그동안 나도 내 편이 아니었는데……."

"……."

"너라도 내 편을 들어 줘서 고마워."

그렇게 인생을 전쟁 치르듯 살아온 태오에게 같이 싸워 주고 화내 줄 아군이 생겼다는 것. 그것이 얼마나 뜻깊은 일인지, 아마 나봄은 온전히 알지 못할 거다.

하지만 태오는 오늘 그녀가 자신이 여겨 왔던 것보다 더 소중하고, 유일한 존재라는 사실을 새삼 깨달았다. 나는 지금 이 순간을 세상에서 가장 사랑스러운 내 편과 함께하고 있는 거다.

그래서 어느 때보다도 특별한 오늘은 너에게 내 마음을 전하기 딱 좋은 날.

"잠깐만……."

무언가를 결심한 태오는 나봄을 끌어안고 있던 두 팔을 풀었다.

그러고는 코트 안주머니에 손을 넣고 뒤적였다. 나봄의 호기심 어린 눈동자가 그의 손끝으로 향했다.

"이거 줄 때 니가 감동 받아서 울게 하고 싶었는데……."

"……."

"왜 내가 울면서 주냐. 쪽팔리게."

그의 울음기 섞인 자책과 함께 꺼내지는 건 예전에도 본 적 있던 반지 케이스였다. 그의 프러포즈를 망쳐 버렸던 탓에 제주도에선 받지 못했던 그의 약혼 선물.

"태오야……."

나봄은 일렁이는 눈빛으로 케이스를 바라보았다.

태오는 그런 그녀 앞에서 천천히 몸을 일으켜 세웠고, 케이스를 열어 반짝이는 다이아몬드 반지를 내보이며 한쪽 무릎을 꿇어앉았다.

"한나봄."

울음기가 가시지 않아서 더욱 간절하게 느껴지는 그의 눈빛.

그렇게 그녀가 없으면 죽을 것 같은 얼굴을 하고 태오는 오래 전부터 하고 싶었던 고백을 건넨다.

"나랑 살자."

"……."

"나 살면서 적어도 너 하나는 고생 안 시킬 자신 있으니까. 아니, 죽을 때까지 여왕님처럼 모셔 줄 테니까."

"……."

"나랑 같이 살자. 혼인신고서 쓰고."

이미 내가 먼저 한 청혼이고 진작 했던 맹세인데 니가 말하니까 왜 이리도 느낌이 다른 건지.

태오의 프러포즈는 너무나도 본인스러워서 자꾸만 웃음이 나왔다.

분명 감동받아서 울게 만든다고 했던 것 같은데, 그렇게 눈물 흘리며 기뻐하기에는 우느라 새빨개진 너의 코가 너무 귀엽잖아.

태오가 사랑스러워서 견딜 수가 없었단 나봄은 환히 웃는 얼굴로 그의 젖은 뺨을 쓰다듬었다.

그러고는 대답 대신 달콤한 입맞춤을 건넸다. 가득하다 못해 쏟아지는 애정을 듬뿍 담아.

"내가 더 사랑해, 태오야."

머지않아 입술을 뗀 나봄이 속삭이듯 말했다.

벌써 몇 번째 듣는 고백이었지만 마음의 크기만큼은 여전히 인정할 수가 없었다.

확실히 장담해. 니가 아무리 날 사랑한다 해도 내 마음을 따라오려면 한참 멀었어.

왜냐하면 난 지금 너 때문에 가슴이 아려 올 정도로 설레서 눈물조차 그치지 못하고 있는걸.

* * *

"좋은 아침입니다."

평소보다 살짝 늦게 출근한 유리가 사무실 안으로 들어섰다. 어쩐지 사무실보다 팀장실 부근이 웅성거린다 싶더니 직원들은 대부분 그쪽에 삼삼오오 모여 있었다.

"무슨 일 있어요?"

제 자리로 향하던 유리는 그 근처에 잠시 발길을 멈춰 세우고 물었다. 그러자 한 직원이 그렁그렁한 눈가를 매만지며 대답했다.

"단태오 씨 사직서 내고 가셨어요."

"……뭐?"

"안 그래도 어제 론칭 파티 때 퇴사하는 방향으로 결정할 것 같다고 하시더니……."

태오의 퇴사 소식은 그리 느닷없진 않았다. 회사 분위기는 이미 그가 숨도 못 쉴 정도로 삭막해져 버렸고, 그런 그를 바라봐야 하던 유리도 차라리 그가 그만두고 나가기를 바랐었으니.

하지만 그토록 기다리던 소식은 예상과 달리 유리의 마음에 찌릿, 하는 통증을 일으켰다.

갈 거면 나한테 말이라도 해 주고 가지. 마지막으로 인사할 새도 없이 그냥 가 버리냐.

"정나미 없는 새끼……."

서운함을 참지 못한 유리는 작은 욕설을 내뱉었다. 상대도 없이 해 보는 괜한 화풀이였다.

그러나 분해 하기에는 너무나도 옳은 결정이라, 유리는 제 감정을 추스르고 옅은 미소를 지어 보였다.

"잘됐지, 뭐."

진심으로 그렇게 생각한다.

"갠 여기보다 더 나은 곳으로 가야 해."

내가 따라나설 수 없는 곳이라 해도 나는 그를 더 나은 곳으로 보내 줘야 한다.

"맞아요, 단 팀장님 능력은 모두가 알아주잖아요."

"그렇지. 걔야 뭐……."

"그나저나 파트장님이 너무 섭섭하시겠어요. 단 팀장님이랑 가장 친하셨잖아요."

직원은 한때 태오의 단짝이었던 유리를 떠올리며 말했다.

비록 요즘 들어 둘 사이의 분위기가 서먹해지긴 했었으나, 회사가 태오를 도태시킬 때 그걸 제 일처럼 화내 줬던 유일한 사람은 유리였다.

유리의 섭섭함이야 이루 말로 다 표현할 수도 없었지만 그녀는 일부러 고개를 가로저었다.

"아니. 섭섭할 거 뭐 있나? 지가 지 인생 찾아서 떠나겠다는데."

그러고서 내뱉는 거짓말은 그럴싸하게 들릴 만큼 담담했다.

그건 얼핏 평소의 쿨한 척으로도 보일 수 있는 모습이었으나 사실 유리는 지금 나름대로 연습을 하는 중이다. 그녀가 눈으로라도 좇을 수 없게 훌쩍 떠나가 버린 그를 슬슬 마음에서도 떠나보내는 연습을.

"그럼 오늘 하루도 수고해. 이따 커피라도 같이 마시자."

유리는 끝까지 아무렇지 않은 표정으로 태오를 추억하는 직원들의 곁을 떠나왔다. 제자리로 향하는 발걸음엔 의식적으로 힘이 실려 있었다.

한동안은 이렇게라도 멀쩡한 척 해 봐야지. 니가 있던 자리를 바라보는 짓도 이젠 그만해야지.

너 하나를 지워 내려는 것뿐인데 뭐 이리도 해야 할 게 많은 건지는 모르겠지만, 그래도 어떻게든 잘 지내야지.

그렇게 너 없이도 괜찮아져야지.

숱한 다짐을 반복하며 유리는 자리에 도착했다.

외투를 벗어 의자에 걸어 두고 가방을 책상 위에 내려놓고. 지친 몸을 겨우 앉혀 놓았더니 벌써 지치는 기분이었다. 퇴근 시간은 아직 8시간이나 남았는데 큰일이다.

이럴 때 필요한 건 커피였다. 카페인으로 복잡한 머릿속부터 깨우기로 결심한 유리는 책상 구석에 놓아두었던 동전 통으로 손을 뻗었다.

그때.

"어……?"

오자마자 가방으로 가리는 바람에 미처 보지 못했던 무언가가 그녀의 눈에 띄었다.

포스트잇이 붙어 있는 초콜릿 한 봉지.

누가 보냈는지는 단번에 알아차릴 수 있었다. 포스트잇에 적힌 전형적인 어른 글씨의 주인을 그녀가 못 알아볼 리 없었다.

"단태오……."

유리는 그의 이름을 부르며 초콜릿 봉지를 집어 들었다.

[담배 좀 끊어라. 폐로 연필 만들 일 있냐. —태오]

농담 섞인 그의 충고는 떠나는 사람의 작별 인사치고는 퉁명스러웠다.

하지만 너무나도 단태오다웠다. 눈으로 읽은 글씨가 귓가에서 그의 음성으로 들려올 만큼.

"하하……."

유리는 서러운 마음도 잊은 채 저도 모르게 실없는 웃음을 흘려보냈다.

아무리 감정에 젖어 보려 해도 역시 너랑 얽히면 도무지 진지해질 수가 없다.

하지만 덕분에 가슴속의 쓰라림이 무뎌진 지금, 문득 내가 널 좋아했던 이유가 떠올랐다.

'단태오, 담배 좀.'

'와, 진짜 양심 없네. 담배 피러 나오면서 담배를 안 들고 오냐. 애초부터 들러붙을 생각이었구만.'

'하나 가지고 치사하게.'

'돗대라서 그런다. 한 갑으로 갚아라.'

매사에 까칠하고 버릇없던 너는.

'자, 이거.'

'이건 뭐야?'

'사탕.'

'사탕인 건 아는데, 왜 이렇게 많이 줘.'

'그거 다 천천히 녹여 먹고 기어 들어와.'

'술 취한 노인네들 진상 짓 좀 멈추면 데리러 나올게.'

가끔씩 보여 주던 배려가 몹시도 따듯했던 사람이라서.

좋아하지 않고선 배길 수가 없었다.

평소와 다름없어서 조금도 아프지 않은 작별 인사를 받은 지금 이 순간처럼.

* * *

"태오야! 이런 데는 어때?"

나른한 주말, 태오의 집.

거실 테이블 앞에 앉아 노트북을 들여다보고 있던 나봄이 태오의 어깨를 툭툭 치며 물었다.

소파에 길게 누워 휴대폰을 확인하고 있던 태오는 착잡함이 그대로 묻어 나오는 눈동자를 모니터 쪽으로 옮겼다.

그런 그를 반기는 건 푸른 바다가 아름다운 와이키키 해변의 사진이었다.

"하와이네."

"응, 와이키키 해변 근처에 있는 호텔인데 괜찮아 보이지 않아?"

"어, 괜찮아."

"신혼 여행지로 어디가 좋을까 여기저기 알아봤는데 하와이가 최고라는 얘기가 많더라구. 휴양하기도 좋고 관광하기도 좋고 쇼핑하기도 좋대."

"아아…… 그 동네 좋은 건 알지."

"응! 그리고 또……."

신혼여행 준비에 신이 난 나봄은 꼭 가고 싶은 하와이의 다른 관광지의 사진도 보여 주려 했다.

하지만 흘깃 돌아본 태오의 얼굴은 혼자만 들떠 있는 게 미안할 정도로 착잡해 보여서 나봄은 쉽사리 뒷말을 이을 수 없었다.

"저기…… 태오야."

"어?"

"이번에도 잘 안 된 거야?"

요 몇 달간 그를 괴롭히고 있는 게 무엇인지 알고 있는 나봄은 넌지시 물었다.

태오는 잠시 어떤 대답을 해야 할까 고민하다가 이내 솔직히 고개를 끄덕거렸다. 어떤 고난이든 숨기지 않고 털어놓겠다는 건 그녀와 본격적인 결혼 준비를 시작하자마자 가장 먼저 한 약속이었다.

"어차피 이쪽은 떨어질 줄 알았어. 우드레일이랑 협업했었거든. 페이는 여기가 제일 괜찮은데 그건 좀 아쉽네."

태오는 속상한 심정을 숨기기 위해 최대한 대수롭지 않다는 듯 말했다.

하지만 나봄의 눈엔 그런 그가 더욱 안쓰럽게 비칠 뿐이었다. 그도 그럴 것이, 우드레일에서 나온 이후부터 태오는 끊임없이 재취업을 시도해 왔지만 어떤 회사든 서류 심사에서부터 줄기차게 떨어지고 있었으니까.

실력도, 경력도, 스펙도 평균 이상이었다. 새로운 곳에서 다시 시작하기에 많은 나이도 아니었다.

그러나 회사 규모나 크기에 상관없이 무조건 떨어지는 건 문제가 있었다. 그것도 누구에게서 비롯됐는지 너무나도 분명한 문제가.

"페이를 많이 주면 뭐해. 인재 하나 못 알아보는 회사인데."

나봄은 태오의 눈을 똑바로 바라보며 딱 잘라 말했다.

그러고는 태오의 뺨을 두 손으로 감싸 쥐었다. 반강제적으로 고정된 그의 눈동자는 요 사이 얼마나 마음고생이 심했는지 부쩍 수척해진 상태였다.

하지만 그럴수록 씩씩하게, 나봄은 태오의 마음을 어루만져 주기로 했다.

"괜찮아. 너무 마음 쓰지 마. 우리 단태오 팀장님을 놓친 회사가 아쉽지 니가 아쉬워?"

"마음 쓰진 않는데…… 그냥 결혼 전에 뭐라도 결정 나면 좋지 않을까 싶어서."

"난 느긋하게 결정 나는 것도 좋아. 그래야 하와이에서 회사 일 걱정 안 하고 마음껏 놀지!"

아이 같은 나봄의 미소는 흐렸던 태오의 마음도 맑아지게 만들었다. 그제야 겨우 우울감을 떨쳐 낸 태오는 고운 눈웃음을 띤 채 그녀와 이마를 맞대었다.

"우리 나봄이는 입술이 예뻐서 말도 예쁘게 하나 봐."

"이제 속상한 것 좀 풀렸어?"

"응, 뽀뽀 한 번만 해 주면 완전히 풀릴 것 같아."

언제 풀이 죽어 있었냐는 듯 금세 능글능글해진 눈빛.

그런 그가 마냥 사랑스러웠던 나봄은 다가오는 입술을 굳이 막지 않았다. 그렇게 웃음기를 머금은 서로의 입술이 맞닿기 직전.

띵동—

느닷없는 초인종 소리가 집 안에 울려 퍼졌다. 깜짝 놀란 태오와 나봄의 시선이 동시에 현관문 쪽으로 향했다.

"뭐지? 택배 왔나?"

"나 택배 시킨 거 없는데. 눈치도 없이 누구야, 대체."

애정 행각을 방해받은 태오는 짜증이 밴 불평을 내뱉었다.

겨우 되살아난 그의 기분을 다시 가라앉히고 싶진 않았던 나봄은 서둘러 자리에서 일어났다.

"누구세요."

그러고선 현관 쪽으로 빠른 걸음을 옮기며 묻자.

"안녕하세요, 여기 단태오 씨 계시나요?"

어디서 많이 들어 본, 하지만 태오의 집 앞에서만큼은 들려와선 안 될 목소리가 현관문 너머에서부터 스며들었다.

목소리의 주인을 단번에 알아본 나봄은 두 걸음을 우뚝 멈추고 그의 이름을 불렀다.

"……차준 오빠?"

"뭐? 누구 오빠? 그 새끼가 여길 왔어?"

귀가 밝은 태오는 혼잣말처럼 흘려보낸 나봄의 목소리를 놓치지 않고 소파에서 벌떡 몸을 일으켰다.

그러고는 성큼성큼 걸음을 옮겨 현관문을 단번에 확 열어젖혔다. 거칠게 열린 문틈으로 들어오는 바깥공기엔 오랜만에 맡아 보는 차준의 향기가 뒤섞여 있었다.

"차준 오빠, 여긴 어쩐 일로……."

나봄은 어리둥절한 표정으로 차준에게 물어보려 했다.

하지만 질문을 다 꺼내 놓기도 전에 튀어나온 태오의 말은 더욱 그녀를 혼란스럽게 만들었다.

"여기 찾아오지 말라고 했지. 말귀 못 알아듣냐."

차준 오빠가 여기 찾아온 게 오늘이 처음이 아니었어?

"내가 밀어낸다고 해서 밀려날 것 같아요? 나 이래 봬도 집착 심한 스타일인데."

이건 또 무슨 상황이야?

"자, 잠깐! 두 사람 뭐예요?"

혼란스러워진 나봄은 두 사람 사이에 끼어들어 물었다.

그러자 태오의 미간은 더욱 더 찌푸려졌지만 차준은 아랑곳 않고 보다 짙은 미소를 지어 보인다. 그러고서 내뱉는 말은 가히 파격적이었다.

"나봄이는 몰랐구나. 나 요즘 한창 태오 씨 꼬시는 중이야."

"……네?"

"아! 미쳤나 봐! 한나봄, 휴대폰 가져와! 112에 당장 전화해! 이거!"

*　　*　　*

흥분해서 날뛰는 태오를 가까스로 달래서, 함께 마주 앉은 부엌 식탁.

"나봄이 여기서 지내는구나."

차준이 집 안 곳곳에 자리 잡고 있는 나봄의 물건들을 보며 말했다. 어쩐지 부끄러워진 나봄은 살짝 붉어진 얼굴로 대답했다.

"같이 사는 건 아니고…… 여기가 신혼집이 될 예정이라 조금씩 짐을 옮겨 놓는 중이에요!"

"결혼 준비는 잘되어 가? 청첩장은 언제 나와?"

"주문은 해 놨어요! 나오면 바로 드릴게요!"

"나 축의금 많이 낼 거야. 그러니까 청첩장 줄 때 맛있는 거 사 줘야 해."

차준은 천진난만한 눈웃음과 함께 진심 섞인 농담을 던졌다.

나봄은 그런 그를 따라 하하 웃었지만 곁에 있는 태오의 표정은 결코 좋지 못했다. 차준이 이곳에 찾아온 이유를 너무나도 잘 알고 있기 때문이었다.

"쓸데없는 얘긴 그만하고, 난 몇 번이나 알아듣게 거절했으니까 나가 줬으면 좋겠네."

태오는 뻔한 본론이 꺼내지기도 전에 매정한 목소리를 꺼내 놓았다. 나봄은 그런 그를 의아하다는 듯 쳐다보았으나 차준은 시종일관 여유로운 미소를 띤 채 대답했다.

"오늘 면접 떨어졌다면서요. 그쪽에 아는 사람 있어서 다 들었어요."

"너 내 뒷조사도 하고 다니냐?"

"순수하게 도와주고 싶어서 연락해 본 겁니다. 어떻게든 서 회장 그 노친네 입김 좀 막아 주려고."

"……."

"그런데 딱히 좋은 회사는 아니더군요. 라인 잘 타야지 승진이 가능한 구조던데, 단태오 씨는 귀염성이 없잖습니까. 그래서 딱히 별말 안 했습니다. 난 우리 귀한 단 팀장님을 그런 곳에 보내고 싶지 않아요."

태오를 도와주고 싶었다던 차준의 말은 어디까지나 진심이었다. 서 회장이 일으키고 있는 문제라면 그에게도 어느 정도의 책임이 있었으니.

그러나 태오는 그 호의 속에 숨어 있는 속내까지도 들여다볼 수 있었다. 그렇게 생각해 주는 척 한 뒤에 따라올 말은 너무나도 뻔했다.

"역시 그쪽 진가를 알아보는 사람은 나밖에 없나 봐요."

"알아보긴 개뿔."

"그냥 같이 일하지 그래요? 원하는 조건 다 맞춰 준다니까."

일?

난데없는 동업 제안에 가장 놀란 건 나봄이었다.

두 남자가 그런 얘기를 하는 줄도 몰랐던 그녀는 어리둥절한 표정으로 차준에게 물었다.

"차준 오빠, 태오랑 같이 일을 할 생각이에요?"

그러자 차준은 기다렸다는 듯 그녀에게도 본론을 꺼내 놓았다.

"아, 단태오 씨가 별말 안 해줬어? 나 지금 거의 한 달째 이 사람한테 매달리는 중이야. 같이 회사 하나 차리자고."

"회사라면 무슨……."

"하우징 전문 브랜드를 하나 만들어 볼 예정이거든. 형이 경영을 맡고, 난 사업부를 맡고, 우드레일 서미란 대표님이 고맙게도 자금을 대 줄 거야."

"예?"

"그런데 현장을 총괄해 줄 인재가 없네. 실내 인테리어 시공이 가능한 사람이면 좋겠는데. 가구도 완벽하게 만들 줄 알고 말이야. 응?"

차준은 나봄에게 설명하는 척하며 태오를 뚫어져라 바라보았다. 그 눈빛이 매번 부담스러웠던 태오는 손끝으로 시선을 떨군 채 까칠한 목소리로 대답했다.

"난 사업은 질색이야. 신혼 초부터 새로운 일에 도전해 보겠답시고 와이프 마음 불안하게 만들고 싶지 않고, 불안정하게 사는 것도 싫어."

이건 늘 보이는 일관된 반응이었다. 아무리 좋은 조건을 제시해도, 페이든 근로 환경이든 원하는 대로 다 맞춰 준다고 해도, 그는 사업이 불안정해서 싫다는 이유로 언제나 차준의 손을 뿌리쳐 왔다.

하지만 오늘만큼은 그의 말에 반박할 거리가 있었던 차준은 들고 온 가죽 가방에서 서류 파일 하나를 꺼냈다.

"이거 보면 더 이상 불안정하다는 얘기 못 할걸요."

"그게 뭔데."

"당장 내년까지 잡혀 있는 스케줄. 협업 업체 선정은 거의 끝났고, 몇 달 뒤에 열릴 하우징페어에서 브랜드 홍보 제대로 들어갈 겁니다. 대표님 지원사격을 받긴 했지만 긍정적으로 논의 중인 계약도 몇 건 있어요."

"……."

"그런데 사업을 이렇게 따와도 믿고 맡길 현장팀장이 없어서 더 이상 진행이 안 되네요. 아예 새로운 사람을 들이자니 검증하고 호흡 맞추느라 시간만 버릴 거 같고."

"……."

"그러니까 매달리는 겁니다. 아무리 생각해도 당신밖에 적임자가 없어."

그리 말하는 차준에게선 이전의 장난기를 찾아볼 수가 없었다. 이렇게 사업적으로 내세워 매달리는 건 처음이었던지라, 태오도 무작정 그를 외면하기에는 곤란해졌다.

그래서 가만히 고개를 들어 마주한 시선.

차준은 그런 그를 보다 진지한 눈빛으로 마주 보았고, 한 번 더 간절한 음성을 흘려보냈다.

"원하는 대로 다 맞춰 주겠다는 말 진심입니다. 당신이 원하는 건 내가 가장 잘 알아요."

"……."

"그러니까 내 부하 직원이 아니라 공동대표로서 힘을 보태 주세요. 그럼 난 단태오 씨가 온전히 일에만 집중할 수 있는 최상의 여건을 만들어 줄게요."

"……."

"우리 아무한테나 이렇게 매달리는 거 아닙니다. 단태오 팀장의 능력을 누구보다 잘 알고 있으니까, 다른 회사에 빼앗기고 싶지 않아서 안달 내는 거예요."

누군가에게 실력을 인정받아 본 게 얼마 만이더라.

마음껏 일할 수 있는 여건을 마련해 준다는 차준의 말은 오래도록 빛을 보지 못하고 있던 태오의 열정을 다시금 불러일으켰다.

이런 말에 쉽게 넘어가고 싶진 않은데. 아무리 돈이 많아도 사업은 절대 손대지 않기로 박 여사와 굳게 약속했는데.

냉정하게 외면하기엔 그동안 마음껏 일할 수 있는 공간이 너무나도 절실했다.

약삭빠른 놈. 하필 그 부분을 파고들 줄이야…….

"같이 가시죠. 장담컨대 우리 'Made by Forest'에는 서재균 회장의 입김이 절대 닿지 못할 겁니다."

망설이는 태오의 눈빛을 읽어 낸 차준은 그에게 악수를 청하며 마지막으로 쐐기를 박아 넣었다.

우린 서로 믿고 의지할 관계가 아니건만, 가장 힘든 순간 내밀어진 차준의 손은 어쩐지 다른 때보다도 믿음직스러워 보였다.

그런 제 마음이 혼란스러웠던 태오는 살짝 미간을 좁혔고 눈앞에 건네진 그의 손을 치워 냈다. 그건 명백한 거절의 표시였으나.

"아무리 그래도…… 오늘 결정 내리진 못합니다."

뜻밖에도 이어지는 대답은 일말의 희망을 품고 있었다. 그를 사무적으로 대할 때처럼 다시 존댓말을 붙여 주었으니.

"주신 자료는 잘 읽어 보고 연락드리겠습니다. 그때 제대로 얘기 나눠 보는 걸로 하죠."

태오는 건조한 목소리로 대답하며 차준이 올려 둔 서류 파일을 챙겨 들었다. 그의 표정은 여전히 딱딱하기 그지없었지만 차준은 잘 읽어 보겠다는 의미가 무엇을 뜻하는지 알고 있다.

그제야 겨우 안심한 차준은 특유의 천진난만한 미소를 되찾았고, 나봄에게 진담 섞인 농담을 던졌다.

"나봄이는 이제 부자 되겠네."

"네, 네?"

"이제부터 단태오 대표님 엄청 잘나갈 거니까."

"하하, 그랬으면 좋겠네요."

열린 태오의 마음만큼이나 한결 편안해진 두 사람의 분위기.

"나 아직 같이 일하겠다고 말 안 했습니다. 할 말 끝났으면 가세요, 이제."

아무리 동업할 마음이 생겼다고 해도 이 둘이 가까워지는 건 보고 싶지 않았던 태오는 다시 심통을 내기 시작했다.

그래도 이런 불만 가득한 얼굴이 아까 전의 축 처져 있던 얼굴보다 보기 좋아서, 나봄은 가슴 한편에 남아 있던 걱정들을 비워 낼 수 있었다.

아까 보았던 하와이의 푸른빛 바다처럼 한없이 깨끗하게.

*　*　*

"미안."

차준이 돌아간 뒤, 찻잔을 정리하며 태오가 사과했다.

"응? 뭐가?"

식탁을 닦던 나봄은 동그랗게 뜬 두 눈을 그에게 고정시켰다.

그러자 태오는 잠시 망설이는가 싶더니 이내 가라앉은 목소리를 꺼내 놓았다.

"무슨 일이 있든 다 말하기로 했는데 동업 얘기는 꺼내지도 않아서."

"……."

"애초부터 할 생각이 없어서 굳이 말 안 했어. 선우차준이랑 같이 일하는 것도 니가 불편해할 것 같고, 결혼 앞두고 일 벌이고 싶지도 않아서."

그리 말하는 태오는 나봄의 입장만을 생각하고 있었다.

무언가에 도전하고 싶은 욕심도, 무턱대고 쏟아 내고 싶은 열정도, 새 신부가 될 나봄을 위해 꾹꾹 억눌러 왔던 모양이다.

그래서 결혼 전에 이직이 결정 났으면 했던 거구나. 안정적인 걸 추구했던 것도 크게 보면 나 때문이고.

"흐음……."

나봄은 분주히 식탁을 닦던 손을 멈추고 태오를 바라보았다.

사나운 외모와 달리 순수하고 겁도 많은 사람.

하지만 그 약한 모습까지도 어루만져 주고 싶다. 결혼해서 하나가 된다는 건 그런 의미니까.

"단태오."

나봄은 태오의 이름을 나직이 불렀고, 그에게로 천천히 걸음을 옮겼다.

그러고는 그의 허리를 꼬옥 감싸 안았다. 이내 예쁜 입술을 움직여 흘려보내는 말은 하염없이 다정했다.

"난 니가 나랑 결혼하고 나서 더 행복해졌으면 좋겠어."

"……."

"그러니까 다음부터는 내 눈치 보지 말고 니가 원하는 일을 해도 돼. 넌 불도저처럼 밀고 나갈 때가 가장 멋있어."

나봄의 위로는 태오가 마음 깊숙이 감춰 놓았던 고민까지도 다정히 어루만져 주었다.

드러내지 않은 고민도 어쩌면 이렇게 잘 달래 주는지.

태오는 그녀의 존재 자체가 하염없이 고마울 뿐이다.

"고마워. 내 옆에 있어 줘서."

늘 해 왔던 감사였지만 오늘만큼은 특별히 더 진심이었다.

그 마음을 그대로 전해 받은 그녀는 태오의 가슴에 더욱 얼굴을 파묻었고, 따듯하게 스며드는 그의 온기를 한껏 느꼈다.

그는 곁에 있어 줘서 고맙다고 했지만 나봄은 그의 곁에 있게 해 줘서 고마운 순간.

"태오야, 내가 많이 사랑해."

나봄은 질리도록 주고받았던 고백을 다시 한 번 속삭였다.

"……내가 훨씬 더 많이 사랑해."

이어지는 태오의 대답은 한결 같았지만, 나봄은 요즘 들어 더더욱 그 말에 동의할 수 없었다.

내 사랑은 하루가 다르게, 아니. 1분 1초가 다르게 쑥쑥 자라나는걸.

그러니까 이젠 내가 널 더 많이 사랑할지도 몰라. 지금 맞닿아 있는 가슴에서 더 크게 요동치고 있는 것도 내 심장이란 말이야.

15.
구남친이 내게 반했다

품에 안은 장미꽃에선 오늘따라 유독 좋은 향기가 났다.

그 향기에 가슴이 설렌 나봄은 고개를 돌려 거울에 비친 제 모습을 바라보았다.

백합꽃처럼 아름답게 펼쳐진 순백의 웨딩드레스.

그녀를 닮은 아기자기한 화관까지 쓴 나봄은 더할 나위 없이 사랑스러운 봄의 신부였다. 이 모습을 하고 신부 대기실에 앉아 있자니, 오늘이 무슨 날인지 이제야 겨우 실감이 났다.

작년까지만 해도 결혼은 먼 나라 이웃나라 이야기였는데 이렇게 갑작스럽게 웨딩드레스를 입게 될 줄이야.

게다가 상대는 일 년 전까지만 해도 다시 인연이 닿을 거라고 상상조차 못했던 사람이었다. 사람 인연은 모른다고 하더니 정말 그 말이 딱 들어맞는 것 같다.

"태오는 밖에서 손님맞이 잘하고 있을라나……."

나봄은 사랑스러운 새신랑을 떠올리며 빙그레 미소를 머금었다.

그렇게 두근두근 떨리는 마음으로 손님맞이를 준비하고 있던 그 때.

"나봄아."

나긋한 목소리가 신부 대기실 안으로 스며들어 왔다.

시선을 정면으로 돌리자 곧바로 눈에 들어온 사람은 캐멀색 롱 코트를 근사하게 차려입은 차준이었다.

"차준 오빠! 일찍 왔네요!"

나봄은 브랜드 론칭 이후 얼굴도 볼 새 없이 바빠진 그에게 반갑게 인사했다. 그러자 차준은 그녀에게로 다가오기에 앞서 진심 어린 감탄사부터 내뱉었다.

"웨딩드레스 정말 잘 어울린다. 내가 상상했던 것보다 훨씬 더."

"그래요? 난 아직 많이 어색한데……."

"아냐, 예뻐. 아마 식장 들어가면 더 예뻐 보일걸?"

"고마워요. 그런데 태준 씨는요?"

"아아, 밖에 있어. 새신랑이랑 인사 중이야. 난 그 틈을 타서 몰래 신부 대기실부터 들어왔고."

"몰래?"

"응, 몰래. 단태오 대표가 너 만나러 가는 거 아직까지도 싫어하거든."

차준은 고개를 내저으며 대답했지만 태오와의 관계가 돈독해졌다는 건 나봄도 잘 알고 있었다.

결국 차준과 함께 'Made by Forest' 경영에 동참하기로 한 태오.

처음엔 마주치기만 하면 으르렁댔던 두 남자였으나 브랜드 론칭을 준비한답시고 밤새도록 붙어 있다 보니 미운 정이 많이 든 모양이었다. 며칠 전에는 워크숍까지 했다지, 아마.

"그래도 생각했던 것보다 태오랑 잘 지내는 것 같아서 다행이에요. 요즘 오빠 얼굴도 많이 좋아진 거 알아요?"

나봄은 평온해 보이는 차준의 눈을 지그시 마주하며 말했다.

차준은 그 말을 잠시 곱씹어 보는가 싶더니.

"아마 행복하게 잘 살고 있어서 그런가 봐."

나봄이 바라 왔던 대답을 내뱉었다. 새롭게 시작된 차준의 이야기는 한 문장씩 이어 내려가기가 훨씬 수월한가 보다.

그걸로 다행이라 생각한 나봄은 입가에 부드러운 미소를 띠었다.

바로 그 순간.

"나봄아! 나 왔다!"

요란한 목소리가 차준과 나봄의 시선을 동시에 사로잡았다. 그들이 신부 대기실 입구를 향해 고개를 돌리니, 오늘따라 더 화려하게 꾸미고 온 소라가 두 손을 흔들며 그녀에게 다가왔다.

"어머! 내 새끼 꽃 같은 것 봐!"

"소라야! 차 막힌다더니 일찍 왔네!"

"당연하지! 누구 결혼식인데! 그나저나 진한 신부 화장을 했는데도 왜 이렇게 아기같이 생겼냐! 이래서야 너희 아버지가 시집보낼 수나 있겠어?!"

평소에도 쾌활한 소라는 특유의 넉살을 자랑하며 나봄을 축하했다. 그녀를 보자 긴장감이 풀어진 나봄은 소라의 손을 꼭 붙잡고 떨리는 심경을 드러냈다.

"어떡하면 좋니. 나 이제야 결혼식이라는 게 실감 나."

"난 너 드레스 고르러 갔을 때부터 실감 났어. 그러니 내가 그동안 얼마나 슬펐겠니."

"왜 슬퍼?"

"당연히 연애도 몇 번 못 해 보고 바로 코 꿰어서 결혼하니까 그렇지! 화려한 솔로 생활을 마음껏 즐겼어야 했는데!"

그리 말하는 소라는 진심으로 아쉬워하는 중이었다. 단태오가 좋은 남자인 건 알지만 그래도 소라는 고작 두 번째 연애에 결혼을 결심한 나봄이 아까워 죽겠다.

하지만 새 출발을 하는 새 신부 새신랑을 탓할 수는 없으니, 소라는 머릿속에 불쑥 떠오른 그 사람을 실컷 원망하기로 했다.

"다 선우차준 때문이야."

"으, 응?"

"선우차준이 니 가슴에 대못 박고 떠나가지만 않았어도, 훨씬 연애에 관대했을 텐데!"

"아…… 저기, 소라야……."

"마음 같아서는 아주 그냥 그 인간 머리채를 쥐어 잡고 싶은데……."

소라가 더욱 열을 내면 낼수록 점점 불안하게 흔들리는 나봄의 눈동자.

"응? 왜 그렇게 안색이 안 좋아? 배 아파?"

당황한 나봄을 뒤늦게 알아차린 소라는 의아한 눈빛으로 되물었다.

나봄은 고개를 도리도리 저었고, 소라가 미처 보지 못했던 그녀 바로 뒤편의 차준을 손가락으로 가리켰다.

"아니, 그게…… 오빠 뒤에 있는데……."

"뭐? 뭔 오빠?"

"차준 오빠 말이야. 니가 머리채 잡는다던……."

나봄이 다급히 꺼낸 이름에 소라의 얼굴이 싸늘히 굳었다.

그녀는 차마 현실을 받아들이지 못하고 되물었지만, 지진 난 듯 떨려 오는 동공은 소라의 심정을 대변해 주고 있었다.

"안녕, 오랜만이야. 우리 한 십 년 만인가?"

그런 그녀를 뒷모습만으로도 알아챈 차준은 느긋한 인사를 건넸다.

"아, 아……."

"반갑다. 소라는 예전이랑 변한 게 없네. 여전히 씩씩해."

나봄이 보기에 차준은 조금도 기분이 상해 보이지 않았다.

하지만 그를 등지고 있는 소라는 웃음기 섞인 그의 목소리가 더 무서웠다.

난 선우차준의 고등학교 시절 별명을 알고 있지. 웃는 얼굴로 사람 조져 놓는다고 해서 옆 학교 애들이 '피에로'라고 불렀었잖아.

"하하하…… 그러게요. 오랜만이네요. 오빠도 혹시 변한 게 없으신가요?"

"응? 뭐가?"

"옛날의 피에로 버전은 좀 없어졌으면 좋겠는데."

"아휴, 소라야. 그렇게 뒤돌아 있는 게 더 이상해. 제대로 얼굴 보고 인사 나눠."

나봄은 소라의 몸을 차준 쪽으로 빙 돌려 주었다. 차준은 드디어 마주 본 소라에게 손을 흔들어 인사했지만 소라는 여전히 난처한 표정을 풀지 못했다.

"아까 한 얘기는 잊어 주시는 게……."

"그럼 너도 내 머리채 안 잡을 거야?"

"예에, 그럼요. 당연하죠. 제가 어찌 감히 선배님 머리채를 잡겠습니까."

소라는 어색하겠지만 나봄은 이 상황이 그저 재밌었다. 역시 소라와 있으면 시트콤 같은 일만 생긴다니까.

"푸핫, 채소라 너 때문에 미치겠어."

나봄은 긴장한 마음도 잠시 잊은 채 웃음을 터트렸다. 본의 아니게 서먹해진 두 사람의 모습은 추억으로 남겨 놓고 싶을 만큼 흥미로웠다.

"사진 기사님! 저희 셋이 찍어 주세요!"

그 마음을 실천으로 옮기고 싶었던 나봄은 소라를 제 옆자리로 끌어당기며 말했다.

"우, 우리 셋이?"

당황한 소라는 꼭 그래야 하냐는 듯한 말투로 물었으나 나봄은 씩씩하게 고개를 끄덕였다.

“응! 어차피 찍어야 하잖아!”

“이런 조합은 이상하지 않아?”

“해성 고등학교 졸업생 모임이라고 하면 되지!”

의욕 넘치는 나봄의 모습에, 차준은 먼저 그녀의 뒤편으로 걸음을 옮겼다.

“난 매너 있게 맨 뒤에 설게. 소라를 지켜 줘야지.”

어색해하는 소라를 위해 슬쩍 걸어 본 장난.

단순한 소라는 그걸 덥석 물었다.

“선배, 지금 그거 제 머리 크다고 돌려 까시는 건가요?”

“그렇게 들렸다면 기분 탓이야, 하하하.”

“근데 왜 웃으세요? 웃을 타이밍이 전혀 아닌데?”

어린 애들처럼 투닥투닥거리면서도 두 사람은 어느새 사진 찍기 좋은 구도로 자리를 잡았다.

“자, 찍습니다! 모두 스마일!”

찰칵―

플래시가 터지는 순간 세 사람 모두 영문 모를 웃음이 터져 버렸다. 어느 누구도 억지로 웃거나 외로워 보이지 않는, 그저 기쁨 가득한 모습이었다.

특별한 사람들이 축복해 주기에 더욱 설레는 오늘. 나봄은 카메라에 담겼을 찰나의 장면을 벌써부터 꺼내 보고 싶어졌다.

얼마만큼의 시간이 흐르든, 얼마나 빛이 바라든, 이 순간만 떠올리면 그녀는 딱 오늘만큼 행복해질 것 같으니.

* * *

단태오♡한나봄의 예식이 거행될 에로스 홀 앞.

"오늘 새벽부터 움직이느라 정신없었겠어요."

"저보다는 나봄이가 수고했죠. 남자 메이크업이야 뭐 금방 끝나니까."

"몇 시에 나오신 거예요?"

"열두 시 예식이라서 거의 새벽 여섯 시부터 나와서 준비했습니다."

"아아, 피곤하시겠네. 혼인신고는 하셨다고 했죠?"

"네, 장인어른이 결혼식 전에 하길 원하셔서요."

태준은 새신랑 태오를 붙잡고 끊임없이 말을 걸고 있었다.

그건 태오 몰래 나봄에게 인사를 하러 간 차준을 감춰 주기 위해서였지만 금방 돌아오겠다는 차준은 어째 조금 늦는 것 같다.

상황이 그쯤 되니 더 이상 물어볼 건 없었다. 몇 달 전부터 같은 사무실에서 근무하고 있는 두 사람은 이미 수많은 얘기를 하고 난 후였다.

"저…… 그런데 선우차준 씨는 어디 있습니까?"

태오는 그림자도 보이지 않는 차준을 뒤늦게 찾으며 물었다. 태준은 순간 뜨끔했지만 당황한 내색 없이 능청스레 대답했다.

"하하하, 화장실에 가지 않았을까요?"

"같이 온 거 아니에요?"

"같이 왔어요. 같이 왔는데……."

"그런데 어디 갔는지도 몰라요? 평소엔 그렇게 꼭 붙어 다니더니."

그때까지만 해도 태오는 별생각이 없었다.

"아, 아! 오늘 열두 시 예식이라서 새벽같이 나왔겠어요!"

하지만 아까 이미 나누었던 대화를 다시 꺼내며 주제를 돌리려 하는 태준은 퍽 수상했다.

매사에 차분하고 똑 부러진 그가 이렇게 난처해하는 순간은 단 하나. 제 동생의 사소한 잘잘못을 숨겨 줄 때뿐.

"뭐야, 지금 엄청 수상한데."

태오는 돌연 두 눈을 번뜩이며 태준을 내려다보았다. 그러던 중 문득 눈에 들어온 '신부 대기실' 팻말은 태오의 뒤통수를 탁 내리치는 듯하다.

"아아…… 선우차준 저기로 기어들어 갔구나."

"예, 예?"

"앞으로 삼 년 동안은 내가 없는 자리에서 나봄이 만나지 말라니까, 이게!"

상황 파악이 끝난 태오는 신부 대기실을 향해 빠른 걸음을 옮겼다. 놀란 태준은 그런 그를 붙잡으려 했으나 사람이 워낙 많아서 휠체어를 빨리 움직일 수가 없었다.

그사이 태오는 신부 대기실 앞 좁은 통로에 들어섰고.

"선우차준!"

막 신부 대기실에서 나오는 차준을 어렵지 않게 발견해 냈다.

"어어, 왔어요?"

뭐가 그리 신이 났는지, 살랑살랑 눈웃음을 지어 보이는 그는 오늘도 어김없이 꼴 보기 싫어 죽겠다.

"당신 질척대는 성격 못 믿겠으니까 삼 년 동안은 나봄이랑 내외하라고 말했을 텐데요. 그게 동업 조건 아니었습니까?"

태오는 가시처럼 까칠한 목소리로 차준을 다그쳤다.

하지만 그가 그러든 말든 차준은 시종일관 여유로운 눈빛으로 태오를 바라보았고 의미심장한 말을 당당하게 꺼내 놓았다.

"나 혼자 보고 싶었습니다."

"뭐가 어쩌고 저째?"

"태오 씨 없이 혼자 있을 땐 무슨 표정을 짓고 있는지 궁금해서요."

그리 말하는 차준은 사실 신부 대기실에 들어가기 전, 홀로 앉아 있는 그녀를 꽤 오랫동안 지켜보았던 참이었다.

꽃봉오리 같은 웨딩드레스를 입은 채 반짝이는 비즈들로 예쁘게 장식된 소파에 가만히 앉아 있던 그녀.

입가에 잔잔히 어린 미소는 분명 행복하다는 뜻이었다. 가끔씩 거울을 보며 얼굴을 확인하는 모습도 설렘이 가득해 보였다.

그래서 안심했던 것 같다.

너를 평생 책임져 줄 사람은 무책임한 나와 달리 널 외롭게 만들지 않는 사람 같아서. 언제나 너의 곁을 지켜 줄 거란 확신이 들어서, 비로소 진심으로 너의 새 출발을 축하해 줄 수 있었다.

"그래서…… 무슨 표정을 짓고 있었는데."

태오는 불만스러운 와중에도 궁금하긴 한지, 탐탁잖은 목소리로 물었다. 그런 그가 귀엽게 느껴졌던 차준은 솔직한 대답 대신 괜한 장난을 쳤다.

"엄청 후회하는 것 같던데? 지금이라도 도망쳐 버릴까 고민하는 얼굴이었어."

"말도 안 되는 소리 하지 마라! 유치하게 이간질하기는!"

결국 욱한 나머지 버럭 높아져 버린 태오의 언성.

차준은 잔뜩 힘이 들어간 태오의 어깨를 가볍게 툭 쳤다. 그러고서 낮은 목소리로 꺼내 놓는 말은 태오도 반박할 수가 없었다.

"봐봐, 너도 알고 있네. 그 사람이 지금 얼마나 행복해하고 있는지."

"……뭐, 뭐?"

"그러니까 앞으로 나 같은 거 신경 쓰지 말고 잘 살아. 서로 사랑만 하고 살기에도 삶은 짧은데 뭘 그렇게 불안해하는 거야."

그리 말하는 차준은 진심으로 태오를 축복해 주고 있었다.

간절히 매달렸던 인연을 한 번에 정리하는 건 쉽지 않을 거라 생각했건만, 차준에게선 일말의 미련조차 느껴지지 않는다.

그제야 숨소리가 한결 편안해진 태오는 나직한 목소리로 대답했다.

"잘 살 거야. 잘 살 수밖에 없어."

"……."

"내가 그렇게 만들어 줄 거니까."

몇 번이나 힘주어 내뱉어 보는 그 말은 스스로에게 새겨 놓는 다짐이었다. 그가 그리할 수 있으리라는 걸 믿어 의심치 않는 차준은 작게 웃음을 터트렸다.

"하여간 은근히 말 잘한다니까."

"말로 날 사업 전선에 뛰어들게 한 당신보다야."

서로를 겨누었던 서늘한 날은 어느새 많이 거두어져 있었다.

시작이 반이라고 했던가. 그렇게 삐걱거리던 케미가 이제야 제법 잘 맞는다.

"하긴, 형이 태오에 비해 좀 세긴 하지."

"뭐? 뭔 놈의 형이야."

"니가 말 편히 하길래 나도 편히 친동생처럼 대해 본 건데? 너 나보다 한 살 어리잖아."

"그럼 둘 다 불편한 사이가 됩시다. 난 그쪽이랑 호형호제하고 싶지 않습니다."

"하하, 튕기기는. 하여간 은근히 귀엽다니까."

"그 말 하지 마라. 한 번만 더 귀엽다고 하면 당신 귀를 없애 버릴 거야. 물어뜯어서."

"아하하하."

여전히 투닥거리고는 있지만 그래도 전과 비교할 수도 없이 편해 보이는 두 사람.

한때는 피 터지게 맞부딪혔던 관계가 이젠 같은 항로에 접어들었다. 날카로운 원망도, 오해로 얼룩진 나쁜 감정도 흘러가는 시간을 따라 속절없이 녹아들었다.

이래서 시간은 모든 걸 무색하게 만든다고 하나 보다. 우리가 마주 보며 웃을 날이 있을 줄 누가 알았겠어.

"아, 예식 시간 다 됐다. 그럼 오늘 예식 긴장하지 말고 잘 치르세요, 단태오 대표님."

시계를 확인한 차준은 장난기를 거두고 축복의 의미를 담은 악수를 건넸다.

그 손을 물끄러미 바라보던 태오는 이내 시원한 미소와 함께 맞잡아 주었다.

"약속한 일확천금이나 안겨 주시죠, 선우차준 대표님."

손에서 손으로 전해지는 따스한 온기는 어느 때보다 다정했다.

그 온도에 사르르 풀어진 가슴엔 어느덧 아주 작은 얼음조각조차 남아 있질 않아서, 나는 당신이라는 사람이 제법 마음에 들어졌다.

누군가 우리에 대해 물어본다면 제법 합이 잘 맞는 파트너라고 대답할 수 있을 정도로.

* * *

하얀 장미로 장식된 버진로드의 끝.

조명이 닿지 않는 문 앞자리에서 오늘의 새신랑 태오는 경직된 채 서 있었다. 손님을 맞이할 때만 해도 어느 정도 이성은 남아 있었는데, 어쩜 이렇게 예식이 시작되자마자 머릿속이 하얘지는 건지.

"단태오! 웃어! 웃으라고!"

긴장할수록 험악해지는 그의 얼굴을 본 소라는 열심히 소리를 질러 댔지만 태오의 귀에는 들어가지도 않았다.

제 이름 옆에 적힌 '신부 한나봄'이라는 이름 석 자와 웨딩홀 대형 화면에 떠오르는 나봄의 얼굴은 볼 때마다 지금 이 순간이 꿈인지 생시인지 헷갈리게 만든다.

"자, 신랑 입장!"

그런 태오에게 떨어진 결혼식 사회자 김 대리의 외침.

순간 심장이 철렁 내려앉은 태오는 더욱 더 미간을 찌푸렸다. 그 상태로 옮기는 걸음은 삐걱대는 목각 인형처럼 부자연스러웠다.

영 어색한 새신랑을 지켜보던 태준이 차준에게 걱정스레 물었다.

"차준아, 태오 씨랑 싸웠어?"

"아니. 왜?"

"표정이 아까보다 더 안 좋아진 것 같아서."

그 말에 차준은 피식 웃음을 흘렸다. 분명 아까는 잘하고 올 테니까 걱정하지 말라고 호언장담했으면서 저렇게 굳어 버릴 줄이야.

"진짜 꼭 싸우러 가는 사람 같네."

차준은 태준만 들리도록 얼어붙어 있는 태오를 놀렸다. 하지만 그런 그와 달리 오늘만 사는 소라는.

"하하하! 단태오 표정 봐! 하하하!"

태오를 향해 카메라를 들이대며 박장대소를 터트렸다. 아무리 정신없어도 그 목소리만큼은 놓치지 않고 들은 태오가 그녀 쪽으로 찌릿— 날카로운 눈빛을 쏘았다.

"우리 새신랑 참 파이팅 넘치죠! 나이가 젊어서 그런지 아주 혈기 왕성 합니다! 하하!"

그 광경을 본 김 대리는 장난스러운 멘트를 날렸다.

덕분에 예식장 안엔 한바탕 웃음소리가 번졌고, 태오의 얼굴은 귀까지 빨개졌다.

그사이 단상 앞까지 도착한 두 발. 가만히 멈춰 선 태오는 차라리 반짝이는 크리스털 장식을 바라보고 서 있기로 했다. 뭐라도 집중을 해야 아득한 정신을 붙잡을 수 있을 것 같았다.

"제가 이분을 알고 지낸 지도 몇 해가 지났는데요. 오늘이 가장 인물이 훤칠한 것 같습니다. 우리 새신랑 참 잘 빠지지 않았나요?"

그런 태오의 마음도 모르고, 김 대리는 한껏 들뜬 기분에 민망한 질문을 던져 댔다.

"네!"

입을 모아 대답한 사람들 중 가장 목청이 컸던 사람은 다름 아닌 박 여사였다.

한복을 곱게 차려입은 박 여사는 기대도 안 했던 아들의 결혼식이 실제로 이뤄지자 주체할 수 없이 흥이 난 상태였다.

태오는 그런 그녀가 창피해서 차라리 눈을 감기로 했다.

김 대리고, 엄마고, 채소라고, 어째 내 주변에는 날 난처하게 만드는 사람들밖에 없냐.

♩♪♬♩♪♬—

그때, 마침 잠시 끊어졌던 음악이 바뀌고.

"자, 그럼 아름다운 오늘의 신부를 소개하겠습니다. 신부 입장!"

드디어 올 것이 왔다.

그녀의 등장을 알리는 소리에, 태오는 감았던 눈을 번쩍 뜨고 웨딩홀 입구 쪽으로 고개를 돌렸다.

그러자 단숨에 그의 시선을 빼앗는 사람은 이 웨딩홀을 장식한 하얀 장미보다도 아름다운 단태오의 신부였다.

"한나봄 최고다! 우우!"

소라의 추임새대로 웨딩드레스를 차려입고 등장한 나봄의 모습은 그야말로 최고였다.

웨딩홀의 조명이 안 그래도 하얀 얼굴을 더욱 밝혀 주고, 화려한 벨 라인 웨딩드레스가 그녀의 사랑스러움을 한층 더 업그레이드시켜 주어서 전체적인 실루엣이 봄의 여신을 연상케 한다.

게다가 입가에 살짝 어려 있는 수줍은 미소는 또 어찌나 보기 좋은지.

지금이라도 달려가서 와락 안아 버리고 싶은 심정이다.

"신부가 가까워지면 가까워질수록 신랑 입꼬리도 점점 귀에 걸리네요."

김 대리가 어느새 웃고 있는 태오를 보며 말했다.

그제야 제 미소를 인지한 태오는 괜히 입가를 매만졌다. 덕분에 겨우 풀어진 그의 표정은 다시 사나워졌지만, 나봄은 그런 태오를 보고는 작은 웃음을 터트렸다.

어차피 그녀의 눈에는 모두가 험상궂다고 말하는 태오의 긴장한 모습조차 귀엽게 느껴질 뿐이었다.

"단 사위, 우리 나봄이 항상 행복하게 해 줘야 해. 알았지?"

나봄의 손을 잡고 태오의 앞에 선 한 사장이 부드러운 목소리로 말했다. 하나뿐인 딸을 시집보내는 아버지의 눈빛엔 아쉬움과 기쁨이 뒤섞여 있었다.

그걸 본 태오는 순간 코가 시큰해지는 듯 했지만 가까스로 눈물샘을 정리하고 고개를 끄덕였다.

“네, 평생 여왕님으로 모시고 살겠습니다.”

장인어른의 마음에 쏙 드는 사위의 대답.

한 사장은 그제야 딸의 손을 그녀가 사랑하는 남자에게 넘겨주었다. 부모의 품을 벗어나 새로운 가족을 이루게 된 그녀를 진심으로 대견해하며.

태오는 드디어 맞잡게 된 나봄의 손을 가만히 내려다보다가 이내 힘을 주어 꽉 감싸 쥐었다. 늘 온기가 어려 있던 그 손은 오늘따라 더욱 따듯하게 느껴졌다.

이제 두 번 다시는 이 손을 놓지 않아도 되겠구나. 우리 어디든 함께 갈 수 있는 거구나.

문득 떠오르는 생각들은 태오의 눈물샘을 한 번 더 자극했다.

그러나 마주한 나봄의 눈은 감동의 눈물 없이 그저 생글생글 웃고만 있어서, 그는 이번에도 어떻게든 참아 보기로 했다.

결혼식 날 신부는 가만히 있는데 신랑만 울었다는 얘긴 듣도 보도 못했어. 그러니까 버텨야 돼. 아무리 감격스러워도 절대 울면 안 돼.

태오는 속으로 굳은 다짐을 하며 나봄을 단상 위로 에스코트했다.

“이번엔 신랑 신부의 맞절이 있겠습니다. 신랑 신부, 서로 마주 보시고 맞절.”

그러고는 김 대리의 멘트에 맞춰 허리를 숙여 인사했다.

다소곳이 숙여지는 나봄의 고개는 꼭 잘 부탁한다고 말하고 있는 것 같아서 태오의 가슴은 설레다 못해 벅차올랐다.

“다음으로는 서로의 사랑을 약속하는 예물을 교환하도록 하겠습니다. 신랑님은 신부님 왼손 네 번째 손가락에 결혼반지를 끼워 주세요."

긴장되는 다음 차례는 결혼의 증표를 나누어 갖는 일이었다.

태오는 진작 맞췄던 결혼반지를 나봄의 손가락에 살며시 끼워 주었고 그녀의 손을 한동안 매만졌다. 오늘따라 더 작아 보이는 그녀의 손은 감히 잡고 있기조차 조심스러웠다.

이어지는 순서는 나봄이 태오의 손가락에 같은 반지를 끼워 줄 시간.

미처 떨어지지 않은 그의 손을 맞잡고, 나봄은 이날을 위해 준비한 반지를 전해 주었다. 작은 다이아몬드가 박힌 심플한 결혼반지는 우리 둘을 이어 주는 단단한 사슬처럼 느껴졌다.

"이제 신랑 신부가 소중한 하객분들 앞에서 신성한 혼인을 서약하려 합니다. 신랑 신부는 하객분들을 향해 몸을 돌려 주세요."

모두의 앞에서 결혼반지까지 나눠 끼고 나니 드디어 찾아온 건 결혼식의 꽃, 혼인 서약의 시간이 찾아왔다.

웨딩 도우미는 태오와 나봄에게 각각 따로 준비한 혼인 서약문을 들려주었고, 그걸 받아든 태오의 표정은 다시 경직되기 시작했다.

이 서약문을 거의 한 달간 얼마나 고심해서 준비했는지.

너에게 꼭 해 주고 싶은 일과 내가 반드시 지켜 내고 싶은 일을 추리느라 죽는 줄 알았다.

두 손으로 혼인 서약문을 바로 잡은 태오는 떨리는 목소리로 가장 중요한 첫 문장을 읽어 내려가기 시작했다.

"나 단태오는 첫사랑이자 끝 사랑인 신부 한나봄을 아내로 맞아, 죽을 때까지 죽을 만큼 사랑해 줄 것을 앞에 계신 모든 분들 앞에서 서약합니다."

다행히 한 군데도 버벅거린 곳 없이 첫 시작이 좋았다.

그 호기로운 스타트를 이어받은 나봄은 태오보다 여유로운 목소리로 다음 문장을 읽어 내려가기 시작했다.

"나 한나봄은 세상에서 가장 사랑스러운 신랑 단태오를 남편으로 맞아, 평생 행복에 겹도록 사랑해 줄 것을 앞에 계신 모든 분들 앞에서 서약합니다."

진짜?

태오는 순간 되물어 보고 싶은 걸 가까스로 참았다. 울지 않는 것만큼 중요한 건 너무 혼자서만 들뜨지 않는 것이다.

요동치는 심장을 진정시킨 태오는 다음으로 열심히 고민해서 준비한 약속들을 이어 나갔다.

"나, 단태오는 제 요리가 가장 맛있다는 아내를 위해 언제나 정성을 다해 식사를 준비하겠습니다. 바다를 좋아하는 아내를 위해 아무리 바빠도 일 년에 한두 번씩은 함께 바다 여행을 떠나겠습니다."

"……."

"그리고 마지막으로 제 허리가 가장 섹시하다는 아내를 위해 항상 허리 관리는 제대로 하겠습니다."

마지막 문장에서 하객들의 웃음이 터져 나왔다.

덕분에 나봄의 두 뺨은 붉어지고 말았지만 태오는 그게 가장 중요하다는 듯 비장한 표정이었다.

하여간, 너를 누가 말려.

나봄은 가끔 엉뚱한 포인트에서 진지한 태오를 웃으며 바라보다가, 이번엔 그녀가 준비한 태오를 위한 맹세들을 읊어 나가기로 했다.

우선 잠겨 있는 목을 가다듬고, 가지런히 적힌 혼인 서약서로 시선을 고정시키고.

“나, 한나봄은 기쁠 때나 슬플 때나 남편의 곁을 지켜 주겠습니다.”

한결 차분해진 목소리로 처음으로 건넨 약속은 누가 들으면 뻔하다고 생각할 만큼 당연했다.

하지만 태오의 눈빛은 혼인 서약서를 읽어 내려가는 나봄을 바라보며 점점 일렁이기 시작한다.

“그가 하는 일을 믿고 지지해 주는 든든한 지원군이 되겠습니다.”

“나봄아…….”

“일생을 함께하는 동안 언제나 변함없이 사랑해 주겠습니다.”

곁을 지켜 주겠다는 말. 믿어 주겠다는 말. 그리고 세상 끝날 때까지 사랑해 주겠다는 말.

그건 모두 태오가 간절히 바라던 소원들이었다. 자그마치 그녀가 그의 마음을 알아주지도 않았었던 9년 전 그날부터.

‘저기요.’

‘저, 저기요?’

‘가방 문 열렸는데…….’

‘닫아드려도 될까요?’

이렇게 사랑스러운 사람이 내 곁에 있어 주면 어떤 기분일까.

'그냥…… 너도 참 안 변했구나 싶어서.'

'잊고 있었어. 너한테 생각지도 못한 친절한 구석이 있었다는 걸…….'

이렇게 특별한 사람이 나를 계속 믿어 준다면 얼마나 좋을까.

'그동안 내가 바보같이 아무것도 모르고 피해 다니기만 했어.'

'그래서 미안해. 앞으로는 그러지 않을게. 이젠 오해받을까 봐 걱정하지 않아도 돼.'

'지금 내가 보고 있는 너도 정말 좋은 사람이니까…….'

이렇게 절실한 사람이 나를 사랑해 준다면 더 이상 바랄 것이 없을 텐데.

하지만 서툴렀던 첫사랑은 그 소원들을 빌어 볼 새도 없이 끝이 났고, 태오는 그녀가 떠나는 순간까지도 쉽사리 미련을 버리지 못했다.

떠올리면 서럽고, 그렇다고 해서 영영 잊어버리기에는 아쉬웠던 9년간의 짝사랑.

그 기나긴 기다림에도 오늘과 같은 끝이 찾아올 줄 알았더라면 나는 너를 그리워하는 시간까지도 너로 인해 행복해했을 거다.

그러나 지나간 과거가 그리 아쉽게 느껴지지 않는 이유는 꼭 맞잡은 이 손이 절대 날 놓아 버리지 않을 거라는 믿음 때문이었다.

"다음은 사랑을 약속한 신랑 신부를 위한 성혼 선언이 있겠습니다."

또다시 눈가가 뜨거워져 올 때쯤 한 사장이 김 대리의 멘트에 맞춰 단상 위로 올라왔다. 태오는 입술을 꽉 깨문 채 정면으로 몸을 돌렸다.

"신랑 단태오 군은 신부 한나봄 양을 아내로 맞아 평생토록 사랑해 줄 것을 앞에 계신 하객들 앞에서 맹세합니까?"

때마침 꺼내진 질문은 대답하긴 쉬웠지만 목이 메어 그는 쉽사리 입술을 떼어 낼 수 없었다.

결국 한참 동안 마른침만 삼키다가 겨우 꺼내 놓은 목소리는.

"……네."

평소와 달리 바들바들 떨고 있는 태오의 음성이 탐탁잖았던 김 대리는 한 번 더 재촉했다.

"목소리가 너무 작습니다, 신랑 다시 한 번 크게!"

그러자 태오는 크게 숨을 들이마시는가 싶더니 이번엔 목에 잔뜩 힘을 준 채 두 번째 대답을 내뱉는다.

"네!"

훨씬 우렁찬 그의 목소리에 한 사장은 흐뭇한 미소를 띠웠다. 그러고는 제 차례를 기다리는 나봄에게로 인자한 시선을 두었다.

태오를 바라보는 나봄의 입가에는 이미 행복한 웃음이 잔뜩 배어 있었다.

그런 그녀에게 이 질문은 물으나 마나인 것 같지만, 한 사장은 굳이 듣고 싶어 할 신랑을 위해 같은 질문을 꺼내 놓았다.

"신부 한나봄 양은 신랑 단태오 군을 남편으로 맞아 기쁠 때나 슬플 때나 온 맘 다해 사랑해 줄 것을 앞에 계신 하객들 앞에서 맹세합니까?"

"네!"

질문이 떨어지자마자 조금의 망설임도 없이 꺼내진 그녀의 목소리는 어느 때보다 또렷했다.

그걸 보자 이미 온 마음을 다해 사랑받고 있는 느낌이 들어서, 태오는 또 한 번 가슴이 벅차올랐다. 그렁그렁 맺히는 눈물은 금방이라도 툭 떨어져 버릴 것 같지만 이젠 아무래도 상관없다.

"이제 신랑 단태오 군과 신부 한나봄 양은 소중한 하객들을 모신 자리에서 서로를 평생토록 아껴 주고 사랑해 주기를 굳게 맹세하였습니다."

"……."

"이에 주례는 이 혼인이 원만하게 이루어진 것을 여러분 앞에 엄숙하게 선언합니다."

꿈에서도 감히 바라지 못했던 한나봄 너랑 부부가 되었다는데 내가 어떻게 안 울고 버티겠어. 내 생에서 가장 감격스러운 이 순간을 마음껏 누려야지.

"나봄아……."

더 이상 솟구치는 감정을 참지 않기로 결심한 태오는 성혼 선언이 끝나자마자 나봄을 세게 끌어안아 버렸다.

"어머! 신랑님! 면사포 헝클어져요!"

그 모습을 본 웨딩 헬퍼는 사색이 되어 소리쳤지만 그는 안중에도 신경 쓰지 않았다. 지금은 그냥 누가 뭐래도 나의 아내가 된 그녀를 꼬옥 안아 버리고 싶을 뿐이었다.

"태, 태오야! 아직 이 순서 아니야!"

꼼짝 없이 그의 품에 갇혀 버린 나봄은 몇 번을 벗어나려 했다.

하지만 그럴수록 힘이 더해지는 태오의 두 팔은 영원히 그녀를 놓아주지 않을 모양인가 보다.

"하여간 못 말린다니까……."

결국 나봄은 자포자기한 심정으로 태오의 등을 함께 끌어안아 주었다. 그러자 귓가에서 맴도는 그의 예쁜 숨소리는 사람들의 환호성 속에서도 선명했다.

울고 있어도 웃고 있다는 게 이런 걸까. 눈물 밴 너의 호흡이 내 귀에는 꼭 기뻐서 어쩔 줄 모르는 감탄사로 들린다.

이래서 널 자꾸 사랑해 주고 싶은 건가 봐.

나봄은 포근히 감싼 그의 등을 천천히 쓸어내려 주었다. 그렇게 사랑하는 사람의 온기를 한껏 느끼고 있으니, 거짓말처럼 주변의 모든 것들이 사라지고 오직 너와 나만 남은 것 같은 착각이 든다. 마치 한 편의 로맨스 영화 속 주인공이라도 된 것처럼.

다행히 다사다난했던 우리의 연애는 오늘로써 해피엔딩을 맞이했다. 앞으로 시작될 이야기는 연애보다 길고 진지한 인생의 동반자로서의 로맨스겠지만, 세상에서 가장 특별한 너와 함께하기에 그건 그거 나름대로 재밌을 거란 기대가 든다.

이 출발선에 너와 함께 서 있다는 게 내겐 얼마나 큰 행운인지.

너와 같은 곳을 바라보며 달려간다는 것만으로도 다가올 시간들은 충분히 행복할 것 같다.

그러니까 진심으로 바라건대.

앞으로도 항상 이렇게 안겨 있어 줘. 언제나 내 곁에 머물러 줘.

내 인생의 또 다른 주인공이 너라면 난 사랑만 하고 살 수 있을 것 같아.

말 그대로 세상 끝날 때까지 오직 너와 영원히.

*　　*　　*

"나봄아! 꼭 행복해야 한다! 알았지!"

나봄과 태오의 결혼식이 이뤄졌던 호텔 앞.

풍선으로 꾸민 웨딩카에 탄 나봄에게 소라가 울며불며 소리쳤다.

"아아, 주책맞게 왜 울어. 장인어른도 안 우는데."

그걸 본 태오는 장난 섞인 핀잔을 주었다. 뻔뻔한 그는 아무래도 본식 때 감격에 젖어 엉엉 울던 제 모습을 잊은 모양이다.

그런 태오가 살짝 알미웠던 소라는 보닛을 두드리며 거친 고함을 내질렀다.

"단태오 네 이놈! 너한테 뺏겼다는 게 분해서 그런다! 나봄이 보고 싶어서 너희 집 가면 쌍수 들고 환영해 주겠다고 약속해!"

"안 돼. 오지 마. 우리 신혼집에서 얼마나 술을 퍼마시려고."

"뭐어?! 지금 우리 나봄이를 가둬 놓겠다는 거냐!"

겉으로는 사이가 안 좋아 보여도 소라와 태오는 결혼 준비를 하며 더욱 친해진 사이였다.

지금 태오가 입고 있는 턱시도도 소라가 직접 디자인해서 제작해 준 것이었으니.

그런 두 사람이 마냥 우스웠던 나봄은 함박웃음을 머금은 채 소라의 손을 붙잡았다.

“우리 집이랑 너희 집이랑 여전히 가깝잖아. 언제든 놀러 와도 돼. 내가 허락할게.”

“진짜?”

“응, 진짜!”

그 말에 소라는 언제 역정을 냈었냐는 듯 다시 시원한 미소를 지어 보인다. 그러고선 메고 있던 커다란 가방에서 무언가를 꺼냈다.

“자, 그럼 이걸 받으시오!”

“이게 뭐야?”

나봄은 소라가 창문 틈으로 집어넣어 주는 커다란 상자를 얼떨결에 받아 들었다.

“이게 뭐야?”

그러고선 어리둥절한 표정으로 물으니 소라는 자신만만하게 대답한다.

“내가 직접 만든 선물이야! 가서 유용하게 쓰도록!”

“수고롭게 뭐 이런 걸 다 준비했어!”

“절친 시집가는데 뭔들 못하겠니. 전공 분야만 맞았으면 단태오 턱시도가 아니라 니 웨딩드레스를 만들어 줬을 거다.”

언제나 그녀를 신경 써 주는 소라의 진심에 나봄은 가슴 한편이 뭉클해졌다. 이래서 인생에 진정한 친구 한 명쯤은 반드시 필요하다고 하나 보다.

"그래, 이게 뭔지는 모르겠지만 고마워. 잘 쓸게."

"우리 나봄이 저 성난 망아지 같은 놈 데리고 잘 살 수 있지? 비혼주의자인 내가 결혼 뽐뿌 올 만큼 행복해져야 돼."

"하하하, 성난 망아지라니."

한창 훈훈한 두 여자의 분위기.

하지만 태오는 틈만 나면 자신에게 이상한 별명을 붙이려 하는 소라가 참 고까웠다.

지이이잉—

그래서 열렬한 작별 인사를 나누는 나봄과 소라 사이의 조수석 차창을 올려 버리자, 소라는 몹시 당황한 얼굴로 차창을 쿵쿵 두드렸다.

"앗! 단태오! 잠깐! 나봄이랑 셀카 찍을 거란 말이야! 이거 열어!"

"아, 이제 좀 조용하다. 슬슬 출발하자."

태오는 노발대발하는 소라를 무시하며 웨딩카의 시동을 걸었다.

그때 이번엔 태오가 앉아 있는 운전석 창문 쪽으로 또 한 명의 불청객이 불쑥 나타났다.

"이제 신혼여행 출발하는 거야? 재밌게 놀고 집들이 때 보자, 나봄아."

내 심사가 뒤틀린 건지는 몰라도, 선우차준은 세상 젠틀한 척할 때 제일 보기 싫다. 특유의 능글맞은 눈웃음을 띤 채 날 쳐다볼 때도.

나봄은 그 두 가지를 동시에 하고 있는 차준에게 손을 흔들며 화답해 주려 했다.

하지만 태오는 삐딱한 반응으로 두 사람의 인사를 막았다.

“집들이한다는 말도 안 했는데 무슨 소리입니까. 우리 그렇게 고생스러운 거 패스할 겁니다.”

“아, 걱정 마세요. 그럼 우리 집에서 하면 되니까.”

“아니, 우리 집들이를 왜 그쪽 집에서…….”

“신혼여행 비행기 표도 퍼스트 클래스로 끊어 주고, 직접 집들이도 열어 주고. 나 진짜 형으로서 최고다. 안 그래?”

하지만 태오가 아무리 까칠하게 굴어도 차준은 아랑곳하지 않았다.

태오에겐 얼굴에 철판이라도 깐 사람처럼 뻔뻔하게 들이대야 겨우 가까워질 수 있다는 건, 그와 몇 달을 같이 일하며 어렵게 배운 노하우였다.

“형은 무슨…… 아, 좀 뒤로 가! 그 비싼 비행기 놓치겠다!”

태오는 괜히 성질을 내며 차준이 매달린 운전석 쪽 차창도 올려 버렸다.

그러고 나서야 겨우 찾아온 마음의 안정.

“하아…….”

태오는 긴 속눈썹을 내리감고 나른한 한숨을 내쉬었다. 그런 태오를 보며 지켜보고 있던 나봄은 웃음기 어린 목소리를 꺼내 놓았다.

“그렇게 열심히 반응해 주니까 사람들이 너 괴롭히는 걸 좋아하나 봐.”

“뭐?”

"성질내는 게 너무 귀여워, 하하."

태어나서 화내는 모습까지 귀여워해 주는 여자가 생길 줄이야.

보통 나봄이 귀엽다는 말에 뾰족이 돋아난 심통도 집어넣는 태오였으나, 오늘은 순순히 풀려 줄 생각이 없었다. 공식적으로 부부가 된 오늘만큼은 그녀에게 귀여운 남자가 아닌 상남자로 각인되고 싶다.

어떻게 하면 좋을까, 곰곰이 고민하던 태오는 나봄에게로 시선을 틀었다.

신부 화장이 지워지지 않아서 그런지 오늘따라 더욱 초롱초롱해 보이는 그녀의 눈동자.

태오는 그 눈을 똑바로 마주한 채 마른침을 삼켰고.

"오늘 성질낼 건 따로 있는데. 그것도 귀여울까, 과연."

이내 해석해 보자면 아주 노골적으로 야릇한 한 마디를 내뱉었다.

차창이 닫혀 있다곤 해도 이 많은 사람들 앞에서…….

"어머! 얘가 미쳤나 봐!"

민망해진 나봄은 주변을 훑어보며 태오의 어깨를 찰싹찰싹 때렸다. 태오는 그녀의 매운 손에 맞으면서도 크게 웃음을 터트렸고, 시원스럽게 액셀을 밟았다.

"가자! 하와이로!"

"천천히 출발해! 바보야!"

어린 아이처럼 부푼 가슴을 안고 출발하는 신혼여행.

둘이서 떠나는 여행이 처음은 아닌데, 마치 첫 여행처럼 가슴이 설렌다.

살짝 수줍고, 살짝 긴장되는 이 기분은 우리를 꼭 연애를 막 시작했던 그 시절로 데려다주는 듯하다.

마주한 눈빛까지도 괜히 두근두근거리게.

* * *

8시간의 비행 끝에 도착한 하와이 공항.

"와, 이게 우리 차야?"

나봄이 공항에 주차되어 있는 렌터카를 보고 탄성을 질렀다. 한국에서는 본 적도 없는 까만 스포츠카는 할리우드 영화 속에서 튀어나온 것처럼 생겼다.

반짝반짝한 나봄의 눈을 보니 흐뭇해진 태오는 어깨를 으쓱하며 말했다.

"말했잖아. 여왕님처럼 모시겠다고. 오늘이 그 시작이야."

"정말 예뻐!"

"마음에 들어 하시니 다행입니다, 여왕님. 한번 타 보시지요."

태오는 능청스레 고개까지 숙이며 나봄을 에스코트했다.

덕분에 더욱 신이 난 그녀는 망설임 없는 걸음을 내딛었다. 조수석 쪽이 아닌 운전석 쪽으로.

"운전 니가 하게?"

그녀의 운전기사를 자처할 생각이었던 태오는 어리둥절한 표정으로 물었다.

그러자 나봄은 스스럼없이 운전석에 몸을 실으며 대답했다.

"여왕님은 이런 스포츠카를 얻어 타는 게 아니라 직접 몰고 다니잖아."

"뭐, 그렇긴 하지."

"하와이로 휴가차 놀러 왔다가 잘생긴 청년한테 반한 게 오늘의 콘셉트야."

"아아, 콘셉트도 있어?"

태오는 나봄이 귀엽다는 듯 하하 웃었지만 나봄은 비장함마저 느껴지는 표정으로 가방에서 선글라스를 꺼내 들었다.

그러고는 우아하게 커다란 선글라스를 썼다. 한 쪽 팔은 차창에 올려놓고 다른 한 손으로는 핸들을 잡는 그녀의 자세는 화보만큼이나 완벽했다.

하지만 태오의 눈엔 그런 그녀가 마냥 사랑스러울 뿐이었다. 아무리 멋진 척을 해 봐도 얼굴이 앳돼서 그런가, 아니면 체구가 작아서 그런가, 고고한 여왕님이 아니라 잔뜩 들뜬 병아리 같기만 하다.

"나봄아, 의자가 너한테 너무 큰 거 아니야?"

태오는 아빠 미소를 지으며 나봄을 흐뭇하게 바라보았다.

나봄은 그러든가 말든가 여전히 도도한 표정을 유지한 채 스포츠카에 시동을 걸었고, 턱 끝을 살짝 올린 채 저돌적인 질문을 던졌다.

"거기 잘생긴 분! 나랑 호텔로 가지 않을래요?"

"으, 응……?"

"타, 내 옆자리에 앉게 해 줄게."

순간 간지럽기만 하던 태오의 심장은 폭발할 듯이 두근두근두근.

병아리가 여왕님으로 탈바꿈하는 마법이 일어났다. 그녀에게서 갑작스레 뿜어져 나오는 카리스마는 이대로 순순히 따르고 싶게 만든다.

그 분위기에 압도된 태오는 수줍은 하와이 청년처럼 조심스레 되물었다.

“오늘 밤 재워 주실 건가요?”

그러자 나봄은 태오를 흉내 내듯 한쪽 입꼬리만 씨익 들어 올리며.

“일주일 동안 재워 줄 수도 있어.”

그녀의 여유로운 대답을 들은 태오는 더 이상 망설일 것도 없이 조수석에 몸을 실었다.

이제야 상황극이 마무리 지어졌다고 생각한 나봄은 그녀다운 해맑은 웃음을 띤 채 말했다.

“나 여왕님 흉내 꽤 잘 내지? 그치?”

태오는 그녀의 자신감에 절절히 동의한다는 의미에서 깊게 고개를 끄덕였다.

하지만 돌연 진지한 눈빛으로 뒤바꾸고는 엄중한 당부를 건넸다.

“너무 어울리긴 하는데, 너 어디 가서 장난으로라도 이런 거 하면 안 된다. 특히 남자들 앞에서는 선글라스도 끼지 마. 너무 섹시하니까.”

“하하, 뭐라는 거야.”

하여간 나봄에게는 약해도 너무 약한 남자.

아마 이런 어리숙한 상황극에서도 가슴 설레어 하며 넘어오는 건 태오밖에 없을 것이다. 그걸 알고 있는 나봄은 전전긍긍하는 태오가 마냥 우습기만 하다.

그러나 별거 없는 모습도 매력적이라고 느끼는 그의 착각을 굳이 고쳐 주고 싶지는 않아서.

"그럼 나만 믿고 따라와. 일주일 동안 제대로 책임져 줄게."

나봄은 여왕님 놀이를 좀 더 즐기기로 했다.

"네, 여왕 마마. 저는 몸도 마음도 다 준비가 됐습니다."

좀 더 이 모습을 즐기고 싶어 하는 듯한 그녀의 남자를 위해.

*　　*　　*

"우리 바로 나갈 거지?"

와이키키 해변이 한눈에 보이는 하와이풍 풀빌라.

방에 도착한 나봄이 가방에서 지갑만 꺼내 들며 물었다. 가지고 온 캐리어를 정리하던 태오는 흘깃 시계를 확인하고는 대답했다.

"어, 벌써 세 시가 다 됐네. 지금 나가면 바다 구경하고 저녁 먹으러 갈 수 있겠다."

"진짜? 바로 와이키키 해변 보러 갈 거야?"

"응, 첫날엔 피곤해서 멀리 나갈 수도 없으니까."

"우와, 나 갑자기 너무 신나."

바다를 좋아하는 나봄은 마냥 들뜬 표정이었다. 그 모습에 덩달아 기분이 좋아진 태오는 시원한 미소를 머금은 채 말했다.

"오늘 밤 늦게까지 바닷가에 있을 거니까 실컷 구경해."

그러고는 짐을 정리하던 손을 더욱 분주히 재촉하던 그때.

"어, 이거……."

소라가 선물했던 상자가 눈에 띄었다.

잘 쓰라고 했던 걸 보니 뭔가 유용한 물건인 것 같은데, 한번 열어 볼까.

"나봄아, 나 채소라 선물 봐도 돼?"

태오는 이미 상자의 리본을 풀고 있으면서 형식적으로 물었다. 바다 생각으로 머리가 꽉 찬 나봄은 거울 앞에서 화장을 고치며 대답했다.

"응, 봐도 돼!"

그 말을 들을 때쯤 상자를 감싸고 있던 리본은 순순히 풀어졌고 태오는 별 감흥 없는 손길로 뚜껑을 열었다.

그러자 훅 하고 들어오는 진한 향수 냄새와 함께 눈앞에 드러난 정체 모를 털 뭉치.

"이게 뭐야."

"왜? 소라가 뭐 줬어?"

태오의 의미심장한 반응을 본 나봄이 뒤늦은 관심을 보였다. 그때까지만 해도 그 털 뭉치의 정체를 짐작하지도 못한 태오는 무심히 꺼내 들고 몸을 틀었다.

"글쎄. 뭐 인형 같은 거 아닐까?"

그러고는 그녀에게 보여 주기 위해 어깨높이 정도로 들어 올렸는데.

"……어머."

나봄의 두 눈이 휘둥그레졌다. 꼭 못 볼꼴이라도 본 사람처럼.

그녀의 표정이 수상했던 태오는 그제야 고개를 내려 제 손에 들린 선물을 확인했다.

분명 상자에 고이 접혀 있었을 때까지만 해도 복슬복슬한 인형처럼 보였는데.

"어……?"

왜 지금 내 손엔 가슴이 훤히 뚫려 있는 토끼 의상이 들려 있는 건지.

"아악!"

소스라치게 놀란 태오는 어른들을 위한 토끼 의상을 집어 던지다시피 떨어트렸다.

하지만 덕분에 적나라하게 드러난 토끼 의상의 뒷면은 더욱 가관이었다.

등판이 전부 속이 훤히 비칠 만한 망사로 되어 있는데다가, 그 와중에 꼬리뼈 부분엔 동그란 솜 뭉텅이까지 달려 있었으니.

"지금 저거…… 꼬리야?"

태오는 믿기지 않는다는 눈빛으로 혼잣말처럼 되물었다.

그제야 민망함이 확 솟구친 나봄은 서둘러 달려가 떨어진 옷을 주워 들었다.

"이런 거 안 입을 거야!"

"어, 어?"

"괜히 상상하지 마! 알았지!"

나봄은 그리 말했지만, 생긴 것과 달리 순진한 태오는 맹세컨대 아무런 상상도 안 하고 있었다.

망측하게 생긴 토끼 의상을 보고도 머릿속에 떠오르는 생각은

'걘 걸레로도 못 쓸 옷을 대체 왜 줬지?'뿐이었다.

하지만 황급히 옷을 숨기려 하는 나봄의 새빨간 얼굴을 보자, 그제야 뒤늦게 파악된 소라의 의도.

너 입으라고 만든 옷이었구나. 우리의 신혼여행 밤에 니가 이 옷을…….

생각이 거기까지 흘러가자.

"하여간 채소라도 참 주책이야. 이걸 어떻게 입으라고……."

두리번거리는 눈앞의 나봄이 조금 색다르게 보이기 시작한다. 지금 입고 있는 수수한 옷이 아닌 채소라표 토끼 의상을 입은 모습으로.

그와 동시에 터질 듯이 뛰는 심장과 활화산처럼 달아오르는 몸.

"얼른 옷 입어. 해 지기 전엔 나가야지."

그런 그의 상태를 알 리 없는 나봄은 토끼 옷을 가방에 쑤셔 넣으며 말했다. 그러나 태오는 가방 문을 닫으려는 그녀를 뜨거운 손으로 붙잡았고 이미 달뜬 목소리를 흘려보냈다.

"나 갑자기 나가기 싫어졌는데……."

"응?"

"토끼 여왕님이랑 이 방에서 놀다 가면 안 되나?"

흑심 섞인 질문과 함께 그녀의 허리를 휘어 감는 손끝.

그 노골적인 손길이 스친 나봄의 등골에 기분 좋은 소름이 돋아났다.

바다가 보고 싶어서 하와이에 왔는데. 이제 밖으로 나가기만 하면 되는데.

"아이, 참…… 간지럽게."

갑자기 아름다운 와이키키 해변보다 바로 뒤편을 돌아보고 싶어졌다.

가만히 있어도 섹시한 그 남자의 얼굴은 알맞게 달궈진 지금이 가장 절경일 것 같아서.

* * *

흔히들 사랑을 열병과 비교한다.

피할 틈도 없이 갑작스레 찾아와서 온몸을 강렬한 열기에 휩싸이도록 만드는 감정이니.

하지만 아무리 그래도 태오에게 사랑은 너무나 지독한 병이었다.

어느날 갑작스레 찾아온 그 감정은 그를 멋대로 달아오르게 만들고, 정신 못 차릴 만큼 가슴 아프게 만들고.

결국 그 고통스러운 열기에 중독되어 잊어버리지도 못하게 했다. 자그마치 9년이라는 긴 시간 동안.

그땐 날 바라봐 주지도 않을 거면서 마음에서 떠나지도 않았던 니가 얼마나 미웠는지.

그러나 미워하는 것도 결국엔 그녀를 생각하는 일이더라. 너에 대한 원망이 들 때마다 내가 널 얼마나 사랑하고 있는지만 새삼 깨닫게 되더라.

그렇게 9년을 함께했다. 언젠가는 내 안의 너와 제발 이별할 수 있게 되길 간절히 바라고 바라며. 나는 너를 사랑하는 시간 동안 너에게서 벗어나려 애썼다. 이제 와서 솔직하게 털어놓는 고백이지만.

"태오야……."

그런 그에게 찾아온 지독한 짝사랑의 엔딩.

그토록 멈추고 싶었던 사랑은 소원하던 끝이 아닌 새로운 시작을 맞이했고, 이젠 그녀와 가장 가까운 인연이 된 태오는 한 번 더 열병에 취해 보기로 했다.

뜨거운 품에 안겨 있는 그녀는 내 사람이 되었음에도 불구하고 미치도록 탐스러웠다.

덕분에 애써 자제하고 있던 본능이 깨어난 태오는 나봄의 귓가에 입술을 가까이 붙인 채 속삭였다.

"나봄아, 고개 틀어 줘."

그러자 순순히 원하는 방향으로 틀어지는 나봄의 얼굴.

그녀는 태오의 입술이 어딜 머금으려 하는지 본능적으로 알고 있다. 그때의 날카로운 쾌감은 그녀도 내심 깨어나길 바라 왔던 감각이다.

"한나봄……."

태오는 달뜬 음성으로 그녀의 이름을 불렀고, 예상했던 대로 그녀의 목덜미를 한껏 파고들었다.

부드럽게 다가와 거칠게 그녀를 탐하는 혀끝은 견디기 버거울 정도로 달콤했다.

그와 동시에 그녀의 허리를 매만지는 손은 남자로서의 폭발적인 욕망을 가득 담고 있었다.

"하아……."

그 와중에 귓가를 맴도는 숨소리는 또 어찌나 자극적이던지.

이 모든 것이 순전히 나를 향하고 있다는 사실이 새삼 가슴 벅차는 순간이다. 그의 사랑은 평소에도 충분히 받고 있지만, 그에게 몸을 내맡긴 이때만큼은 나를 얼마나 갈구하는지까지도 느껴지는 것 같아 더욱 가슴이 뜨거워진다.

"태오야, 조금 더……."

나봄은 태오의 목덜미를 힘주어 껴안았다. 그러고는 태오의 두 눈을 똑바로 마주 보며 말했다.

"조금 더 나를 욕심내 줘."

"……."

"니가 원하는 만큼 날 가져도 좋아."

그 말이 끝나기가 나봄의 호흡을 집어삼키는 입술.

처음엔 노크하듯 부드럽게 그녀의 입술 새를 훑어 가던 입술은 온도가 달아오르면 달아오를수록 거칠어졌다.

목이 타는 갈증 끝에 물을 마시듯. 절체절명의 순간에 떨어진 동아줄을 움켜쥐듯.

간절하다 못해 절박하고, 거세다 못해 강렬한 키스는 그녀를 집어 삼킬 듯하다.

"아……."

다른 때였다면 부끄럽다는 이유로, 태오가 리드해 주길 원해서 가만히 몸을 내맡기고 있을 그녀였다.

하지만 오늘은 달랐다. 이제야 그가 완벽한 내 사람이 되었으니

노골적인 나의 본능도 드러내고 싶다.

"태오야, 잠깐만……."

결심이 선 나봄은 태오의 얼굴을 살짝 떼어 냈다. 그러고는 그의 어깨를 지그시 옆으로 밀어냈다.

처음엔 의아한 눈빛으로 나봄을 바라보기만 하던 태오도 별 저항 없이 순순히 그녀가 원하는 대로 넘어가 주었다.

그렇게 태오의 등이 푹신한 침대에 닿은 순간.

바로 이 타이밍이 니가 가장 잘 여물었을 때라는 걸 너는 알까. 아마 지금의 니 모습이 얼마나 사랑스러운지 실토하기 전까진 절대 모르겠지.

"이젠 못 참겠어."

늘 태오가 했던 말을 뱉어낸 그녀는 붉어진 입술을 끌어내렸다. 그리고는 언제가 그가 첫 번째로 노리던 목덜미를 부드럽게 머금었다.

"하아……."

숨소리와 섞여 흘러 나오는 신음소리는 그 어떤 음악보다도 듣기 좋았다.

이래서 니가 여길 깨무는 걸 좋아하나 봐. 숨결이 점점 더 뜨거워지는 게 생생히 느껴져.

태오가 견디기 힘들어 하는 게 느껴졌을 때쯤, 나봄은 아래쪽으로 입술을 옮겼다. 예민해진 돌기를 스쳐지나 예쁘게 솟은 갈비뼈를 훑자 태오의 몸에 힘이 들어가는 게 느껴졌다.

나봄은 조금 더 그를 놀라게 해 주기 위해 천천히, 조금 더 밑으로 키스를 이끌었다.

"나봄아……."

그녀의 숨결이 한 번도 입을 맞추지 않았던 장골 아래까지 내려가자, 태오는 신음하듯 그녀의 이름을 불렀다.

하지만 나봄은 대답 대신 태오의 허리께를 붙잡고, 은밀한 부위를 본격적으로 머금었다.

그녀의 안에 들어갈 때와는 또 다른 희열이 전신에 감돌자, 그의 허리가 튕기듯 위로 들어올렸다.

"아……!"

보다 높아진 태오의 신음은 나봄을 자극하는 효과 좋은 흥분제일 뿐이었다.

나봄은 이불을 붙잡은 그의 손에 힘이 들어가면 들어갈수록, 새어 나오는 호흡이 거칠어지면 거칠어질수록 더욱 강렬하게 혀끝을 움직였다.

"나봄아, 제발 그만……."

"……."

"그만…… 나 진짜 미칠 것 같아."

감당하기 힘든 쾌감에 질식할 것만 같았던 태오는 애원하는 그녀의 머리를 붙잡았다. 그제야 겨우 그를 놓아준 나봄은 입가에 야릇한 미소를 띠고 있었다.

"오늘 나 좋아 죽는 꼴 보고 싶어?"

그런 그녀를 보자 속수무책으로 당한 게 부끄러웠던 태오는 맘에도 없는 불평을 중얼거렸다.

"응, 그러니까 가만히 있어."

그러자 곧바로 고개를 끄덕이는 나봄은 어느덧 그를 침략하는 걸 즐기고 있다.

다시 몸을 일으켜, 뜨거워진 중심부로 제 골반을 가져가는 그녀는 아무래도 단태오의 남은 이성마저 앗아 가려는 모양이다.

나봄이 안으로 그의 뿌리 끝까지 집어넣자 태오는 고개를 젖히며 신음을 토해 냈다.

"아……!"

나봄은 그런 그의 복근을 부드럽게 매만지며 나른한 목소리를 속삭였다.

"괜찮아, 괜찮아."

"……."

"내가 널 저 높은 곳으로 단숨에 데려가 줄게."

너와 함께라면 내 기분은 언제나 짜릿하리만큼 높이 치솟아 버리지만, 오늘의 넌 그보다 더 내 몸을 끌어 올려 줄 것만 같다.

이 순간 나에게 넌 내 모든 걸 빼앗겨도 좋을 만큼 절대적이고 매혹적인 사람이다.

"빨리…… 빨리 데려다줘."

참는 것도 한계에 다다른 태오는 그녀만큼이나 달아오른 목소리로 화답했다.

그제야 허리를 움직이기 시작하는 나봄은 정신이 혼미해질 만큼 자극적이었다. 머리카락을 한쪽 어깨로 모은 채 태오를 내려다보는 모습은 심장이 저릴 만큼 아름답다.

"조금 더, 조금 더 세게."

마음이 급해진 태오는 양옆으로 벌어진 나봄의 허벅지를 붙잡고 더한 자극을 보챘다.

하지만 나봄은 그의 애원과는 반대로 허리를 더 천천히, 그리고 부드럽게 움직였다. 그녀는 자신의 아래에 무방비하게 누워 있는 그를 지켜보는 게 좋았다.

"아아……."

애타는 신음을 내뱉은 태오는 자포자기하는 마음으로 긴 속눈썹만 지그시 내리감았다.

태오처럼 거칠지는 않지만 보다 농염하게 움직이는 그녀의 골반은 그를 미치게 만들었다.

그러나 숨 돌릴 틈도 없이 나봄은 그의 가슴으로 손길을 옮겨 갔고, 솟아난 돌기를 가볍게 매만졌다.

그 자극을 참지 못하고 입술을 깨물어 버리는 태오는 마음이 동할 만큼 예뻤다. 적당히 붉어진 홍조도, 마른침을 삼킬 때마다 움직이는 굵은 목젖도, 나봄의 이성을 빼앗아 가기에 충분하다.

"태오야……."

덕분에 제 본능을 억누르기 힘들어진 나봄은 골반에 힘을 주고 보다 빨리 앞뒤로 움직였다.

태오는 달라진 박자에 맞춰 그녀가 가장 좋아하는 부분을 본격적으로 파고들기 시작했다.

"한나봄……."

"하아, 하아……."

점점 빨라지는 그녀의 숨소리는 한계가 임박했다는 신호였다.

마지막은 이보다 더 화려하게 맺고 싶었던 태오는 단번에 몸을 일으켰고, 나봄을 단단한 두 팔로 감싸 안았다.

"나봄아…… 이리 와."

태오는 낮은 목소리와 함께 나봄의 몸 위로 덮쳐 올랐다. 침대에 늘어진 나봄은 온몸의 희열을 그대로 드러낸 듯한 표정이라 더욱 먹음직스러웠다.

태오는 그런 그녀의 얼굴을 커다란 손으로 감싸 쥐었고, 탐나는 만큼 거칠게 입술을 머금었다.

격해진 키스만큼이나 격해지는 두 사람의 움직임.

숨이 차오르는데 그의 호흡 때문에 제대로 내뱉을 수는 없다. 방 안에 진동하는 그의 향기는 이 순간을 맨정신으로 기억하지도 못하게 만든다.

"아……!"

이윽고 그가 주는 환희가 온몸을 관통했을 때쯤, 나봄은 커다란 신음과 함께 그의 목덜미를 와락 껴안았다.

파르르 떨리는 몸은 나봄이 그로 인해 얼마나 전율하고 있는지 여실히 드러내고 있었다.

태오는 그런 그녀를 끌어안은 채 거칠어진 숨을 골랐다. 남아 있는 열기가 가라앉을 때까지 그녀를 어루만져 주는 손길은 거침없이 집어삼키려 들 때와 달리 한없이 다정했다.

"이번엔 내가 처음부터 끝까지 다 하고 싶었는데……."

그의 손길을 따라 호흡을 정리한 나봄은 작은 목소리로 아쉬움을 표했다. 그러자 태오는 부드러운 미소를 퍼트렸고, 나직이 대답했다.

"괜찮아, 기회는 얼마든지 있어."

"……."

"난 아직 안 끝났거든."

그 말에 나봄의 입술 새로도 설렘 가득한 웃음이 새어 버렸다. 아무리 순하고 귀엽게 보이더라도 늑대는 어쩔 수 없는 늑대인가 보다.

나봄은 다시 제 목덜미로 입술을 끌어내는 태오를 살며시 감싸 안았다. 그러고는 진심을 담아 달콤한 사랑을 속삭였다.

"사랑해, 단태오."

너의 고백 끝에 불러 주는 게 나의 이름이라는 사실이 얼마나 가슴 설레는지, 너는 알까.

태오는 예쁜 미소를 머금은 채 나봄의 살결을 보다 집요하게 탐했다. 나봄은 그런 그의 머리카락을 매만지며 스르륵 눈을 내리감았다.

그 손길을 신호탄 삼아 해가 지기도 전에 또 다시 찾아온 우리의 밤.

달은 아직 멀었으나 그래도 달빛 대신 햇빛이 당신을 비추고 있어 다행이었다.

그 어느 때보다도 열이 오른 그대를 적나라하게 눈에 담을 수 있으니.

* * *

쏴아아아—

가만히 눈을 감은 나봄의 귓가에 파도 소리가 들려왔다. 풀빌라 발코니에 기대선 나봄은 한동안 바다의 기척을 감상했다.

그러자 문득 그녀가 유독 바다를 좋아하는 이유가 새삼 떠올랐다.

끝을 가늠할 수 없을 정도로 깊고 푸른 바다.

나봄은 그 아득한 수평선을 볼 때마다 복잡하게 엉킨 고민들이 단순해지는 것 같아서 좋았다. 바로 코앞에서 몰아치는 파도는 비록 거칠고 험하지만 마지막엔 결국 잔잔한 수평선처럼 평온해질 거란 희망이 들었다.

그런 이유들을 떠올리고 있자니 점점 너의 얼굴이 선명해진다.

'사람 면전 앞에서 '망했다'라니…… 여전히 말이 심하네.'

'네……?'

내가 기억하는 우리 인연의 시작은 폭풍이 몰아치는 바다보다도 더 거칠었던 것 같은데, 어느새 우리도 고요한 수평선처럼 잔잔해졌다.

'한나봄…… 나 좋아해?'

'응, 좋아.'

'이젠 미워하지 않아?'

'응, 절대로 미워하지 않아.'

'고마워…….'

'…….'

'정말 고마워, 나봄아.'

서로에 대한 오해들로 날을 세웠던 우리가 사랑을 말하고, 함께 있다는 것 자체로 감사하고 있다. 벌써 여러 번 확신했지만 이건 모두 너의 수고 덕분이라고 생각한다.

'앞으로는 내가 있어 줄게.'

'응?'

'니가 불안해지고, 작아질 때마다 내가 니 곁에 서 있을게.'

'…….'

'지금처럼 이렇게.'

너를 외면하는 내게 상처를 받으면서도 내가 외로워하는 순간마다 가장 먼저 손을 내밀어 줬던 너.

나는 그 다정한 손길을 사랑했고, 서툰 위로에 가슴 설레 했다.

누군가는 너의 어린애 같은 사랑이 유치하고 우습다고 생각할지 몰라도 난 적어도 그런 사랑이었기에 굳게 닫혀 있던 마음을 열 수 있었다.

그러니 넌 내게 그 누구보다 대단하고 고마운 사람. 평생을 사랑만 해 줘도 모자랄 나의 소중한 연인.

"나봄이, 뭐해."

새삼 행복해하고 있던 나봄에게 태오가 다가왔다. 노을 진 저녁 바람은 제법 쌀쌀했지만 아직 열기가 식지 않은 태오는 상체를 훤히 드러낸 상태였다.

"옷 입고 나와야지. 누가 보면 어떡해."

나봄은 그런 태오의 몸을 가리며 말했지만 그는 자신만만하게 대답했다.

"우리 마누라, 내 허리 실컷 구경하라고 일부러 드러내는 거다."

"민망하게!"

"뭘 갑자기 민망해하고 그래. 아까 나 덮칠 땐 그렇게나 화끈했으면서. 그래서 두 번이나……."

"쉿! 조용히 해!"

과하게 들뜬 태오는 부끄러운 얘기를 잘도 꺼냈다. 덕분에 귀까지 빨개진 나봄은 그의 팔뚝을 찰싹 내리쳤다.

꽤 매운 그녀의 손이 스친 자리는 금세 빨간 자국이 생겼지만 태오는 아프지도 않은지 그저 생글거릴 뿐이었다.

"엄청 신났네. 내가 본 모습 중에서 가장 기분 좋아 보여."

그 모습에 헛웃음이 터진 나봄은 웃음기 밴 목소리로 말했다. 그러자 태오는 당연한 얘길 한다는 표정으로 턱을 치켜들었다.

"당연하지. 첫사랑이 이뤄진 순간인데 이만큼은 즐겨도 되잖아."

"처음으로 해 본 사랑이 마지막이 됐는데 아쉽진 않겠어?"

"아쉬우면 어쩌겠어. 이미 구청에 혼인신고서까지 제출한 마당에."

"뭐?"

나봄은 잘나가다가 삐끗하는 태오를 새초롬하게 째려보았다. 이 맛에 그녀를 놀리는 태오는 그녀의 뺨을 살짝 꼬집어 당기며 감탄사를 내뱉었다.

"와아, 우리 나봄이. 짜증 내는 얼굴까지 이렇게 귀여우면 어쩌자는 거야."

혼자 감상에 젖어 있던 시간도 방해한 주제에 뭐가 어쩌고 어째?

"이거 놔. 아쉽게 만든 사람한테 왜 이러실까."

나봄은 다가온 그의 손을 슬쩍 치워 내려 했다. 하지만 그 기회를 놓치지 않고, 태오는 나봄의 손을 포근히 붙잡아 버렸다. 은근한 힘이 실린 그의 손길은 마치 영원히 그녀를 떠나지 않을 것처럼 단단했다.

태오는 그 손을 가만히 붙잡고 나봄을 마주 보았고, 한껏 올라간 입꼬리를 점점 가라앉혔다.

그러고는 잠깐의 망설임 끝에 가벼운 입맞춤을 쪽—!

"화 풀어 주는 거야?"

나봄은 두 눈을 반짝이며 물었다. 하지만 태오는 고개를 가로저었고 이내 사랑에 한껏 젖은 목소리를 내뱉었다.

"아니, 사랑해 주는 거야."

분명 나보다 머리 두 개는 더 있는 성인 남자인데, 하는 행동이 어쩜 이리도 귀여운 건지.

이 남자와 살면 심장이 남아나질 않겠다. 함께하는 시간들이 쌓이면 쌓일수록 가슴속 설렘은 점점 더 커다래진다.

"그럼 나도 사랑해 줄래."

나봄은 벅차도록 두근거리는 마음을 참지 못하고 그를 와락 껴안았다. 와이키키 해변의 파도 소리와 캐러멜빛 노을이 이미 달콤한 분위기를 더욱 달게 만드는 이 순간.

"사랑해, 한나봄."

두 팔로 그녀를 꼬옥 감싸 안은 태오에게서 달콤한 고백이 흘러나왔다. 순간 미소가 번져 나올 만큼 애틋한 감정은 그녀를 세상에서 제일 행복한 여자로 만들어 주었다.

나봄은 그의 품에 얼굴을 묻고, 다신 놓치고 싶지 않은. 아니, 절대 놓칠 일 없을 그를 보다 힘주어 끌어안았다.

이로써 다시 구남친의 신분으로 돌아간 나의 남편, 나의 동반자.

지금 너에게 하고 싶은 말이 있다면.

"태오야, 고마워."

"뭐가?"

모진 외면의 시간 동안에도 지치지 않고 날 바라봐 준 것도, 행복에 겨울 만큼 사랑해 주는 것도 고맙지만.

"나한테 반해 준 거. 그게 제일 고마워."

그녀의 진심 어린 고백에 태오의 입술 새로 웃음이 흘러나왔다.

그 숨결 같은 웃음소리는 언제 들어도 가슴이 설레서, 그녀는 버겁도록 사랑해 주고 싶어졌다.

내게 반한 사랑스러운 구남친을.

말 그대로, 세상 끝날 때까지 영원히.

〈구남친이 내게 반했다〉_본편 完

Epilogue

투명한 햇볕이 포근히 내리쬐는 아침.

조용한 숨소리만 새근새근 들려오던 침실에 문이 열렸다.

열린 문틈 새로 살금살금 들어오는 여자아이는 뭐가 그리 즐거운지 숨죽여 키득거리는 중이었다.

"아빠, 엄마 아직도 자."

몇 걸음 가다 멈춘 아이는 문밖을 바라보며 속삭이듯 말했다.

그러자 누가 봐도 여자아이에게 이목구비를 물려준 듯한 남자는 딸과 비슷한 미소를 띤 채 대답했다.

"미인이라서 그래. 원래 미인은 잠이 많거든."

그를 아는 사람이 지금의 표정을 봤다면 깜짝 놀랐을 거다. 천하의 단태오에게서 저런 꿀 떨어지는 표정이 나올 줄 상상도 하지 못했을 테니.

올해로 결혼한 지 5년 차, 사랑스러운 딸 하나의 아빠가 된 지는 4년 차.

참 만족스러운 인생을 살고 있는 태오는 흐른 시간만큼 성숙해진 모습이었다. 감정이 곧잘 드러나던 눈빛도 많이 유해졌고, 입꼬리에 번진 미소는 편안한 마음만큼이나 여유롭다.

최근 그가 공동대표로 있는 회사 'Made by Forest'가 상장회사로 선정된 탓에 사랑하는 두 여자와 함께할 수 있는 시간은 터무니없이 부족해졌지만, 그는 온전히 쉴 수 있는 일요일 하루라도 보람차게 보내려 노력 중이다.

지금은 그 첫 번째 일과로 잠꾸러기 나봄에게 맛있는 아침 식사를 준비해 둔 참.

"하나야, 엄마 뽀뽀해서 깨워 줘."

태오는 나직한 목소리로 딸에게 말했다.

그 말이 떨어짐과 동시에 아이는 곤히 잠든 나봄의 뺨에 가벼운 뽀뽀를 쪽!

"으음…… 하나, 안녕."

그제야 깨어난 나봄의 입에서 새어 나온 음성은 제대로 잠겨 있다.

그 목소리를 항상 섹시하다고 생각해 온 태오는 침실 입구에 기대서서 흐뭇한 시선으로 나봄을 지켜본다.

"미안미안, 엄마가 너무 오래 잤지."

"괜찮아. 아빠가 엄마는 미인이라서 오래 자는 거래."

"그랬어? 아빠 눈엔 아직도 엄마가 예뻐 보이나 보다."

당연하지. 그걸 말해 뭐해.

막 잠에서 깬 나봄의 흐트러진 모습까지도 사랑해 마지않은 태오는 힘주어 대답해 주려 했다.

그러나 정신을 차린 나봄의 눈에 걸려 들어온 딸의 헤어스타일이 그녀를 웃음 터지게 만들었다. 양 갈래로 묶으려 시도한 듯 보이지만 좌우 균형이 조금도 맞지 않는데다가 높낮이까지 다른 이 스타일은 분명 태오의 서툰 작품이다.

"하하하, 이 머리는 뭐야. 아빠가 묶어 줬어?"

"응! 토끼래!"

"토끼? 진짜?"

"응, 근데 안 예뻐."

아이의 솔직한 반응에 태오는 살짝 억울해졌다.

그도 그럴 것이, 나봄이 보자마자 웃음을 터트렸던 딸의 헤어스타일에 태오는 황금 같은 아침 시간 20분을 투자했으니.

"나 되게 열심히 묶었는데 평가가 너무 야박하시다."

태오는 두 여자에게 장난 섞인 투정을 부렸다.

그 심통 난 목소리를 듣고서야 나봄은 그에게도 눈길을 주었고, 반가운 듯 손을 흔들었다.

"우리 태오 좋은 아침."

"좋은 아침. 근데 정말 오늘 하나 머리 별로야? 난 성공이라고 생각했는데?"

"추구하시는 스타일이 이런 언밸런스 스타일이었다면 대성공이지.”

“어어, 약간 그런 걸 원했어. 트랜디하게.”

“와, 그럼 엄청 잘 묶었네. 앞뒤 좌우가 하나도 안 맞으니까.”

친절하면서도 냉정한 나봄은 칭찬 아닌 칭찬을 건넸다.

태오는 그 말을 곰곰이 곱씹어 보다가 결국 안 좋은 평이라는 것을 깨닫고 작게 궁얼거렸다.

“이상하네. 한쪽만 묶었을 땐 분명 성공이었는데.”

그런 태오가 여전히도 귀여웠던 나봄은 침대를 떠나 그에게로 다가갔고, 따스한 손으로 그의 따듯한 뺨을 부드럽게 쓰다듬었다.

“그래도 덕분에 하나가 더 귀여워졌어. 우리 여보 금손이네.”

하여간. 예전부터 채찍질하고 당근 던져 주는 데는 일가견이 있는 여자라니까.

태오는 자신을 매만지는 그녀의 손을 맞잡고 시원스러운 미소를 지어 보였다.

“이 금손으로 아침 차려 놨다. 이따 선우차준이 점심 식사 거하게 대접할 것 같아서 간단하게 차렸어.”

그러고선 오늘의 착한 일을 자랑하듯 말하자, 그제야 잊고 있던 약속이 생각난 나봄의 눈이 토끼처럼 동그래졌다.

“아, 맞다. 오늘이 상장회사 된 거 자축하는 날이었지? 새까맣게 잊고 있어서 옷도 못 골랐는데!”

“자축이라고 해 봤자, 선우 브라더스 집에서 밥 한 끼 하고 오는 건데, 뭐.”

“그래도 파티잖아. 신경 쓰고 가야지.”

"넌 뭘 입어도 예뻐. 여기서 얼마나 더 빛이 나려고 그러실까."

그리 말하는 태오의 눈엔 늘 그렇듯 사랑이 한가득이다.

나봄은 짝사랑 9년에 연애 1년, 그리고 결혼 5년까지 도합 15년 동안 내리 자신만을 바라봐 주는 그가 고마우면서도 신기하다.

"내가 그렇게 좋아?"

나봄은 나른한 눈빛으로 다 아는 그의 속마음을 물었다.

그러자 태오는 대답 대신 입가에 능글맞은 미소를 띠더니.

"하나야, 나가서 사탕 먹을까?"

사탕이라면 자다가도 벌떡 일어나는 딸내미가 절대 거부하지 못할 한 마디를 내뱉었다.

갑작스러운 선물을 받은 아이의 두 눈이 반짝 빛났다.

"진짜? 아빠 나 아직 밥 안 먹었는데 사탕 먹어도 돼?"

"응, 오늘 하나가 엄마 깨웠으니까 특별히 허락해 준다."

"우와! 아빠 최고!"

아이는 그 말에 곧바로 방을 뛰어나갔지만 나봄은 걱정 가득한 표정으로 태오의 어깨를 톡 쳤다.

"저러다 아침밥 안 먹으면 어쩌려고 그래."

하지만 태오는 느긋하게 나봄을 달랬다.

"아냐, 하나는 똑똑해서 사탕 하나 더 먹으려고 밥 한 공기 다 비울걸?"

"당신도 참."

"그리고 왠지 미안하잖아. 나 혼자만 달콤한 거 실컷 먹으면."

그런 뒤 은근슬쩍 안방 문을 닫으며 흘려보내는 말은 무척이나

의미심장했다.

"달콤한 거 뭐?"

"쉬잇."

태오는 의아한 표정으로 되묻는 나봄의 입술을 톡 건드렸다.

그와 동시에 농염하게 젖어 드는 그의 시선.

그건 그의 스위치가 켜졌다는 신호였다. 그런 태오에게 여전히 가슴 설레는 나봄은 당장이라도 그를 침대로 데려가고 싶어졌다.

하지만 얇은 나무 문 밖엔 또 다른 식구가 기다리고 있으니 욕심대로 할 수 있나.

"키스만이야."

나봄은 조용한 목소리로 그에게 속삭였다.

"아무렴요, 여왕님."

그녀의 허락이 떨어지기 무섭게 다가오는 그의 입술은 흐른 세월이 무색할 만큼 섹시했다.

여유롭게 다가와 강렬하게 파고드는 그의 애타는 혀끝.

입술이 녹을 것만 같이 다디단 너는 내가 가장 좋아하는 사탕이다. 영원히 이렇게 머금은 채로 달콤하게 녹여 주고 싶어지잖아.

* * *

"자, 준비는 이만하면 됐겠지?"

와인 잔 세팅까지 마친 차준이 허리에 손을 얹고 완성된 테이블을 훑어보았다.

직접 만든 오븐 치킨과 파스타, 그리고 태준이 솜씨를 부린 가든 샐러드 피자까지.

넓은 원목 테이블을 가득 채운 음식들은 스스로 봐도 먹음직스러웠다. 이 정도라면 우리의 성공을 자축하기에 충분한 식탁이다.

"태오 씨랑 나봄 씨 도착했어."

방금 막 경비실에서 연락을 받은 태준이 차준에게 말했다.

그 말이 끝남과 동시에 차준은 입고 있던 앞치마를 벗었고, 흐트러진 머리를 정리했다.

지나간 시간들이 얼마나 편안하고 행복했었는지, 둥글게 휘어진 차준의 눈웃음은 확실히 5년 전보다 밝고 여유로워져 있었다.

"와인은 나봄 씨가 달콤한 걸 좋아해서 일부러 콩코드로 준비했는데. 태오 씨가 싫어하진 않겠지?"

훨씬 생기 있어 보이는 건 태준도 마찬가지였다. 오늘의 자축 파티를 주최한 태준은 더 이상 혼자만의 세계에 갇혀 살지 않는다.

비록 한순간의 잘못된 선택으로 인해서 삶의 모양새가 많이 달라졌다 하더라도 내 곁에 있는 사람은 앞으로도 변치 않을 테니.

태준은 좌절하는 데 남은 시간을 소비하진 않을 생각이다. 절망보다는 희망에 더 어울리는 인생을 살고 싶다는 것이 요즘 새로 생긴 그의 소망이다.

"단태오는 아무거나 잘 마시잖아."

"디저트는 이따 꺼낼 거지?"

"응, 식사 끝나고 내오려고 준비만 해 뒀어."

두 남자가 막바지 점검에 여념이 없는 사이.

띵동—

드디어 포근한 펜트하우스에 반가운 벨 소리가 울렸다.

"네, 갑니다."

한걸음에 현관까지 달려 나간 차준은 한껏 밝은 표정으로 문을 열어 주었다.

"삼촌!"

그러자 씩씩한 인사와 함께 제일 먼저 들어오는 꼬마 숙녀는 오늘도 차준의 기분을 한껏 들떠 오르게 만든다.

"하나 왔구나! 그동안 삼촌 안 보고 싶었어?"

차준은 언제 봐도 제 엄마 아빠와 쏙 빼닮은 아이를 반갑게 맞이했다.

요즘 차준에게 가장 큰 관심을 받고 있는 이 작은 숙녀는 한 살 두 살 먹어 갈수록 어찌나 예쁜 짓을 많이 하는지, 퇴근하는 태오에게 장난감을 한 박스 사 들려 보낸 적도 여러 번이었다.

"그런데 하나 머리가 왜 그래? 하나가 묶었어?"

그런 그에게 독특해도 너무 독특한 아이의 헤어스타일은 도저히 무시할 수 없는 눈엣가시였다.

"우리 딸 머리가 어때서. 귀엽기만 하구만."

그 말에 예민하게 대꾸하는 건 딸의 머리를 저리 묶어 놓은 장본인 태오였다.

차준은 그럴 줄 알았다는 눈빛으로 태오를 흘겨보며 장난 섞인 핀잔을 주었다.

"너 머리는 잘만 만지면서 딸내미 머리는 저렇게 해 놓은 거야?"

"안 예뻐도 마음에 든대서 내버려 뒀다. 이런 게 더 난이도 높은 거 알지? 투박한데 은근히 마음에 드는 가구가 원래 만들기 어려운 법이잖냐."

"하여간 갈수록 말은 잘해."

몇 년간 중요한 자리에서 브리핑 좀 몇 번 해 봤다고, 그새 늘어난 태오의 화술.

차준은 못 말리겠다는 듯 실웃음을 흘리며 그의 어깨를 툭 쳤다.

그러고는 맨 마지막에 들어온 나봄에게로 시선을 두었다. 붉은색 플레어 원피스를 예쁘게 차려입은 나봄은 오늘따라 더욱 생기 있어 보였다.

"나봄이 오랜만. 오늘 원피스 잘 어울린다."

"그래요? 신경 써서 골랐는데 잘됐네."

"원래 있었던 거야? 처음 봐서 몰랐는데."

"이렇게 화려한 색은 입을 일이 잘 없으니까 그렇지. 산 지는 꽤 됐는데 이제야 개시하네요."

가벼운 얘기를 나누는 두 사람은 조금의 어색함 없이 친밀해 보였다. 서로를 바라보는 눈빛도, 이따금 지어 보이는 미소도 절친한 친구를 대할 때처럼 편안하기만 하다.

"그나저나 우리 거의 두 달 만에 보는 것 같네. 그동안 잘 지냈어?"

"네, 보다시피 잘 지냈어요. 차준 오빠 별일 없었죠?"

이젠 당연히 잘 지냈으리라 생각하며 자연스럽게 주고받을 수 있게 된 안부.

"어, 나야 뭐 늘 그렇듯 너무 잘 지냈지."

환한 미소와 함께 건네지는 차준의 대답은 온전히 진심이었다. 한때는 잘 지냈냐는 가벼운 인사말에 고개를 끄덕이면서도 혹시나 그렇지 못한 제 처지가 드러날까 두려웠었는데, 요즘은 아무리 일에 치였던 하루라고 해도 마무리하는 게 아쉬울 만큼 정말 잘 지내고 있다.

딱 바라 왔던 만큼 행복하게.

"나봄 씨 잘 왔어요. 주말인데 차 막히진 않았어요?"

그 행복을 제일 가까이서 나누고 있는 태준이 차준의 곁으로 다가와 말했다. 그에게로 반짝이는 눈동자를 옮긴 나봄은 들고 있던 와인을 그의 앞에 내밀었다.

"낮이라서 괜찮았어요. 그나저나 이거 자축 파티 기념으로 사 온 와인."

"와인은 여기도 있는데 그냥 오지."

"평소에도 와인 즐겨 마신다면서요. 많이 모아 두면 모아 둘수록 좋지 않을까요?"

"고마워요, 잘 마실게요."

태준은 나봄이 건넨 와인을 두 손으로 넘겨받았다. 그의 눈가에 어린 미소는 차준과 점점 더 비슷해지는 것 같아서 참 보기 좋았다.

"그럼 밥부터 먹고 얘기할까? 얼른 식탁으로 가."

그 훈훈한 분위기 속에서, 차준은 찾아온 손님들을 근사한 요리가 준비되어 있는 다이닝룸으로 이끌었다.

이렇게 소중한 사람들과 한가롭게 점심 한 끼 할 때까지 얼마나 많은 일들이 있었는지.

아마 우리의 이야기를 알지 못하는 사람들은 상상도 못 할 것이다.

하지만 우리는 지나온 시간들을 하나도 잊지 않고 기억하기에, 지금 이 순간조차 그저 감사할 따름이다.

다른 누구도 아닌, 우리의 인연을 놓지 않고 지켜 와 준 내 곁의 소중한 사람들에게.

* * *

수준급이었던 선우차준표 식사를 마치고, 집 안을 뛰어놀던 아이마저 잠들어 한결 차분해진 다이닝룸.

"아, 커피가 다 떨어졌네."

디저트를 꺼내 놓던 차준이 탄식을 터트렸다.

그동안 커피를 사 놔야지 하면서도 막상 마트에 가면 생각이 나지 않아 못 사 왔었는데, 기어이 오늘 동이 나고 말았다.

"밑에 잘하는 카페 있는데 거기서 테이크아웃 해 올게."

디저트 타임까지 완벽하게 치르고 싶었던 차준은 서둘러 집을 나서려 했다.

하지만 그때.

"바로 길 건너서 카페 말하는 거지? 나 거기 알아. 나랑 나봄이랑 다녀올게."

태오가 커피 심부름을 자처하고 나섰다.

아무리 편한 사이가 됐다 해도 명색이 손님인지라, 차준은 손을 휘휘 저으며 그를 말렸다.

"됐어, 앉아 있어. 손님이 무슨 심부름을 가."

"내 여자랑 데이트 좀 하고 싶어서 그런다."

"뭐?"

"우리 하나 좀 잘 부탁한다. 여보, 가자."

역시나. 그럼 그렇지.

겉으로 드러난 태오의 속내에 차준은 헛웃음을 쳤다.

그사이 태오는 재빨리 겉옷을 챙겨 들며 나봄의 손을 붙잡았다. 쿠키를 막 베어 물었던 나봄은 얼떨결에 그의 손에 이끌려 심부름을 떠날 수밖에 없었다.

"하하, 다녀오세요."

태준은 두 사람을 흐뭇하게 바라보며 손인사로 배웅했다.

혹시나 잠든 아이가 깰까 싶었던 태오는 대답 대신 고갯짓으로 화답했고, 살금살금 빈집을 털고 나온 도둑처럼 현관문을 나섰다.

끼익— 철컥.

그렇게 성공적으로 빠져나와 문을 닫고 나서야 한결 느슨해진 태오의 어깨.

"갑자기 뭐야. 놀랐잖아."

갑작스레 딸려 나온 나봄은 입 안에 있던 쿠키를 우물거리며 말했다. 그러자 태오는 나봄의 손을 꼭 붙들고는 어린애 같은 미소를 지어 보인다.

"모처럼 둘이 데이트할 수 있는 시간인데 놓치기 아깝잖아."

"그래 봤자 이 앞 카페 가는 거면서."

"아닌데요, 이 앞 카페 말고 더 멀리 훌쩍 떠날 건데요."

그리 말하는 태오의 눈엔 장난기가 가득했지만 나봄은 긴장한 듯 눈썹을 찡그렸다. 충동적으로 결심한 일이라도 기어이 해내고야 마는 태오의 성격을 알고 있기 때문이었다.

"진짜?"

"진짜."

"안 돼! 하나 여기 놔두고 어딜 가!"

그를 말려야겠다고 생각한 나봄은 지금이라도 다시 문을 열고 집 안으로 들어가려 했다.

태오는 그런 그녀를 와락 껴안아 품에 가두었고.

"엄마야!"

"어디 멀리 안 가. 조금 더 먼 카페로 갈 거야."

"뭐, 뭐?"

"딱 30분만. 그 정도 손잡고 같이 걷는 건 괜찮잖아."

애원하는 표정으로 나봄에게 매달렸다. 사랑을 갈구하는 강아지 같은 그의 모습에 나봄은 결국 실웃음을 흘려보내고 만다.

"아, 뭐야. 놀랐잖아. 진짜 어디 가려는 줄 알고."

"내가 그렇게 앞뒤 안 가리고 밀어붙이는 놈으로 보여?"

"하나 만들 땐 뭐 앞뒤 가리고 밀어붙였어?"

"쉿, 하나 듣겠다. 그날 밤엔 너도 뜨거웠으면서."

태오는 나봄을 어르고 달래며 그녀의 어깨를 감싼 팔을 풀지 않고 한 발 한 발 앞으로 옮겼다.

덕분에 엘리베이터를 향해 나아가는 모양새는 우스워졌지만 두 사람의 분위기는 한층 더 달달해졌다.

아무리 나이가 들었다 해도, 한 아이의 엄마 아빠가 되었다고 해도, 풋풋함만큼은 여전히 변치 않은 연인의 모습이었다.

때론 이렇게 사랑스러운 연인처럼. 때론 바라보고만 있어도 좋은 친구처럼. 때론 세상에서 가장 든든한 가족처럼. 언제까지고 서로의 곁에서 함께할 두 사람.

"오늘 밤엔 둘째 만들까."

그녀의 사랑이 떠나갈까 초조해하던 그는 어느새 사랑한다는 말 대신 야릇한 농담을 건넬 수 있을 정도로 여유로워졌고.

"미쳤어. 미쳤어. 남의 집 복도에서 진짜!"

그의 사랑에 괜히 겁을 먹던 여자는 너스레를 떠는 그를 진정시킬 수 있을 정도로 평온해졌다.

함께 하는 시간이 쌓여 가면 쌓여 갈수록 크고 작은 변화들과 마주하지만, 그런 변화들이 모여서 더 나은 우리를 만들어 줄 거라 믿는다.

그러니 이대로 너와 같이 나이를 들어간다는 게 얼마나 멋진 일인지.

"나봄아."

새삼 감격에 젖은 태오는 나봄의 이름을 불렀다.

나봄은 늘 그렇듯 대답 대신 그의 눈동자를 마주했고, 그녀의 예쁜 속눈썹을 내려다보던 태오는 언제나처럼 가벼운 키스를 건넸다.

입술과 입술이 부드럽게 맞닿는 이 순간.

달콤하게 스며드는 당신의 온기에 문득 마음이 뭉클해져 버렸다.

'저기요.'

'아, 뭐.'

'저, 저기요?'

'왜 자꾸 귀찮게 사람을…….'

우연처럼 너를 처음 만나.

'가방 문 열렸는데…….'

'…….'

'닫아드려도 될까요?'

헤어 나올 수 없는 사랑에 빠졌었던, 15년 전의 그 예쁜 봄날처럼.

구남친이 내게 반했다 Epilogue_(完)